T0287382

FRÍO CAE BLANCO

GRANTRAVESÍA

G. S. PRENDERGAST

FRÍO CAE BLANCO

Traducción de
Marcelo Andrés Manuel Bellon

GRANTRAVESÍA

El lenguaje de señas descrito en este libro es ficticio y no se basa en el empleado en ningún sistema existente. Cualquier semejanza es producto de la coincidencia. Si está interesado en los lenguajes de señas utilizados por los sordos, busque información en instituciones y organizaciones de su comunidad.

FRÍO CAE BLANCO

Título original: *Cold Falling White*

© 2019, Gabrielle Prendergast

Publicado según acuerdo con el autor y/o Baror International, Inc., Armonk, New York, USA

Traducción: Marcelo Andrés Manuel Bellon

Adaptación de portada basada en el diseño de Lizzy Bromley
Imagen de copo de nieve: Shutterstock

D. R. © 2020, Editorial Océano de México, S.A. de C.V.
Homero 1500 - 402, Col. Polanco
Miguel Hidalgo, 11560, Ciudad de México
www.oceano.mx
www.grantravesia.com

Primera edición: 2020

ISBN: 978-607-557-199-7

Todos los derechos reservados. Quedan rigurosamente prohibidas, sin la autorización escrita del editor, bajo las sanciones establecidas en las leyes, la reproducción parcial o total de esta obra por cualquier medio o procedimiento, comprendidos la reprografía y el tratamiento informático, y la distribución de ejemplares de ella mediante alquiler o préstamo público. ¿Necesitas reproducir una parte de esta obra? Solicita el permiso en info@cempro.org.mx

IMPRESO EN MÉXICO / *PRINTED IN MEXICO*

Para todas las chicas fuertes: Audrey, Penelope,
Monica, Kathy, Tess, Bronwen y Lucy

Primera parte

Fuego

"Nada es tan doloroso para la mente humana como un gran y repentino cambio."
Mary Shelley, *Frankenstein*

RAVEN

Está frío.

Silencioso.

Y oscuro.

Soy tan ingrávida como un pensamiento, como una sombra bajo el agua. Lo único que me da sustancia es la sensación de estar llena de... algo. Algo denso, poderoso e inhumano, no terrenal. Quiero liberarme, pero no hay nada de que liberarme. Todo lo que soy es una selección de verbos: llenar, crecer, cambiar, perfeccionar. Como si fuera reconstruida desde cero.

Así pasan los días. Las vidas. Un solitario destello de nada flotando en un mar de... lo que queda de mi mente busca la palabra.

¿Obediencia? ¿Deber? Estoy siendo entrelazada a algo, como si mis nervios se estuvieran desenredando y enredando en alguna idea de... no puedo verlo. No puedo escucharlo, olerlo o saborearlo. Es nada, un vacío, como el espacio que queda detrás cuando algo se pierde. Puedo sentir su vacuidad, siento que intenta consumirme, atraparme. Pero hay algo más que se resiste a ello, algo obstinado e inextricable, algo *humano.*

Arrepentimiento. Y la idea de que no todas las cosas rotas son irreparables.

En la oscuridad, siento a alguien conmigo, y aunque este alguien no es más sustancial que yo, se siente pesado, como lágrimas de dolor o de remordimiento. Diminuto pero galáctico.

—¿Hola? —no estoy segura de cómo lo digo. Parece que no tengo boca.

La respuesta me llega como una impresión de fuerza sobre la materia: las partículas de aire vibran por el sonido, la luz parpadea en las manos de Augusto que se mueven mientras hablaba con señas.

Recuerdos.

Oh... Augusto. Sácame de aquí. Tengo miedo. ¿Augusto?

XANDER

No es sino hasta diez días después de que Augusto dejó el cuerpo de Raven en un hotel abandonado cerca de Jasper que siento su muerte, la siento en verdad, de la misma manera en que sentí la de Tucker, la de Lochie, la de Felix, la de Mandy y la de... los otros. Como rocas cayendo sobre mí desde grandes alturas y que ahora debo cargar: primero, el dolor del impacto; luego, su peso. En ocasiones, mientras camino a través de las montañas, observo mis pies y me pregunto por qué no me hundo en la tierra como una mula sobrecargada atravesando un prado fangoso.

Augusto se vuelve hacia mí, con la mano levantada. Es la seña para una pregunta genérica, según he aprendido.

—*¿Qué pasa?*

—Nada —miento. He estado mirando mis pies, intentando devolverles alguna sensación.

Hice una promesa, a mí, a Raven y a todos los muertos, a Topher y a todos los que dejé atrás, en el deteriorado santuario humano debajo de las montañas. Sólo necesito salir de la zona de ocupación Nahx, y hacia ahí va mi cabeza. Comunicarme con las autoridades humanas, decirles que hay doscientas personas muriendo de hambre, a punto de quedarse sin combustible y sin resolución. Doscientas personas marcadas por la muerte en un lugar donde se supone que ningún humano debería respirar, hasta donde puedo decir. Quizás a nadie le importe. ¿Qué son otros doscientos sumados a los millones? Sumados a Raven, Tucker, Lochie, Felix, Mandy, Sawyer...

Y mi familia. Mamá. Papá y Nai Nai. Chloe. Ella sólo tenía trece años.

Tenía. Tiene. Tendría catorce años ahora. Tal vez, nunca lo sabré.

Así es como me sigo moviendo, programando mentalmente un terror futuro, luchando para no temblar de frío y siguiendo a un alienígena blindado de dos metros de altura a través de un paisaje empapado de primavera, que se muestra por completo indiferente a la ausencia de mi especie. Los gansos vuelan hacia el norte en ordenadas formaciones en V, las ardillas se dispersan entre los retorcidos troncos de los árboles, las ovejas de grandes cuernos vuelven hacia nosotros sus pesadas cabezas a nuestro paso. Y la tierra regresa a la vida, ajena, tal vez incluso agradecida de tener este respiro de la interferencia humana. Los colores de la primavera me mantienen enfocado en mi objetivo: el delicado verde de las agujas nuevas de los pinos, el liquen azul plateado en las rocas y los dientes de león, dorados dientes de león resplandeciendo por todas partes.

Augusto se detiene para recogerlos de tanto en tanto, y retuerce sus tallos dentro de su armadura. He tenido la intención de preguntarle al respecto, pero tal vez no entendería su respuesta. No tenemos tiempo para que me enseñe su lenguaje de señas.

Sí y *no* son señas obvias. Y hay una que repite todos los días.

—*Prometer* —dice, antes de alejarse de mí.

Aprendí esta palabra el día que murió Raven. Lo que Augusto quiere decir es que cumplirá su promesa de sacarme del territorio ocupado por los Nahx. Se lo prometió a Raven, y eso significa todo para él. No sé por qué. ¿Qué representa un chico humano entre millones?

Unos minutos más tarde, se vuelve hacia mí de nuevo.

—*¿Frío?* —ésa es otra seña obvia, como algunas de ellas.

—No. ¿Podemos tan sólo seguir moviéndonos?

Llevo el abrigo, los guantes y el arma de un oficial muerto de la Policía Montada de Canadá que encontramos en la carretera vacía hace un par de días. El rifle del oficial cuelga sobre la espalda de Augusto, junto con un rifle Nahx que encontró bajo un arbusto. Los días y las noches pasan así, en silencio, mientras recorremos las montañas, recogiendo tesoros variados a medida que los encontramos. Descubro una bufanda de hoja de arce pisoteada en un charco. Augusto la exprime y la mete en su armadura. Una hora después, cuando me la devuelve, está completamente seca y tibia, como si acabara de salir de la secadora. Y a veces, encontramos comida, en medio de los días que vivo con el estómago gruñendo. Ahora mismo tengo los bolsillos llenos de barras de chocolate y nueces que tomamos en una estación de gasolina desierta.

Han pasado dos semanas, según mis cuentas, desde que dejamos el valle donde murió Raven. Y semana y media desde que la dejamos descansando en Jasper, con un sedoso vestido verde que Augusto encontró en una habitación de hotel. Tampoco le pregunté al respecto. La ropa de ella estaba rígida debido a la sangre seca, y olía a muerte. Supongo que él sólo quería darle un poco de dignidad en su destino final.

Frente a mí, en un área verde, Augusto se inclina para recoger otro diente de león, y me sorprende el repentino peso del silencio puro que desciende sobre nosotros.

—Augusto…

Se vuelve, siseando.

El transporte Nahx está girando sobre nuestras cabezas antes de que él me alcance siquiera. Me lanzo hacia un terraplén sin pensarlo, y bajo rodando hasta detenerme entre la maleza.

Hay otro siseo bajo.

—Aquí estoy —digo en un susurro—. ¿Nos vieron?

Antes de obtener una respuesta, el transporte aparece de nuevo por encima de nosotros. Augusto se abalanza y me agarra, tirando de mí por mi abrigo.

—*Correr RÁPIDO* —dice. Otras dos señas obvias que aprendí pronto.

Me alejo de él, en la otra dirección, hacia las aguas poco profundas de un arroyo. Estiro la cabeza hacia atrás para tratar de detectar el transporte justo cuando su motor ruge y aúlla. El agudo chillido hace que el aire parezca temblar y que todo se vuelva borroso.

—¡¿Hacia dónde?! —grito. Augusto está corriendo entre los árboles detrás de mí—. ¿En qué dirección?

Hemos llegado a una división en el arroyo donde el agua espumosa gira y fluye alrededor de una isla rocosa salpicada de árboles.

—*Arriba* —dice con señas.

Me abro paso a través del riachuelo poco profundo, sobre troncos y piedras, me arrastro hacia la isla y me desplomo en los arbustos. Justo cuando me doy la vuelta, Augusto aparece entre los árboles; su oscura forma borra el cielo detrás de él. Se desenfoca mientras balancea el rifle Nahx y me apunta.

—Augusto... Mierda.

—*Muerto. ¡MUERTO!* —su mano se desliza como si cortara su cuello—. *¡MUERTO!*

—¿Qué...?

Empuja el rifle hacia mi pecho, me avienta al suelo.

—*¡MUERTO! ¡Tú muerto!*

Cierro los ojos cuando su rifle comienza a chirriar. Se escucha un fuerte siseo y un dardo golpea el suelo junto a mi cabeza. Abro los ojos un poco para ver a Augusto inclinarse y recuperar el dardo; luego, le rompe la punta. Titubea un instante antes de girar mi cabeza a un lado y meter el dardo sin punta en mi oreja.

Su mano golpea mi boca antes de que pueda quejarme.

—*¡Muerto!*

Cierro los ojos otra vez. Sobre el ruido sordo del motor de transporte al ralentí y el ruido del arroyo, puedo escuchar pasos acercándose, fuertes pasos chapoteando hacia nosotros. Oigo el ruido de la armadura de Augusto y su familiar siseo.

Otro siseo responde. En el último momento, pienso que puedo contener el aliento. Augusto me empuja con fuerza con su bota y me rueda hasta quedar bocabajo sobre el barro. Eso me da oportunidad de tomar aliento con cuidado.

Hay más siseos y alguien gruñe. Están enojados y estoy tratando de no entrar en pánico. Transcurre una eternidad.

Por fin, una mano cálida toca mi cabeza y permanece allí mientras escucho los pasos que se alejan y los motores del transporte.

Tomo otra respiración cuidadosa. Luego, otra.

—Eres tú, Augusto, ¿cierto?

Me da unas palmadas en la espalda y saca el dardo de mi oreja. Mientras me doy vuelta lentamente, Augusto se arrodilla frente a mí y me mira.

—*Lamentar* —dice.

—¿Eran los mismos que… cuando sea que haya sido? —hace unos días evitamos a un grupo de Nahx escondiéndonos en un autobús abandonado. Luego, hubo un momento en que estuvimos cerca de ser descubiertos, mientras cruzábamos un puente ferroviario. Y en una ocasión escapamos de un transporte que voló justo encima de nosotros por algunos segundos. Es claro que la suerte no estuvo hoy de nuestro lado.

Me siento y limpio mi rostro, mientras intento que mi corazón deje de golpear en el interior de mi caja torácica.

—*¿Roto tú?*

—No estoy roto… quiero decir, herido. No, no estoy herido.

Augusto se pone en pie y me mira expectante, pero todavía no estoy listo para levantarme. Después de un momento, se arrodilla de nuevo, descansando sobre sus talones, y hace muchas señas.

—Lo siento. No entiendo…

—*Prometer* —dice con un suspiro.

XANDER

Tres días después alcanzamos a ver los drones que cuidan la frontera justo cuando comienza a oscurecer. Cuando estuvimos en la base, nuestra comandante, Kim, nos dijo que la información que había recolectado sugería que existía una "red de drones de ataque" a lo largo de la frontera, pero creo que imaginé que se trataría de algo más metafórico. En realidad, esto parece una telaraña, una horrible telaraña que un arácnido monstruoso ha tejido a través de kilómetros y kilómetros de montañas, con diminutos puntos de luz que flotan sobre los picos occidentales y proyectan una serie de haces delgados en todas las direcciones. Esto delinea la zona de ocupación Nahx. Ésta es la frontera que debemos cruzar para volver a estar con mi propia especie, entre los humanos.

Nos arrastramos a través de los árboles hasta que la red se cierne sobre nosotros, a tan sólo cien metros de distancia. Augusto pone una mano sobre su cabeza y golpea su casco, como si estuviera pensando.

—De acuerdo —digo—. Vayamos al norte de nuevo, o al sur. No puede continuar para siempre.

—*Para siempre* —dice, sacudiendo la cabeza lentamente.

—Entonces, ¿avanzamos a través de ella, de alguna manera? —sugiero—. ¿No está diseñada para vehículos y aviones? Tal vez podríamos atravesarla.

No estoy seguro de cómo alguien cubierto con una armadura y una máscara puede parecer vacilante, pero Augusto lo consigue. Se inclina y recoge un pesado trozo de madera de un árbol derrumbado. Curva su brazo hacia atrás y lo arroja con precisión en un arco impresionantemente alto para que navegue con gracia por el aire. La telaraña cruje cuando la madera vuela a través de ella.

—¿Ves? Es…

En un microsegundo, diez de los drones han convergido en el lugar en el que se infringió el registro. Retrocedo entre tropiezos cuando la noche es sacudida por un sonoro chasquido, y un rayo de electricidad sale disparado de la telaraña, incinerando el tronco justo en el sitio donde aterrizó.

—Bueno. Sí. Tal vez deberíamos… —estoy jalando a Augusto para alejarnos incluso antes de que el humo desaparezca.

Retrocedemos hasta una pequeña cabaña en ruinas que vimos cerca de un arroyo por el que pasamos hoy, más temprano. Augusto me ilumina con una de sus luces cuando extiendo mi mapa sobre el piso de tierra. Luego, hace esta cosa genial que puede lograr: chasquea los dedos para crear chispas y enciende un pequeño fuego en los restos de la chimenea. Voy entrando en calor mientras estudio el mapa.

Cuando estaba en la base, después de que Kim murió, su hijo, Liam, me permitió ver algunos de los mapas topográficos y militares que mostraban nuestra ubicación y el terreno circundante. Combiné eso con un par de otros mapas de viaje y cosas que podía recordar de la clase de Geografía en lo que pensé que podría ser una ruta de escape. Eso se convirtió en mi proyecto, más o menos lo único que lograba calmar mi mente en esas largas noches, cuando estaba seguro de que moriría allí arriba, de que moriríamos todos.

Y el viaje que tracé estaba destinado a todos: alrededor de doscientos supervivientes abrazaríamos los lados bajos del Paso de Yellowhead, nos mantendríamos bajo la cubierta de los árboles donde fuera posible, cambiaríamos los caminos secundarios por las vías del ferrocarril, ahí donde la autopista ascendía pronunciadamente. Sugerí que lo planeáramos para un mes, dado que el avance de un grupo tan grande, considerando que incluía niños y ancianos, sería lento.

La gente llegó a creer en el mapa. Creyeron que podríamos salir del territorio ocupado y liberarnos de los Nahx. No sé en qué estaba pensando. Ha sido bastante difícil para mí y para Augusto caminar por montes y praderas sin ser detectados. Lo más probable es que doscientos de nosotros habríamos sido interceptados por los Nahx desde el segundo día. Tal vez todos lo sabían en el fondo, quizás ésa fue la razón por la que nunca preparamos el momento para irnos en verdad.

Es la misma ruta que Augusto y yo tomamos, más o menos, y ahora me doy cuenta de que no es tanto una ruta de escape, sino una caminata larga y sin sentido. Dejo que mi dedo siga la ruta, me detengo donde creo que la telaraña Nahx desciende. Estamos a pocos kilómetros al este de la red ahora, y la persistente paranoia provocada por nuestro último encuentro con los Nahx me ha hecho renuente a dejar de moverme.

Estoy agotado. Cuando disminuyo la velocidad, sin querer más que acostarme y dormir, él tan sólo me da un codazo, y retomamos el paso con fuerza, como alces determinados en su migración hacia el norte. Augusto nunca duerme, que yo sepa. No come. En ocasiones, a la luz del sol, baja un poco el paso y extiende sus brazos para dejar que el sol brille sobre él. ¿Es posible que tenga algún tipo de generador solar? Eso sería útil.

Me habría gustado tener más tiempo antes de que Raven muriera para preguntarle sobre él. Sabemos muy poco sobre los Nahx, incluso después de que han ocupado nuestro planeta durante casi un año. Pero quizá sólo somos nosotros, los desafortunados que fuimos entregados, los que fuimos abandonados en las zonas ocupadas, quienes nada sabemos. Quizás en el territorio humano libre la gente ya está escribiendo libros y sucintos artículos de reflexión sobre la fisiología de los Nahx.

A prueba de balas. Prácticamente inmortales. Silenciosos. Determinados. Incansables. Brutalmente eficientes. Insensibles.

Bueno, Augusto no es muy insensible. Parece preocuparse por mí, como sea.

—*¿Hambre?* —pregunta con señas, tocando mi hombro.

—Estoy bien. Ya estoy un poco harto de las barras de chocolate.

Miro el mapa. Si no me equivoco, esta cabaña se encuentra en la orilla sur de un lago sin nombre, a unos ocho kilómetros al oeste de un puente sobre el río Fraser. Entonces, tendremos que retroceder. Mi dedo traza un camino hasta la gruesa línea del río, luego por encima de él…

Hay otra línea delgada en el mapa. Recuerdo haberla dibujado, pensando que podría ser útil saber que estaba allí, pero ahora no recuerdo por qué. Es una idea loca y sé que a Augusto no le gustará, pero podría funcionar.

—Hay una especie de túnel al norte de aquí —"túnel" es una buena manera de decirlo. En realidad, se trata de una enorme tubería, un oleoducto que los chicos con conciencia social solían pensar que aceleraría el fin del mundo. La única razón por la que la conozco es porque ayudé a mi hermana a dibujar un mapa para un proyecto escolar al respecto. Y como la mayoría de los mapas que he dibujado, lo recordé con suficiente detalle para volver a dibujarlo.

Ahora, la voz de mi hermana está en mi cabeza, recitando su informe. Al levantar la vista, seco mis ojos rápidamente para que Augusto no me vea.

Se suponía que el oleoducto debía ir de Edmonton a la costa, pero las demandas de las Primeras Naciones lo detuvieron. Así que ahora, si tengo razón, termina en una refinería en un pequeño pueblo a unos ochenta kilómetros al norte de Prince George y justo al oeste de la telaraña, fuera del territorio de los Nahx.

A medida que lo pienso, parece haber demasiadas variables y formas en que podría salir terriblemente mal. ¿Cómo puedo entrar en la tubería y hasta dónde tendré que arrastrarme para salir? Y cuando llegue hasta donde están los humanos, cubierto de sedimentos de petróleo como una criatura de las profundidades, ¿me recibirán como un héroe perdido? Es una locura.

Pero *podría* funcionar. Quiero decir, creo que hay una pequeña posibilidad.

—Si nos dirigimos hacia el norte, podemos buscar la tub… el túnel.

—Oscuro. ¿Sí?

—Probablemente sea más seguro que salgamos cuando haya oscurecido. Tienes razón.

Después de abandonar la cabaña, las horas pasan sin incidentes, y eso me hace sentir inquieto. Sin embargo, hace un frío inclemente, incluso con el abrigo y los guantes del oficial. Justo antes del amanecer, cuando hacemos una parada para descansar, Augusto pone sus manos sobre mis orejas para calentarlas. Puede controlar su temperatura de alguna manera, e incluso arder si está en peligro o agitado. Lo supimos cuando Liam lo tomó prisionero. Hace sólo dos semanas, ¿cierto? Se siente como si hubieran pasado siglos.

Las cosas habrían sido tan diferentes si tan sólo Liam me hubiera escuchado. Pude ver que Augusto estaba tratando de rendirse pacíficamente. Había venido a buscar a Raven para llevarla a salvo. Pero ¿cómo razonas con alguien que ha perdido la razón? Liam y Topher, y la mayoría del resto de la variopinta milicia que habíamos formado, ni siquiera querían hablar sobre los planes para salir de las montañas en primavera. Se consideraban como la resistencia de las Montañas Rocallosas canadienses: sin retirada ni rendición.

Así fue como Liam desperdició nuestra única oportunidad. No terminó importándole. Y ahora está muerto en la ladera de una montaña. Junto con todos los demás.

Dejé de pensar en lo que le pasó a mi familia hace meses. Vi los restos de nuestro edificio de apartamentos en Calgary; a diferencia de otros más cercanos al centro, era una pila de cenizas y metal doblado. Si alguien estaba dentro cuando los Nahx lo bombardearon, está muerto. Si estaba fuera, los Nahx le habrán disparado sus dardos y lo habrán dejado en alguna parte. No tuvimos tiempo de voltear cada cadáver para ver si era alguien que conociera o mis padres. Mi hermana pequeña. O Nai Nai.

Me sacudo la mano de Augusto.

Horas después, cuando mis piernas comienzan a tambalearse, llegamos a un pequeño campo de trabajo. Desierto, por supuesto, pero los desperdicios abandonados me hacen pensar que corresponden a la época cuando empezaron a construir el oleoducto, tal vez de hace uno o dos años. Seguimos un camino de barro, con surcos profundos, hacia el bosque, más allá de unas pocas cuchillas de excavadoras desechadas, neumáticos de camiones y otras señales del desdén humano por la naturaleza.

Por fin, en un claro, encontramos una especie de excavación, y en efecto, bajo la tierra se encuentra una gran tubería, de un poco más de un metro de diámetro. Me alivia ver su tamaño. La tubería desaparece entre los árboles en una u otra dirección como una serpiente obstinada. Augusto se acerca con cautela, como si el oleoducto pudiera cobrar vida y devorarnos a los dos antes de escabullirse. El agudo sonido metálico de sus nudillos golpeando la tubería resuena a través de los árboles.

—*¿Debajo?* —pregunta con una seña.

—Sí. Puede que vaya bajo tierra, debajo de ríos o lo que sea. Justo debajo de la telaraña de drones, creo.

Golpea su sien con un dedo.

—*Inteligente.*

Seguimos la tubería hacia el oeste y, pronto, al subir una cresta, tenemos una buena vista a nivel del suelo donde desciende la red. Es difícil ver algunas de sus partes, ahí donde desaparece dentro del espeso bosque, pero hay un transporte Nahx estacionado en una carretera cercana.

—¿Crees que sepan sobre la tubería? —pregunto en un susurro.

Augusto se encoge de hombros.

—*Repetir. Pensar. No.*

—¿No es muy inteligente? —me quito la gorra y rasco mi cabello grasiento—. Entonces, ¿tal vez no se den cuenta de nada? Esto podría funcionar.

Augusto asiente.

Calculo que la red está a menos de un kilómetro de distancia. Saco el mapa arrugado de mi bolsillo y lo extiendo sobre el metal curvado de la tubería. He estado tratando de marcar nuestro progreso, señalando puntos de referencia, como carreteras, lagos y arroyos, cada vez que puedo. Estoy bastante seguro de que Bear Lake, donde se encuentra la refinería, está a unos ocho kilómetros al oeste de aquí.

¿Podré hacerlo? ¿Puedo arrastrarme a lo largo de ocho kilómetros de tubería? Es una locura.

Augusto se inclina para inspeccionar una placa redonda cerrada con pernos en el costado de la tubería y la golpea ligeramente.

—Creo que ése es un puerto de acceso —pasamos uno de ellos por el camino. Supongo que aparecen a intervalos regulares, aproximadamente a kilómetro y medio de distancia entre sí. Augusto aprieta uno de los pernos e intenta girarlo. Estoy a punto de decirle que necesitamos algún tipo de herramienta cuando se escucha un crujido oxidado y el perno ya está en su mano.

Dios. Sabía que era fuerte, pero esto es extraordinario.

Observo cualquier posible movimiento en la red mientras Augusto elimina el resto de los pernos. Cuando termina con el último, tuerce la placa. Retrocedo cuando él la retira, bastante seguro de que desde que la invasión apagó la red eléctrica ya no debe haber presión en las tuberías.

Bastante seguro, pero no convencido.

El fango negro gotea sobre el suelo del bosque cuando la placa es removida y Augusto la deja sonar. Entonces, no. No hay presión, sólo un poco de petróleo crudo residual que recubre el fondo de la tubería. Supongo que eso facilitará el deslizamiento en su interior, aunque los gases podrían ser un problema; ahora salen de la tubería, haciendo que el aire se sienta espeso y acre.

Augusto se hace a un lado mientras asomo la cabeza a la tubería. Ilumino con mi linterna hacia abajo en las dos direcciones. El peligro es que encontremos algún tipo de bloqueo y tengamos que movernos en reversa y cuesta arriba para volver a salir. Y existe el peligro de que no encontremos otra escotilla de acceso y deba arrastrarme por el fango durante días. Y el peligro de que los Nahx nos escuchen y nos saquen de allí antes de que consigamos llegar al otro lado.

Es muy poco probable que sobrevivamos, pero ¿qué opciones tengo?

El tubo es bastante ancho por dentro, lo suficiente para que nos arrastremos en lugar de avanzar escurriéndonos como anguilas, así que ya es algo. A juzgar por la luz del cielo, es alrededor del mediodía. La tubería desciende la mayor parte del camino desde aquí, por lo que podríamos deslizarnos como en un parque acuático. Eso ahorrará tiempo. Si continúa cuesta abajo hasta la próxima escotilla, la posibilidad se vuelve mucho más verosímil.

—¿Crees que podrías abrir una de estas placas desde dentro? —pregunto.

Augusto se inclina otra vez para inspeccionar los agujeros de los pernos y el grosor de la placa.

—*Quizá* —responde.

—La siguiente placa debería estar al otro lado de la telaraña. Si puedes abrirla, podré salir. Está a un kilómetro y medio, más o menos. Podría llevarnos una hora llegar allí —una hora en la oscuridad, arrastrándonos a través del fango.

Una vez que me introduzco en el tubo, descubro que soy capaz de moverme fácilmente sobre mis manos y rodillas. Al encender mi linterna, puedo ver dónde se dobla la tubería hacia abajo, como un tobogán acuático. Mi confianza está vacilando ahora que estoy en el interior. ¿Qué pasará si Augusto no puede deshacerse de las placas? ¿Qué pasará si me equivoco acerca de las demandas sociales y la tubería pasa por alto la refinería y llega hasta la costa? No hay humano vivo que pueda gatear en la oscuridad por el tiempo necesario. ¿Semanas? ¿Meses?

Me doy vuelta y me asomo al exterior. Augusto está parado allí con una mano sobre su casco. Sería bueno poder dejarlo aquí, porque definitivamente ha hecho lo suficiente para que se considere cumplida la promesa que le hizo a Raven.

Pero lo necesito. Lo cual es a la vez molesto y algo más. Se supone que los Nahx y los humanos son enemigos. Cuando estábamos en la base, Liam y Topher hablaban como si de alguna manera pudiéramos expulsar a los Nahx de la tierra, librar una gran batalla y erradicarlos como si fueran una simple viruela. Sólo un idiota pensaría que ésa era una opción ahora.

Augusto salvó la vida de Raven. Ella le salvó la vida a él. Él me está salvando la vida. Tal vez tiene sentido. Si hacemos esto las suficientes veces, seríamos capaces de vivir unos con otros.

Este pequeño puente de confianza podría ser más grande que cualquier sueño de grandes batallas y victorias.

—No creo que yo pueda abrir la tubería desde el interior.

Augusto asiente y se introduce en el tubo detrás de mí. Avanzo para darle espacio mientras él acomoda sus largas extremidades. Es demasiado alto para gatear, pero la parte inferior de la tubería está resbaladiza por el aceite, por lo que debería poder arrastrarse con facilidad. Hace clic en algo y se enciende una luz en su hombro; su rayo baila sobre las escurridizas paredes metálicas.

—¿Cuánto dura la batería?

—*Siempre* —dice con una seña—. *Prometer. No asustar.*

Avanzamos lentamente. Cuando llego a la pendiente en la tubería, de alguna manera caigo y aterrizo con una salpicadura aceitosa en la curva inferior. Augusto es mucho más grácil y controla su descenso con las manos en las paredes, manteniendo su luz estable cuando me alcanza.

—*¿Roto?*

—No, estoy bien —me destrabo y continúo arrastrándome en la oscuridad. Aquí, el aire huele a estación de gasolina mal administrada y comienzo a marearme, incluso con la bufanda sobre mi nariz. No puedo imaginar una muerte peor que ésta. ¿Envenenado por humos tóxicos en una tubería grasienta? Me pregunto si Augusto dejará mi cuerpo aquí. Algo me dice que no lo haría, pero cuando me doy vuelta para mirarlo mientras se mueve con cuidado a lo largo de la tubería, me doy cuenta de que está jadeando. Maravilloso. Tal vez, moriremos aquí los dos. Los arqueólogos se divertirán con eso.

Palpo a lo largo de las paredes mientras avanzamos lentamente, en busca de la escotilla de acceso. Me parece que ya deberíamos haberla encontrado. ¿Ya habremos atravesado la red? Pensé que tal vez podríamos ver alguna señal en algún momento, pero hasta ahora sólo ha habido humo, fango y oscuridad. Algo así como mis peores días en la escuela secundaria.

Los dedos de Augusto sujetan mi tobillo.

—¿Qué? —digo, volviéndome.

Pone un dedo sobre su boca y gira su cuerpo para mirar detrás de nosotros. Pasan varios segundos largos mientras contengo la respiración. Un momento después, escuchamos el inconfundible sonido de alguien con armadura metálica cayendo por una tubería. Resuena en su camino hacia nosotros como una sentencia de muerte.

—¡Mierda!

—*Rápido. ¡Rápido!*

Me empuja y se empuja él mismo con su mano libre. Llegamos a otra pendiente y nos deslizamos hacia abajo, hasta aterrizar en una pila en el fondo. Augusto sisea mientras nos liberamos, antes de lanzarme hacia el frente con otro empujón. La asquerosa mezcla de aceite y agua fétida salpica mi rostro, por lo que presiono los ojos y la boca, firmemente cerrados. Estoy arrastrando mis manos a lo largo de la tubería ahora, buscando con desesperación cualquier cosa que se sienta como el panel de acceso.

—¿Ya lo pasamos? ¡Debemos haberlo pasado!

Sobre el sonido de mis manos frenéticas golpeando el metal, puedo escuchar el progreso de los otros Nahx detrás de nosotros. Nos están alcanzando.

Augusto me empuja a un lado y se desliza más allá de mí, sus dos luces brillan delante de nosotros. Agita su mano frente a mi rostro y cierra sus dedos con fuerza.

—*¡Agárrame!*

Me aferro a su pie y él nos empuja, tratando de mejorar nuestro impulso de todas las maneras posibles. Tras una eternidad de esfuerzos desesperados después, Augusto se detiene y su luz parpadea iluminando alrededor.

—¡Ahí! —es un panel.

Los gruesos pernos proyectan sombras largas sobre el metal. Augusto cierra su puño alrededor de uno y gira. Sólo un Nahx tendría la fuerza para quitar estos pernos; es sólo por Augusto que tengo la oportunidad de sobrevivir. Me vuelvo y miro atrás, con mi patética arma apuntando a la oscuridad.

Detrás de mí, Augusto suelta otro perno. Lo escucho golpear contra el concreto, fuera de la tubería.

Si alguna vez salgo de este oleoducto, es ahora, y si esta salida no está más allá de la red de drones, entonces todo esto habrá sido en vano. La bilis se eleva en mi garganta cuando la combinación de los gases del petróleo y el miedo mortal se vuelve insoportable. *¡Clanc!* Otro perno. No he estado contando. ¿Van tres o cuatro?

El sonido se transmite de manera sorprendente a través de esta tubería, y escucho un distintivo siseo de Nahx como si estuviera justo frente a mí. Augusto también lo oye y me agarra por el pie, me arrastra más allá de él y me empuja hacia el fango. Gira dos pernos más y los golpea con la base de la palma de su mano para forzarlos a salir.

Otro siseo resuena por el tubo, seguido de un gruñido.

Augusto presiona su espalda contra la pared de la tubería y patea el panel. El metal suena tan fuerte que me duelen los oídos. Todos los intentos de sigilo acabaron. La tubería completa vibra con cada patada. Estoy tratando de no jadear de desesperación porque cada respiración llena mis pulmones de los infames vapores.

Augusto se vuelve y enciende una de sus luces hacia el túnel cuando el ruido se acerca, pero continúa pateando.

¡CLANC! ¡CLANC!

Pongo las manos sobre mis orejas. Éste es el verdadero sonido de las campanadas de la muerte. Estoy perdido.

De pronto, el panel cede con un fuerte estallido. Augusto se zambulle por mí, me agarra por el suéter y me empuja por el agujero. Me estrello contra el poste de concreto, mi cabeza se golpea contra algo duro. Aturdido, me pongo en pie, tambaleante, y mis dedos se curvan sobre los bordes del orificio de acceso.

—¡Sal de ahí! ¡Augusto!

Lo único que veo es una sombra de metal mientras se arrastra por la tubería y desaparece en dirección a los otros Nahx.

—¡No! ¡Sal de ahí! ¡Augusto!

Sé que el plan era dejarlo atrás, pero nunca pensé que sería de esta manera. Lo matarán.

Con la cabeza todavía dando vueltas, me levanto hasta el agujero y me inclino para observar el interior. Augusto se encuentra a unos metros de distancia, tendido en el círculo de iluminación emitido por sus luces, con el rifle del oficial apuntando hacia abajo por la tubería.

—¡Augusto!

Se da vuelta y me mira justo cuando otros tres Nahx aparecen tras una curva en la tubería. El horrendo sonido metálico de los otros Nahx deslizándose hacia él hace que mis dientes chirríen. Me estiro hacia él, pero mi mano se agita en vano para agarrarlo. Está fuera de mi alcance.

—Ven conmigo. Ven conmigo…

Inclina la cabeza hacia un lado, levanta una de sus manos, junta el dedo medio y el pulgar como si fuera a chasquear los dedos.

—¡NO! ¡No, Augusto, no! ¡NO LO HAGAS!

Chas.

Se escucha apenas un golpe, y los vapores y el combustible a su alrededor se encienden. La llama azulada corre temblando hacia mí y lejos de él, hacia los otros Nahx. El calor me obliga a retroceder, siento que los vellos de mis dedos se queman.

—¡Sal de ahí! ¡Augusto! ¡Augusto!

Sin mirar atrás, se lanza hacia los otros Nahx. Se deslizan hacia las llamas.

La tubería comienza a vibrar de manera extraña, pero antes de que pueda pensar en lo que eso significa, se abre una grieta ensordecedora, y de pronto estoy volando por el aire mientras el resplandeciente agujero ardiente en la tubería se va alejando de mí. Aterrizo con fuerza y mantengo los ojos abiertos sólo el tiempo suficiente para ver el infierno de los gases de gasolina encendidos que salen disparados del agujero hacia mí como un lanzamiento de cohete.

Ya casi ha oscurecido cuando mis ojos se abren nuevamente, pero el bosque está en llamas a mi alrededor. Me esfuerzo para ponerme en pie y doy vueltas en mi lugar, desorientado. Sobre el resplandor de las llamas, puedo ver la red de drones delineada contra las olas de humo en el cielo, a menos de treinta metros de distancia. La tubería yace en piezas, todavía encendidas, dispersas alrededor de los postes de hormigón carbonizado. Apenas puedo entender que la destrucción se extiende más allá de la red, hacia la zona de los Nahx. Esa ruta de escape, como fuera, ya no existe ahora.

En la otra dirección, hay una delgada franja rosa a lo largo del horizonte: el sol poniente. El oeste.

Me tambaleo en esa dirección, esquivando los árboles en llamas, conteniendo las lágrimas. *Hogar,* pienso mientras escapo del fuego. *Hogar.*

Mi hogar ya no existe. Nombres y rostros destellan en mi delirio. Mamá. Chloe Toph… Todos se han ido. "Hogar" es simplemente "humanos" ahora. Y las palabras no me inspiran a seguir moviéndome como pensé que lo harían. La gravedad me empuja tanto como cualquier otra cosa. La pendiente cuesta abajo por donde camino sugiere un arroyo o un río. Necesito agua.

—Prometer —digo en voz alta. Me duelen los labios, y cuando levanto la mano para tocarlos, me doy cuenta de que mis dedos están rojos y ampollados. Me arde la garganta, cada respiración se siente como un trago de vidrios rotos. Pero sigo repitiendo la palabra como una oración por la salvación—. Prometer. Prometer. Prometer…

SEGUNDA PARTE

TIERRA

"Hay algo en marcha dentro de mi alma que no entiendo."
MARY SHELLEY, *FRANKENSTEIN*

RAVEN

De pronto, ya no estoy en el vacío. Todavía soy ingrávida, insustancial como una ráfaga de viento, pero hay algo de resistencia, algo que tira de mí, algo debajo de mí que me ancla.

Es la tierra. Gravedad.

No estoy sola. Y puedo escuchar.

Chuf, chuf, chuf.

Conozco ese sonido. Excavar. Excavar en un terreno rico y frondoso, húmedo por la nieve derretida, volviendo a la vida con la primavera. El olor penetra en mis pensamientos, un abedul, un lago y cenizas, carbón. Los sonidos y los olores parecen alinearse en mi mente hasta que forman una imagen y sé lo que está sucediendo.

Están cavando una tumba. Me van a enterrar. ¡Me van a enterrar viva! Tengo que detenerlos de alguna manera. Moverme. Hablar. Abrir los ojos.

Pero no tengo ojos. Aunque puedo sentir la succión de la gravedad que me ata a la tierra, no siento más. No tengo extremidades. No tengo cuerpo. Pienso en las palabras "mira a tu alrededor", y sucede algo tan extraño que casi me distrae de mi terror de ser enterrada viva. La idea de "mirar alrededor" se extiende y se convierte en un filamento que da vueltas y se enrolla y gira en espirales hasta que cada parte de mí está encerrada en su red. Luego, algunas de mis células simplemente despiertan y procesan mi deseo de ver. No mis ojos, sino mi piel, mi cabello, mis poros. Ellos... *miran a mi alrededor.*

Lo único que veo son sombras en movimiento. Alguien muy alto arroja un objeto, luego se arrodilla, se inclina y jala algo voluminoso de un agujero en el suelo. Hay árboles alrededor, y sobre nosotros, un sol lo suficientemente brillante para llenar mi conciencia y hacer que todo lo demás desaparezca por un momento.

Cuando consigo volver a ver las sombras, ya se están alejando. Mi atención se desvía hacia el objeto voluminoso que la sombra sacó del agujero, pero antes de que pueda convertir lo que veo en un pensamiento, como si alguien hubiera accionado un interruptor, el vacío me reclama.

XANDER

Cinco meses después

Pelear va contra las reglas en los campamentos de refugiados alrededor de Prince George. Fuera de los campamentos también, en las calles y los callejones, donde sea que nos permitan ir, en los lugares que no están prohibidos para los miles de intrusos desesperados que los Nahx dejaron sin hogar. Podemos implorar, morir de hambre, arrojar los pulmones en un ataque de tos o morir detrás de los basureros, pero Dios no nos permita pelear.

Aun así, las peleas calman mi mente. Hay suficiente estimulación en el movimiento, el color, los olores, los sabores y el ruido para distraerme de las otras tonterías que pienso, pero no la suficiente para confundirme y abrumarme. Un poco de dolor ayuda. Sé que el objetivo de las artes marciales es no ser golpeado, pero a veces dejo que mi oponente conecte, sólo para mantener las cosas entretenidas.

—¡Dale, Lou!

Los otros chicos de mi campamento de refugiados me llaman "Lou" porque nadie se esfuerza en pronunciar mi apellido de la manera correcta, Liu, y supongo que "Xander" no suena lo suficientemente fuerte para ellos. Como si Alejandro Magno, de quien deriva el nombre, hubiera sido tan sólo un idiota.

Me agacho y apenas evito un jab directo, pero poco entusiasta, en mi frente. Al chico del Campamento Norte le escurre sangre de los ojos. Esto está a punto de terminar.

—¡Vas a caer, norteñito! —grita alguien.

Doy un paso atrás, mi bota resbala en un trozo de hielo y caigo sobre mi trasero en la nieve pulverizada. El norteño aprovecha la oportunidad, salta sobre mí y golpea mi cabeza con sus puños blancos y fríos. Pelear al aire libre por la noche en el norte de Canadá es bastante estúpido, pero hay raciones de bocadillos en juego. Una semana de nueces, salmón, arándanos secos. Nosotros, los bribones del Campamento Sur, podremos festejar como reyes si me las arreglo para quitármelo de encima.

Técnicamente, se supone que ésta es una pelea de puños, ya que nuestras botas podrían causar daños permanentes, pero no es que tengamos exactamente un árbitro, y como ya estamos rompiendo alrededor de mil reglas, dudo que alguien lo reclame. Me siento rápidamente y le doy un cabezazo con fuerza al norteño en la barbilla. Me libero de él cuando sale volando hacia atrás. Me pongo en pie de un salto y caigo sobre él con mi puño al frente.

El impacto del golpe en su cara viaja por mi brazo y entra en mi cerebro, rompiendo cosas allí, recuerdos, derribándolos como si fueran soldaditos de juguete.

Raven. Tucker. Felix. Sawyer. Mandy. Emily. Lochie. Liam.

Todos, muertos. Tal vez el brillo de eso debería haberse desvanecido en los últimos meses, a lo largo de una primavera triste y húmeda, un verano caluroso y sin gracia, y ahora este invierno, frío y hambriento. Pero nada se ha desvanecido. Ni siquiera Augusto, ardiendo en llamas, deslizándose para alejarse en la tubería mientras yo me zambullía por él, para detenerlo, para quedarme con él. Para que *alguien* se quedara conmigo.

Topher flota a la deriva en mi conciencia como un fantasma malhumorado, y golpeo al norteño nuevamente, sólo porque puedo hacerlo.

—Ya cayó, Lou, aguanta.

Me reclino, preparado, ansioso por seguir adelante, pero ni siquiera creo que sea genial golpear a un oponente apenas consciente.

—Levántate, David.

—No se va a levantar —digo.

La adrenalina de la pelea ya se desvaneció, me siento cansado, relajado casi, y comienzo a procesar la manera en que gané. Mal. Le pegué muy fuerte.

—Hermano —digo, abofeteando su cara con suavidad—. Despierta, despierta.

Gime débilmente, sus ojos revolotean.

—¡Mierda, soldados! —grita alguien.

Levanto la vista del bulto insensible que está debajo de mí, veo las luces intermitentes sobre la parte superior de la estación de gasolina abandonada, frente al callejón donde estamos. La ubicación de "Noche de Pelea" de esta semana.

Los espectadores se dispersan. Los supuestos amigos de David me lanzan una mirada de disculpa y de súplica antes de abalanzarse hacia la oscuridad; sus botas forman nubes de nieve mientras corren. Oigo cómo azotan las puertas de los vehículos, y gritos.

—Vamos, David —lo sacudo—. Tenemos que irnos. Levántate.

Más gritos. El motor de un camión ruge y la sirena cobra vida, abriéndose paso en la noche silenciosa.

—¿Gané? —murmura David.

—Nadie ganó, amigo —todo el botín, los bocadillos prometidos, se escaparon con los compañeros de campamento de David—. Levántate. Levántate.

—¡Hey! —tres soldados aparecen al final del callejón agitando sus linternas y sus rifles—. ¡No se muevan!

Trato de levantar a rastras a David, pero él vuelve a derrumbarse cuando los soldados se acercan. Tengo unos cuantos milisegundos de impulsos salvajes. Quiero buscar en sus bolsillos. Tal vez tenga un encendedor o un lápiz o algo así. Podría tomar sus calcetines. Los calcetines valen casi tanto como la libertad.

—¡Levanten las manos!

Corro. Tres soldados, bien alimentados y cubiertos con equipo y ropa de invierno, no son rivales para mí. He estado corriendo sin parar durante el último año y medio. Puedo escapar de estos policías mimados de centro comercial. Me inclino para agarrar mi abrigo en el otro extremo del callejón y me muevo agachado hacia la izquierda, fuera de la vista, mientras dos de los soldados gritan detrás de mí. Echo un vistazo al tercero, que se inclina sobre David. Lo tienen, pero al menos no se congelará hasta morir. Lo llevarán a un lugar cálido y curarán sus heridas.

La oscuridad es profunda cuando salgo del callejón. La razón por la que elegimos el lugar de la pelea es porque es uno de los pocos espacios con escasa luz por la noche, lejos del faro de seguridad que brilla desde la ladera sobre la carretera. Ahora estoy corriendo en la oscuridad siguiendo mis instintos. He pasado por aquí antes y sólo espero recordar lo suficiente para perder a los soldados sin estrellarme contra alguna pared.

Doblo a la izquierda. Una brecha estrecha se abre entre dos tiendas vacías. Nada hay para vender. No hay dinero para comprar nada.

Derecha. A través de las ruinas de una casa quemada. Quizás alguien derribó una vela durante las horas de apagón. Ya nadie reconstruye nada. Si algo se quema, se queda quemado.

Izquierda. Dos autobuses escolares estacionados en un terreno baldío. No hay gasolina, no hay diésel, los militares se quedan con lo que hay. Si quieres ir a la escuela, caminas. Me detengo allí para recuperar el aliento. Abrocho mi abrigo en el espacio entre los autobuses, me presiono contra una llanta para que los soldados no vean mis pies. Pero ya los perdí. Me agacho y miro por debajo del autobús: ningún haz de luz o movimiento. No oigo nada. Los soldados son casi tan sigilosos como los alces en celo. Creo que estoy bien.

Sudoroso, pienso, mirando mis pies. Mañana, mi rostro estará magullado. Y ahora estoy cubierto de hollín también. Huele a…

Cuando doy la vuelta para continuar por la parte trasera de los autobuses, descubro una gran figura allí. Antinaturalmente alto, un rifle pesado, apenas visible. Como una sombra andante.

—Ah, no… —mi corazón prácticamente salta a mi boca mientras giro y ya estoy corriendo antes de que incluso lo haya procesado.

¿Un Nahx? ¿Aquí? Es imposible. Estamos dentro del territorio controlado por humanos, a más de treinta kilómetros de la red. Nos encontramos por debajo de los seiscientos metros, el llamado país bajo que los Nahx nos permitieron mantener. Echo una mirada atrás cuando salgo del terreno baldío. Una mancha de sombra se mueve entre los autobuses. Giro la cabeza mientras corro, tratando de localizar al compañero del Nahx, pero no veo a nadie más. La adrenalina ha absorbido la sangre de mis manos y pies, así que siento como si corriera sobre cuchillas. Delante de mí, un automóvil cubierto de hielo bloquea un pasaje entre dos silenciosos apartamentos de poca altura. Lo salto de cabeza, me deslizo sobre el capó y me pongo en pie al otro lado.

—¡CÓDIGO NEGRO! —grito. Tal vez alguien en los apartamentos tendrá una pistola o algo así. Detrás de mí, la sombra se mueve como un fantasma más allá del auto—. ¡CÓDIGO NEGRO! ¡Que alguien me ayude!

Doy vuelta a la izquierda otra vez, bajo por otro callejón y sigo más allá de contenedores y montones de basura —en cualquier otro momento me detendría para hurgar en ella—, antes de salir a la calle abierta.

Un camión de soldados se detiene justo delante de mí. Me muevo tan rápido que me estrello contra él y reboto sobre mi trasero. Pero me alejo, porque todos estaremos muertos si el Nahx nos alcanza.

—¡Alto! —grita uno de ellos.

—¡Código negro! —gimo de nuevo, pero el otro soldado me aborda. Rodamos en la nieve—. C-c-código negro. Código negro. Hay un Nahx.

Su compañero gira, levantando su rifle, mientras el otro me levanta.

—¿Dónde? ¿Ves uno o dos?

Señalo de nuevo a los apartamentos.

—Me estaba siguiendo... allí. No vi a su compañero.

Esperamos, contando los segundos, pero nada pasa. Ni sombra andante, ni Nahx, ni oso pardo, ni alces perdidos, nada.

Pasan diez segundos interminables mientras los tres esperamos para averiguar si viviremos o moriremos.

—Súbelo al camión —dice uno de los soldados finalmente—. Espósalo.

Sé que no me creen, pero la velocidad a la que nos alejamos me da cierta satisfacción.

Una hora después, estoy en una celda oscura con tres borrachos y alguien que piensa que los Nahx son ángeles caídos que llegaron para hacernos pagar por nuestros pecados. Hay peores teorías que ésta, supongo.

Hay un cartel en la pared fuera de la celda, un dibujo estilizado de un Nahx gigante que se cierne sobre un pueblo de aspecto somnoliento. EVITE Y REPORTE dice en grandes letras negras. COLABORAR CON LOS NAHX ESTÁ PROHIBIDO POR LA LEY Y SERÁ SANCIONADO. Estoy interesado en el diseño del cartel más que en su inútil mensaje obvio. Es una serigrafía al estilo antiguo: formas llamativas y colores simples, negro, gris, rojo. La mayor parte de la tecnología digital fue desactivada por pulsos electromagnéticos en el primer asedio, así que hemos regresado a la propaganda como se hacía durante la Segunda Guerra Mundial. Me pregunto quién en el pueblo habrá tenido una prensa que desempolvaron y echaron a andar.

Detrás del Nahx gigante que aparece en el cartel, se puede ver a su compañero, representado como una sombra gris tenue en el fondo, contra un cielo arremolinado. Cierro los ojos y trato de imaginar al Nahx que vi en el autobús escolar. No colaboré con él. Lo evité. Lo reporté. Así que no sé por qué estoy en la cárcel.

—¡Liu! ¡Tu turno! —dice una voz a través de un crepitante altavoz.

El orador me hace sentir, entre todas las cosas, nostalgia. Echo de menos mi horrible sistema de sonido en casa: mi teléfono estaba conectado a unas bocinas baratas que me dio Tucker. No me dijo, hasta que ya era demasiado tarde, que las había robado.

Me acerco a la puerta de la celda cuando un oficial abre la cerradura y desliza la puerta. Siguiéndolo, leo algunos carteles más en mal estado que han pegado en las paredes del frío pasillo. ACAPARA Y VAS AL NORTE se lee en uno de ellos: un edicto para que no se acapare comida, algo que todos ignoran. AYUDA A MANTENER LA PAZ Y ORDEN: ÚNETE AL FDCI, se lee en otro. Ya investigué al respecto. Debes tener al menos veinte años y haber terminado el bachillerato, así que eso me deja fuera.

El oficial me conduce hasta una habitación estrecha, donde reconozco a la mujer uniformada detrás del escritorio. La capitana Roopa Chaudhry, que antes era oficial de la Policía Montada, ahora forma parte del FDCI, la Fuerza de Defensa Cooperativa Internacional, un nuevo colectivo de patrullas militarizadas responsables de vigilar las regiones controladas por los humanos que resultaron más afectadas por la invasión. Paz y orden, justo como dice el cartel. Mantienen el estofado de refugiados en Prince George a fuego lento, en lugar de dejarlo hervir. Suspira cuando me siento.

—Xander, ¿sería posible que me dieras un pequeño descanso?

—Puedo explicarlo. Yo…

Tiene un expediente. *Mi* expediente. Lo abre y me interrumpe de manera deliberada.

—Participación en peleas. *De nuevo.* Estas rivalidades entre los campamentos son ridículas. Comprar licor en el mercado negro. *Vender* cigarrillos en el mercado negro. ¿Y hace dos semanas fuiste agregado a la lista de vigilancia de los chicos que intentan unirse a los insurgentes? ¿Porque estabas cerca de la frontera de la red? ¿Qué demonios?

—¡Yo no estuve ahí y nada sé de eso! —es una mentira, pero sólo en parte. *Sé* de la insurgencia, aunque sobre todo como leyenda—. Sólo estaba caminando.

—¿Caminando a menos de treinta metros de la red con un clima como éste? Esa zona está restringida. Por nosotros y por los Nahx. ¿Estuviste allí sólo por diversión, supongo?

—No, fui… —a buscar un camino, porque quiero salir de esta pesadilla y no puedo pensar en una mejor manera que regresar con las personas que dejé atrás. Aunque la mayoría de ellos están muertos. La mitad de los rumores sobre la insurgencia afirma que ya están al otro lado de la red, haciendo lo que hacen los insurgentes. Si ellos lo lograron, yo también puedo hacerlo. Y si lo logro, podría regresar a la base y sacar a todos. Sacar a Topher. Tengo que esforzarme para evitar poner los ojos en blanco para mí mismo. Sé que es sólo otra extraña obsesión. Me gusta acercarme a la red porque me recuerda que las cosas que aún permanecen en mi memoria sucedieron en verdad—. A cazar —termino la frase.

—Las armas también son contrabando —dice la capitana Chaudhry con tono aburrido—. ¿Tenías un arma?

—No. Muchos animales están hibernando. Si puedes encontrar sus guaridas, puedes desenterrarlos y golpearlos.

—Con una pala, supongo. ¿De dónde sacaste la pala? ¿La robaste?

—¡No! —lo digo un poco más fuerte de lo que hubiera querido porque es la mitad de la noche y tengo frío, estoy cansado y *muerto de hambre*. No he tenido una comida adecuada en días porque los cazadores furtivos se llevaron el camión de suministros del campamento por segunda semana consecutiva. Y el escurridizo festival de bocadillos por el que peleé es ahora un recuerdo lejano—. Había un Nahx esta noche —digo, para cambiar de tema y como distracción. Y porque si había un Nahx, quiero que alguien haga algo.

—Sobre eso —dice la capitana Chaudhry—. Envié a diez hombres en patrulla con dos Humvee y no encontraron nada. Ni un solo rastro.

—Yo…

—Los informes falsos de la actividad de los Nahx también son un delito imputable, Xander. Te estás quedando sin vidas aquí.

—¡Pero lo vi!

—Estás fastidiando por todos lados. Te niegas a ir a la escuela —sacude la cabeza y cierra mi expediente—. *¿Quieres* que se te traslade a un campo de trabajo? ¿Eso es lo que está pasando? ¿Sabes que duermen en tiendas de campaña allá arriba?

—No quiero que me trasladen —miro mis botas. Son demasiado grandes para mí y sólo tengo dos pares de calcetines—. Juro que pensé que había visto un Nahx.

Se queda en silencio por un momento.

—¿Y con qué frecuencia crees que has visto un Nahx?

Resisto el impulso de moverme de un lado a otro, morder mis labios o realizar cualquier otro comportamiento estereotípicamente loco. El hambre me ha mantenido despierto durante dos noches, y la verdad es que, cuando estoy cansado, a veces veo cosas: personas que sé que están muertas, por ejemplo, o a mi viejo perro. O a los Nahx.

La capitana Chaudhry no es psiquiatra. Sólo hay un psiquiatra que se ocupa de la salud mental de los miles de refugiados abarrotados en los campamentos que se montaron a las afueras de Prince George. Recibí sus "consejos" en el hospital, cuando estaba drogado por los analgésicos, con los dedos chamuscados envueltos en una gasa supurante. Eso fue hace cinco meses. Cinco meses en un campamento de refugiados, manteniendo la boca cerrada, en silencio como un Nahx. Peleo y robo, pero no hablo.

—A veces —respondo. No es tanto una mentira como mi falta de voluntad para discutir la verdad. Sé lo que hay en ese expediente. Todos piensan que la historia que narré cuando me encontraron, ampollado e incoherente, flotando en una corriente helada, era una especie de alucinación o fantasía. ¿Un Nahx me escoltó fuera del territorio ocupado? Los Nahx no hacen eso.

—Xander —la capitana Chaudhry suspira—. No hay forma de pasar por la red. Ni siquiera nosotros podemos obtener datos ahora.

—Entonces, ¿nadie lo está intentando? ¿Y si todavía hay personas vivas en el territorio Nahx?

—No las hay.

—Pero, ¿y si...?

—¡Xander! —su tono agudo hace que me estremezca, y tal vez eso la hace sentir mal, porque parece suavizarse—. La gente lo ha intentado. Cientos de personas han muerto tratando de violar la red. No hay forma de pasar por ahí. Se acabó. Estamos reconstruyendo ahora. Estamos salvando lo que los Nahx nos permitieron conservar.

Mis manos y mi rostro comienzan a doler, como resultado de la pelea. Quiero irme a casa, sin importar cómo es mi casa: un frío contenedor que comparto con otros siete muchachos. Esto es lo que los Nahx nos permiten conservar.

Hay una especie de tratado frágil con nuestros nuevos señores taciturnos. Cualquier resistencia violenta contra los Nahx se considera un crimen, incluso en el mundo humano. Aquellos que son atrapados intentándolo son enviados a campamentos mucho menos cómodos que donde yo vivo. Las infracciones ordinarias siguen siendo crímenes aquí, aunque a primera vista, a nadie, ni siquiera a la capitana Chaudhry, parecen importarle en realidad. Las drogas y la prostitución están fuera de control. La violencia es un peligro cotidiano. Y el robo, bueno, si lo sabré.

Pero los burócratas uniformados de color caqui, como la capitana Chaudhry, están interesados sobre todo en la detección y el enjuiciamiento de sólo dos crímenes. La resistencia es una de ellas: jugar con los míticos insurgentes, desviar sus suministros o sus armas; o aún peor, tratar de involucrarlos de forma violenta con los Nahx, cuya respuesta desproporcionada a cualquier agresión es ahora legendaria. La resistencia te conseguirá una tienda de campaña y un hacha roma en los campos de trabajo del norte. El otro crimen, la confabulación con los Nahx, ayudar, brindar consuelo, cualquiera de esas cosas, te llevará a morir en un callejón oscuro. Uno de los chicos de mi remolque dice que ha visto cómo sucede.

Y ésa es la razón por la que mi verdad particular resulta tan peligrosa. Augusto era tanto un Nahx como un rebelde contra los Nahx. Y era mi amigo.

—¿Me está acusando? —alrededor de la mitad de las veces que me meto en problemas, he salido completamente libre. Espero que éste sea uno de esos casos.

—Limpieza de nieve. Veinte horas.

Maldigo en voz baja.

—¿Quieres que sean cuarenta?

—No. Pero alguien me robó los guantes.

—Te encontrarán un par. Estacionamiento del Ayuntamiento. Siete de la mañana. No llegues tarde —mira su reloj—. Hay una patrulla a la una de la mañana más allá del Campamento Sur, que sale en alrededor de veinte minutos. Pueden llevarte.

—¿Puedo revisar el registro mientras espero?

Asiente con tristeza porque pregunto esto cada vez que me traen aquí. Y cada vez me encuentro con nada.

El registro es una base de datos, una especie de redes sociales para los supervivientes del apocalipsis. Debido a que los Nahx eliminaron gran parte de nuestra tecnología, es de bastante baja fidelidad. Los correos viajan por los territorios humanos con grandes paquetes de papel, y las actualizaciones se ingresan a mano en las pocas computadoras que todavía funcionan. Los nombres corresponden a personas que han sido encontradas vivas en lugares remotos o que finalmente han sido registradas en Vancouver o Seattle, ciudades que al parecer se encuentran repletas de refugiados. O a los muertos. El registro también incluye los nombres de los muertos confirmados. Y luego, están los cientos, los miles de nombres de todos aquellos perdidos de los que no se tiene información.

Durante cinco meses he estado revisando el registro de cinco meses, y no he encontrado una persona viva que conozca.

Topher está vivo, al otro lado de la frontera. Al menos, lo estaba la última vez que lo vi. Y *tal vez* Augusto esté vivo. Tal vez. Sin embargo, él nunca aparecería en un registro, por supuesto. En cuanto al resto, mi familia, mis amigos en Calgary y los que sobrevivieron conmigo por un tiempo en la base oculta en las montañas, ¿quién puede saberlo?

Sigo a la capitana Chaudhry hasta el mostrador de recepción, y juro que no estoy tratando de mirar su trasero, pero se me ocurre que desde este ángulo luce bastante bien alimentada. Supongo que eso se aplica para todos los policías en estos días. Ella acerca una silla a la terminal de la computadora e introduce su contraseña. La interfaz roja y blanca brillante del registro aparece cuando me siento.

Cada vez que hago esto, mi corazón salta con fuerza contra mis costillas, sacudiéndose con la esperanza de una respuesta que nunca recibo. ¿Alguien ha buscado mi nombre en el registro de búsqueda desde la última vez que revisé, tal vez alguien que se haya quedado sin otros nombres? ¿Alguien que me conoce y se preocupa por mí lo suficiente para darme una cama y un hogar a fin de que pueda salir de este nido de ratas?

No creo que la gente de Prince George se propusiera tener tan malas condiciones en sus campamentos de refugiados, pero que una ciudad de setenta mil habitantes de pronto se enfrentara a decenas de miles de refugiados, con un transporte muy limitado desde las zonas costeras, sin apenas combustible o electricidad... bueno, ¿qué más podemos esperar? Todavía sueño con las duchas calientes en la base de las montañas y me pregunto por qué se me ocurrió irme de allí. Tal como están las cosas, tomo una ducha con agua fría una vez a la semana, y por lo general en medio de la oscuridad. ¿Y la comida? Todavía no se puede considerar como una hambruna, pero no creo que eso esté muy lejos.

En retrospectiva, es casi gracioso cuán lastimosamente desprevenidos nos encontrábamos para esta calamidad, con cuánta facilidad nuestra civilización humana se deterioró y decayó. Las escuelas apenas funcionan; los hospitales ofrecen el mínimo de atención. Cada hora hombre está dedicada a las tareas más básicas de la vida. O de la muerte. En verano, cuando el suelo era lo suficientemente blando, gané raciones adicionales de comida cavando fosas comunes de forma preventiva porque no queremos desperdiciar el escaso combustible quemando los cuerpos. Eso es terriblemente macabro.

Una vez que entro a la página de búsqueda del registro, pruebo todos los nombres habituales: mamá, papá, Nai Nai, mi hermana, Chloe. Nombres que yo mismo ingresé como "desaparecidos". Siempre hago una pausa antes de presionar *Introducir* en el nombre de Chloe, porque si ella aparece confirmada como muerta, habrá una escena digna de un Oscar, conmigo en el papel protagonista. Por fortuna, nada parece haber cambiado en ese sentido. Eso significa que todavía puedo dejar correr una de mis fantasías favoritas, aquella en la que entraron en la minivan y se dirigieron hacia el norte, surcando las barricadas de los Nahx, con Chloe arrojando obscenidades y bombas Molotov por la ventana, con Nai Nai encargándose del otro lado, maldiciendo en mandarín. La dejo correr por mi mente mientras tecleo el resto de mi lista. Tía Ruby, en Edmonton. Nop. El director de mi escuela. Nop. Mis profesores de karate. Nop y nop. Los padres de Topher y Tucker. Nop.

También agregué los nombres de Tucker y Topher. Tucker: confirmado como receptor de un dardo Nahx junto con la fecha, de la que estoy seguro con un margen de un día o dos antes o después. Topher: confirmado vivo el último día que lo vi, alejándose de la escena de la muerte de Raven en la ladera de la montaña. Eso sucedió en primavera. Ahora es invierno otra vez. No sé cómo él y los demás en la base podrían haber sobrevivido tanto tiempo. Pero puedo conservar la esperanza.

Naturalmente, compruebo el nombre de Raven a continuación. No espero encontrar algo más allá de su nombre y su fecha de muerte, detalles que agregué justo después de llegar a Prince George. Revisé su entrada varias veces después de eso, pero me rendí hace un par de meses. Sólo hay una cierta cantidad de ocasiones en que quieres que te recuerden algo así.

Pero supongo que la capitana Chaudhry me ha puesto de humor para confirmar ciertos detalles. Vi morir a Raven. Sé quién estuvo con nosotros. No imaginé las lágrimas grises plateadas que corrieron por el rostro de Augusto, ni los terribles y abatidos ruidos que profirió. No me estoy volviendo loco; aunque si así fuera, nadie podría culparme.

Escribo las letras lentamente, R A V E N B A I L E Y, y presiono *Introducir*. La computadora zumba mientras su prehistórico procesador recupera el archivo correcto. Entonces, la pantalla se ilumina con columnas azules y blancas.

Al principio, creo que hice algo mal, porque en lugar de una página casi en blanco con los pocos detalles que ingresé sobre Raven, lo que aparece es una página completa con múltiples conexiones vinculadas a la entrada de Raven.

—Santo…

Las casillas aparecen una por una, cada una con una línea que la conecta a Raven. Su madre; su padrastro, Jack; una tía en la isla Quadra; unos primos. Todo fue agregado al registro desde la última vez que lo revisé.

Y todos están vivos.

Me tiemblan las manos cuando abro un cuadro de texto para dejar una nota en su listado. Dios, ¿qué digo? Al mirar el reloj, me doy cuenta de que es casi la hora de encontrarme con la patrulla y regresar al campamento.

Mi nombre es Xander Liu, escribo rápidamente. *No sé si me recuerdan. Soy amigo de Raven, del* dojo *y del campamento. Sobrevivimos durante diez meses después de la invasión, pero…*

Cierro mis ojos por un momento, permitiendo que mi cerebro reproduzca la escena por enésima vez. La sangre saliendo del estómago de Raven. Liam muerto en una pila cercana. Topher alejándose de ella, de nosotros, porque no creo que su corazón pudiera soportarlo.

Y Augusto, un Nahx. Augusto sosteniéndola y temblando de tal manera que creo haber sentido cómo temblaba la montaña con él. Los Nahx pueden llorar y pueden afligirse. Si la gente supiera eso, me pregunto si las cosas serían diferentes.

… Estaba con Raven cuando murió, escribo. *Si quieren, les puedo contar al respecto.*

RAVEN

Parece que paso mil años así, flotando sola y en silencio en un mar de vacuidad, con sólo pensamientos y remordimientos como compañía. La primera señal de que algo podría estar cambiando es una leve sensación de peligro, como si ya no pudiera confiar en mis pensamientos, que tal vez podrían ser una amenaza para mí. Y en cuanto eso se funde en una idea coherente, la analizo y me preparo.

Algunos de mis pensamientos podrían no ser reales o recuerdos, me doy cuenta. Necesito considerarlo. Así que eso hago. Tengo que armarme de valor contra lo que mi mente pueda cocinar, y en cuanto alguna medida desconocida me juzga lo suficientemente fuerte, él aparece.

Augusto.

Parado frente a mí con su armadura completa, tan alto, elegante, intimidante y misterioso como siempre. Y hermoso. Si tuviera un corazón que latiera, se agitaría con sólo verlo.

—Te he extrañado tanto —digo, pero no sale ningún sonido. Mis palabras son sólo neuronas disparadas en la oscura maraña de mi cerebro. Augusto no parece darse cuenta de mí. Levanta la cara y aparece el cielo. Un cielo roto.

—No... —me siento diciéndolo más que escucharme—. ¡NO! —entonces lo grito porque sé lo que viene a continuación.

Mi vacuidad ingrávida se vuelve pesada, pero en lugar de hundirme, estoy siendo empujada —hacia arriba, hacia fuera, en todas las direcciones, separada—, como si todas mis células se estuvieran rasgando en dos.

El deseo de hablar se enrosca alrededor de mí como una enredadera temblorosa hasta que siento que mis átomos vibran.

—Augusto, corre —sale como un susurro, aunque intento gritar—. Escapa...

El cielo destrozado cae y me abro, partiéndome, y una grieta se extiende desde mi cuerpo y mi mente hasta el suelo, la tierra debajo de nosotros, el aire. Todo se abre, revelando las sombras y la muerte bajo la superficie, el abismo detrás del velo de la vida. La grieta se extiende por el suelo, una fisura irregular se arrastra hacia Augusto, que permanece quieto, impasible o inconsciente. *No es real,* me recuerdan mis pensamientos, con dulzura. No hace diferencia.

—Muévete... —digo, pero mi voz también está fragmentada, profundamente abierta, desgarrándome—. ¡Augusto!

La fisura lo toma, corre hacia arriba por una pierna para partir su armadura, atravesando su muslo, su ingle, su abdomen, su pecho, su cuello y, finalmente, su máscara y su casco, que se parten tan claramente como una cáscara de nuez. No hay nada dentro. Sólo humo.

Intento gritar cuando el humo sale de él, flotando sobre el mundo fracturado y llenándome, ahogándome. Ahogando...

Mi cuerpo parece inflarse como un animal de globo —la cabeza, el torso, las piernas, los pies, los brazos— cuando soy arrojada del sueño. Siento la presión en mi cara, como si alguien estuviera forzando algo en mi boca.

Intento apartar la cabeza, pero el agarre de mi mandíbula se intensifica. Mis ojos se abren de golpe. Una forma oscura se cierne sobre mí, con un campo gris detrás. Ahora mi corazón cobra vida, y bombea lo suficiente para que me duelan las costillas. Intento gritar pero lo que sea que esté en mi boca lo impide. Mientras me retuerzo, la forma oscura se mueve y algo en mi garganta se desliza, haciéndome toser y convulsionar. La figura oscura me ignora, se mueve a un lado.

Nahx. Es una Nahx. Se mueve sobre alguien que está a mi lado, un chico, lo empuja sobre su espalda. Una tenue luz gris de un monótono cielo nocturno ilumina a la Nahx mientras abre la boca del chico. Su cabeza cae a un lado, frente a mí.

—T... T... —lucho por encontrar la palabra, el nombre del chico. Está retumbando en algún lugar, oculto, hasta que siento como si yo condujera un rayo de ira a través de una pared y ésta se desmoronara. Y entonces, de pronto, el nombre está allí, junto con todo lo demás que he conocido—. Topher —digo al fin, pero está mal. El otro nombre me llega al instante, aunque sé que es imposible—. Tucker... ¡Tucker! —todo vuelve con esa palabra.

Es *Tucker.* ¿Esto es real? ¿Cómo podría ser Tucker?

Su cuerpo se mueve, su pecho se expande cuando la Nahx infla sus pulmones con una pequeña bomba. Pero sus ojos permanecen cerrados. La Nahx lo empuja y lo sacude con brusquedad.

—Despierta —digo—. Despierta, Tucker —tiro de los grilletes que me atan a él con un cable largo atado a nuestras muñecas—. Vamos, despierta. Despierta.

La Nahx lo golpea fuerte en el pecho una vez, y luego otra. Después del tercer golpe, Tucker hace un ruido: una tos apagada. Entonces, comienza a temblar y retorcerse. La Nahx agarra el tubo en su garganta y lo saca. Tira de Tucker por la camisa. Me deslizo y lo sostengo, pongo mi brazo detrás de su espalda.

—Despierta, por favor, despierta.

Tucker convulsiona y tose explosivamente un chorro de una sustancia viscosa de color gris. Sus ojos se abren ampliamente cuando mira sus pies descalzos. La Nahx sisea y hace un gesto con la mano.

—*Bien.*

Sí. Señas. Hablan con señas. Lo sé. Lo veo... ella camina a poca distancia, me doy cuenta de su respiración jadeante. La noche es profunda y pesada, pero mi visión comienza a aclararse como si la oscuridad estuviera siendo extraída de mis ojos. La Nahx se inclina sobre otro cuerpo sin vida y repite el mismo tratamiento con el tubo y la bomba. Está reviviendo a alguien más.

Tucker se desploma sobre mí. Respira pesadamente y sus movimientos son lentos, está probando sus extremidades. Pongo mi mano libre sobre su cabeza y siento la suavidad de su cabello castaño ondulado, la incipiente barba en su barbilla. Lleva puesta la camiseta del campamento y los pantalones cortos con los que lo enterramos, y el barro y la mugre están estampados en su ropa, en su cabello, entre los dedos de sus pies y manos. Incluso sus labios están manchados. Pero él está vivo.

Lo enterramos vivo. Oh, Dios.

Trato de pensar en el pasado, de poner los eventos en el orden correcto, y encontrar hechos e imágenes en formaciones nítidas, como un ejército disciplinado y preciso. Los Nahx invadieron. Uno de ellos mató a Tucker con un dardo.

Lo enterramos. Nos escondimos de los Nahx durante mucho tiempo, y luego…

—Augusto —digo. Y antes de tener la oportunidad de pensar que podría no ser lo más inteligente, grito en la oscuridad—. ¡AUGUSTO! ¡¿AUGUSTO?!

La mujer Nahx se aleja de su paciente, a tres metros de distancia. Ella sisea ligeramente, como diciéndome que guarde silencio.

Él no está aquí. Augusto no está aquí. Si estuviera cerca, estaría a mi lado.

Augusto me salvó la vida, ¿y luego?

Miro mi cuerpo. No reconozco la ropa que llevo puesta. ¿Un vestido verde sedoso sobre jeans negros? ¿Una chamarra de piel? ¿Botas altas con cordones? Nada me resulta familiar. Miro alrededor. Creo que ya no estamos en las montañas. Bajo todavía más la vista. Siento el suelo en el que nos sentamos y tomo un puñado para inspeccionarlo.

Nieve mezclada con arena.

¿Dónde estamos? ¿Un desierto arenoso cubierto de nieve? ¿Estamos en la tierra siquiera?

Mis pensamientos están acelerados, que es algo a lo que debería estar acostumbrada, pero esto no se parece en nada a la agitación normal de mi mente. Todo tiene un lugar adonde ir repentinamente, como si una maraña de cables en un viejo baúl al fin hubiera sido desenredada y todo hubiera sido enchufado, como si megavatios de electricidad corrieran a través de los cables e iluminaran mi cerebro como Las Vegas.

Ropa nueva. Arena. Nieve. Noche. Tucker. Nahx. Augusto…

La Nahx hace un ruido, como un resuello, pero cuando me giro me doy cuenta de que es otro Nahx, que está más lejos. Hay varios, ahora los veo. Y todos se inclinan sobre humanos bocabajo, intentando revivirlos. Por encima de nosotros, en el cielo gris profundo, aparecen naves oscuras que sisean a medida que descienden.

Me vuelvo hacia Tuck, quien parpadea y mueve la cabeza de un lado a otro. Mira nuestras muñecas atadas y las sacude un poco.

Reconozco los grilletes. Los Nahx los llevan escondidos en sus armaduras. Son ligeros, con bordes levemente afilados para disuadir a cualquiera de tirar de ellos. Sin embargo, la ligereza no es reflejo de su fuerza. Recuerdo haber tirado de ellos, haberlos mordido, una muñeca encadenada a un poste de la cama. El pensamiento me llena de una ira fugaz, aunque sé que Augusto sólo estaba tratando de ayudarme. Me salvó la vida, una y otra vez. Augusto vino por mí a la base en las montañas. Fue hecho prisionero. Mató a alguien... mató a Emily.

Emily. Quien... sí. Tucker era mi novio. Me engañó con Emily. Y mintió sobre eso, una y otra vez. Emily está muerta.

Augusto la mató.

Augusto y yo escapamos de la base, y algunas personas nos siguieron. ¿Quiénes? Topher, por supuesto. Por supuesto, Topher vendría por mí. Y Xander. Xander apenas se alejaba de Topher si podía evitarlo.

Y Liam. Quien está muerto. Realmente muerto.

Una repetición de ese momento aparece en mis recuerdos como si no fuera importante ver a alguien recibir un disparo en la cabeza. Puedo ver cada gota individual del chorro de sangre como si sucediera en cámara superlenta.

Augusto voló los sesos de Liam.

Y lo hizo por mí. Fue una venganza después de que Liam me disparó una flecha que atravesó mi columna vertebral.

Me recosté en los brazos de Augusto, mi sangre brotaba, apenas podía moverme, un infierno de dolor me consumía.

Morí. Morí en sus brazos.

Entonces, ¿qué estoy haciendo aquí? ¿En algún momento entre entonces y ahora Augusto me cambió de ropa, desenterró a Tucker y me encadenó a él? ¿Por qué?

Tucker tira de los grilletes que nos atan.

—¿Quién eres? —pregunta.

El frenesí de reorganización en mis pensamientos parece tener un problema técnico.

—Soy… ¿no me reconoces?

Sacude la cabeza y baja la mirada hacia su ropa sucia. Pienso en el frío que está haciendo, y él sólo lleva una camiseta y pantalones cortos. Ni siquiera yo estoy vestida para un frío como éste, pero de alguna manera parece que no nos afecta a ninguno de los dos. Siento mi rostro y extiendo la mano para sentir el de Tucker. Estamos tibios. Tucker pone su mano sobre la mía, con su mirada fija en mí.

—Oh, Tucker… —no puedo evitar decirlo. Soñé con esto durante tanto tiempo, con verlo vivo y respirando de nuevo, y se ve casi exactamente como lo recuerdo, hermoso y salvaje, con su largo cabello enmarañado cayendo sobre sus ojos oscuros, aunque también es diferente. No sé si a causa de la luz, o tal vez el reflejo del cielo en la nieve, pero se ve *metálico,* casi como si…

Detrás de nosotros, escucho una tos cuando otro humano revive. Y a nuestro alrededor, otros se ponen en pie tambaleantes.

—¿Alguien sabe lo que está pasando? —grito, y muchas caras se vuelven hacia mí, pero lucen más molestas que preocupadas ante el hecho de que todos estemos siendo resucitados en lo que parece ser otro planeta. Hay Nahx por todas partes, aunque se mueven lentamente, afligidos. Su respiración sibilante y estentórea, y el crujir de sus botas en la nieve y la arena son el único sonido.

—¿Alguien sabe dónde estamos? —más miradas en blanco.

De pronto, se enciende una serie de luces que iluminan las grandes naves que ahora se ciernen sobre el terreno ondulado. Me levanto, tirando de Tucker conmigo. Él se aleja y camina hacia una de las luces, mientras los otros humanos que están a nuestro alrededor se dirigen en la misma dirección. Cuando mis ojos se adaptan al resplandor, veo que las luces delinean las puertas del compartimento de carga de los grandes transportes Nahx. Los humanos marchan obedientemente hacia las pasarelas en ordenadas filas.

—Oh, diablos, no… —me giro y corro en la otra dirección, apenas consciente de que Tucker todavía está unido a mí.

—¡Alto! —dice, jalándome.

Sigo corriendo y Tucker se arrastra detrás de mí, hasta que la multitud de humanos comienza a disminuir. Cuando llegamos a un pequeño claro, Tucker salta y se abalanza sobre mí. Rodamos por una duna, enredados con el cable que nos conecta, y nos detenemos en una maraña de matorrales.

—¡¿Qué estás haciendo?! —digo, empujándolo lejos de mí.

—Tenemos que ir con los demás.

—¿Ir? ¿Adónde? ¿Lo sabes siquiera?

Parece perdido por un momento.

—No.

—Entonces, ¿ibas a subir a una nave espacial y esperar que sucediera lo mejor?

Se incorpora a mi lado y sacude la nieve y la arena de su ropa y su cuerpo. Puedo ver que está confundido, pero sé que el Tucker obstinado y sabelotodo está allí, en algún lado, porque en lugar de simplemente acompañarme, comienza a discutir.

—¿Cuál fue *tu* idea, entonces? ¿Simplemente escapar?

—Sí, así es, maldita sea. Has perdido la razón, obviamente. Necesitas confiar en mí.

—No. Necesito subirme a una de esas naves —su voz suena hueca, como si estuviera bajo el efecto de algún medicamento.

—¿Con los Nahx? ¿Recuerdas siquiera lo que son los Nahx?

Mira atrás, a las naves lejanas, a los Nahx que conducen a los humanos a bordo como si fueran ganado, y sacude un poco la cabeza.

—Extraterrestres, Tucker —digo, aunque sé que eso no es del todo correcto. Parece lo más simple por ahora—. Los Nahx son extraterrestres. Mírame.

Se da vuelta para mirarme, su ceño ahora está fruncido por la preocupación.

—Nosotros somos humanos. Ellos atacaron nuestro planeta. ¿Lo recuerdas?

Sacude la cabeza, pero puedo ver que su incomodidad crece, y su pecho sube y baja con respiraciones profundas y aterradas. En realidad, no creo que tengamos tiempo para una lección de historia de la era de los Nahx en la Tierra, pero si eso es lo que se necesita para que venga conmigo…

De pronto, aparece un Nahx sobre la cresta de una duna, con el arma levantada.

—Oh, no… —giro para correr en la otra dirección, pero dos Nahx más nos rodean. Nos llevo cuesta abajo. Por el rabillo del ojo puedo ver la oscuridad al pie de la colina. ¿Árboles? ¿Un bosque? Eso mejoraría nuestras posibilidades de escape.

El primer Nahx salta hacia mí. Una especie de brillo fluye a la velocidad de la luz a través de mis células y reacciono instintivamente. Giro con rapidez y el vestido verde ondea a mi alrededor cuando lo golpeo en la cabeza con una patada voladora como nunca había golpeado en mi vida. El Nahx sale volando hacia atrás y aterriza a unos tres metros de distancia. Su armadura retumba con el golpe. Una patada como ésa habría noqueado incluso a un humano grande, o lo habría matado, pero el Nahx se da vuelta con un siseo y salta para ponerse en pie. Cuando aterriza, tiene afilados cuchillos Nahx negros en cada mano. Las cuchillas defensivas de su rostro tiemblan; una de ellas ahora está doblada por mi bota, en un gesto de desdén permanente.

—Oh, diablos.

Detrás de él, otros Nahx emergen sobre el ascenso. Al vernos, corren colina abajo. Dos tienen rifles de aspecto desagradable. No son rifles de dardos, sino algo más.

—¡Corre! —grito.

Esta vez, Tucker no lo duda. Medio corremos y medio caemos colina abajo. Esquivamos a dos Nahx que vienen hacia nosotros desde ambos lados. Segundos después, ya estamos entre los árboles, corriendo increíblemente rápido, saltando sobre los escombros, mientras las ramas vuelan a nuestro alrededor. No tengo tiempo para pensar en esto, en mi fuerza y velocidad renovadas, y en lo que esto podría significar. En lo único que pienso es en alejarme de los Nahx. Y en encontrar a Augusto. Una pequeña parte de mi cerebro, tal vez sólo unas cuantas neuronas, está pensando en Augusto. Cada vez que salí viva de una pelea con los Nahx fue en parte gracias a él. No entiendo por qué no está aquí.

Detrás de nosotros, las armas de los Nahx comienzan a gemir mientras tiro a Tucker hacia un lado, alrededor de los árboles, debajo de las ramas, moviéndonos de un lado a otro para convertirnos en un objetivo en movimiento, difícil de alcanzar. Se escucha un sonido, *buuum,* y algo vuela más allá de nuestras cabezas y se estrella contra un árbol frente a nosotros. Esperaba un dardo Nahx, del tipo que despachó y al parecer preservó a los miles de humanos que dejamos en las dunas. Pero no es un dardo. Se trata de un objeto metálico cilíndrico del tamaño de una lata de refresco que echa humo y rueda hacia nosotros.

—¡Ah, mierda, al suelo!

Tucker parece confundido por un instante. Luego, me agarra por la cintura y salta alrededor de diez metros por el aire mientras lo que sea que haya sido explota. Los árboles vuelan hechos añicos, y la nieve y la madera salen proyectadas por todas partes.

Granadas Nahx. Fantástico.

Caemos en el suelo y seguimos corriendo, sin mirar atrás hasta que los árboles se despejan y de pronto nos encontramos en una gran extensión de nieve blanca y llana. Y hielo.

—¿Es un lago? —titubeo hasta que el sonido de los Nahx entre los árboles me hace ponerme en movimiento de nuevo. Arrastrando a Tucker sobre las rocas y la madera a la deriva, pisamos el hielo del lago y compruebo que está lo suficientemente sólido para que continuemos corriendo. No puedo ver la otra orilla, pero ¿de qué tamaño puede ser un lago? Otra granada Nahx cae a nuestro lado, cerca. Nos desviamos hacia un lado, alejándonos de la explosión de agua y hielo. Deja un gran agujero. Pronto, más granadas caen a nuestro alrededor, destruyendo la superficie del lago.

El cielo se ha iluminado. El hielo que tenemos delante refleja la fría luz blanca del amanecer nublado, y hay suficiente nieve seca para que podamos correr razonablemente bien. Echo un vistazo hacia atrás. Los Nahx son sólo manchas grises a lo lejos, ya no nos siguen. Las granadas se han detenido.

Tucker baja un poco la velocidad y agarra mi brazo. Lo quito. Ahora que he tomado mi ritmo, siento que podría correr durante horas. No hay razón para que no sigamos corriendo hasta la otra orilla del lago.

El suelo se derrumba debajo de nosotros.

—¡Tucker!

Él desaparece primero. La superficie del lago se rompe y al instante se convierte en espuma de hielo y agua. El delgado cable que nos conecta se estira mientras trato de mantener el equilibrio sobre el resbaladizo hielo. Tucker sale a la superficie, escupiendo.

—¡Trepa! —grito, tirando del cable. Mis pies se deslizan cuando Tucker es succionado nuevamente—. ¡Tucker!

Tumbada sobre mi estómago, me acuesto en el hielo, mis dedos se deslizan sobre el cable cuando Tucker sale a la superficie una vez más, luchando, agarrando el hielo que se rompe. Su rostro es azul.

—¡Ayúdame! —grita, antes de desaparecer de nuevo. El cable se resbala entre mis dedos y me deslizo sobre el hielo hasta que se abre debajo de mí y soy succionada. Me hundo en la oscuridad, desorientada por el frío y el repentino peso de mis extremidades. Girando frenéticamente, busco la luz, el cielo o a Tucker, algo adonde pueda nadar de regreso, pero ahora ya no sé dónde está la superficie.

XANDER

Uno de mis compañeros del remolque, Steve, me encuentra en la carpa comunitaria que usamos como biblioteca improvisada en el campamento. Los primeros refugiados robaron tantos libros de la biblioteca pública en Prince George que cuando llegué aquí, nos negaron las credenciales. Se nos permite sentarnos y leer, pero sólo en ciertos días, y sólo si los bibliotecarios de guardia están de humor.

El resto del tiempo, esta carpa llena de manoseados libros, que fueron donados por los lugareños, sirve como nuestra principal forma de entretenimiento. Nadie tiene suficiente electricidad para gastarla en exhibir películas o reproducir música; incluso fuera de los campamentos, la fuente de energía está encendida sólo de manera esporádica. Sin embargo, algunos de nosotros nos reunimos en ocasiones y tenemos un concierto en vivo: yo en la armónica, dos tipos con guitarras, y un viejo con un violín, que por lo general nos hace llorar a todos. Estamos tratando de mantener una comunidad estable y segura aquí, pero cada día se vuelve más difícil.

En esta privación tan generalizada a la que me he acostumbrado, los libros me mantienen un poco cuerdo. Estoy revisando una copia hecha jirones de *Frankenstein* en busca de chinches, cuando escucho a Steve despejar con fuerza su garganta llena de flemas en la puerta de la tienda.

—Hey —digo, levantando la mirada.

—Hey —responde—. Hay unos soldados buscándote en la puerta.

—¿Soldados? ¿Buscándome? ¿Por qué?

He estado viviendo como un monje desde que terminé mis turnos de limpieza de nieve, así que no puedo imaginar qué podrían querer, a menos que vengan para arrestarme por haberme quedado con los guantes.

Steve se encoge de hombros con impaciencia.

—No lo sé. Me dijeron que te encontrara. ¿Vienes o qué?

Pongo a *Frankenstein* bajo mi brazo, a pesar de su sospechoso olor, y sigo a Steve fuera de la tienda.

Ha dejado de nevar, pero el cielo despejado significa que el aire es muy frío. Meto la nariz bajo el abrigo y las manos en los bolsillos, mientras Steve me lleva de regreso a la tienda de administración, en la entrada del campamento. Caminamos más allá de grupos de hombres acurrucados en las puertas de las carpas sociales, fumando cigarrillos. Los interminables juegos de cartas continúan en la mayoría de estas carpas, donde los hombres juegan por raciones, cigarrillos y pases de autobús a la ciudad. Una vez me uní a un juego y gané un par de calcetines nuevo. Pero luego los perdí en otro juego y prometí no volver a jugar nunca más.

Los calentadores que bombean aire caliente hacia la tienda de administración crean una nube de neblina afuera, que traspasa las puertas que marcan la entrada al campamento. El guardia apostado allí tiene una taza de café humeante en una mano y un rifle de asalto colgado sobre el otro brazo.

Más allá de él, afuera de las puertas, puedo distinguir a las tropas y a un hombre alto y voluminoso. Se giran cuando abro la tela metálica de la puerta.

Reconozco a los soldados. La capitana Chaudhry está entre ellos; su redondez maternal se mantiene oculta por su pesado abrigo de invierno. El otro es su sargento. Se llama Grischuk, y es tan rudo como se oye. Al parecer, logró salir de la zona ocupada con un autobús lleno de mamás y bebés en algún momento después del primer asedio, por lo que es considerado un héroe por aquí. Sin embargo, no le gustan los chicos que se portan mal en los campamentos, y me ha arrestado varias veces por pelear.

No conozco al tipo grande con el que están, pero me provoca escalofríos. El guardia del café lo mira con cautela, como si le preocupara que pudiera comenzar a matar gente. Me recuerda a Liam en sus últimos días. No parecer ser mucho mayor que yo en años humanos, pero en años de odio ya es un anciano. Con su cabeza afeitada, su piel rojiza y sus ojos del color del hielo, es todo a lo que aspiraría un matón profesional.

Justo cuando me acerco, tanto la capitana Chaudhry como el sargento Grischuk asienten con la cabeza en mi dirección antes de alejarse. Permanecen en silencio junto a la valla de alambre, como si no quisieran que los notara.

—¿Xander Liu? —dice el tipo grande, dando un paso hacia mí. Resisto el impulso de alejarme de él.

—Sí —tomo su mano para estrecharla cuando él se estira en busca de la mía.

—Soy Garvin Joel —sonríe mientras nos damos la mano y persiste en sostener la mía un poco más de lo que resulta cómodo.

—¿Garvin Joel? —dice Steve—. Como...

—Sí —Garvin lo interrumpe con brusquedad. Le da la mano a Steve sin mirarlo. Centrándose en mí, extiende algunos papeles.

—Firmé tu salida, Xander. Y aquí hay un permiso de viaje.

—¿Viajar adónde? —a menudo me siento confundido, sobre todo en estos días, pero literalmente no tengo idea de lo que está pasando.

—Está bien —dice la capitana Chaudhry—. Es otro campamento. Más... adecuado para ti —Grischuk sonríe hacia ella mientras enciende un cigarrillo, pero este tipo, Garvin, los ignora, y me mira fijamente con sus ojos acuosos. No ha parpadeado desde que llegué a la puerta.

—Es sólo un poco más al norte de aquí. Te sentirás mucho más cómodo —mira sin convicción la fila principal de casas rodantes y tiendas de campaña—. Eres sólo un niño. No debería haber niños aquí. Tenemos calefacción, camas adecuadas. Agua caliente. Toma lo que quieras llevar contigo. Esperaré.

Steve me sigue de regreso a la sección de mierda del campamento donde vivo, porque llegué meses después de que había comenzado a llenarse.

Sólo uno de mis "compañeros de habitación" está en el remolque cuando llegamos allí. Un tipo llamado Colin, que rara vez sale de su cama. Está enfermo con algo que no es contagioso y está a la espera de que se abra un espacio en el refugio médico del pueblo. Creo que tal vez morirá esperando. A menos que alguien más muera en el refugio. Está en una especie de carrera hacia la muerte, supongo, pero ¿no estamos todos en ella?

Se da vuelta con un murmullo bajo mientras yo enrollo mi cama improvisada.

—Lou se va —anuncia Steve.

Colin no parece muy interesado.

Una colchoneta tejida por amables ancianas con bolsas de plástico, dos mantas de lana y una funda de almohada rellena con cada prenda que poseo y que no llevo puesta. Un suéter. Una camiseta. Una camisa de franela. Dos pares de bóxeres. Armónica. Y mi bufanda de hojas de arce. Me la pongo alrededor del cuello y lanzo la bolsa sobre mi hombro como Santa Claus.

Arrojo a *Frankenstein* sobre la cama de Colin. Ni siquiera abre los ojos mientras mueve una mano, agarra el libro y lo pone debajo de las sábanas.

Steve sigue parado allí, con la cara roja.

—Podrías convencer a ese tipo de que me lleve a mí también.

—¿Por qué habría de hacer eso?

Nos miramos el uno al otro. La verdad es que no agrada mucho Steve. Tiene ese tipo de frialdad que resulta repelente, casi aterradora, como alguien que podría matarte en tu cama por una porción extra de panes tostados. No sé su historia completa. No tiene familia. Eso lo sé. Y a él tampoco le importo. Como el resto de nosotros aquí, sólo está buscando un mejor lugar para quedarse.

—Olvídalo —se da media vuelta y camina hacia el resplandor.

—Adiós, Colin —digo, apresurándome tras él. Colin no responde.

—Lou quiere que vaya yo también —dice Steve cuando llegamos a la tienda de administración.

—No, yo...

Cuando Garvin frunce el ceño hacia mí, me doy cuenta de cuán rojos están sus ojos. Parece que no ha dormido en una semana. O no ha querido dormir en una semana, lo cual es diferente.

—¿Están ustedes dos juntos? —pregunta Garvin.

Steve dice "Sí" y yo digo "No" al mismo tiempo, como en una de esas ridículas escenas de película de comedia. Profundamente carente de gracia.

—Sólo tengo espacio para uno, chico —dice Garvin—. Lo siento —toma mi saco de dormir y mi colchoneta—. No necesitarás la ropa de cama —empuja el bulto más o menos en el pecho de Steve, como si la ropa de cama adicional pudiera ser un premio de consolación adecuado. Steve lo agarra y me mira fijamente.

Saco la bufanda de hojas de arce de mi cuello y la sostengo frente a mí.

—Hey, toma esto.

Steve la toma con rapidez, como si tuviera miedo de que cambie de opinión. De hecho, siento cierta renuencia a apartarme de ella, aunque esté en tan mal estado. Me recuerda a Augusto. Pero supongo que es hora de seguir adelante. Si tengo que obsesionarme con los amigos muertos, tal vez debería apegarme a aquellos que al menos eran humanos.

Garvin comienza a alejarse sin decir una palabra más. Lo sigo, ardiendo de vergüenza. Steve es más joven que yo, más pequeño, y no es un gran luchador. Si alguien necesita una mejor situación, es él. Pero no voy a decir nada. Cuando miro hacia atrás, él todavía está allí, su figura está medio borrosa por la bruma del vapor en la tienda de administración. Me alejo y me concentro en seguir los apresurados pasos de Garvin a lo largo del camino de grava que sale del área designada para el campamento. No se permiten vehículos no autorizados dentro del campamento, así que los visitantes poco frecuentes deben estacionarse al lado de la carretera, más allá del primer grupo de guardias.

No es una prisión. Lo sé. Pero la vida en un campamento de refugiados se siente como si lo fuera. Registrar la llegada. Registrar la salida. El contrabando se confisca con frecuencia, lo que por lo general significa que los alimentos y la ropa abrigada se redistribuye entre los que en ese momento estén a favor de los superiores. Se necesitan permisos para subir al autobús que va a la ciudad y son repartidos a razón de dos por semana, si tenemos suerte. No se aceptan visitantes después de que oscurece. No se aceptan visitantes mujeres, en lo absoluto. No se permite correr, pelear, dormir fuera de la cama que te fue designada. ¿Qué pasa con una civilización en ruinas que siempre hace de la libertad la primera víctima?

Los guardias del perímetro se vuelven hacia nosotros cuando nos acercamos.

—¿Te vas? —dice uno, mirando el saco sobre mi hombro—. ¿Registraste tu salida?

—Yo registré su salida —responde Garvin, agitando unos papeles—. Lo llevaré… más al norte.

Un guardia mira los papeles mientras el otro reclama mi atención.

—¿Estás de acuerdo con eso, amigo?

—Sí. Es… los soldados lo conocen —respondo.

Garvin esboza una sonrisa fría.

—De acuerdo entonces.

Nos hacen pasar, hacia la carretera, donde el viento sopla a través del cuello abierto de mi camisa. Ojalá hubiera conservado mi bufanda. Mientras Garvin me conduce por la carretera hacia los pocos autos estacionados, me vuelvo hacia los guardias, reflexionando sobre sus patéticos intentos de garantizar mi seguridad. Como si les pudiera decir que me están secuestrando, justo frente a Garvin. ¿Es así como piensan que funciona?

Garvin da la vuelta para salir de la autopista, baja por una zanja poco profunda y sube para tomar un camino secundario. Hay una gran motocicleta negra estacionada allí. Si ése es el medio por el que viajaremos, en verdad me arrepiento de haber dejado mi bufanda.

Garvin saca algunas cosas de un paquete atado a la parte trasera de la moto. Me entrega algo envuelto en papel marrón.

—Pan de soda. Come.

Ya lo estoy metiendo en mi boca antes de tomar otro respiro siquiera. Garvin me da una sonrisa triste mientras observa.

—¿Has montado una moto antes? ¿Como pasajero?

—Sí.

—Móntate, agárrate de mí o de la rejilla que está detrás de ti —me da un casco—. Es un viaje largo y hará frío. ¿Tienes guantes?

Los saco de mis bolsillos y me abrocho el abrigo hasta el cuello antes de colocarme el casco. Luego, me pongo los guantes y subo a la moto detrás de Garvin.

El motor retumba mientras Garvin libera la motocicleta del pie de apoyo. Avanzamos por el camino secundario durante varias decenas de metros, hasta que gira para retomar la autopista y se dirige hacia el norte; apenas disminuye la velocidad cuando pasamos por Prince George. Una motocicleta, sobre todo en esta época del año, es novedad suficiente para que las personas se vuelvan a mirarnos a nuestro paso. Observo cómo la vida normal se mezcla con el fin del mundo. Madres y bebés se cruzan en el camino con soldados fuertemente armados. Un hombre palea la fina nieve de una acera frente a una larga fila de personas que esperan la donación de alimentos. Personas de aspecto andrajoso queman algo en lo que queda de un parque infantil.

La nieve y el cielo gris brillante hacen que todo se vea desteñido, como si todos estuviéramos viviendo en una pintura de acuarela que se va desvaneciendo lentamente. Tal vez algún día regrese aquí para encontrar sólo una hoja de papel en blanco. Cuando es demasiado para mí, cierro los ojos, pero lo único que puedo ver es a Steve, parado en la niebla, mirándome mientras me alejo. Y mi mente lo convierte en Topher, porque así es como funciono.

Cuando llegamos a nuestro destino, cuatro horas más tarde, algunas de ellas transcurridas sobre caminos cubiertos de nieve que normalmente serían una desquiciada elección para viajar en motocicleta, soy una paleta helada andante. Supongo que la eficiencia del combustible es más importante que la potencial congelación.

Un par de chicos salen de un edificio.

—Llévenlo adentro para que entre en calor —dice Garvin mientras los otros dos me ayudan a bajar de la moto. Apenas consigo moverme—. ¿Está encendido el fuego?

—Sólo carbones —dice alguien.

—Enciéndanlo —indica Garvin—. Y denle algo de comer. Parece un Nazgûl.

Sigo a los otros chicos hacia un edificio gris de poca altura mientras Garvin avanza con pasos decididos a través de la nieve profunda, en la dirección opuesta.

—¿Qué...? —intento decir. ¿Qué es este lugar? ¿Dónde estoy? ¿Para qué me he registrado? Pero mi cara está tan entumecida que mis labios no funcionan.

Me conducen a lo largo de una especie de comedor hasta una pila de cojines y mantas junto a una estufa de leña que irradia con el calor de las brasas en su interior. Me agacho con rigidez sobre los cojines e intento frotar mis piernas para desentumecerlas. Un momento después, uno de los chicos aparece con una taza humeante.

—Té —dice—. No tenemos leche, lo siento. O azúcar.

Prefiero el té solo de cualquier forma, pero está demasiado caliente para beberlo. Me quito los guantes y tomo la taza; doblo mis dedos alrededor de su calor y aspiro el vapor para derretir mi nariz y mi cerebro congelados.

Otro chico pone un plato de lo que parecen huevos revueltos en el piso, a mi lado, antes de alejarse sin decir una palabra. El primer tipo se arrodilla frente a la estufa, abre la puerta chirriante y mete otro tronco. Lo empuja por unos minutos, y pronto se crea un buen resplandor. El chico cierra la puerta de la estufa y vuelve a caer sobre los cojines con un suspiro.

—Entonces, Xander, ¿cierto? Yo soy Dylan.

Tengo la taza de té en una mano y un tenedor lleno de huevos revueltos en la otra, así que no nos damos la mano. Asiento en el gesto más cortés que puedo, con la boca llena de huevo y todo.

—No hablas mucho —dice Dylan.

—Lo siento —me las arreglo para responder—. Mi cara está congelada.

El té se ha enfriado lo suficiente para beberlo. Tomo un sorbo con cautela y pongo mi plato vacío en el suelo, mientras observo al muchacho con atención. Es uno de esos chicos blancos con el cabello y los ojos tan oscuros que podría entremezclarse, o ser inadvertido si él quisiera, y su espesa barba también lo hace parecer mayor. Yo apenas necesito afeitarme, y no lo he hecho en tanto tiempo que tengo unos cuantos pelos largos y ralos en la barbilla. Dylan tal vez tendría que afeitarse dos veces al día si no le gustara la idea de parecer un leñador.

Ambos nos giramos cuando la puerta detrás de nosotros se abre. Garvin se encarga de cerrarla detrás de él antes de unirse a nosotros junto al fuego. Jala una silla en lugar de sentarse en el suelo.

—Ve a revisar el generador, Dyl —dice Garvin—. Necesitaremos las luces en la barcaza esta noche.

Dylan se levanta y sale.

—Entonces, en verdad no sabes quién soy —me dice Garvin.

Lo miro. La luz de las ventanas se está desvaneciendo y el resplandor del fuego hace que su rostro y su cabeza calva se vean anaranjados, como si él mismo pudiera estallar en llamas. Pero no me parece familiar. Me encojo de hombros.

—Creo que he olvidado muchas cosas de, ya sabes, antes. Antes de la invasión.

Garvin parece ligeramente interesado en esta confesión.

—¿Qué ha pasado desde entonces? Escuché que estuviste del otro lado por un tiempo.

—Alrededor de diez meses, sí.

Me mira por un momento mientras los huevos revueltos gorgotean en mi estómago.

—¿Pasaste bajo la red a través de una tubería?

Mi taza de té se sacude cuando la dejo en el plato.

—¿Cómo lo supiste?

—Dos días después de que te encontraron, los Nahx explotaron tres tuberías más debajo de la red, incluyendo una tan pequeña que una comadreja no habría podido atravesarla. Era la primera vez que bombardeaban algo en mucho tiempo, por lo que hubo muchos rumores al respecto —se encoge de hombros y estira su abrigo sobre sus hombros carnosos—. Sólo había que atar cabos.

Miro mi taza vacía.

—Un día tendrás que contarme cómo te metiste en la tubería. Y cómo saliste —dice Garvin—. Apuesto a que es toda la historia.

Sólo asiento. Se recuesta en la silla y se estira.

—Escucha. Así están las cosas en este lugar. Hemos encontrado que cuanto menos sepamos el uno del otro, mejor. Algunos de los muchachos aquí han hecho... cosas cuestionables. Cosas no completamente legales, incluso antes de la invasión —ríe, su aliento es bajo y áspero—. Alrededor de una cuarta parte de los chicos fueron arrestados en una cárcel juvenil al oeste de aquí.

—Vaya.

—Lo que te estoy diciendo es que es posible que desees reservarte tu historia. Sé algunas cosas sobre ti sobre las cuales los demás podrían no ser tan complacientes.

Estoy empezando a sentirme un poco a la defensiva, y la pequeña cantidad de dudas con las que llegué ha ido creciendo hasta llevarme a pensar que podría haber tomado parte inadvertidamente en *El señor de las moscas*.

—¿Qué cosas sobre mí?

—Podemos hablar de eso más tarde. No te preocupes. Te estaré vigilando.

—Puedo cuidarme solo.

Garvin sonríe de una manera que me hace sentir un poco de náuseas.

—Eso fue lo que oí —dice—. ¿Luchabas por dinero en el campamento?

—No por dinero, por comida. Y un par de veces, en defensa propia.

—Le rompiste la nariz a alguien.

Casi sonrío al recordarlo. El imbécil homofóbico se ganó unas patadas por burlarse de otros niños de la mitad de su tamaño. Una mañana lo noqueé en la fila para el desayuno. Aterrizó bocabajo.

—Se lo merecía —digo.

Garvin sigue sonriendo.

—No tenemos a nadie aquí que pueda reparar huesos rotos, así que no quiero peleas. Si alguien hace que la pases mal, ven conmigo. El único castigo por romper las reglas es la expulsión. Un golpe y estás fuera.

—¿Cuáles son las otras reglas?

—No robar. Mantener el pico cerrado con los extraños. Hacer lo que yo te diga en todo lo demás.

Me estudia, mientras intento mantener mi rostro lo más neutral posible. En tiempos normales, su trato parecería como el de un régimen tiránico que es mejor evitar, pero en estos días parece que todos los regímenes son tiránicos.

—¿Qué obtengo yo de todo esto?

—Una cama caliente y adecuada en habitaciones con calefacción. Mejor comida. Y un propósito.

—¿Qué propósito?

Resopla. Tengo la sensación de que ya terminó de evaluarme.

—Ya llegaremos a ese punto.

Se pone en pie y me hace una seña para que lo siga. Afuera, el sol se ha ocultado bajo el horizonte y el aire se ha vuelto aún más frío. Meto las manos en los bolsillos mientras sigo a Garvin por una especie de patio delantero. Altos edificios industriales se alzan a ambos lados de nosotros a medida que giramos y bajamos por un camino oscuro entre dos edificios más bajos. Hay un aire de irrevocabilidad en la deserción aquí. La nieve se acumula en formas que alguna vez pudieron haber sido equipos útiles o suministros. Sin embargo, huele a madera, como al taller de carpintería en la escuela, a aserrín y a pino.

Seguir el rápido ritmo de Garvin a través de la nieve me ayuda a calentarme un poco.

—¿Cuántas personas hay aquí? —pregunto.

—Sólo veinte —responde—. Veintiuno ahora.

—¿Y son sólo chicos?

—Teníamos a un par de chicas, pero fueron a Kelowna durante el verano. Creo que una de ellas fue derribada —Garvin empuja una puerta para abrirla y me conduce hasta un cálido salón. Lo cruzamos y atravesamos otro conjunto de puertas que llevan a una rampa cerrada.

—Las viviendas de los madereros —dice Garvin cuando me ve observando la escena—. Es un sistema bastante bueno que solía subir y bajar el embalse durante la temporada.

—¿Qué pasó con los madereros?

—Salieron corriendo cuando los Nahx aterrizaron en las colinas. Los supervivientes del pueblo fueron evacuados. Su pérdida es nuestra ganancia.

Salimos a la cubierta de lo que parece un crucero en miniatura, sólo más bajo, más plano, casi como una barcaza de río. A medida que caminamos por la cubierta, las luces tenues se encienden y parpadean sobre nosotros, y un ruido sordo vibra en el piso bajo nuestros pies.

—No solemos mantener las luces encendidas todos los días. ¿Tienes una linterna?

Niego con la cabeza.

—Te conseguiremos una. Las cabañas tienen calefacción, pero son frescas, ya sabes. No queremos desperdiciar combustible. Pero hay doscientas camas y sólo veinte de nosotros, así que básicamente puedes tener diez mantas si así lo quieres.

Damos vuelta en un pasillo largo y estrecho. Cinco puertas más adelante, Garvin abre una puerta.

—Hogar, dulce hogar —dice mientras enciende una luz del techo y señala la habitación—. Cama, escritorio, un pequeño baño y lavabo. Vas a compartir la habitación con Dylan. Ya lo conociste.

Nunca he estado en un crucero, pero he visto suficientes comerciales y la habitación es como los camarotes que se ven en los anuncios. Dos camas blancas con mantas mullidas, una mesa auxiliar y un escritorio. Incluso hay una televisión.

—No hay mucho que ver —dice Garvin, señalando la tele como si estuviera leyendo mi mente. Me quita mis escasas pertenencias y las arroja al interior de un pequeño armario. Luego mueve la silla del escritorio y se sienta. Yo me siento en una de las camas.

—Cuando estabas del otro lado, ¿recibiste nuestros videos? —pregunta—. Teníamos informes de que a veces se podían captar en Manitoba, al otro lado de la zona roja.

—¿Los videos? ¿Te refieres a los videos de asesinatos de los Nahx? Eso era lo único que teníamos, básicamente. La forma en que nos enterábamos de algo.

Garvin asiente, satisfecho.

Espera. ¿*Nuestros* videos?

—¿Ésos eran ustedes? ¿Ustedes los transmitieron?

—Nosotros los *hicimos*. ¿Viste en el que decapitan a una Nahx?

Aunque esta cabina es más cálida que cualquier otro lugar en el que haya estado en semanas, siento cómo me recorre un escalofrío. Hubo un momento en que me habría encantado conocer a los creadores de ese video, o de cualquiera de los más violentos VMN, los Videos de Muerte Nahx. Los vimos cuando estábamos bajo las montañas, soñando con el día en que podríamos tener la oportunidad de grabar nuestra propia venganza de las especies que tomaron nuestro planeta. Me hartaron antes que a la mayoría de los otros tipos, pero los veía, especialmente ése al que se refiere, donde un grupo de hombres se burla y finalmente decapita a una Nahx.

—Vi ése, sí. Unas cuantas veces.

—Ése era yo —dice Garvin—. Con el machete. Ése era yo.

—De acuerdo —puedo ver que está decepcionado por mi falta de entusiasmo—. Lo siento. No he visto esos videos, ni nada de eso, en mucho tiempo.

Se recupera de su decepción.

—No. Están prohibidos en Prince George… en muchos lugares, en realidad. Quiero decir, la gente todavía los encuentra, pero no en los campamentos. ¿Eras amigo de algún lugareño?

—No. Me mantuve solo casi todo el tiempo.

Asiente con la cabeza como si lo aprobara.

—¿Cuánto sabes acerca de…? —agita su mano alrededor—. ¿Cuánto sabes de todo lo que está pasando?

Me encojo de hombros. La información que obtuvimos en el otro lado de la red era muy limitada, pero como he estado en este lado, creo que me han puesto al día.

—Tanto como cualquier otra persona, supongo.

—Nadie sabe mucho —dice Garvin—. La imagen oficial es la de una población humana por completo conquistada, y que obedece constantemente el tratado. ¿Ésa es más o menos tu impresión?

—Sí.

—¿Y estás de acuerdo con eso?

—No. El tratado nos jodió por completo a los que estábamos del otro lado de la red. Apenas conseguí salir. Ninguno de mis amigos lo logró —se siente tan bien decir esto en voz alta que me siento un poco mareado.

Los ojos de Garvin parecen perforarme mientras asiente con aprobación.

—Lo que vas a aprender aquí es que también hay mucha información no oficial, si sabes dónde buscar.

—¿Como qué?

—Bueno, todo el mundo actúa como si los disparos de dardos sólo hubieran sido del otro lado. Pero la gente también recibió dardos de este lado de la red. No muchos, pero algunos. Y hace aproximadamente un mes, los Nahx se dirigieron directamente a través de la red como si nada y recolectaron tantos cuerpos como pudieron.

Me mira como si esperara una reacción muy específica.

—Eso está… jodido —me las arreglo para decir algo.

—Sí, los sacaron de las morgues, de los laboratorios, de todos lados. Dispararon más dardos a cualquiera que intentara resistirse, y también los arrastraron consigo.

—Nunca había escuchado nada sobre esto.

—Como te dije. Información no oficial. Y hay más. Como que ésta no es la única red. Y no todas las redes están a tan elevadas alturas —sonríe—. ¿Eso te sorprende?

—Los Nahx... —me detengo y me tomo mi tiempo, porque estoy en peligro de revelar que sé más de lo que debería sobre los Nahx—. Pensé que preferían las grandes alturas. ¿No dejaron en paz las altitudes más bajas?

—Cometieron la mayor parte de sus asesinatos, sus disparos con dardos, a elevadas alturas, pero por alguna razón parece que les gustaron algunos otros lugares. Hasta ahora nadie sabe por qué. En su mayoría, son sitios bastante remotos y despoblados. Algunos están conectados a zonas altas pobladas, dentro de la misma red, pero otros no. Incluso han colocado redes alrededor de lugares en medio del océano. La red que atravesaste cubre casi toda Alberta y Saskatchewan, sube al norte hasta Yellowknife, y por el sur pasa más allá de Denver y alcanza Nuevo México. Es enorme, pero también hay algunas redes más pequeñas. Algunas en Siberia, por ejemplo.

—Eso es raro.

—Lo es, ¿cierto? Esos Nahx son unos bastardos complicados y tramposos. No muy comunicativos con respecto a sus intenciones.

Asiento, mirando mis pies, que poco a poco comienzan a descongelarse, y no digo más por miedo a revelar demasiado. Pero pasa el tiempo suficiente para que empiece a sentir que Garvin está esperando que vuelva a hablar.

—¿Por qué estoy aquí?

Garvin ríe entre dientes.

—Me preguntaba cuándo lo preguntarías. ¿Sabes dónde estamos?

—¿El lago Williston?

—Buena suposición —dice Garvin—. Estamos justo al oeste de Mackenzie. Ésta era una fábrica de celulosa. La red fronteriza baja justo al este del pueblo. No hay mucha actividad de los Nahx de este lado de la retícula. Pero sí la suficiente para que se vuelva interesante.

Me toma un momento asimilar eso.

—¿Todavía están haciendo esos videos? —pregunto.

—Cuando podemos —se pone en pie—. Deberías descansar un poco. Sólo hay agua fría a bordo, pero mañana podrás darte una ducha caliente en el molino.

—De acuerdo —una cama suave se siente como una invitación. Y no he dormido bien en meses. Aunque no sé por qué eso podría cambiar ahora.

—¿Ésta es la resistencia? Como si ustedes fueran insurgentes, ¿cierto?

—En parte.

Ahora estoy un poco molesto con la capitana Chaudhry por haberme tomado el pelo. Obviamente, a ella nunca le importó que intentara unirme a los insurgentes cuando me entregó directamente a ellos.

—Decenas de tipos en los campamentos quieren unirse a ustedes. De eso es de lo único que hablan. ¿Por qué me quieres a mí?

Garvin se gira en la puerta, apoyándose en el marco.

—¿Odias a los Nahx?

—Sí —miento, porque sé que eso es lo que quiere escuchar. Y la autopreservación siempre le gana a la honestidad.

Asiente, con otra sonrisa inquietante.

—Eso tendrá que bastar por ahora. Duerme bien.

RAVEN

Estoy flotando en un espacio vacío que comienza a sentirse familiar, incluso acogedor, pero ese sentimiento no perdura. Demasiado rápido, tengo la sensación de que el mundo se abre de nuevo, la realidad se fractura y partes mías son arrastradas hacia el vacío, detrás de las fisuras y las grietas.

Y hay algo allí, esperando por mí. Algo horrible.

Mis ojos se abren de golpe. La máscara gris de un Nahx llena mi visión. Su mano está en mi cara.

—¿Augusto?

Mi fugaz alegría se disipa con rapidez. Las placas de la armadura en la cara del Nahx pulsan, revelando las agudas cuchillas defensivas. Éste no es Augusto. Éste es el que pateé en las dunas, con la cuchilla doblada permanentemente en un gesto desdeñoso. Su mano se desliza alrededor de mi garganta mientras me tenso, empujo hacia arriba y me encuentro con la dura armadura de su pecho.

—¡Aléjate de mí! —ahogada, tosiendo agua, intento retroceder. El Nahx del gesto de desdén se arrodilla sobre mí, con una rodilla a cada lado de mis caderas. Llevo una mano hasta su cara y enrollo la otra alrededor de su muñeca. Con un fuerte empujón logro desestabilizarlo lo suficiente para que su agarre en mi garganta se afloje. Me deslizo hacia atrás, paso una pierna entre sus rodillas y la envuelvo alrededor de su cuello. Giro mi torso y él golpea con un chasquido de su casco contra el suelo. Mientras me alejo, salta detrás de mí, su peso dobla mis brazos. Resbalo y me golpeo la barbilla.

Frente a mí, en mi visión borrosa, veo una barra de metal y me impulso para agarrarla. El Nahx se desliza conmigo, su cabeza golpea contra algo duro y yo derrapo. Mientras el Nahx se encuentra momentáneamente aturdido, me desenredo de sus extremidades, me alejo y salto para ponerme en pie. El Nahx balancea su pierna, intentando hacerme tropezar, pero lo esquivo. Con un gruñido, se lanza hacia mí otra vez, presionando mi espalda contra algo que no es muy sólido: ¿una pared? Parece doblarse y crujir con la presión. Hay un pulso de electricidad y ambos retrocedemos, tropezamos y caemos al suelo. Utilizo el impulso de nuestra caída para atacar al Nahx que está debajo de mí. Me siento y lo golpeo con fuerza. Luego, agarro su cara y golpeo su cabeza contra el suelo una y otra vez. Las cuchillas vuelven a salir de su máscara blindada y cortan mi mano, pero no lo suelto. Me sujeta los codos y me aprieta hasta que oigo crujir mis huesos. Me estremezco, y eso es todo lo que necesita para zafarse. Su puño conecta en mi barbilla y me envía volando hacia atrás. Sacudo las estrellas de mi visión y alcanzo a ver cómo se abalanza sobre mí otra vez, con los puños en alto.

—¡Quinto! ¡Detente! ¡Basta ya!

Él reacciona, vacilante, y aprovecho la oportunidad para ponerme en pie, lista para pelear. Cuando el Nahx retrocede, me doy cuenta de que tiene al menos el doble de mi tamaño, en altura y anchura. No sé cómo no me mató.

—¿Quién te dio permiso para tocarla?

Me vuelvo hacia la voz pero no puedo encontrar su fuente, aunque finalmente puedo ver lo que me rodea: una habitación gris sin rasgos distintivos, vacía, pero con una estrecha banca de acero fijada a lo largo de una pared.

Cuando me doy vuelta, una de las paredes cruje por la electricidad, antes de desvanecerse y desaparecer, para revelar otra habitación idéntica. Tucker salta de una banca y me mira fijamente. Ahora que está iluminado, noto que su piel y cabello se ven ligeramente metálicos. Al ver sus pies descalzos, me doy cuenta de sus uñas plateadas.

—¿Qué está pasando? ¿Dónde estamos?

—Quinto, regresa a tu puesto.

El Nahx del gesto de desdén cruza la celda para pararse junto a la pared del fondo. Justo cuando toma su posición, parte de la pared brilla y se desvanece como una nube de humo. Hay otro Nahx allí, una mujer, creo. Es un poco más pequeña que el desdeñoso. Y junto a ella, un humano.

El humano es muy alto, casi tanto como los Nahx que se encuentran parados a cada lado de la puerta, pero carece del color grisáceo que tenía Augusto, o incluso los extraños reflejos metálicos que tiene Tucker. Sin embargo, se las arregla para parecer no tan vivo. Sus ojos están desenfocados, su largo cabello castaño cae con soltura. Cuando se mueve, hay algo extraño…

Como en una oleada de entendimiento, todo lo que veo parece encajar en mi cabeza y surge una palabra. *Marioneta.* Esta criatura es una especie de marioneta. Cuando mis ojos se adaptan al resplandor de la puerta abierta, me doy cuenta de un pequeño enjambre de lo que parecen luciérnagas flotando alrededor de su cabeza. Vibran cuando él habla.

—¿Por qué se desata el caos cada vez que traemos a un *snezjinka* a una celda?

Archivo la palabra desconocida. Sea lo que sea, me produce escalofríos.

—Siéntate —dice.

Ambos retrocedemos y nos sentamos en la banca, el frío metal hace que me dé cuenta de la sangre plateada en mi mano por primera vez.

—Estás herida —dice Tucker, estirándose hacia mí.

—Estoy bien —mientras limpio mi mano en el satén verde de mi vestido, veo que el sangrado se ha detenido. Siento ese extraño brillo relucir a través de mi cuerpo nuevamente, y casi ante mis ojos, las heridas se cierran cuando mi piel se vuelve a unir.

—Eso sucederá con las pequeñas heridas —dice la marioneta—. Las más grandes tardan más. Las heridas graves te dejarán fuera varios días, a veces semanas, pero eventualmente te recuperarás de la mayoría de las heridas —su boca se curva en lo que podría ser una sonrisa si se tratara de algo más humano, pero en él parece el gesto de una animación de plastilina mal hecha.

—¿Se supone que debería estar feliz por eso? —no me gusta la forma en que Tucker está sentado allí, como un zombi. Y no me gusta esta marioneta, ni sus abusivos guardias. Y las luciérnagas girando alrededor de su cabeza me están mareando. Algunas se alejan de la nube y zumban perezosamente hasta el techo.

—¿Feliz de ser casi inmortal? —la nube de luz tiembla cuando la cosa vuelve a hablar—. ¿Libre de enfermedades, libre de la lenta decadencia del tiempo, prácticamente indestructible? ¿Eso no te hace feliz?

—No —es una mentira, pero no quiero darle el gusto.

Las luciérnagas vibran, la nube se mueve de izquierda a derecha mientras la marioneta mira a Tucker.

—Ustedes los humanos siguen siendo inescrutables, incluso perfeccionados de esta manera.

—¿Qué nos hicieron?

El humano-marioneta nos mira de nuevo, la nube de luces ondea de lado a lado. Fija su mirada en mí.

—¿Cómo te llamas?

—Raven.

—¿Y...? —se vuelve hacia Tucker, que sigue sentado en silencio—. ¿Cómo te llamas tú?

Tucker me mira con un gesto inexpresivo, pero no dice nada.

—Su nombre es Tucker —respondo yo.

La marioneta me mira con desprecio. Su rostro antinatural se vuelve todavía más monstruosa con su gesto desdeñoso. La nube de luces parece latir y su color se intensifica a un espeluznante amarillo.

—Ésta fue procesada de manera incompleta.

Sucede tan rápido que apenas lo veo. La mujer Nahx salta hacia mí, con una mano cerrada en un puño y la otra empuñando un cuchillo negro. Pero antes de que ella haga contacto siquiera, Tucker se levanta para envolver sus piernas alrededor de su garganta. Para cuando ambos caen en el piso de acero, Tucker tiene el cuchillo negro atascado cuidadosamente entre las placas de armadura del cuello de la Nahx.

Su compañero, el Nahx del gesto desdeñoso, se lanza al frente, pero la marioneta lo retiene con una mano en el pecho.

—Suficiente, Quinto. No dañes a éste.

—¡No la toques! —gruñe Tucker, y saca el cuchillo del cuerpo tembloroso de la Nahx.

—Dame el cuchillo… Tucker.

Tucker arroja el cuchillo empapado de sangre plateada. Éste golpea el suelo.

—Tus instintos protectores están bien perfeccionados —dice la marioneta—. Pero eres muy obediente. Siéntate.

Tucker vuelve a la banca a mi lado y se sienta allí mirando al frente, como si no acabara de matar a alguien por mí.

Cuando alejo la mirada de él y veo al otro Nahx, el hombre, mi corazón se desmorona ante su postura oscilante: extiende su mano izquierda a la altura de la cintura y su otra mano está apretada en un puño. Gruñe pero se oye desarticulado, casi como si se estuviera ahogando. Más que quizá cualquier otro humano en la Tierra, entiendo la capacidad de los Nahx para el dolor, y a éste se le acaba de romper el corazón.

La marioneta se vuelve y lo mira con un movimiento desdeñoso de su cabeza.

—El dolor está por debajo de tu rango, Quinto. Lleva a Tercera a la cámara de refrigeración. Podrá recuperarse.

Quinto. Tercera. Rango. Algo me queda claro después de todo este tiempo. El nombre de Augusto no era Augusto, en realidad. Y no era un nombre. Es un rango. Octavo.

Le di un nombre. Eso parece más responsabilidad de la que yo merecía.

Quinto se va, arrastrando sin gracia a la chica Nahx detrás de él por el pie y dejando un rastro de sangre oscura y plateada en el suelo. Con su mano libre hace dos señas que reconozco.

—*Lamentar. Uno.*

La marioneta sólo resopla, la nube de luz se contrae a su alrededor.

—¿Primero? —pregunto—. ¿Ése es tu nombre? ¿Tu rango?

Se gira lentamente, sus ojos están entrecerrados.

—Les dijimos a nuestros soldados que no lanzaran sus dardos a los humanos en la cabeza.

—¿Qué significa eso? ¿Qué diferencia hace eso?

Primero toma el cuchillo y retrocede hasta que su figura es delineada por la brillante abertura en la pared. La nube lo sigue cuando la apertura se cierra, y desaparece en torno a sus últimas palabras.

—Quizá lo descubras.

Miro fijamente la pared vacía durante unos segundos mientras todo lo que acaba de suceder parece grabarse en mis pensamientos.

—¿Estás bien? —pregunta Tucker a mi espalda.

—Sí, estoy bien. Pero tú... —no termino mi pensamiento. Nunca he necesitado que Tucker me defienda, y ciertamente no lo necesito ahora si soy tan fuerte como me siento. Pero si se siente protector conmigo, tal vez sea porque nos recuerda de alguna manera, recuerda lo que teníamos. Y tal vez podríamos recuperarlo, aunque sólo sea por un día, por una hora. Sería como si nada de esto hubiera sucedido. La simple idea hace que me rechinen los dientes. ¿Por qué todavía tiene este efecto en mí, después de todo? Quiero que me abrace. Y también quiero estrangularlo.

—Soy superfuerte —dice—. ¿Viste lo lejos que salté contigo en el bosque? ¿Cuando esa granada explotó? Eso se sintió raro.

—¿Cómo raro? —creo que sé lo que quiere decir.

—Como si supiera que necesitaba saltar tan lejos y de pronto pudiera hacerlo. Casi como si... mis *pensamientos* me hubieran vuelto capaz —sacude la cabeza, con el ceño fruncido—. Y podíamos correr muy rápido. ¿Te diste cuenta?

Me giro y lo miro, observo la extraña palidez plateada de su piel, el brillo metálico sobre sus ojos marrones. Sigue siendo el mismo chico blanco bonito, pero de alguna manera más duro, más distante. Lo peor de todo es que está hablando como un niño de seis años que no recuerda quién soy y claramente no le importa en absoluto el hecho de que nos encontremos en peligro mortal.

—¿Cómo sabes que no siempre has podido correr así? —pregunto. Espero que eso no parezca cruel. A él no parece importarle.

—No lo sé. Siento que era diferente antes. Más como un humano normal.

—Entonces recuerdas a los humanos normales. ¿Te acuerdas de tu familia o tus amigos? ¿De algo? ¿Cualquier cosa?

Me mira por un largo tiempo, inocentemente al principio, pero luego de unos segundos percibo un destello y me mira de arriba abajo, como si me estuviera examinando en una fiesta. Sonríe un poco.

—Me pareces un poco familiar. ¿Nos conocíamos?

Asiento, pero tengo que desviar la mirada. Supongo que de alguna manera es mejor, más simple. Al menos, no tendré que explicar cómo nos amábamos, cómo me traicionó y cómo lo enterré vivo. ¿Por dónde empezaría siquiera?

Antes de que podamos discutir esto más a fondo, la puerta se desmaterializa otra vez. Tucker y yo nos ponemos en pie de un salto cuando el Nahx del gesto desdeñoso, el Quinto, entra en la celda. Apunta algo hacia nosotros, hay un destello cegador de luz y todo arde.

Cuando vuelvo a mis sentidos, me están arrastrando con grilletes a lo largo de una bahía de aterrizaje abierta. A través de la visión borrosa, los transportes Nahx aparecen, uno tras otro, aterrizando, despegando, siendo abordados o cargados con sólo Dios sabe qué.

—¿D-d-dónde...? —mi rostro se siente entumecido. Es difícil articular las palabras—. ¿Dónde está Tucker? ¿Adónde me llevas? —intento luchar, balanceando mis piernas, pero veo que también están atadas, así que estoy inmovilizada—. ¡Tucker! —giro la cabeza, pero parece que sólo estamos el Nahx del gesto desdeñoso y yo.

La bahía de aterrizaje es enorme. Miles de Nahx marchan alrededor, abordando o desembarcando de los transportes. Hay enormes estantes con rifles Nahx y otras armas. Y pequeños puntos de luz flotan por todas partes, algunos en nubes y otros solos.

—Augusto... —sale arrastrado. Creo que debo haber recibido un puñetazo en la boca en algún momento—. ¡AUGUSTO! —ninguno de los Nahx reacciona.

El Nahx del gesto desdeñoso me arrastra cerca de un estante de armas y me estrella dolorosamente contra él mientras me empuja hacia uno de los transportes. Asegura los grilletes de mi muñeca en una fila de anillos de metal en el compartimento de carga.

El transporte se lanza tan abruptamente que resbalo sobre el piso, y la gravedad de nuestro ascenso tira de mis brazos dolorosamente. A medida que nuestra escalada se acelera, siento como si me estuvieran descoyuntando los hombros. Me esfuerzo por recuperar el equilibrio y llegar a una posición en la que no se me tuerzan los brazos.

Las bancas del transporte me empujan contra la pared. Me jalo de uno de los otros anillos para levantarme y me inclino lo más que puedo para ver dentro de la cabina. Gesto Desdeñoso se aferra a un asidero sobre el arco mientras otros dos Nahx pilotean la nave. Él se vuelve hacia mí; las cuchillas en su rostro se agitan de manera amenazadora.

Me tenso cuando el transporte recupera el equilibrio y él camina de regreso a la bodega, hacia mí. A pesar de su evidente disgusto, me recuerda a Augusto, a quien tal vez nunca volveré a ver.

Quiero cerrar los ojos, pero no confío en este Nahx desdeñoso.

Sisea y vuelve a la cabina, haciendo señas. Entiendo la palabra *abrir* y lo que creo que son algunos números, pero el resto es demasiado rápido para que yo pueda interpretarlo. Unos minutos más tarde, puedo sentir que el transporte reduce la velocidad. El motor gime cuando comenzamos a descender. Gesto Desdeñoso vuelve a la bodega y activa un panel de control junto a la puerta. Ésta se abre de golpe y una ráfaga de viento helado cubre la bodega.

Una de las pequeñas bombillas del hangar se cierne cerca del techo del transporte, azotada por el viento, antes de descender para zumbar alrededor de mi rostro. Me pregunto si quería unirse a este viaje o quedó aquí atrapada por accidente; parece que está sola. La forma en que flota frente a mí me hace sentir como si me estuviera estudiando, midiéndome de alguna manera, pero se aleja cuando Gesto Desdeñoso se acerca otra vez a mí.

Él libera mis muñecas y mis pies, y me arrastra hacia la puerta. El viento es frío, y lo único que puedo ver es blanco. El Nahx sujeta un cable de arrastre a su armadura a medida que el transporte desciende con lentitud a través de las nubes. Pronto, puedo comenzar a distinguir algunos detalles en el suelo: árboles, colinas, un lago congelado. Estoy bastante segura de que me están regresando al lugar donde fui revivida.

Mientras el transporte se cierne sobre las dunas de arena, puedo distinguir algunas formas humanas que yacen muy por debajo, en la nieve. ¿Muertos? ¿Rechazados? ¿Defectuosos? *¿Procesados de manera incompleta?* Creo que podría estar a punto de unirme a ellos de una forma u otra.

La pequeña luz persiste alrededor del borde de la puerta, manteniéndose en su posición a pesar del viento que azota mis rizos contra mi rostro. El Nahx me empuja hacia delante, sosteniéndome por la parte delantera de mi chamarra. Hace una seña con una mano, la cuchilla desdeñosa en su rostro refleja el resplandor de la nieve desde decenas de metros por debajo de nosotros.

—*Adiós.*

—¡No! ¡No! —mi mano arremete, tratando de encontrar algo a lo que agarrarse. La criatura de luz vuelve a aparecer en mi campo de visión, y mis dedos se cierran alrededor de ella justo cuando caigo.

Mi cerebro trata de estimar cuánto tiempo me queda antes de golpear el suelo, y descubro que está contando, en milisegundos y metros extrañamente precisos, a pesar de que sé que no es suficiente para tener otra opción que morir en el impacto. ¿Todos mis esfuerzos han sido en vano? No salvé a Tucker, no salvé a Topher, ni a Xander, o a Augusto siquiera. Nunca pude decir las cosas que quería decirles a mis padres. No salvaré al mundo ni tendré la oportunidad de ser una heroína. Voy a morir.

Lo último en lo que pienso es en Augusto y en cuánto lo intentó.

XANDER

Pasan tres días sin que yo esté más cerca de saber qué demonios estoy haciendo en el enclave junto al lago, alimentado con la testosterona de Garvin Joel. Mi compañero de habitación, Dylan, me muestra los alrededores. Me ducho, tengo algo de ropa nueva y mucha comida.

Lo que sí aprendo son banalidades, sobre todo. ¿Por qué comemos tantos huevos? Garvin y su pandilla saquearon una granja de pollos. Las gallinas viven de nuestras sobras en la sala de calderas. El resto de los alimentos y suministros se recolectan principalmente de Mackenzie, el pueblo más cercano, que fue evacuado durante los primeros ataques. De la misma manera en que lo hacíamos nosotros desde la base en las montañas, los equipos de asalto realizan salidas en busca de cualquier cosa de valor. Siento que aterricé en una serpiente y he raptado sobre ella de regreso al punto donde comencé.

Fui presentado ante todos y traté de recordar los nombres, pero hasta ahora nadie parece tener ninguna expectativa sobre mí, además de que coma y duerma. Nadie hace preguntas. Es casi demasiado bueno para ser verdad, y tal vez sería estúpido de mi parte bajar la guardia, pero estoy tan hambriento y cansado que cumplo con esas bajas expectativas. Me aprendo los nombres. Como huevos y papas. Duermo en una cama cómoda. No hago preguntas.

La tercera noche despierto en medio de la oscuridad y tengo esa sensación desorientadora de no saber qué día es o dónde estoy exactamente. Bajo el tenue resplandor de la luna que entra a través de la ventana, puedo ver a Dylan en la otra cama, sentado. Tiene una mano sobre su boca.

—¿Dylan? ¿Estás bien?

Se toma unos segundos y finalmente quita la mano de su boca.

—Bien —su voz tiembla—. Pesadilla.

—¿Los Nahx?

Asiente, limpiando su cara con las sábanas.

—Yo también tengo pesadillas así —sin embargo, estoy bastante seguro de que las suyas no son como las mías, cargadas con el conflicto de amigos y enemigos. En mis pesadillas, sobre todo veo a Augusto ardiendo vivo—. ¿Quieres hablar de eso?

—No.

—¿Quieres volver a dormir?

Ríe.

—No.

Me recuesto sobre mi almohada y acomodo las mantas. Tenemos algo de calor en la barcaza, pero no mucho. Sigue haciendo el suficiente frío para que debamos dormir con nuestra ropa. Incluso estoy usando un gorro tejido.

—Escuché que viniste del otro lado —dice Dylan después de un momento—. Eso es salvaje.

—Sí —me sorprende que nadie me lo haya preguntado antes.

—Estabas en una base militar oculta. ¿Cómo fue eso?

—Todo estaba bien. Era un sitio cálido. ¿Dónde lo escuchaste?

—Garvin me lo dijo. Sin embargo, no debemos molestarte al respecto.

—No me importa.

—¿Había muchas armas allí?

—Algunas. Suficientes —ahora me pregunto cómo Garvin sabe esto de mí. No era un secreto exactamente, pero tampoco algo de lo que haya hablado mucho. Alguien que escapó de la zona de ocupación era novedad suficiente para que llamara la atención. Y eso era lo último que quería.

—¿Qué tipo de armas?

—Pistolas, rifles, ya sabes.

—Garvin tiene un lanzagranadas. Como una bazuca.

Me vuelvo hacia él. Tiene una gran sonrisa en su rostro.

—¿En serio? ¿De dónde lo sacó?

Hay otro momento de silencio, uno demasiado largo para no significar nada.

—Yo estaba con un convoy militar —dice Dylan—. Estábamos llegando al este de Spokane durante el primer asedio, un grupo de autos seguía a estos camiones del ejército a lo largo de una carretera remota. Pensaron que de esa manera sería más seguro. Pero fuimos atacados. Por los Nahx.

Me doy cuenta de que es difícil para él hablar sobre esto, así que dejo que se tome su tiempo. Los segundos pasan. Se limpia el rostro otra vez.

—Yo fui el único que... ya sabes... no recibí un dardo.

Cuento en mi cabeza para llenar el silencio. Es como si estuviera midiendo su trauma. Le toma diez segundos llegar al siguiente detalle.

—Yo estaba en el maletero. Teníamos uno de esos autos donde puedes bajar el asiento trasero y llegar al maletero. Mis hermanos me empujaron allí y amontonaron basura en el asiento.

Veinte segundos, cada uno como una aguja hipodérmica en el corazón.

—Esperé allí por dos días. Cuando salí, todos estaban muertos. Mis... hermanos estaban muertos en el asiento delantero. Entonces saqué sus cuerpos y tomé el auto. Seguí manejando hasta que encontré otro convoy. Supuse que me uniría a ellos. Si nos atacaban, simplemente dejaría que los Nahx me dispararan sus dardos.

Ya ni siquiera sé cuánto tiempo pasa antes de que vuelva a hablar. Se siente como una hora.

—Como sea. Llegamos a Kelowna y yo estaba en un campamento allí, ya sabes, cuando Garvin corrió la voz de que se llevaría a cualquiera que tuviera algo que ofrecer. Información o lo que fuera. Entonces le dije que sabía dónde había armas. Bajó al lugar, rescató todo lo que pudo y pasó por mí en el camino de regreso —exhala, no es tanto un suspiro, sino algo más que una respiración—. Es un hombre de palabra.

Esa última oración me provoca escalofríos. Garvin todavía no me ha hecho ninguna promesa. Tengo la sensación de que cuando suceda, estará buscando algo a cambio.

—Entonces, ¿están acumulando armas aquí? ¿Eso es lo que quiere Garvin?

—Entre otras cosas. ¿No te ha dado la lista?

—¿Qué lista?

Dylan baja su voz a un siniestro murmullo.

—*LA* lista. Todas las cosas que se supone que debemos tener en cuenta cuando estamos en las redadas. Las armas y la munición son las principales prioridades, pero también hay algunas cosas divertidas. Café. Mezcla para preparar gelatina. Pastillas para la alergia. Tiene una oferta de dos días libres para cualquier persona que traiga medio kilo de mantequilla. Tenemos barriles de harina de la panadería y de la pizzería de la ciudad, y tantos huevos como podamos comer. Pero no hay mantequilla. Parte el corazón.

—Entonces, ¿esto es lo que hacen? ¿Patrullar en busca de cosas que hurgar?

Frunce el ceño. No quise que sonara tan lamentable, pero antes de que pueda disculparme, se hincha, incluso debajo de sus mullidas mantas.

—Nahx. Patrullamos buscando a los Nahx.

—¿Para matarlos? ¿Y hacer videos?

Asiente, ahora parece reflexivo.

Algo sucede con las nubes y la luna afuera, y la luz en mi cabina cambia, pintando todo de un tono azul grisáceo, incluido Dylan. El terror del sueño parece haberse disipado y, con él, algo que lo hizo parecer un ser humano completamente funcional. Ahora parece muerto mientras se recuesta sobre su almohada y descansa su cabeza sobre sus manos.

—Xander —dice después de un momento—, ¿te puedo dar un consejo?

—De acuerdo —respondo con cautela.

Se toma su tiempo, analizando cada palabra, como si las estuviera escribiendo en una antigua máquina de escribir.

—Tengo… una *sensación* sobre ti, llamémosle así.

—De acuerdo…

—Quiero decir, no me importa. No tiene nada de malo. Es sólo que algunos de los otros tipos pueden ser unos verdaderos idiotas. Y no quiero que te metas en problemas con ellos.

Tengo una muy buena idea de lo que está hablando, pero no tengo ganas de ayudarlo.

—¿Cuál es la naturaleza de esta "sensación"? —pregunto.

Se da la vuelta y yo hago lo mismo hasta que nos miramos por encima del medio metro que separa nuestras camas. Podría extender la mano y tocar su rostro. En la oscuridad, puedo verlo sonreír.

—Sólo estoy diciendo que quizá quieras relajarte al respecto, un poco.

—¿Sobre la *sensación*?

—Sí.

No puedo evitar suspirar mientras me doy la vuelta sobre mi espalda. Podría alargar este juego de eufemismos, pero ahora estoy molesto con Dylan y sus pesadillas y su sensación. Ojalá me hubieran dado una habitación privada.

—Esta sensación es que soy gay, ¿cierto?

Resopla y ríe, golpeando su almohada, tal vez como una excusa para alejar su mirada de mí.

—¿Me equivoco?

—Yo diría bisexual, supongo, si necesitas un término —nunca había dicho esto en voz alta antes, ni siquiera a…

Bien. Estoy más que enojado de que este peludo estadounidense sea el primero en escucharlo. Puedo pensar en veinte personas que habrían sido mejores opciones.

Sin embargo, estoy bastante seguro de que la mayoría de ellos están muertos.

—Lo que sea, hombre, está bien por mí —dice Dylan—. Yo soy de Seattle. Es de los otros tipos de los que debes preocuparte.

No entiendo cómo veinte jóvenes aislados en un enclave rebelde postapocalíptico pueden ser tan rígidos, pero supongo que no tengo más remedio que seguir el juego. Puedo defenderme. Sé que podría acabar con cualquiera de estos vagos. ¿Pero quién quiere pelear en un lugar como éste? Y, como sea, Garvin me advirtió que una pelea me enviaría de regreso al campo de refugiados.

—Gracias por la advertencia.

—No es una advertencia, hermano. Sólo un consejo.

No veo la diferencia, en realidad, pero eso también me lo guardo.

Dylan cierra los ojos, como si ahora que ha sacado algunas cosas de su pecho ya pudiera dormir. Mientras tanto, yo estoy despierto por completo y mirando al techo, tratando de dejar que mi mente fluya con libertad. Últimamente, mis pensamientos no parecen ir a ninguna parte. Vivo otro día. Repetir. Repetir. Entonces, muero. Probablemente más temprano que tarde.

Tal vez el horror que se ha estado acumulando en mi cabeza no deja espacio para algo más. Raven desangrándose hasta la muerte. Augusto volando en pedazos. Los ojos muertos de Felix. El cuello torcido de Lochie. La cabeza de Liam... Tan sólo dan vueltas... como un morboso carrusel.

Creo que por fin me quedo dormido, pero en lo que parece sólo unos cuantos segundos después, Dylan me está sacudiendo para despertarme, inclinado sobre mí con una gran sonrisa en su rostro.

—¿Quieres divertirte un poco?

—¿Qué? ¡No! ¿Qué?

Me quita las mantas, pero antes de que yo pueda protestar, otros dos muchachos se meten en la cabina y me sacan de la cama. Me estoy preparando para defenderme cuando uno de ellos me da mi abrigo.

—¿Dónde están tus botas? —dice.

El otro me las arroja. Me las pongo. Entonces, ¿vamos a pelear afuera? Eso es molesto. Está congelado allá afuera. Me pongo en pie y meto mis brazos en las mangas de mi abrigo. Cuando me vuelvo, uno de los tipos empuja un rifle contra mi pecho.

—¿Para qué es esto?

—Sabes cómo usarlo, ¿cierto?

—Sí, pero…

—Vamos.

Los sigo fuera de nuestra cabina, hacia el oscuro pasillo. Alguien enciende una linterna y agita el rayo alrededor cuando otros chicos salen de sus cabinas, vestidos para una noche de invierno como yo.

Apenas puedo ver, pero palpo mi rifle, intentando revisarlo.

—¿Es esto una mira láser?

Dylan resopla a mi lado.

—Es bueno, ¿cierto? Equipo militar de Estados Unidos. Éstos son los que yo conseguí.

Verifico el seguro para cerciorarme de que esté firmemente en su lugar, luego enciendo la mira láser. Un rayo rojo se une a la linterna que baila en las paredes mientras caminamos. Lo apago antes de probar la linterna táctica montada en el cañón. Es una excelente arma, en realidad. Hace un año me habría sentido fascinado con ella. Ahora sólo me hace sentir muerto. Muerto de manera preventiva, que es como las personas que llevan rifles suelen terminar.

—¿Qué estamos cazando?

Ya hay otros cinco chicos con nosotros. Todos sueltan una risita.

—¡Osos panda, hombre!

Eso sólo los hace reír todavía más.

—Mobbs vio un Nahx en la pista de aterrizaje.

Derrapo hasta detenerme. Los otros continúan unos pasos antes de volverse hacia mí.

—¿Es una brom…? ¿Un solo Nahx? ¿Dónde está su compañero?

Dos de ellos se encogen de hombros.

—Necesitamos saber dónde está su compañero o caeremos directo en una emboscada.

Uno de los chicos se inclina hacia mí. Es ancho y alto y tiene una nariz aplastada como si fuera un boxeador o un jugador de rugby. Intento, tan casualmente como puedo, colgar la correa del rifle sobre mi espalda para tener mis manos libres.

—¿Eres una gallina? —dice el ancho.

Supongo que éste es Mobbs. Tiene cara de Mobbs.

—No. Pero tampoco estoy loco.

—Esto es lo que hacemos, Xander —dice Dylan—. Así están las cosas.

Me doy cuenta en este momento de que uno de los muchachos lleva una pequeña cámara de video en lugar de rifle.

—¿Dónde está Garvin? —pregunto.

—Con los otros, junto a la cerca.

Perdí el rastro de quién está hablando.

—Vuelve a la cama si vas a acobardarte.

Mobbs. Ése fue Mobbs.

—No me voy a acobardar. Sólo estoy… acabo de despertar. Dame un respiro —saco mi rifle de detrás de mi espalda, lo apunto hacia abajo y compruebo una vez más el clip, la cámara y el seguro. Chasquido. Crujido. Clic. Todo muy profesional y rudo. No he sostenido un rifle en casi seis meses, pero supongo que es un poco como andar en bicicleta.

Un par de los otros chicos gritan cuando comenzamos a correr hacia el final del pasillo. Entramos en la pasarela cerrada y salimos a la fría explanada. Está nevando ligeramente, lo que hace que la noche luzca engañosamente tranquila y pacífica. Rodeamos un edificio, damos vuelta de regreso hacia el lago y seguimos por la orilla en silencio. Cuando llegamos a la cerca alta que marca el límite del área de administración de la fábrica, Mobbs indica que nos detengamos.

—Estaba del otro lado de la cerca y se dirigía hacia el este —dice en un susurro—. Dylan, tú lleva a Xander y a Michael a través del cobertizo de molienda hacia el lado sur, luego sigan la cerca hacia el norte. Los demás iremos por el otro lado.

Nos separamos. Dylan, Michael y yo nos alejamos de los edificios administrativos y entramos en el molino, las chimeneas se ciernen sobre nosotros como castillos embrujados. Dylan da vuelta entre ellos y nos lleva hasta un conjunto de puertas al final. Saca una llave, desbloquea una de las puertas y la empuja para abrirla. Nos conduce a un cobertizo largo y estrecho. Dos máquinas enormes se alinean a cada lado, flanqueando una pasarela entre ellas que desaparece en la oscuridad. Dylan ajusta su linterna en su rifle y la enciende.

Nuestros pasos levantan nubes de polvo que se funden con nuestra brumosa respiración, para crear volutas y fantasmas que vuelan a la deriva a través de los rayos de nuestras linternas. Mis ojos se mueven rápidamente. No sé si debería recordarle a Dylan que para un Nahx sería fácil saltar la cerca perimetral si quisiera, o abrirla simplemente. Si estos tipos los han estado cazando, de seguro deben saberlo.

No estoy seguro de qué es un cobertizo de molienda, pero la maquinaria es gigantesca y amenazante, llena de pernos, engranajes y chimeneas. Parece algo propio de una fantasía *steampunk,* de aspecto complicado y formas extrañas y voluminosas. Y oscuro. Si un Nahx quisiera esconderse aquí, podría simplemente apoyarse contra una de las máquinas y pasaría desapercibido.

Cuello, pienso, *articulaciones de los hombros, rodillas.* Un buen tiro en la rodilla los hace caer. Un golpe en el cuello y ya no se levantan. No de inmediato, por lo menos. Dylan da vuelta por otro pasillo, apenas iluminado por un conjunto de puertas que se abren al exterior, hacia el final. Levanta un puño para que nos detengamos. Cuando se vuelve hacia nosotros, tiene los ojos muy abiertos.

—¿Qué? —pregunto en un susurro.

—Se supone que deberían estar cerradas —sisea.

Esto es lo que sucede cuando intentas encontrar a un Nahx en la noche.

Dylan parece estar a punto de orinarse en los pantalones; el otro tipo, con la cámara, todavía no ha abierto la boca. Mientras tanto, mi mente se ha acelerado, lo que puede ser útil en momentos como éste porque puedo pensar en todos los resultados posibles a la vez. Alrededor de setenta por ciento de ellos son la muerte inminente, pero ése es un procedimiento operativo normal. El otro treinta por ciento implica las formas de salir de él.

—Espalda contra espalda —digo. Jalo a Dylan detrás de mí y lo giro para que quede de espaldas—. Camarógrafo, ¿cómo te llamas?

—Michael.

—Quédate entre nosotros, Michael. Vamos a regresar por donde vinimos.

Hago clic en la luz táctica de mi rifle y alumbro el suelo. Nuestros tres pares de pasos en el polvo vuelven a lo largo de la pasarela antes de girar hacia el centro del cobertizo. No hay otras huellas, lo cual tiene sentido. Si hay un Nahx aquí, giró a la izquierda o a la derecha dentro de la entrada trasera, lo que significa que podría estar en cualquier lugar.

—¿Cerraste la puerta por la que entramos? —pregunto en un susurro, mirando hacia atrás.

Dylan asiente sin darse la vuelta. Tiene su rifle levantado; el haz de su linterna tiembla en las paredes y la maquinaria.

—Si hay un Nahx aquí, ya sabe que nosotros también estamos aquí —digo.

—Entonces, lo emboscaremos —dice Dylan—. Encuentra sus huellas.

Ésa es una idea loca, pero también es parte de cada escenario en el que puedo pensar que nos llevará a salir con vida.

Bajamos por el pasillo hacia el pasillo central. Vuelvo a iluminar con mi linterna el camino por donde entramos, pero allí también veo sólo nuestras huellas. Y a lo largo del otro camino, polvo imperturbable.

—¿Estás seguro de que la puerta tendría que estar cerrada?

—Sí —dice Dylan con fuerza—. Garvin cerró todo con llave por esta razón.

Se escucha un fuerte estallido y el sonido del vidrio rompiéndose desde el otro extremo del cobertizo. Michael gira su cámara y casi me golpea en la cabeza. Dylan se estira para darme un empujón, pero yo ya estoy corriendo, por puro instinto. La sensación de tener un rifle en mis manos me ha convertido de nuevo en un soldado, un superviviente. Tal vez incluso un asesino. ¿Derribaré a este Nahx si tengo la oportunidad?

La puerta por la que entramos está destrozada, arrancada de sus bisagras, la enorme y pesada puerta de metal se encuentra derrumbada en el suelo, como si fuera un pañuelo desechado. Por supuesto, sé lo fuertes que son los Nahx, así que esto es sólo un recordatorio. Me inclino, cada músculo de mi cuerpo se tensa, y asomo la cabeza por la puerta demolida. Las huellas en la nieve se alejan de la puerta en ambas direcciones: nuestras huellas y los largos pasos de las botas blindadas características de los Nahx. Sus huellas desaparecen a lo largo de la parte delantera del cobertizo y entre las pilas de troncos que quedaron cuando el molino fue abandonado...

—Se dirige hacia la barcaza —digo—. ¿Alguien todavía está allí?

—Sólo un centinela. AJ.

—¿Está armado?

Dylan asiente.

Necesito pensar, pero no tengo tiempo. Este Nahx se está comportando de manera extraña. Sabía que estábamos en el cobertizo del molino. Con sólo dos salidas, hubiera sido fácil arrinconarnos y derribarnos. Es como si no quisiera hacerlo.

Los disparos nos llevan a las pilas de troncos. Corremos prácticamente a ciegas a través de los montones de nieve medio derretida y aserrín, siguiendo las huellas del Nahx. Se detienen de manera abrupta cuando llegamos al final del patio de troncos y la cerca alta.

Doy vueltas apuntando con mi rifle. Ilumino a la izquierda, a la derecha, de regreso por donde vinimos.

—¿Adónde se fue? —pregunta Dylan—. Michael, ¿viste algo?

Los ojos de Michael están fijos en el visor de su cámara mientras sacude la cabeza. Tengo que admirar su compromiso.

—¡¿Quién está disparando?! —grito. Algunos alaridos ininteligibles desde el lago son la única respuesta. Jalo a Dylan de regreso a las pilas de troncos—. Volvamos en círculo.

Damos vuelta y corremos de regreso por el aguanieve. Justo antes de llegar al final de los troncos, una sombra relampaguea sobre nosotros, de una pila a la otra.

Dylan gira, levantando su rifle.

—¿Eso era...?

Me esfuerzo por ver. Muy por encima de nosotros, arriba de una de las pilas de troncos, una sombra se mueve a lo largo, alejándose de nosotros, antes de saltar a la siguiente. Su forma se delinea contra el cielo gris.

—¿Tomaste eso? —pregunta Dylan.

Michael en realidad está sonriendo.

—Seguro.

Estos tipos están locos.

Dylan nos lleva a través de las pilas, bordeando los extremos de los troncos, hasta que estamos a sólo dos filas del final. Nos deslizamos sobre el suelo, con los rifles y la cámara en alto, tratando de permanecer lo más silenciosos que podemos mientras respiramos con dificultad. Empiezo a hablar, pero Dylan me empuja hacia atrás y pone su mano en mi boca. Michael gira la cámara hacia nosotros y la mantiene allí por tanto tiempo que me hace sentir incómodo. Dylan empuja el cañón de su rifle hacia la parte superior de la pila de troncos, aproximadamente a la mitad de la fila. Si no él no hubiera llevado mi atención a ese punto, habría pensado que era sólo un tronco deforme.

Pero es el Nahx, arrinconado entre los troncos. Me esfuerzo por ver, pero ni siquiera creo que su rifle esté apuntado hacia nosotros. No se mueve, aunque considerando la posición de su cabeza, creo que nos está mirando.

—Dispárale —dice Dylan en un susurro—. Apenas puede verte desde ese ángulo.

Tiene razón. Uno de los troncos sobresale, lo cual me da un poco de cobertura. Me deslizo hasta quedar acostado en el fango, y empujo con cuidado mi rifle para que el cañón sobresalga entre dos troncos. Debo mantener mi cabeza en una posición muy incómoda para alcanzar a ver por la mira, pero una vez que me he retorcido lo suficiente, tengo al Nahx justo en el blanco. La parte superior de su cráneo, creo, no funcionará. Incluso las balas de alto calibre rebotan en sus cascos. Pero si mueve la cabeza...

—Dale, Xander —dice Dylan—. Ya lo tienes.

Mi dedo se enrolla alrededor del gatillo cuando hago clic en la mira láser con la otra mano. Aparece un punto rojo brillante en la cabeza del Nahx. Reacciona como si el láser lo quemara, por lo que levanta la cabeza y se arrastra hacia atrás sobre los troncos. El punto rojo brilla justo debajo de su barbilla. Perfecto.

—¡Dale, hermano! ¡No pierdas la oportunidad!

No me atrevo. No sé por qué, excepto que parece que todo está mal. Este Nahx no debería estar solo. No nos ha disparado. De hecho, es casi como si nos hubiera estado evitando, lo cual no tiene sentido. Los Nahx son descarados. Acechan y matan abiertamente. El sigilo no es lo suyo, sobre todo cuando ni siquiera están disparando.

—Xander...

El Nahx se pierde de vista.

Dylan maldice y me aparta de un empujón. Salta entonces con el rifle en alto y corre a través de la fila de troncos. Michael lo persigue sin decir una palabra.

—¡Espera! —grito.

Dylan grita de vuelta.

—¡Da la vuelta! ¡Córtale el paso!

Antes de que pueda moverme, el Nahx reaparece. Salta desde la parte superior de la pila de troncos y aterriza entre Michael y Dylan con la fuerza de una bomba de dispersión. Ellos salen volando en direcciones opuestas. Dylan rueda hacia mí. Estoy en pie y disparando al Nahx antes de detenerme a pensar. Las balas rebotan sobre su armadura cuando de pronto se da vuelta, salta por encima de Michael, que milagrosamente se las ha arreglado para continuar filmando, y corre de regreso hacia la cerca.

—¡Sí, será mejor que corras, hijo de puta! —grita Dylan detrás de él.

Tanto él como el Nahx levantan sus armas al mismo tiempo y de pronto escucho un millón de cosas diferentes: el rifle de Dylan disparando, el zumbido del rifle Nahx, gritos que provienen de alguna parte, mi corazón latiendo en mi cráneo, Michael finalmente haciendo ruido, diciendo "Oh, Dios, oh, Dios", y una especie de siseo agudo cuando el Nahx dispara un dardo. Agarro a Dylan por el abrigo y lo jalo hacia abajo justo cuando el Nahx salta con gracia la cerca perimetral y corre; con tres o cuatro grandes zancadas desaparece en la oscuridad.

—¡Xander! —es la voz ronca de Michael. Me giro para ver a Dylan acunando su mano desnuda. Un dardo Nahx yace en el suelo junto a él. Una telaraña oscura de venas negras se extiende desde su palma.

—Él lo bloqueó —dice Michael—. Me habría pegado —increíblemente, él todavía está filmando, hablándome a través de su cámara como un reportero rebelde en una zona de guerra.

Hay gente gritando en alguna parte. Dylan está hiperventilando. Me arrodillo junto a él, abro su abrigo y se lo quito. Me despojo de la bufanda y ato un torniquete apretado alrededor de la parte superior de su brazo antes de quitarle la manga del suéter. Una fina tira de toxina Nahx está subiendo por su muñeca.

—¡Apártense! —grita la voz de Garvin mientras carga contra nosotros.

Cuando tropiezo hacia atrás, Dylan me alcanza con su mano buena. La tomo y aprieto tan fuerte como puedo, como si de esta manera pudiera alejarlo de lo inevitable. Se da vuelta para mirarme, abatido, y miro su rostro porque no quiero ver lo que sé que está a punto de suceder.

Garvin levanta su machete, lo deja caer y corta el brazo de Dylan justo debajo del codo. Estoy congelado, sosteniendo a Dylan, dejándolo gritar por los dos.

RAVEN

Doquiera que me encuentre, el cielo es hermoso. Gira a través de destellos de un azul fluorescente, un suave malva y rosa brumoso, y un profundo índigo aterciopelado con cintas de auroras boreales, y salpicado de estrellas.

Si acaso estoy en la Tierra. Las luces del norte podrían llamarse de otra manera en otros planetas. El sol, o algo así, sale y entra, trayendo días cortos y largas noches. En realidad, no puedo ver el sol porque está bajo en el horizonte sobre mi hombro derecho y no puedo girar la cabeza. No me puedo mover.

Sin embargo, hay un solo sol y ésa es una buena señal. Intento mantener los ojos abiertos, aunque me duele. Si los cierro, caigo en la inconsciencia, y ese enorme agujero irregular en el universo me está esperando, crepitando con relámpagos, separando mis moléculas. Despierto con una sacudida agónica, las lágrimas saladas me producen escozor.

Por la noche, la oscuridad es profunda, a pesar del cielo colorido. La pequeña luciérnaga que robé del transporte Nahx vuela sobre mí algunas veces, es mi única compañía. Me baña con un pequeño círculo de luz azulada, como una bombilla de luz ultravioleta miniatura.

—Azul —digo una noche, aunque el esfuerzo hace que me ardan los labios.

La luz parpadea alegremente, bailando. Aunque mis pensamientos están enredados y dando vueltas, cobro consciencia de que ése es el nombre de la criatura y lo archivo. *Azul.* Quiero pedirle que regrese, porque estoy sola, pero ahora no puedo mover la boca o la lengua.

Al día siguiente, nieva. Los copos se derriten en mi cara, pero creo que mi cuerpo se cubre con una gruesa manta blanca, como si me estuviera convirtiendo en parte del paisaje. Me las arreglo para abrir la boca —lo cual resulta difícil debido a que tengo, creo, la mandíbula rota—, para dejar que los copos de nieve mojen mi lengua reseca, más por aliviar la incomodidad que por cualquier deseo de sobrevivir. Mi incapacidad para moverme y el fuego abrasador que atraviesa cada centímetro de mi carne sugiere que estoy gravemente herida. Así que aguardo en agonía, a la espera de que los traumas que se generaron con mi caída terminen conmigo, con la esperanza de que así sea.

Lo he perdido todo. Es hora de rendirse. Los Nahx ganaron. Nosotros perdimos.

Yo perdí.

Todo.

Mis ojos se cierran y capturan otra visión aterradora de la grieta estigia y crepitante antes de parpadear y abrirlos de nuevo. La pequeña luz flota sobre mí, pulsando. Parece decir: *Mantente despierta.*

Intento decir "De acuerdo, Azul", pero lo único que sale es un gemido ronco.

Las cosas se mueven dentro de mí. Los huesos, los músculos, los tendones y los cartílagos están tirando, volviendo a ponerse en orden. La sangre corre por mis venas y arterias como lava, vertiéndose en los agujeros que dejaron las costillas rotas y las vértebras aplastadas. Mi columna vertebral es como un pico brillante y ardiente que va desde mi cerebro hasta mi pelvis. Mi cabeza todavía está fragmentada: parte de ella trabaja en la reconstrucción de mi cráneo, la otra parte está ocupada en una especie de reorganización de mi cerebro, como si todo lo que he visto, pensado o aprendido estuviera siendo catalogado y archivado en un orden más práctico. Tal vez esto sea sólo un efecto secundario de lo que sea que le esté pasando a mis huesos, menos doloroso físicamente, pero con su propio tipo de angustia. Los pensamientos y los recuerdos son tan claros como una pantalla de cine a medida que se ordenan. Entonces, lo veo de nuevo. Todo: cada error, a todos los que he perdido. Veo a mamá y a Jack. A Topher y a Tucker. A Augusto.

Augusto cargándome. Augusto alimentándome. Augusto sosteniéndome mientras me desangraba hasta…

Azul golpea mi nariz cuando mis ojos caen.

—Sí… —me las arreglo para decir, aunque mi voz balbucea un poco—. Estoy despierta.

Entiendo lo que está pasando. Estoy siendo reconstruida, en cuerpo y alma. Lo que sea que esté en los dardos, lo que haya convertido mi sangre en plata y a mí en una superhumana, sabe cómo las partes de mi cuerpo deben encajar y lentamente las está arrastrando de regreso a su lugar. Cuando esto comenzó, en las primeras horas, estaba segura de que el dolor me volvería loca, pero ahora que han pasado algunos días, me he acostumbrado, lo que es en sí mismo un descubrimiento fascinante.

Al quinto día, justo cuando el cielo brillante comienza a desvanecerse en el crepúsculo, vomito de pronto, lo que sería menos catastrófico si no estuviera atrapada y acostada de espaldas. Azul chispea en mi campo de visión y vibra cuando me ahogo y toso, antes de alejarse. Giro la cabeza con cuidado, pero el movimiento me hace vomitar otra vez; mi nariz y mi boca se llenan de un líquido rancio. Cuando algo gotea sobre la nieve junto a mi cabeza, veo que es plateado oscuro. ¿Igual que mi sangre? Estoy vomitando sangre. Eso no puede ser bueno.

Con un esfuerzo supremo, me pongo de lado mientras escucho pasos crujir en la nieve. Segundos después, un Nahx llega a la duna, sobre mí. Con el cielo brillante detrás de él, lo único que consigo ver en un principio es su contorno: delgado, de hombros anchos, muy alto.

—¿Augusto? —mi voz es apenas un poco más que un murmullo.

No responde, pero cuando se acerca veo que me he equivocado. Éste no es Augusto. Es más flaco, desgarbado, con el andar vertiginoso de un adolescente incómodo. Cojea un poco mientras se acerca y me mira por unos segundos, con la cabeza inclinada a un lado. Azul se desplaza junto a él cuando se aproxima.

Cae sobre una rodilla, estira la mano para tocar mi cabeza y deja que sus manos se deslicen sobre mis hombros y mi brazo. Después de unos segundos, se recuesta y mueve sus dedos frente a mí.

—*Explicar.*

Mis dientes se sienten un poco flojos, pero me las arreglo para hablar.

—¿Explicar?

—No. Mover mano. Así.

Muevo los dedos de la misma manera que él.

—Mover pies.

Obedezco, pero el esfuerzo envía un dolor punzante a través de mis piernas y mi columna vertebral. El Nahx ignora mis gemidos, se coloca debajo de mi espalda para levantarme y sentarme. La agonía de ese pequeño movimiento desencadena un ataque de temblores incontrolables. El Nahx se mantiene imperturbable. Se sienta sobre sus talones y me mira. Me duelen los dientes y por mis ojos corren lágrimas punzantes. Azul aterriza en mi rodilla doblada y titila allí, justo cuando vomito una vez más y expulso un chorro de lodo gris en el suelo entre mis piernas.

—Creo que estoy muriendo —grazno.

El Nahx sacude la cabeza.

—No. Tú enferma. Dejar enfermedad salir.

Con cuidado, apoyo mi peso sobre mis manos en la nieve fría y me alejo del charco inmundo. El dolor que esto causa es sorpresivamente manejable.

—¿No estoy muriendo?

El Nahx vuelve a sacudir la cabeza. Azul flota y centellea de un lado a otro.

—Bueno, mierda —estoy un poco decepcionada de recibir ese pronóstico tan inesperadamente optimista—. ¿Qué significa "dejar enfermedad salir"?

El Nahx inclina la cabeza a un lado, en un gesto que me recuerda tanto a Augusto que debo apartar la vista por un segundo.

—Partes morir —dice, señalando el charco de vómito—. *Tú arrojar y hacer partes nuevas.*

Miro a Azul, que da brincos para manifestar su acuerdo.

—¿Eso es normal?

Azul brinca de nuevo.

El Nahx, haciendo un pequeño siseo, me habla con señas.

—*¿Entender lenguaje?*

—Sí. Es una especie de larga historia. Ayúdame a levantarme —después de que me arrastra para ponerme en pie, me toma cada reserva de mi fuerza de voluntad dar un solo y delicado paso. Mi cuerpo todavía está ardiendo, por dentro y por fuera, pero al menos me muevo, aunque la presión de mis pies sobre la suave arena se siente como si caminara sobre carbones.

—*No estar rota. Andar ahora* —dice el Nahx.

Mientras se aleja, veo la razón de su cojera. Partes de la armadura sobre su muslo y rodilla están abolladas y agrietadas, las placas segmentadas ya no encajan como deberían. Más allá de él, puedo ver a otros Nahx dispersos sobre las dunas ondulantes, algunos errantes, otros arrodillados con la cabeza gacha. Cuando alargo el cuello, estirándome dolorosamente para ver las colinas que suben y bajan, percibo algunas formas de Nahx en la nieve, al parecer muertos. Algunos de los muertos parecen ser humanos también, o haber sido humanos, como yo.

—Espera —lo llamo mientras avanzo detrás de él—. ¡Espera! ¡Quiero preguntarte algo!

Azul flota conmigo. Alcanzamos al Nahx justo cuando se inclina sobre uno de los muertos. Presiona algo en su armadura, retira algún tipo de pequeña herramienta y comienza a hurgar en la rodilla muerta del Nahx. Segundos después, una de las placas de la armadura se suelta, luego otra. El Nahx cojo usa las placas para reemplazar las partes dañadas de su propia armadura. Observo, fascinada por los delgados tentáculos como espirales que escurren de la rodilla del

Nahx, unen las placas que no tienen daños y las succionan hasta acomodarlas en su lugar. Parecen vivos de alguna manera, casi sensibles, aunque esa idea es demasiado aterradora para considerarla siquiera.

—¿Están muertos? —pregunto, señalando el cuerpo en la nieve—. ¿Cómo puedes saber si están muertos?

—*Sentir frío* —dice el Nahx, mientras cojea.

Pone su mano sobre la cabeza, el pecho y el muslo de otro cuerpo.

Me arrodillo y hago lo mismo. La armadura del muerto se siente gélida, incluso más que el aire invernal circundante, si eso es posible.

El cojo se estira sobre el cuerpo y me toca suavemente, con otra pregunta.

—*¿Quién ser tú?*

—Raven —respondo—. ¿Cómo te llamas tú?

—*No* —dice él. Luego—: *Décimo.*

—Ése es tu rango, ¿cierto?

Asiente.

—¿No tienes nombre?

—*No* —dice de nuevo, entonces, hace una seña para mi nombre.

—*Pájaro de color nocturno.*

—Así es. *Raven* significa cuervo en inglés.

Azul se arremolina entre nosotros, como diciendo: *¡Pónganme atención!*

Décimo retrocede cuando se acerca demasiado y tropieza hacia atrás.

—No te hará daño —digo—. Creo que sólo quiere ser presentada. Azul, éste es Décimo, yo soy Raven, y al parecer los tres estamos recreando *El paraíso perdido* de Milton.

Décimo inclina su cabeza otra vez y levanta una mano en señal de pregunta.

—Lo siento. Mi madre es profesora de inglés. *El paraíso perdido* es un poema épico sobre... Oh, no importa, olvídalo.

Décimo se encoge de hombros. Baja la mano hacia el muerto y presiona algo en su casco. Se escucha un ruido sordo, y un chorro de fluido aceitoso se derrama alrededor de su cabeza. Décimo retira la máscara para revelar el rostro muerto del Nahx.

Una chica, creo, aunque supongo que cuando eres un soldado controlado mentalmente con un solo objetivo, ¿qué importa eso, en realidad? Sus rasgos son bastante delicados, tiene nariz respingada y labios pequeños y fruncidos. Sangre o lágrimas gotean de sus fosas nasales y sus ojos entreabiertos; sus iris son de color gris lechoso. Sus cejas son pesadas, brillantes, metálicas, y se mantienen fijas, en un ceño pétreo. Se ve un poco demacrada, como si estuviera desnutrida. No se parece en nada a Augusto, lo cual es tanto un alivio como un misterio. Quienesquiera que sean estas criaturas, de lo que sea que se deriven, son humanos. Eso es obvio. Pero ¿qué tipo de humanos? ¿De dónde vienen?

Se ve joven, lo cual me pone triste.

Décimo gira algo en su máscara, separa las placas y quita un pequeño objeto que tiene forma de alfiler. Lo mete con algo de fuerza en su propia máscara, alrededor de la mandíbula. Segundos después, las cuchillas defensivas se despliegan en su rostro antes de volverse a retractar. Las saca de nuevo y siente su rostro con la mano. Me vuelvo hacia la chica muerta.

—¿Por qué murió ella?

Él se encoge de hombros, parado a su lado. Después de un segundo, me tiende una mano y me levanta. Luego da media vuelta y se aleja. Su cojera parece haber mejorado. Lo sigo. Me siento mal por abandonar a la chica muerta, pero supongo que ya no puedo hacer nada por ella. Azul zumba a mi lado.

El viento azota mi largo vestido verde mientras tropiezo con las dunas. Cuando alcanzo a Décimo, percibo su respiración. Está jadeando con fuerza.

—Esto es demasiado bajo para ti, ¿cierto? ¿La elevación? ¿El aire es demasiado espeso o algo así? ¿Dónde estamos?

Se encoge de hombros sin detenerse, pisotea por todo alrededor, va dejando huellas profundas.

—*¿Querer hacer una pregunta?* —me pregunta.

—¡Sí! ¿Has visto a... otro? Uno como tú. Su rango es Octavo. Tiene una cicatriz en forma de estrella aquí —toco mi hombro, luego mi pecho sobre mi corazón—. Y otra aquí.

Décimo niega con la cabeza.

—*No haber Octavos aquí.*

—¿Dónde deberían estar los Octavos? ¿En algún otro sitio particular? —me vuelvo hacia Azul—. ¿Una nave o algún otro lugar?

Azul dibuja un gran círculo lento en el aire.

—*Repetir yo* —dice Décimo—. *No saber.*

Sacude la cabeza con un pequeño suspiro y comienza a moverse de nuevo. Seguimos caminando en silencio, pasando junto a muchos más Nahx caídos: busco en cada uno de ellos las distintivas cicatrices de Augusto, pero no las encuentro. También vemos muertos bastantes humanos, o que podrían considerarse humanos. Jalo a Décimo para que nos detengamos, me inclino para examinar a una humana, una mujer mayor. Está fría y, como los Nahx muertos, hay un chorro de líquido plateado goteando de sus ojos y su nariz, incluso de sus oídos. Azul zumba alrededor de su cabeza, como si la examinara. Cuando toco el rostro de la mujer muerta, su piel se desmorona en un fino polvo metálico bajo mis dedos, como una escultura de arena.

—¡Oh, Dios! —retrocedo tan rápido, que caigo hacia atrás.

Décimo me ayuda a ponerme en pie.

—¿Que le ocurrió a ella? ¿Todos son así? ¿Todos estos muertos?

—*Frío cae blanco, rota* —responde—. *Muerta.*

—¿Nieve? ¿Copos de nieve? ¿Por qué la llamas copo de nieve?

—*Tú también ser Copo Nieve. Diferente. No clon, como yo.*

—¡Oh! ¿Somos Copos de Nieve porque somos únicos?

—*Sí.*

—"Copo de nieve" es una especie de insulto. O solía serlo. Se utilizaba para hablar de alguien que creía ser especial. O alguien muy delicado.

Azul parece emocionada por esto. Titila y brinca. ¿Está riendo?

—*¿Roto rápido y fácil?* —dice Décimo.

—Delicado, sí.

Mueve la cabeza hacia atrás varias veces.

—*Humanos ser delicados, pero Copos de Nieve no ser delicados. Tú no ser delicada. Caer y ahora estar caminando.*

—Sí. Supongo que eso es cierto —no estoy segura de que me guste ser puesta en una categoría diferente a la de los humanos—. Aunque me sentí un poco delicada por un tiempo después de que aterricé.

Mueve la cabeza hacia atrás otra vez, riendo conmigo mientras reanuda su implacable caminata. Lo sigo, pensando en Augusto y en una de las últimas cosas que me dijo: *Quizá nieve elevar y tiempo no mover.* ¿Es posible que lo haya entendido mal? ¿Estaba hablando de esto? ¿Intentaba advertirme? Algo más encaja en su lugar. Pienso en la manera como Primero nos llamó en la nave: *snezjinka.* Creo que eso debe significar "copo de nieve". Pero ¿en qué idioma?

—*¿Por qué buscar Octavo?* —pregunta Décimo.

—Es mi amigo.

Décimo inclina su cabeza a un lado otra vez.

—*¿Tú y Octavo ser amigos?*

—Sí. Es complicado. Él me salvó la vida. Más de una vez.

—*¿Octavo ayudar humana?*

—Sí.

Décimo deja escapar una fuerte bocanada de desaprobación. Y la luz de Azul se atenúa, como si estuviera de acuerdo.

—*Eso estar prohibido* —dice Décimo.

—A ninguno de los dos nos gustaba mucho seguir las reglas.

Pone una mano sobre su cabeza y parece pensar en esto por un momento. Azul se coloca frente a su cara.

—*No estar prohibido ayudar a Copos de Nieve* —dice al fin.

Azul se sacude de arriba abajo, de acuerdo.

—Bueno, eso está bien, supongo. Pero no quisiera que te metieras en problemas.

—*Yo ayudar tú encontrar Octavo.*

Estoy empezando a ver la seña para *Octavo* como *Augusto.* Ahora me pregunto a quién debería estar buscando. Algo me sucedió entre el momento en que morí en los brazos de Augusto y que desperté en las dunas. Me cambiaron la ropa. Tucker fue sacado de su tumba debajo del árbol y encadenado a mí. Y nos trasladaron adonde sea que estemos. ¿Quién arregló todo esto si no fue Augusto? Y si me dejó con Tuck, ¿eso no significa que…?

¿No es Tucker la persona a la que debería estar buscando? Y cuando lo encuentre, ¿entonces qué? Ni siquiera recuerda quién soy.

Décimo da media vuelta de manera abrupta y se dirige hacia los árboles. Enciende una luz cuando las densas ramas oscurecen todo a nuestro alrededor. Azul se mantiene cerca de mí, flotando sobre mi hombro derecho. Salimos después de unos minutos, de regreso a la orilla del lago.

—Necesito volver a… Yo estaba en este lugar —digo—. Era muy grande, con miles de Nahx y transportes despegando. ¿Dónde es eso?

—*No saber.*

—¿Azul? ¿Tú sabes?

Se desliza de un lado a otro.

—¿No? ¿Adónde vamos entonces? ¡Te estaba siguiendo!

—*Humanos* —responde Décimo. Es una seña inconfundible. Vi a Augusto hacerla las suficientes veces.

—¿Dónde están los humanos? ¿Por aquí?

Señala al otro lado del lago.

—La última vez que intenté cruzar terminé con un baño no programado.

—*Más frío ahora. Agua estar dura.*

Soy extremadamente renuente a atravesar el hielo otra vez, pero la curiosidad se apodera de mí. Si de alguna manera hay humanos aquí, entonces sabrán dónde estamos. Y ellos podrían saber dónde se encuentran las bases de los Nahx.

Partimos. Décimo tenía razón: la superficie del hielo es sólida y tan clara en algunos puntos que incluso puedo mirar el agua turbia debajo. Décimo camina con seguridad, sus botas segmentadas tienen un buen agarre en el hielo, mientras que yo busco mantenerme en los parches de nieve tanto como me es posible. Estas botas que Augusto eligió para mí son cómodas, incluso modernas, pero no están diseñadas para el hielo. En cuanto a Azul, también parece insegura, y se acomoda en mi hombro, centellando como un diamante artificial.

Avanzamos despacio. Mis huesos y músculos todavía están ardiendo por mis heridas curativas. Ya antes había tenido huesos rotos y músculos desgarrados, pero el proceso de curación provocaba sólo un dolor intenso, seguido de un malestar que disminuía poco a poco. Esto es más parecido al calor que al dolor, casi como la sensación de placer mezclada con la picazón que se siente al sumergirse lentamente en una bañera demasiado caliente. Tiene algo que ver con mi sangre nueva, con los dardos y la forma en que éstos nos han cambiado. "Prácticamente inmortal", según lo describió el espeluznante Primero. Debería estar emocionada, pero sólo consigo pensar en que si necesitamos ser prácticamente inmortales, lo que sea que tengan reservado para nosotros debe ser prácticamente imparable. Las grietas cataclísmicas de mi visión amenazan la frontera de mis agitados pensamientos.

Cae la oscuridad, y unas horas más tarde sale una luna llena. *Nuestra* luna. El alivio que siento al confirmar que todavía estamos en la Tierra es tan palpable que resulta casi intoxicante. No puedo evitar reír. Y luego, comienzo a temblar y mi risa resuena a través del hielo. Décimo se vuelve para mirarme, con una de sus manos hacia arriba.

—La luna —explico. Ya estoy limpiando las lágrimas de mis mejillas—. Es un alivio saber que todavía estamos en la Tierra.

—*¿Dónde más poder estar?*

Azul flota y titila, proyectando su luz en un círculo azul pálido a nuestro alrededor.

—En otro planeta, por supuesto. En tu planeta.

—*Éste ser mi planeta* —Décimo señala el hielo mientras hace las señas. Dios. De pronto recuerdo las innumerables conversaciones que he tenido con extraños: "¿De dónde eres?" "De Calgary." "No, quiero decir, ¿de dónde eres realmente?" "De Calgary." "No, pero ¿de dónde es tu *familia*?". Y cosas así. Estaba a punto de aclarar que me refería a quienquiera que lo hubiera creado. Su *familia,* por así decirlo.

—Olvídalo —digo en cambio.

El cielo comienza a aclararse justo cuando la orilla opuesta comienza a definirse más allá de la bruma del hielo. A medida que nos acercamos y se vuelve más claro, empiezo a darme cuenta de que mi visión debe haber mejorado junto con el resto de mi cuerpo. No puedo hacer un *zoom* ni nada tan genial como eso, pero alcanzo a distinguir muchos detalles en la costa distante, incluso a la luz del amanecer. Mientras reflexiono sobre esto, también me doy cuenta de mi sentido del olfato y de cómo puedo procesar una multitud de olores con todo detalle. El ligero aroma a pescado del hielo bajo mis pies, el característico olor de los Nahx, como a carbón o cenizas. Más allá de eso, percibo el olor de un fuego de leña y algo que se está cocinando. Una fina nube de humo más allá de la orilla lo confirma. Hay humanos allí.

Décimo nos lleva directamente hacia el humo, pero me pregunto si será una buena idea. Los humanos y los Nahx todavía están en guerra, ¿cierto? Y debido a mi estado cambiado, ¿de qué lado estoy? Cada hora que pasa, me siento menos humana. He estado caminando durante horas en huesos que se rompieron en pedazos hace apenas unos días y no estoy cansada. Incluso la sensación de ardor se ha desvanecido y ha sido reemplazada por un tipo de corriente eléctrica. Quiero correr, de hecho. Quiero saltar y romper cosas.

Y tengo a una diminuta alienígena encaramada en mi hombro. Eso tampoco es normal.

El hielo del lago se funde en la orilla con un amasijo de madera arrastrada por la corriente y rocas. Décimo trepa sobre ellas y se dirige hacia los árboles. Azul flota detrás de él mientras lo alcanzo. Sin embargo, no me molesto en esforzarme. Tan sólo doblo las rodillas, sintiendo un brillo de energía que se extiende desde mi mente y se enrosca en mis músculos y huesos. Entonces, salto alrededor de seis metros, hasta el matorral. Décimo se quita del camino cuando aterrizo. Siento que merezco elogios tras un salto tan extraordinario, pero ni Décimo ni Azul parecen impresionados. Décimo se vuelve y lo sigo hacia los árboles, con Azul flotando detrás. Unos minutos más tarde, detecto un olor nuevo, uno reconocible. Es un humano.

No me he encontrado con un nuevo humano desde que Liam nos llevó a la base en las montañas, meses y meses atrás. Había más de doscientos de nosotros allí, y aunque me resistía a acercarme a más de unos pocos, los conocía. Pero éste es alguien desconocido.

Décimo sujeta mi brazo, deteniéndome.

—Azul, tal vez deberías esconderte —digo. La siento asentarse detrás de mi oreja con un zumbido bajo.

—*Un humano* —dice Décimo con señas.

Quienquiera que sea, es un estúpido por estar solo en el bosque.

—No le vas a disparar un dardo, ¿cierto?

Décimo baja la velocidad. El olor a fogata y a comida humana cocinada es fuerte ahora, casi abrumador. Puedo oler la muerte en este humano, la decadencia, la mortalidad. Huele a imperfección.

—No den otro paso. Ni siquiera intenten moverse —la voz es de una mujer joven. Me alivia escuchar un idioma con acento familiar. Suena un poco como una de mis hermanastras métis. El crujido del seguro de un rifle al ser retirado es menos tranquilizador. Puedo escucharlo con tanta claridad sobre el viento ligero que susurra entre las ramas desnudas que resulta casi musical. Cuando me giro, Décimo ha desaparecido. Quiero decir, *se desvaneció* sin siquiera un siseo. Miro hacia la nieve, sólo para confirmarme que él estaba allí. Sus huellas tan sólo se interrumpen. ¿Saltó? ¿Dónde está?

Una joven mujer emerge de entre los árboles, con un rifle apuntado directamente a mi cabeza.

—Sé lo que eres. Te vi con ese Nahx en el lago —escupe en el suelo entre nosotros, maldiciendo en francés—. Y esa mosca fantasma o lo que sea.

Levanto las manos.

—Sólo necesito ayuda.

—¿Ayuda? Tú eres uno de *ellos*.

—¿Has visto a otros? ¿Otros como yo? ¿Adónde fueron?

Da otro paso hacia mí, saliendo de las sombras. Tiene más o menos mi edad, el cabello castaño, corto y despeinado, y un rostro rojizo, manchado de tierra.

—¿Han estado aquí desde la invasión?

—Siempre hemos estado aquí, monstruo.

Está temblando tan intensamente que apenas puede sostener el rifle.

—No necesitas tener miedo. No voy a lastimarte a ti ni a nadie. Sólo necesito algo de información.

—No te diré nada. *Shipwaytay* —me dice en métis, "vete"—. Sal de nuestra tierra.

Estoy empezando a sentirme impaciente con ella; de hecho, pienso: *Los humanos son tan irracionales.* Y eso me asusta un poco. No estoy lista para terminar con esto de ser humana. Y sin embargo, lo estoy. Los humanos son ilógicos, débiles, mezquinos. Y yo soy otra cosa. No me siento superior, ni mucho menos. Pero me siento ajena.

—¿Adónde fueron los otros? Los otros como yo. ¿Los viste?

Hay un ruido detrás de mí, que hace que la chica mueva su rifle hacia una nube gris. Décimo se zambulle por su rifle y lo agarra por el cañón. Ella lo dispara cuando él se lo quita. Ni siquiera lo pienso: giro bruscamente hacia atrás y alzo la mano por instinto. Cuando vuelvo a mirar, Décimo está apuntando el rifle a la chica, que se encuentra de rodillas con las manos en alto, jadeando; Azul zumba con furia entre nosotros, y yo tengo una bala en la mano...

Es decir, estoy *sosteniendo* una bala.

La atrapé.

Su calor, el olor a pólvora, la sensación del metal y el hormigueo de mis células me ayudan a concentrarme. Debemos seguir adelante, salir de la tierra de la chica, como ella insistió. Me vuelvo hacia ella, impasible por el terror en sus ojos.

—Al este —escupe la chica—. En Black Lake. Hay alguna especie de nave en el lago.

—¿En el lago? ¿La nave aterrizó allí?

—No... —parece incómoda, sus ojos se lanzan de uno al otro—. Es como si estuviera estacionada en el centro del lago. Es enorme, como de ocho kilómetros de ancho.

Me vuelvo hacia Décimo.

—¿Suena a que sea verdad?

Asiente. Azul se mueve de arriba abajo.

—¿Qué tan lejos está?

—Un poco más de ciento cincuenta kilómetros. Sigan el lago hasta Stony Rapids, luego tomen el camino hacia el sur, hasta Black Lake Nation. La nave está al este de la comunidad.

—¿Todavía hay gente allí? ¿En la comunidad?

La chica asiente.

—¿Por qué no fueron lanzados si los Nahx están ahí?

Ella se pone en pie lentamente, con las manos todavía levantadas.

—No lo sé. Y tampoco quieres meterte con ellos. No se andan con juegos. No con los Nahx, y no con lo que sea que seas.

Siento que mi impaciencia se convierte en ira, y sé que necesito alejarme de ella. A mi lado, Décimo ha comenzado a gruñir profundamente, un ruido sordo que resuena en su armadura. Esto es parte de lo que somos ahora: hartos de los humanos por siempre.

Arranco el rifle de la chica de las manos de Décimo, descargo la munición en el suelo helado y lo arrojo de nuevo a sus pies.

—¿Tienen algún sistema de comunicación?

Niega con la cabeza.

—¿Vas a sobrevivir aquí? ¿Necesitas algo? —miro a mi alrededor. Ahora que el día brilla, puedo ver sus construcciones a través de los árboles. No es una ciudad, sino un refugio para unas cuantas personas—. ¿Estás aquí sola?

No responde, sólo agarra el rifle y comienza a cargarlo con las municiones que guarda en sus bolsillos.

—Nos vamos —digo, retrocediendo.

Jalo a Décimo a mi lado. Cuando estamos a quince metros de distancia, doy media vuelta. La chica todavía está allí, apenas visible a través de los gruesos árboles, con el rifle en alto, observando.

—¡Combustible! —grita entonces—. ¡Necesitamos combustible!

—¡Veré qué puedo hacer! —grito en respuesta, agradecida por la oportunidad de un intercambio amistoso con un ser humano, tal vez el último.

Cuando vuelvo a mirar atrás, unos minutos después, la chica ya no está.

XANDER

Después del desayuno, inesperadamente, Garvin me recluta para unirme al equipo que lo acompañará hasta el transmisor. Sólo vi una vez el video que muestra la amputación de la mano de Dylan, pero por la euforia con que los otros chicos hablan al respecto, no me sorprende que Garvin espere que éste sea uno de sus mayores éxitos. Ahora que lo ha editado en un tamaño adecuado para que sea descargado, es hora de enviarlo al mundo.

Inquebrantables como exploradores del Ártico, caminamos hacia el este durante dos horas, bordeamos el pueblo y nos dirigimos cuesta arriba, primero en un camino de grava cubierto de nieve, luego a través de un estrecho sendero entre los árboles. Es silencioso de una manera que sólo los senderos de montaña nevados pueden serlo. No hay pájaros: volaron todos al sur, sin obstáculos por las nuevas reglas sobre pases de viaje y permisos. Aunque hace un poco de frío, apenas sopla el viento y nuestras pisadas son acalladas por la suave nieve.

Logan y Michael no hablan mucho, pero Garvin les permite que se adelanten, y se mantiene atrás, conmigo, hasta que se abre una buena distancia entre nosotros. Ha pasado una semana desde que regresó del hospital adonde llevó a Dylan, y apenas hemos hablado. No estoy seguro de si yo lo he estado evitando o él a mí. Pero parece que ahora quiere hablar.

—¿Cómo te sientes, Xander?

—Bien.

—Puedo trasladarte a otra cabina si no quieres estar solo.

—No, está bien. ¿Cómo está Dylan?

—Mejorando.

Seguimos caminando en silencio. El ritmo de nuestros pasos en la nieve, el suave crujido, es hipnótico. Lo escucho por un momento, pensando en cuando se sigue el rastro de un Nahx y en lo que sucede cuando lo alcanzas.

—Él estaría muerto de no haber sido por ti —dice Garvin.

La palabra *muerto* se mantiene en el aire, y por mi vida que no puedo entender lo que significa. ¿Garvin se refiere a muerto como muerto, o muerto como alcanzado por un dardo Nahx? Porque estoy casi seguro de que son dos cosas diferentes, pero no sé cómo abordar eso con él o con cualquier otra persona.

—¿Alguien ha visto a ese Nahx de nuevo?

—Lo perseguimos hasta Mugaha Creek, pero ahí perdimos el rastro. Sin embargo, se estaba alejando del enclave, hacia el este. No creemos que lo vayamos a ver otra vez.

—¿No te preocupa que traiga un escuadrón?

Garvin niega con la cabeza.

—Durante casi un año, lo único que hemos visto en este lado son parejas aisladas o algunos solitarios. Creo que se quedaron atrás por accidente cuando los Nahx activaron la red. Me recuerdan a esos soldados japoneses después de la Segunda Guerra Mundial. Ya sabes, los que estaban en las islas remotas o lo que sea, que no sabían que la guerra había terminado…

—La guerra *no* ha terminado —digo.

Logan o Michael, no estoy seguro, tose.

—¿No? —dice Garvin—. Nos rendimos —sonríe. Casi espero que haga un guiño.

Miro hacia el frente cuando escucho más tos. Logan está encorvado, tosiendo. Escupe hacia los árboles.

—Amigo, eso es asqueroso —dice Michael.

—¿Dónde consigues tus cigarrillos? —le pregunto cuando los alcanzamos.

—La gente nos manda cosas —explica Logan. Increíblemente, se quita los guantes y enciende otro. Al parecer, a algunas personas no les importa cómo mueran. Esto me recuerda a Colin, cuando estábamos en el campo de refugiados, que tenía algo carcomiendo sus entrañas.

—¿Por qué la gente les manda cosas? —le pregunto a Garvin mientras avanzamos, dejando que Michael y Logan tomen ahora la retaguardia.

—Admiradores de nuestro trabajo —dice Garvin—. Hay entregas semanales, casi todas las semanas, en Prince George. Tengo un tipo allá abajo que se asegura de que las cosas que nos envían se dejen aparte. Supongo que la gente aprecia lo que estamos haciendo aquí.

—¿Matar a los Nahx? —estoy tratando de ocultar mi incredulidad, y lo más seguro es que esté fallando.

—Hacer videos de cómo se mata a los Nahx. ¿Crees que Hollywood todavía está produciendo éxitos de taquilla? En Los Ángeles no tienen electricidad ni agua. Y aun así, ¿quién querría ver fantasías cuando pueden ver la realidad?

Supongo que ya no soy muy bueno para ocultar nada. Garvin pone su mano sobre mi hombro, lo que me recuerda la forma en que Augusto solía hacerlo, la manera en que todos los Nahx caminan con sus compañeros. Pero Garvin sólo me da un apretón por un segundo, con un gesto paternal, antes de soltarme.

—Es mucho para asimilar, chico, lo sé.

—Está bien.

—Puedo comunicarme con Vancouver, conseguir algo especial para ti en nuestra próxima entrega.

—¿Como qué?

—¿Revistas para chicas? —dice Michael detrás de nosotros.

—¿Revistas para chicos? —añade Logan.

Los dos ríen.

—¡Logan! —estalla Garvin, haciendo que ambos cierren su estúpida boca—. Ve al frente. Y apaga ese cigarrillo. Michael, tú quédate donde estás y mantente callado.

Ellos obedecen, escarmentados. Logan trota delante de nosotros mientras Michael se queda atrás, murmurando, hasta que Garvin le dirige una mirada asesina.

Garvin me habla en voz baja.

—¿Algún dulce? No se consiguen muchos chocolates, pero hay un buen negocio de dulces de maple y cacahuate en Vancouver. ¿O licor? No me gusta que se beba aquí, por razones obvias —gira la cabeza hacia atrás y le lanza otra mirada fulminante a Michael—. Pero podría hacer una excepción. Tuvimos una caja de vino casero que nos enviaron durante el verano. Tal vez podríamos conseguir un poco más.

—No me gusta mucho el vino. No necesito nada —aunque el dulce suena bien, no me gusta la idea de ser el hijo favorito de Garvin, por las razones que sean. No durará, como sea. Cosas así nunca duran.

—¡LOGAN! —brama de pronto Garvin, haciéndonos patinar hasta detenernos—. Te pasaste de largo —señala un árbol nada excepcional. Sólo cuando me acerco veo tres líneas allí talladas, como si hubiera sido marcado por alguna bestia. Garvin hace un ruido desdeñoso en dirección a Logan y sale rápidamente del camino para internarse entre los árboles.

Salimos a través de la línea de árboles unos veinte minutos más tarde, resoplando con el esfuerzo de la subida cuesta arriba. El terreno es rocoso y traicionero, debido a la capa de hielo y nieve, incluso para mis botas nuevas y resistentes. Estuve a punto de resbalar tres veces antes de que se me ocurriera seguir las huellas de Garvin. Él conoce el camino, reconoce los puntos de apoyo, donde la roca es lo suficientemente rugosa para proporcionar un agarre adecuado. Veo hacia atrás y me doy cuenta de que ni Logan ni Michael tienen problemas. También habían recorrido este camino antes.

Llegamos a una curva y la superficie rocosa cambia a un paisaje de grietas brutales y anchas fisuras, como si un martillo gigante hubiera aplastado la montaña desde arriba. Delante de mí, Garvin salta con habilidad sobre una grieta, luego otra. En el tercer salto, lo pierdo de vista.

—Vaya. ¿Garvin?

Salto sobre las dos grietas y me detengo en el borde de la tercera. Garvin está a unos dos o tres metros debajo, agazapado en la nieve profunda.

—Es allá abajo —dice Logan, quien viene detrás de mí.

Salto, listo para rodar cuando aterrice si es necesario, pero la nieve es lo suficientemente profunda para amortiguar mi caída. Logan y Michael saltan detrás de mí, su llegada sólo es perceptible por el suave sonido que se produce cuando aterrizan.

La grieta se estrecha a medida que Garvin nos guía al frente, y tenemos que agacharnos para evitar las salientes rocosas. Pronto, estamos avanzando por un pasaje tan estrecho que Logan y Michael tienen que quitarse las mochilas de la espalda y arrastrarlas detrás de ellos. La grieta es más profunda en este punto también, y la luz del día gris ha disminuido hasta convertirse en una delgada franja en forma de relámpago sobre nosotros. Finalmente, incluso eso desaparece, y nos arrastramos a través de un túnel rocoso de techo bajo antes de emerger en un gran valle lleno de luz, rodeado por altos muros escarpados. Más allá de las paredes, hacia el este, los filamentos de la red Nahx brillan en el cielo cargado de nubes.

Mobbs y otro tipo cuyo nombre creo que es AJ levantan la vista de una pequeña fogata cuando nos aproximamos. Detrás de ellos, a unos sesenta metros por una escarpada pendiente, hay una torre de transmisión de radio y una pequeña choza. Ambas están equipadas con paneles solares. Garvin saca una unidad USB de su bolsillo y se la entrega a Michael, luego mira su reloj.

—Súbelo, prueba el transmisor. Espera el descanso, luego explótalo.

—Lo sé. Lo sé —dice Michael.

Logan lo sigue cuesta arriba.

—¿Cuál es el descanso?

Garvin me lleva hasta la fogata, donde tiramos nuestras mochilas. Mobbs y AJ recogen las suyas y se alejan sin decir una palabra hacia la fisura.

—¿Recibían nuestras transmisiones del otro lado? ¿Y todas esas cosas de emergencia? Pero sólo durante aproximadamente una hora al día, ¿no es así? ¿Cerca del mediodía?

—Sí.

—Los Nahx usan un *bloqueador*. Un emisor de señal masivo que interfiere con la mayoría de las comunicaciones inalámbricas. Nadie sabe cómo funciona, pero parece estar conectado a la red de alguna manera —me sonríe—. Sin embargo, algo, o alguien, usa una frecuencia de cancelación para romper esa señal de interferencia. Nadie sabe cómo funciona eso tampoco, pero nos da entre treinta minutos y una hora, la mayoría de los días, para transmitir videos.

—¿Recuperas algo? ¿Del otro lado, quiero decir?

—Al principio, lo hacíamos. Pero ya no, en los últimos tiempos. Todos están muertos —empuja otro tronco al fuego antes de darse cuenta de lo que dijo—. Lo siento.

Es evidente que le cuesta decir eso, pero saberlo no ayuda, en realidad.

El fuego arde y produce el suficiente calor para que me quite los guantes. Mantengo mis manos al frente, dejando que la calidez penetre en mis dedos.

—Entonces, uno de nuestros muchachos estaba entre el grupo que te encontró, ¿lo sabías? —pregunta Garvin.

—¿El grupo que me encontró? ¿Te refieres a lo que pasó en mayo? ¿Justo después de que crucé la red?

Garvin asiente en un gesto alentador. Si esto es de lo que quiere hablar, mi rescate, se sentirá decepcionado.

—No recuerdo mucho de eso —digo—. Estaba delirando, según me dijeron. Dije tonterías durante tres días.

—¿Era una tontería? —pregunta Garvin con atención. Deja que el silencio crezca a nuestro alrededor, y estoy seguro de que quiere que yo lo llene—. Tengo mucha curiosidad acerca de esta base en la que estabas. ¿Al norte de Jasper?

Me encojo de hombros. Precisamente lo que le dije a las personas que me encontraron se perdió en las brumas de mi delirio. Sin embargo, sé que nadie me creyó acerca de la base, ni siquiera los tipos militares. Al parecer, era una operación tan secreta que casi nadie se enteró de su existencia.

—Te puedo mostrar en un mapa. Y si atravesáramos la red, podríamos ir allí y sacar a esas personas —sacar a Topher, estoy pensando, si sigue ahí. Aunque tal vez dejó atrás a la raza humana, igual que Raven.

—No creo que nadie esté pensando en pasar a través de la red.

—¿Por qué no?

Sacude la cabeza.

—Las cosas han cambiado de este lado, sobre todo, después de la rendición. El foco se volvió más... estrecho.

—¿De *este* lado? —no quiero que se escuche con un tono tan acusador, pero así suena—. ¿Fue tan fácil vendernos?

Garvin permanece tranquilo, frotando sus rodillas con sus manos tatuadas, por encima de sus pantalones para la nieve.

—Para la supervivencia —su tono es paciente ahora—. Para la reconstrucción, aferrándonos a lo que nos quedaba. Sabes que los Nahx tomaron el control de la mayoría de las estaciones hidroeléctricas, ¿cierto? Y varias de las estaciones nucleares y de carbón, también en Estados Unidos.

—¿Así que...?

—Así que. Prácticamente nada de energía. Apagones persistentes. Áreas enteras aisladas. Y las comunicaciones en mal estado debido al cerco con su *bloqueador*. No hay comida suficiente. Los medios de transporte están jodidos porque casi no hay combustible. ¿Conoces esa expresión "de regreso en la Edad Media"? Eso es lo que nos pasó.

—Ésa no es una muy buena excusa. Tenía ocho amigos conmigo cuando los Nahx atacaron. Siete de ellos están muertos.

—Todos están cantando la misma canción, chico. Dylan no es el primero de nosotros en recibir un dardo. Los otros están muertos. Sé muy bien lo que es estar en estrecha compañía con los Nahx —dice Garvin—. Esa manera que tienen de respirar, como si zumbaran. El olor, como a cenizas o carbón. Las señas que usan.

Me estudia mientras intento no reaccionar. Me gustaría cambiar el tema a casi cualquier otra cosa. No puedo sacar a Augusto de mi cabeza. Cada vez que escucho el crujido de las ramas o el crujido de una puerta al cerrarse, pienso en las chispas que generó al chasquear los dedos, y la forma en que lo hizo para prenderse fuego, a sí mismo y a los otros Nahx, para que explotaran todos.

Para ayudarme a escapar.

Garvin me mira, como si pudiera ver en mi mente como en un zoótropo.

—Has estado en estrecha compañía con un Nahx, ¿cierto?

—Eso es ilegal, ¿no es así?

—¿Qué cosa? —sabe de lo que estoy hablando, pero quiere que lo explique.

—Lo que tú haces. Cazarlos y matarlos. Se supone que debes "evitar y reportar". ¿No te preocupa que te arresten o algo así?

—No. No me preocupa. No se necesita mucho para comprar policías, y a nadie más le importa. Ni siquiera a los Nahx —se aclara la garganta con fuerza y se inclina otra vez—. Pero ayudar a los Nahx… la gente sí se preocupa por eso. Eso sí hará que te maten.

Me concentro en mantener mi expresión tranquila. No he hecho nada malo. No, en realidad. Al menos, nada que Garvin pueda descubrir.

—Yo... no sé de qué estás hablando.

—¿Cómo llegaste hasta la red, Xander?

Me limpio la cara y subrepticiamente miro hacia la torre de señales.

—Atravesé una tubería, como tú mismo dijiste. Estaba justo debajo de la red. Pero los Nahx vinieron detrás de mí y la explotaron.

—Correcto. Un poco al sur de aquí. Bastante lejos de Jasper. ¿Caminaste a través de las montañas tú solo?

Garvin se inclina y me toma por las rodillas; sus dedos gruesos se clavan lo suficiente para que pueda sentir la presión sobre mis huesos.

—Escúchame. Estás a salvo aquí. No seguimos la ley de ninguna manera. Nuestros objetivos son... diferentes.

A pesar de mis mejores esfuerzos, he empezado a temblar.

—De acuerdo. Pero...

Levanta un dedo para silenciarme.

—Cuando James te recogió, estabas delirando acerca de un Nahx. Un solo Nahx con el que tú viajaste. Que te ayudó. ¿Es cierto?

Respiro hondo.

—Sí.

Garvin suspira con satisfacción.

—¿Te hiciste amigo de él? ¿De ella?

—De él.

—¿Dónde está?

—Muerto.

La concentración suprema es lo único que me impide sollozar. Augusto está muerto. Mi último amigo en la Tierra, a menos que pueda encontrar a Topher nuevamente algún día. Todos están muertos.

Garvin asiente y afloja su agarre en mis rodillas, luego me da unas palmaditas casi compasivas antes de reclinarse.

—Muy bien, Xander. No necesitas preocuparte. Nadie aquí te va a juzgar por hacer lo necesario para salvar tu pellejo.

Sólo asiento. Ya no estoy seguro de quién intentaba salvar a quién.

—Tengo una última pregunta, y luego quiero que conozcas a alguien.

Asiento de nuevo. Quizá tan sólo deje de hablar por completo.

—Este amigo tuyo, el Nahx que te ayudó —dice, fijando sus ojos en los míos—. ¿Aprendiste su lenguaje de señas?

—Sí. Un poco, al menos.

Esta vez su satisfacción es palpable. Prácticamente aprieta los puños, se pone en pie y me hace señas para que lo siga a través del amplio valle hasta la pared de roca. Nos deslizamos por otra fisura al interior de una oscura cueva de roca y hielo. Saca un encendedor de su bolsillo y se inclina para prender una pequeña lámpara de queroseno, que proyecta una luz amarilla sobre las paredes de roca y hielo.

—A veces, trata de saltar hacia ti —dice Garvin, sin apartar los ojos de los bordes oscuros donde el techo de la cueva se curva hasta una altura donde sólo se podría estar a gatas.

—¿Quién?

Se escucha un siseo bajo, el traqueteo de una cadena pesada y el roce del metal en la roca, y algo se mueve en la oscuridad. Retrocedo sin pensar, pero Garvin me detiene.

—Ella no puede lastimarte. No en su condición.

Garvin se pone en cuclillas y levanta la lámpara para iluminar la grieta, en la parte posterior de la cueva. Y allí, arrodillada en la oscuridad, con los brazos estirados a ambos lados por gruesas cadenas que han sido atornilladas a la piedra, hay una Nahx.

Su cabeza cuelga cansada; pero aunque no puedo ver sus ojos a través de su máscara, estoy seguro de que nos está mirando mientras Garvin baja la lámpara y me hace señas para que me adelante. Cuando mis ojos se adaptan a la luz, noto con horror los charcos de sangre oscura en el piso de la cueva: uno debajo de sus rodillas y otro debajo de cada uno de sus antebrazos. Me acerco, saco mi propia linterna del bolsillo y la enciendo.

—Dios… —digo en un susurro sin pensar.

He visto suficiente de Garvin y su grupo para saber cómo se supone que debería sentirme al respecto. Si pensara racionalmente, tal vez podría pedir que me llevaran de regreso a Prince George y olvidar que algo de esto ha sucedido siquiera. Pero el pensamiento irracional es mi especialidad. Y éste me dice que es muy probable que simplemente me expulsen a la nieve si hago una escena.

La cueva tiene el característico olor químico y a humo de los Nahx, pero mezclado con podredumbre y muerte. Mientras Garvin mueve la linterna, puedo ver que la Nahx tiene pesadas estacas de metal que perforan ambas muñecas y una rodilla, encadenándola en su lugar, aprisionándola a través de su carne. ¿Se está muriendo esta Nahx? De seguro, las heridas deben de estar infectadas.

—¿Cuánto tiempo la has… tenido? —pregunto, tragando un sabor agrio en el fondo de mi boca.

—Tres semanas.

La cabeza de la Nahx se dispara ante esto. Ella gruñe cuando me arrodillo junto a Garvin, aunque los dos todavía mantenemos cierta distancia. Por la forma en que está encadenada, no parece que sea capaz de acostarse o sentarse, y tampoco podría pararse porque el techo de la cueva es demasiado bajo.

—¿La has alimentado? ¿Le dieron agua?

—Ellos no necesitan comer.

Tres semanas. La han tenido aquí durante tres semanas, encadenada, sin poder moverse, dormir, sentarse o pararse, sin comida ni agua. Puedo sentir sus ojos en mí mientras lo asimilo, pero después de unos segundos, baja la cabeza nuevamente como si hubiera terminado conmigo.

Garvin se menea para salir de la cueva y yo lo sigo.

—¿Qué piensas? —me pregunta cuando nos enderezamos.

—¿Mataste a su pareja? —pregunto.

—Creíamos que sí. Pero cuando regresamos a buscar su cuerpo, dos días después, ya no estaba. Creo que podría haber sido el que le pegó a Dylan.

—¿La está buscando?

Garvin se encoge de hombros con bastante calma para ser alguien que corre el peligro de morir mientras duerme. Pienso en las huellas que dejamos en la nieve que conduce hasta aquí, desde la fábrica de celulosa.

—Por Dios, Garvin, él nos destruirá si la encuentra en este estado. No tienes idea de lo leales que son.

Garvin me considera con una expresión reflexiva.

—¿Y tú lo eres? ¿Qué tan cercana era tu relación con el Nahx que se cruzó contigo?

—No se cruzó conmigo. Él… me acompañó hasta la red. Así fue. Yo no estaba tratando de llevarlo a nuestro lado. Él no quería cruzar.

Parece que no me cree, lo cual refuerza cuán débil es mi situación aquí. Y también cuánto debe creer que me necesita.

No traería a alguien en quien no confía aquí si no tuviera una buena razón.

—¿Quieres que hable con ella? ¿Que la interrogue?

—Entre otras cosas.

—¿Qué otras cosas?

El rostro de Garvin se mantiene fijo en una expresión de *no estoy seguro de cuánto debería decirte.* Me ha estado mirando de esa manera desde el momento en que lo vi en Prince George, y esto en verdad está empezando a fastidiarme.

—Mira, Garvin, no puedo embarcarme en lo que sea que quieras que haga si no confías en mí. ¿Adónde voy a ir? —miro alrededor, a la nieve y las rocas, para enfatizar—. Si no estás seguro de mí, llévame de regreso a Prince George, y podemos dejar las cosas aquí.

Garvin se da vuelta y mira a Michael y Logan, que ahora nos observan con interés, acurrucados junto al fuego, con sus rifles en el regazo.

—De acuerdo —dice al fin—. Si pudieras hablar con ella, obtener información, eso nos ayudará. Necesitamos saber dónde están sus bases. Necesitamos saber si hay otra manera de pasar a través de la red. Y sobre todo, necesitamos saber sobre sus operaciones en este lado. ¿Hay alguna base, cuarteles centrales? ¿Ella estaba tratando de llegar a una? ¿Dónde están?

—¿Para que entonces puedas atacarlas?

—Maldita sea, sí, para que entonces podamos atacarlas. ¿Eso está bien contigo?

—Por supuesto. ¿Por qué no sería así?

—Se me ocurre que debes haber sido bastante amigable con el Nahx que te llevó a través de las montañas.

—Él era diferente. Y no fuimos amigables. Nosotros sólo… teníamos un trato.

Garvin coloca su rifle sobre su espalda y se cruza de brazos.

—Entonces, haz un trato con ésta —dice, apuntando con el pulgar hacia la cueva—. Ella nos dará información, todo lo que sepa.

—¿Qué obtiene ella del trato?

Logan y Michael se burlan hasta que Garvin les lanza una mirada asesina.

—¿Qué consiguió tu amigo Nahx de tu trato? —pregunta Garvin.

—Nada —respondo—. Murió.

Garvin asiente. La satisfacción en su expresión me provoca un escalofrío más allá del frío entumecedor que ya se ha asentado en mis huesos.

—Asegúrate de que ella lo sepa —dice Garvin, alejándose de la cueva—. Haz que parezca que *tú* lo mataste. Tal vez eso la motive a hablar.

—Ella no puede hablar con los brazos estirados de esa manera. Necesita las dos manos para hacer alguna de sus señas.

—Ése es tu problema —dice Garvin. Llena una olla con nieve y la pone al fuego. Tras hurgar en sus bolsillos, saca algunas bolsitas de té.

—¿La dejarás ir? —pregunto—. Si ella te da la información que deseas, ¿la dejarás ir?

—¿Crees que podríamos confiar en ella? ¿Después de la manera en que la hemos tratado? —parece casi divertido.

—Entonces, ¿la vas a matar de cualquier forma?

Garvin agrega el té a la olla humeante.

—Todos moriremos en algún momento —dice.

Tiene razón en eso, al menos. Por su expresión expectante, supongo que quiere que empiece de inmediato. No estoy muy entusiasmado al respecto, pero por otro lado, me gustaría ver mejor a la prisionera. Me pongo en pie, ignorando los insultos de Michael y Logan, y vuelvo a atravesar la grieta en la roca. Meto la cabeza en la cueva y me esfuerzo por ver a la Nahx, arrodillada en la oscuridad. Gira su cabeza hacia mí y deja escapar un gruñido bajo. Pensar en el dolor que debe sentir con esas estacas en sus muñecas y su rodilla hace que mi desayuno amenace con salir de regreso.

—Me llamo Xander —digo, arrodillándome justo dentro de la entrada. Dibujo una Z en el aire como lo hizo Augusto—. Xander, ¿ves? Podrías hacerlo con tus dedos. ¿Cuál es tu nombre?

Me ignora.

—Sólo queremos hablar contigo —digo—. Creo que puedes entenderme, ¿cierto? Y yo conozco algunas de tus señas.

Me adelanto unos centímetros, moviendo la lámpara conmigo.

—Mira esto: *por favor.* Y esto: *lamentar* —hago las señas.

Son similares, y me preocupa un poco que pueda haberlas transpuesto, pero si así fue, la Nahx no hace ningún movimiento para corregirme. Sigue sin moverse, aunque tengo la sensación de que ha levantado la vista y me está mirando.

—Sé que no puedes hacer las señas de la manera correcta, encadenada de esa manera, pero si sólo haces la parte de la mano, tal vez pueda entender. *¿Por favor?* —repito la seña, un puño cerrado presionado contra el pecho—. *¿Por favor?*

Sucede tan rápido que ni siquiera veo cómo lo hace, pero de pronto la pequeña lámpara está volando por el aire. Explota en la pared de la cueva y me baña con el aceite en llamas.

—¡Demonios! —me tambaleo hacia atrás y apenas logro evitar que mi rostro se encienda mientras choco contra la roca. Los pantalones para la nieve están ardiendo y grito, tratando de arrancármelos, mientras afuera de la cueva escucho a Garvin gritar:

—¡¿Xander?! ¿Qué pasó?

Estoy maldiciendo y rodando y tratando de quitarme los pantalones cuando Garvin y Logan irrumpen, con los rifles apuntando hacia la Nahx, que se retiró bajo una saliente.

—¡Al suelo! —grita Logan—. ¡Al maldito suelo! ¡Déjame ver tus manos!

La Nahx dobla sus piernas debajo de ella y se arrodilla, con las palmas hacia abajo y la cabeza colgando.

Garvin se quita el abrigo y apaga el fuego mientras me las arreglo para aventar mis pantalones en llamas.

—¿Qué hizo ella? —pregunta.

—Nada —miento—. Yo tiré la lámpara.

La Nahx me mira y mueve la cabeza hacia atrás un par de veces. Sé lo que eso significa. Está *riendo*. Ríe de haberme prendido fuego.

Toso y parpadeo para limpiar el humo de mis ojos. La cueva ahora huele a queroseno, poliéster quemado y humillación. Una pernera de mis pantalones para la nieve está chamuscada, destrozada.

Garvin baja su rifle y me mira con una sonrisa irónica.

—¿Aquí dejamos las cosas? —dice, bajando la mano.

Tomo su mano y me esfuerzo por levantarme, con cuidado de no golpearme la cabeza nuevamente en el techo de la cueva. Logan, al parecer satisfecho de que la Nahx se haya portado mal por un momento, baja su rifle y retrocede. Cuando salimos, él enciende su linterna y revisa la cueva.

Garvin vuelve a entrar para recoger los restos de la lámpara y mis pantalones de nieve destrozados.

Doy media vuelta cuando Logan me echa fuera, pero lanzo un último vistazo a la Nahx encogida en la oscuridad. Sólo puedo distinguir una de sus manos moviéndose en una forma familiar, plana y cortada, apuntando a su pecho mientras mueve su cabeza hacia atrás nuevamente.

—*Lamentar.*

Ella no parece lamentarlo demasiado, para ser honesto, pero aceptaré su disculpa.

RAVEN

La nave está exactamente donde la chica dijo que estaría, y es exactamente igual de grande, elevándose desde el lago helado como un colosal leviatán. A diferencia de los transportes Nahx, que son triangulares y negros, esta enorme nave tiene paredes plateadas y redondeadas, que se curvan al menos veinte pisos sobre la superficie, hasta casi desaparecer en el cielo. No hay entradas aparentes: las paredes curvas son uniformes, salvo por algunas hileras de luces que recubren la parte superior.

Su tamaño es espeluznante. En las primeras horas después de la invasión, hubo algunas noticias sobre naves gigantes que de pronto habían aparecido sobre Canadá y Estados Unidos, Perú, India, varios países del norte de África y Europa. ¿Naves como ésta? Es enorme, y si es sólo una de muchas, entonces…

La incertidumbre ha estado completamente ausente de mi mentalidad durante los últimos días, mientras caminábamos a lo largo de la orilla del lago infinito con un pensamiento único y una determinación que nos parecía desconocida e inquietante. Cada vez que mi resolución parecía flaquear, debido al aburrimiento más que a la fatiga, surgían nuevas reservas de concentración como de la nada. Era como si mi mente hubiera fijado una meta y todo mi cuerpo se estuviera ocupando de que esa meta se alcanzara. Pero ahora, viendo el tamaño de esta nave, observando los transportes Nahx que vuelan hacia dentro o hacia fuera, e incluso notando la forma en que la nieve alrededor de la nave es aplastada como por miles y miles de pies, mi incertidumbre vuelve a cobrar vida. Dudo al borde del hielo.

Décimo mueve sus dedos frente a su boca.

—*¿Qué pasa?*

Ahora mis dudas se desatan como una cascada. ¿Por qué regresé? ¿Para buscar a Augusto? ¿Para encontrar a Tucker y sacarlo de aquí? Debería estar corriendo en la otra dirección, lejos de lo que sea que los Nahx y sus señoras luciérnagas hayan planeado para nosotros, no hacia esto. Siento que he estado en trance, y no sé si su origen es mi lealtad a mis amigos o lo que se le hizo a mi cuerpo y a mi cerebro. ¿Quién me está controlando ahora? ¿Estoy aquí para ayudar a Augusto y Tucker a escapar, o simplemente para reportarme a mis deberes?

Azul zumba cerca de mi oreja derecha y dibuja un círculo grande y lento cuando me giro hacia ella. Doy un paso atrás, tratando de controlar mi inquietud.

Décimo, que se ha alejado, sisea. Giro y lo veo apuntando en la otra dirección, donde el cielo es de un color púrpura tenue y la inconfundible forma oscura de un transporte Nahx se acerca. Mientras observamos, el transporte se inclina y gira hacia nosotros. Aterriza en el hielo. Azul, que ha estado rondando alrededor de mi cabeza, desaparece en el bolsillo delantero de mi chamarra cuando dos Nahx aparecen en la escotilla. Décimo toma mi hombro y me empuja suavemente a bordo.

Es un transporte más grande que en el que estuve antes. La bodega es amplia y abierta, y está repleta de humanos. Humanos modificados y mejorados como yo, con el cabello y la piel en varios tonos metálicos. Lo que alguna vez pudo haber sido blanco o marrón, rubio, moreno o de un rico negro profundo, ahora está cubierto por un brillo reluciente. Incluso los ojos que se vuelven hacia mí se ven brillantes y perlados, como esmalte de uñas satinado. No me he mirado en un espejo desde que me levanté de la muerte, así que lo único que puedo ver de mí es la piel cobriza de mis manos y los mechones de cabello veteados de plata y bronce. Mirando a los demás, no diría que nos da miedo observarlo, en realidad nos sentimos intimidados. Hay algo frío y duro, casi mecánico, sobre nosotros. No tanto Copos de Nieve como *shuriken,* estrellas ninja voladoras como aquella de fabricación casera que hizo que a Tucker le prohibieran entrar al *dojo* por un mes. Tuvo suerte de no haber sido arrestado en ese momento.

Décimo desaparece en la cabina, así que me siento cerca de la pared, entre un grupo de silenciosos Copos de Nieve. Una de ellas me mira de arriba abajo cuando me acomodo.

—¿Rezagada? Yo también —dice con voz vacía.

Algunos de los otros humanos están sucios, cubiertos de fango y con el cabello enmarañado. Uno parece estar manchado de excremento de pájaro. Veo ropa desgarrada y harapienta, y una gran variedad de atuendos de temporada. Una mujer mayor está en traje y bata de baño. Otros están en pijama. Muchos, descalzos. Estas personas estuvieron como muertas durante meses, más de un año, algunas. Tienen la misma expresión impasible que la mujer que me habló. Me vuelvo hacia ella.

—¿Rezagada? —repite—. Yo también.

Luego se da la vuelta. Veo sus plateados ojos vidriosos.

A medida que el transporte se sacude para despegar, observo el cielo a través de la escotilla abierta y veo las primeras espirales de la aurora a la deriva desde el norte. De pronto, mi vista se ve oscurecida por algo, cuando el transporte desciende nuevamente. Segundos después, aterrizamos con un crujido. La mujer que habló se empuja contra mí.

—¿Rezagada? —dice por tercera vez—. Yo también.

De todo lo que he visto hasta ahora, desde mi renacimiento, esto ha sido lo más triste. Ella ni siquiera se da cuenta de lo perdida que está. ¿Son éstas las únicas palabras que recuerda?

—¿Cómo te llamas? —lo intento.

Sólo frunce el ceño, no tanto preocupada, sino al parecer enojada conmigo por molestarla con estas trivialidades. ¿Quién necesita un nombre cuando te han hecho inmortal? Mis oídos comienzan a zumbar.

Cuatro Nahx emergen de la cabina y nos conducen de regreso a través de la escotilla. En medio del tumulto, pierdo de vista a Décimo, o tal vez él tan sólo perdió su interés en mí, ahora que está de regreso con su propia gente. De pronto, me siento vulnerable sin él, no tanto física como emocionalmente. Me gustaría tener a alguien a mi lado que no sea esta mujer que sólo puede repetir el mismo saludo una y otra vez. Miro hacia mi bolsillo y veo el tenue resplandor de Azul, que me consuela. Parece que no quiere dejarme, y ahora necesito todos los amigos que pueda tener.

Bajamos de la rampa y entramos en un espacio abierto como una arena, tan amplio que apenas puedo ver los bordes, y sé que existen sólo gracias a las altas paredes curvas de la nave que se eleva sobre nosotros. A nuestro alrededor, hay miles y miles de otros humanos, sus rostros brillantes reflejan duras luces artificiales que refulgen desde todos lados. Estamos afuera, parados sobre la nieve y el hielo una vez más, con la nave rodeándonos y el oscuro cielo por encima de nuestras cabezas. Entonces, ¿la nave tiene alguna especie de forma de toro? Me siento desorientada por un momento: la multitud es tan grande y el espacio tan amplio que la escala de la nave de pronto es difícil de procesar. ¿Ocho kilómetros de ancho? Eso es lo que dijo la chica en el bosque, y parece ser verdad. Hay un parque gigante en Calgary en el que solíamos caminar con raquetas de nieve. Esto es todavía más grande.

Y está lleno de gente, prisioneros, aunque no es fácil darse cuenta si sólo consideras su ánimo apacible. A medida que los recién llegados se dispersan entre la multitud, noto que la mayoría de los rostros comparten esa expresión aburrida. Tucker también la tenía, cuando despertamos en las dunas, como si nada le importara en el mundo. Tengo envidia, de alguna manera. Puedo ver que tengo pocas opciones en lo que sea que esté sucediendo aquí. Podría ser bueno que no te importe.

En el centro de la arena, una esfera brilla sobre la multitud; su superficie está marcada por parches azules, verdes y rojos, y puntitos de un blanco penetrante. Ninguno de los otros humanos parece particularmente interesado al respecto, pero incluso a lo lejos, hay algo en ella que me parece familiar. A medida que me acerco veo por qué. Es la Tierra, las fronteras políticas tradicionales que marcan a los países parecen descuidadas para favorecer los parches rojos, que representan las ocupaciones de los Nahx. El resto de la Tierra es verde, los océanos azules. Hay luces blancas brillantes en puntos aparentemente aleatorios; algunas se ubican dentro de las zonas Nahx, otras afuera. Algunas incluso están sobre los océanos. Sus ubicaciones no significan nada para mí, aunque me doy cuenta de que hay una en el norte de Saskatchewan, que justo podría marcar el lugar donde estamos. Tal vez las luces brillantes indican dónde se encuentran estas naves gigantes.

No tiene sentido que algunas de ellas estén fuera de las zonas Nahx, a menos que los Nahx estén planeando reclamar más territorio. ¿Ésa será mi misión, ayudar a los Nahx a apoderarse del resto del mundo? La idea debería ser aborrecible para mí, pero tiene un extraño atractivo y encaja en mi cerebro como si fuera una pieza de rompecabezas, como si hubiera reunido todo el horror de la historia humana y ésta fuera la conclusión lógica.

Miro hacia la esfera e intento dejarme llevar por la resignación —eso sería mucho más fácil—, pero al parecer todavía hay un núcleo de resistencia en mí, porque la única emoción clara que puedo convocar es la ira. Lo que sea que esté pasando, ninguno de nosotros tuvo la oportunidad de opinar al respecto, y eso es injusto.

Sí. Injusto. Necesito tatuar esa palabra en mi corteza cerebral. Todavía soy un ser humano, a pesar de todo.

Al alejarme de la esfera, veo que la gran multitud está siendo reunida en grupos y formaciones de tipo militar. Me uno a un grupo y tomo un lugar detrás de una mujer blanca mayor, con cabello corto y gris que brilla como si estuviera cubierto por pintura brillante. Girándome, me encuentro con la mirada de la persona que está detrás de mí, un hombre negro que reconoce mi presencia con sólo un parpadeo de sus brillantes ojos de obsidiana.

—¿Cómo te llamas? —pregunto. Al no recibir respuesta, lo intento de nuevo en francés—. *Quel est...?*

Él parpadea de nuevo, aunque un destello de algo cruza por su rostro, tal vez sólo porque también está molesto por las preguntas irrelevantes.

Los Nahx patrullan a lo largo de las ordenadas filas, vigilantes, como si esperaran problemas. Por encima de ellos, enjambres de luciérnagas flotan alrededor, y de tanto en tanto se funden en nubes para deliberar algo antes de separarse nuevamente. Observo, tratando de no ser obvia, mientras una de las nubes zumba con furia alrededor de la cabeza de un Nahx que está arrastrando a una chica por el brazo. El Nahx libera a la chica y ella se aleja, hasta desaparecer en medio de una de las formaciones.

—*Lamentar* —el Nahx se dirige a la nube de luces, antes de girar y marchar en la otra dirección, como si estuviera ansioso por escapar de la reprobación. ¿Entonces los Nahx se someten a estas criaturas? ¿Se someten también a las individuales, como Azul? Eso podría ser útil. Lo archivo para reflexionar al respecto más adelante.

Cuando las filas están formadas, una sobrecogedora quietud cae sobre la multitud. Estudio su número, y aunque parece haber de todas las edades y razas, de todas las variedades de tamaños y formas, de pronto la palabra que Décimo usó para nosotros adquiere un sentido más profundo. Copos de Nieve. Cada uno de nosotros es un individuo entre muchos otros. Único pero insignificante.

Nadie tiembla ni se inquieta; ellos parecen apenas respirar. Me giro para mirar detrás de mí, para revisar entre la multitud, en busca de signos de vida, y el hombre negro sisea hacia mí, aunque es apenas audible. No usa palabras, sólo un siseo, como un gato irritado. Me giro otra vez, de cara al frente, y espero, porque puedo sentir que algo está por suceder.

De pronto, algún tipo de alarma atraviesa el silencio, aunque no es como una sirena ni cualquier otro tipo de alarma humana. Es profunda, en un tono tan bajo que estoy bastante segura de que un humano normal no podría ser capaz de escucharla. El palpitante sonido entra en mi interior, y eso se siente tan invasivo que lucho por no pegar un brinco fuera de la fila y salir corriendo de allí. Cuento mis respiraciones, aprieto los puños.

Invencible, pero aterrorizada. Me pregunto si no estaría mejor como una pequeña y delicada humana, tan frágil como el tallo de una flor. Al menos, entonces tenía alguna opción sobre mi destino, incluso si sólo era luchar o morir. Pero sacudo ese pensamiento para alejarlo de mi mente. Se supone que yo no debería estar aquí. Se supone que yo no debería ser tan consciente como lo estoy, eso está claro ahora. Y he logrado hacerme amiga de Azul y de Décimo. Puedo usar eso contra los Nahx, contra quien sea este enemigo.

Yo podría ser la única oportunidad que tiene la raza humana en este momento. No sé por qué, pero ese pensamiento me hace sentir todavía más sola. Y molesta.

Maldigo en un susurro. La mujer frente a mí da media vuelta y me mira fijamente en silencio, con lo que me siento obligada a apretar los labios y escuchar mis pensamientos, que por supuesto se desvían hacia Augusto. Augusto me dejó en esas dunas. Augusto debe haberme encadenado a Tucker. Todo sugiere que no sólo me entregó de manera voluntaria, sino que se alegró de que estuviera incluida en esto, sea lo que sea. Eso parece... tan poco propio en él. Algo no está bien.

La señal como un gemido bajo cambia y toma forma como palabras repetidas, al principio sólo una mezcla de sonidos superpuestos. Me toma unos segundos darme cuenta de que se están hablando varios idiomas a la vez. Aunque debería ser imposible, mi cerebro se centra en las palabras en mi idioma y en francés, extrayéndolas del caótico estruendo.

—*Siéntense.*

Cada humano se sienta como si conformara una unidad, como una ola que resuena en los bordes de la multitud. Presenciarlo, ver la facilidad con que estos Copos de Nieve siguen las instrucciones, anima a la rebelde que hay en mí. Permanezco en pie, desafiante, y noto con cierta satisfacción que algunos otros, diseminados entre la multitud, hacen lo mismo. Me giro, veo cuatro o cinco, y tal vez algunas motas más distantes, como faros de resistencia. Un delgado y peludo chico se mantiene en pie no muy lejos de mí; parece nervioso, pero orgulloso.

El hombre negro, con las piernas cruzadas detrás de mí, frunce el ceño, horrorizado.

—*¡Sién-ta-te!* —dice con los dientes apretados.

Los humanos sentados a mi alrededor retroceden cuando cinco Nahx salen disparados del oscuro espacio debajo de la esfera. Se desvían antes de que tenga tiempo de reaccionar, y uno de ellos conecta su puño con la cara del chico desafiante tan repentinamente y con tanta fuerza que el crujido de los huesos del cráneo resuena en la arena. Se derrumba como una muñeca de trapo mientras los humanos a su alrededor se dispersan.

Un silencio más profundo cae sobre la multitud. Donde antes había una especie de murmullo de expectativa, ahora hay una palidez mortal, una contención del aliento colectiva mientras uno de los Nahx arrastra al chico inmóvil por el pie, bocabajo. Su cabeza se desploma cuando pasan delante de nosotros; su rostro es una masa cóncava y deforme de sangre y hueso; todos sus rasgos —ojos, nariz, boca, dientes— fueron reducidos a una papilla roja. Pero está vivo. Puedo ver sus dedos apretarse y aflojarse, tratando de arañar el hielo ensangrentado debajo de él.

Nadie se mueve hasta que desaparecen en la oscuridad.

—*Siéntense* —entona la voz de nuevo.

Me deslizo hacia abajo, castigada por la imagen del rostro arruinado del chico que destella detrás de mis ojos. ¿Sanará así como está, destrozado y deforme? Recuerdo mis días en las dunas de arena, mis huesos ardiendo dentro de mí, soñando con la muerte. No le desearía eso a nadie.

La voz multilingüe continúa, ajena a mi angustia. Entonces, comienza su discurso en mi propia lengua.

—*Ustedes son superiores a los humanos orgánicos. No se preocupen por sus conflictos insignificantes. Manténganse en su tarea, su misión.*

La voz calla. Algunos de los humanos cerca de mí miran a su alrededor, estupefactos.

—*Sus directrices son simples. Síganlas. Directriz uno: cuiden su cuerpo.*

Los humanos a mi alrededor comienzan a moverse presas de los nervios, algunos de ellos se agarran entre sí.

—*La decapitación es terminal. La desintegración explosiva es terminal. Defiéndanse ustedes mismos de la violencia. No maten a humanos a menos que sea absolutamente necesario. El conflicto con ellos no sirve a sus directrices. Ellos son irrelevantes para sus directrices.*

Incluso sobre el ruido del altavoz, puedo escuchar la respiración rápida y aterrorizada del hombre detrás de mí.

—Directriz dos: permanezcan en su estación. Ustedes son los centinelas de su fisura asignada. No es necesario que vayan a otros lugares a menos que así se les indique.

La palabra *fisura* me irrita. ¿Es esto lo que vi en mis visiones y veo todavía, cuando cierro los ojos, esa grieta oscura que parece separar mis moléculas? Me vuelvo anormalmente consciente de que mi corazón late con fuerza, haciendo que la sangre se precipite en mis oídos. Éstas son las respuestas que he estado buscando, o al menos algunas. Pero no quiero que sean verdad. ¿Nos han convertido en algún tipo de ejército? ¿Un ejército contra quién? ¿Algo que viene a través de esta grieta? ¿Esta fisura? Cada respuesta contiene más preguntas.

—Directriz tres: obedezcan las órdenes. Los que desobedezcan serán descartados y reemplazados.

Convenientemente, se nos acaba de dar una demostración. Dudo que alguno de nosotros lo olvide. Cuando la voz vuelve a hablar, noto su acento. Es artificial, de eso estoy casi segura, pero también suena como alguien que ha aprendido un discurso muy preciso en una escuela muy elegante. "Formal" es la única manera en que puedo expresar mi evaluación en palabras.

—Directriz cuatro: destruyan las amenazas. Recurran a cualquier medio. Usen la fuerza corporal. Las armas se adaptarán según sea necesario. Serán desplegados cuando sea necesario.

El anuncio continúa en francés y en algunos otros idiomas durante unos segundos después. Hay una pausa durante la cual estoy convencida de que la voz incorpórea dirá: "¿Hay alguna pregunta?", y luego se desatará el infierno entero. Pero el silencio sólo sigue y sigue.

El hombre detrás de mí habla en susurros a nadie en particular.

—¿Nosotros somos las armas?

Él podría tener algo de razón. Me siento como un arma. No me canso. Parece que no necesito comida. Me curo rápidamente de heridas y lesiones que matarían a un humano normal. Y me siento intensamente concentrada, ahora mismo en recopilar información y trazar un plan para encontrar a Tucker y Augusto, pero me pregunto si eso podría cambiar. Si los Nahx tienen algún propósito para nosotros, si nos dan instrucciones o directrices, ¿eso se convertirá en mi foco de atención?

—*¿Nosotros* somos las armas? —pregunta una vez más el hombre detrás de mí, y me sorprende lo perspicaz que es esta pregunta para alguien que ni siquiera sabe su propio nombre. Me mira cuando me vuelvo hacia él.

—Nosotros somos los centinelas —digo. Siempre me ha gustado esa palabra, y ciertamente la prefiero a Copo de Nieve, con lo que eso implica. Los copos de nieve, a pesar de su singularidad, se derriten al mínimo calor.

Centinela. La palabra abre su camino a través de mi conciencia, como una firma tallada con una cuchilla. Y el agitado caos de mis pensamientos parece organizarse a su alrededor, billones de neuronas e impulsos se alinean como soldados que ahora conocen su propósito. Somos centinelas. Pero ¿de qué? ¿Para qué? Y, lo más importante, ¿contra qué? ¿Qué está por venir a través de esa grieta infernal que veo en mis sueños?

Siento el repentino impulso de gritar y gritar, la rabia y la impotencia amenazan con salir burbujeando como un ruido sin forma, una súplica sin palabras, hacia el cielo multicolor, para hacer algo, tal vez caer simplemente sobre nosotros y envolvernos en una manta de oscuridad y franjas de luz.

Todo el horror de lo que somos comienza a ser claro para mí: un ejército de esclavos inmortales. Es como algo extraído de un antiguo mito.

Milagrosamente, me las arreglo para contener mi impulso de gritar y lo canalizo como la determinación para moverme. Doblo mis pies debajo de mí y me paro. Los otros centinelas a mi alrededor levantan la mirada, alarmados, pero nadie le da voz a ninguna objeción. Los únicos sonidos siguen siendo la inquietante noche, el crujir del hielo bajo mis pies cuando cambio mi peso de un pie a otro, y el cielo susurrante.

Cuando el ruido toma la forma de mi nombre, como si algo en ese cielo distante me estuviera llamando, estoy segura de que finalmente me estoy volviendo loca.

—*¡Rave! ¡Rave!*

Espera.

No proviene del cielo. Es la voz de una chica. Me giro para buscar entre la multitud, y veo que otras personas se han puesto en pie. Una de ellas se precipita hacia mí, una mancha de color caqui que va saltando sobre las personas que están sentadas.

—¡Raven!

Un grupo de centinelas hace un alto para detenerla y ella desaparece en una maraña de cuerpos. Salgo de mi formación, avanzo por el pasillo abierto, esquivando las manos de esas personas que sólo pueden pensar en detenerme. Por fin, la sombra en forma de chica emerge en el pasillo, treinta metros delante de mí, con la brillante luz de la esfera brillando detrás de ella y convirtiendo su cabello corto en un halo.

—¡Raven! ¡Mierda! —grita mientras corre hacia mí. Se detiene a unos cuantos metros de distancia mientras nos miramos fijamente la una a la otra. Ella es más alta que yo, está vestida con ropa de supervivencia —pantalones caqui, botas e incluso un cinturón de herramientas todavía atado alrededor de su cintura—, aunque no puedo ver ningún arma. Su rostro está rojizo por el frío, y uno de sus ojos tiene un iris gris perlado, como los ojos de muchos otros a nuestro alrededor. Pero su otro ojo es de plata sólida, no sólo el iris, sino todo el globo ocular, como si una bola de metal se hubiera alojado en su cara. La piel a su alrededor está rayada con finas líneas grises como una telaraña.

—¿Mandy? —la última vez que la vi estaba muerta en el piso de una farmacia, con un dardo Nahx en el ojo. Eso fue minutos antes de que Augusto me salvara la vida y todo siguió una dirección que nadie podría haber anticipado—. Mandy —repito su nombre, porque tal vez ella es una alucinación.

Ella me abraza.

Dejo que me estreche por unos segundos porque necesito un abrazo, aunque desde mi perspectiva sólo ha pasado una semana desde que Augusto me abrazó en la base. El día que lo rescaté. O que él me rescató. El día que yo morí. O no.

Dejo que Mandy me abrace porque esto me hace sentir menos como si literalmente estuviera a punto de desmoronarme.

—Dios, eres la primera persona que he visto que reconozco —dice cuando se separa.

—Igual —digo, aunque no es del todo cierto—. Pero ¿me reconoces?

—Sí, sí —dice, rodeándome con el brazo y guiándome por el pasillo abierto—. La mayoría de estas personas ni siquiera saben quiénes son. No sé por qué. No sé por qué yo sí lo sé. ¿Y tú? ¿Recuerdas todo?

—Recuerdo más que todo —en el momento en que lo digo, me doy cuenta de lo cierto que eso es. Los detalles han estado fluyendo por mi cerebro durante los últimos días sobre cosas que quizás antes no podía recordar con tanta claridad como ahora—. Siento que si alguien me pidiera que recitara toda la serie de Harry Potter palabra por palabra, podría hacerlo sin cometer un solo error.

—Yo también —dice Mandy, asintiendo—. Y sería muy entretenido, pero necesitamos hablar.

Mientras me aleja de la multitud hacia las áreas despejadas cerca de las paredes de la nave, miro hacia mi bolsillo nuevamente, donde la luz de Azul es apenas visible. Quizá será mejor si la guardo para mí por ahora, así que cierro disimuladamente el bolsillo casi por completo.

Mandy y yo repasamos en voz baja los últimos días mientras caminamos. No le sorprende escuchar que Tucker está vivo.

—Eso es lo primero que pensé cuando desperté —dice—. Lo enterramos vivo. Dios.

—Por suerte, no lo recuerda. Ni recuerda nada más.

Mandy se detiene. Se vuelve hacia mí y me toma por los hombros, mientras me analiza con una mirada atenta.

—Estoy bien —digo. Sé lo que está pensando—. Quiero decir, estoy asustada, pero estoy bien. Preocupada por Tucker.

—También a él lo he estado buscando —dice Mandy—. Y a Felix y Lochie. ¿A quién más le dispararon dardos después de mí?

—Sawyer. Britney, ¿te acuerdas de ella?

—¿A Liam no?

—No. Murió, de la manera ordinaria. Igual que Emily —no ofrezco más detalles, y por fortuna, no los solicita.

¿Cómo demonios puedo explicarle sobre Augusto?—. Kim también está muerto.

Ella parpadea una vez y parece procesar estas calamidades en un instante.

—¿Qué hay de Topher y Xander?

—Estaban vivos la última vez que los vi. Eso fue en primavera. Pero no sé...

—Ahora es invierno —dice Mandy—. Creo que alrededor de noviembre, y estamos en el norte de Saskatchewan. ¿Tú también despertaste en las dunas?

—Sí.

—Las dunas de arena de Athabasca. Justo al sur de Uranium City.

—¿Qué tan lejos está eso de la base? —pregunto. Todavía estoy intentando desesperadamente reconstruir cómo fue que llegué hasta aquí.

—Alrededor de novecientos cincuenta kilómetros en línea recta —dice—. Y tendrías que volar, ya que no hay carreteras aquí arriba. No en invierno, por lo menos.

—Deben habernos traído en transportes.

—No me acuerdo de eso —se encoge de hombros—. Curiosamente, recuerdo algunas otras cosas. Recuerdo estar acostada en esa tienda, con la nieve soplando por la ventana abierta. Pero...

—¿Qué?

—Es tan extraño, como un sueño raro. Era como si estuviera viendo sin ojos. Como si mi *piel* pudiera ver.

—Lo mismo me pasó a mí. Creo que nuestra piel *puede* ver.

—Y mi ojo —dice, señalando el orbe plateado donde solía estar un ordinario ojo gris—. Todavía no he logrado encontrar un espejo. Pero hay algo raro en él, ¿cierto?

Me muerdo el labio. ¿Cómo le dices a alguien que tiene una bola de metal en lugar de un globo ocular?

—Es plateado. Metálico.

—Me lo imaginaba. Puedo ver todo tipo de cosas con él. Ondas de radio. Infrarrojo. Ultravioleta. Me siento como una abeja.

Llegamos al borde de la amplia arena, donde las paredes de metal de la nave se curvan hacia abajo para terminar en niveles escalonados, casi como gradas, que conectan las paredes con la superficie nevada del lago. Mandy me lleva al nivel superior, donde el viento ha despejado un área en la terraza de metal.

Me recuesto en la pared y me deslizo para sentarme a su lado. Siento no sólo el calor de la pared metálica, sino también su vibración. Curiosamente, reconozco algo sobre la vibración. ¿La frecuencia? Es como las vibraciones que sentí cuando examiné el rifle de Augusto. Si bien éste es el tipo de pensamientos que deberían ser sólo una corazonada, mi cerebro insiste en que las vibraciones son *exactamente* las mismas, como si las armas e incluso los dardos estuvieran hechos del mismo material que la pared. Tal vez la armadura de los Nahx también está compuesta de eso. Giro la cabeza, presiono la nariz contra la pared y huelo.

—Lo hueles, ¿eh? —dice Mandy—. Huele ahora tu piel.

Jalo hacia arriba la manga de la chamarra y aspiro de nuevo. No es fuerte, pero ahí está: el familiar olor a humo, casi como carbón. Sea lo que sea, es parte de todo el proyecto: las naves enormes, los Nahx, sus armaduras, sus armas. Tal vez incluso la toxina en los dardos. Y ahora, yo.

—¿Sabes qué otra cosa es rara? —pregunta Mandy.

—¿Qué?

—Puedo elegir elementos individuales de la pared. Cuando lo olí por primera vez, pensé que sólo eran palabras basura rodando por mi cabeza. Pero ahora me doy cuenta de que fue como un análisis químico, como si mis células nasales *conocieran* las palabras de alguna manera.

—Sí. Igual. Podía hacerlo con el olor del lago. También pensé que era una tontería. Pero no lo era.

—Carbono —dice Mandy.

—Y azufre. Nitrógeno —un laboratorio químico del décimo grado regresa para atormentarme, tan claro como si los matraces y la tabla periódica estuvieran frente a mí.

No digo lo que realmente estoy pensando: huele a algo familiar, incluso de antes de la invasión. Mi cerebro capta ese pensamiento, pero no puede encontrar ningún lugar para archivarlo.

Huelo mi piel otra vez.

—Entonces, ¿somos parte de esto ahora? —pregunto—. ¿Lo que sea que esto es?

Mandy se encoge de hombros.

—¿Por qué crees que nosotras podemos recordar quiénes somos y todos los demás no?

—Tengo una teoría.

Se vuelve para mirarme, sentada con las piernas cruzadas.

—De acuerdo, entonces. Cuando estaba en la celda de detención, después de que Tucker y yo salimos corriendo, uno de los Nahx dijo algo acerca de cómo no se suponía que sus soldados les dispararan dardos a las personas en la cabeza. ¿Has visto algún Nahx hablando, los que no traen armadura? Éste parecía ser un líder. Los otros lo llamaban "Primero".

Asiente.

—¿Los que son operados por las nubes de luz? He visto algunos por ahí. ¿Por qué crees que no querían que nos dieran en la cabeza?

—Creo que si el dardo te hiere lo suficiente para —marco las comillas en el aire— "morir", la toxina preserva tu cerebro tal como está o algo así, en lugar de borrarlo. Yo estaba casi muerta cuando recibí el dardo, así que quizá por eso tampoco funcionó en mí.

—Ésa es una buena teoría. Asumo que es una especie de nanotecnología. Tal vez fue programado para... conectarse a neurotransmisores o algo así. Si tu cerebro está muerto, ¿no tiene nada a lo que conectarse, por lo que no puede hacer su trabajo?

Asiento con la cabeza.

—¿O asume que tu cerebro ya está borrado para que no moleste?

—¿Cómo fue que te dispararon cuando estabas casi muerta?

—Oh, fue solo... —*un intento desesperado de un Nahx, que estaba enamorado de mí, para salvar mi vida* es lo que *no* digo—: un enfrentamiento, ya sabes. Una emboscada. Muy complicado. Recibí una flecha en el intestino —suena bastante plausible por ahora, y por fortuna Mandy no pide más detalles, aunque le muestro la cicatriz plateada.

—Así que tiene que haber más de nosotros —dice ella, en cambio—. Más personas que pueden pensar y recordar y saber que somos humanos.

—Las hay, estoy segura. ¿Recuerdas a ese tipo al que le destrozaron la cara por negarse a sentarse? ¿Lo viste?

—Ah, sí. Maldición. Él era uno.

Nos sentamos en silencio durante unos minutos mientras intento asimilar la enormidad de la multitud que se extiende frente a nosotros. No es que pueda contarlos, pero las cosas encajan en su lugar para procesar el tamaño y la densidad de las figuras en la vasta arena y calcular una cifra. Más de dos millones. ¿Cómo voy a encontrar a Tucker entre millones?

—¿Qué crees que deberíamos hacer? —pregunta Mandy.

Su voz ha cambiado. Mandy es práctica, una superviviente. Ha sido así desde que la conozco. Pero de vez en cuando su comportamiento cambia y su voz se vuelve pequeña, como si mostrara un poco de la niña perdida que lleva dentro. Es casi reconfortante saber que no ha cambiado.

—Escapar, obviamente.

Se burla, mirando a la multitud infinita. Dejo pasar unos segundos, porque parece que podría tomar tiempo convencerla.

—¿Duermes? —pregunto finalmente—. ¿Has dormido?

El cambio en su lenguaje corporal es sutil, pero mi cerebro hiperobservador no tiene problemas para procesarlo.

—La has visto, ¿no es así? —pregunto—. ¿Esa cosa en el cielo? La…

Mandy cierra los ojos con fuerza mientras busco la palabra.

—La grieta. La *fisura*. Lo que se supone que debemos proteger o defender o lo que sea. La has visto, ¿cierto?

Asiente.

—La vi antes de despertar. Y la volví a ver después de un par de días. Traté de dormir, pero…

—Entonces, ¿qué está pasando? Debe de ser algo muy malo para hacer todo esto —muevo mi mano hacia la nave, hacia la multitud—. Escúchame —tomo su mano y siento cuán extrañamente cálida es comparada con el aire frío de la noche—. No me importa lo fuertes que nos hemos hecho, o lo invencibles. Lo que sea que venga por ahí tiene problemas con los Nahx o con las cosas luciérnagas. No con nosotras.

Se queda callada mientras me pregunto si todos los Copos de Nieve ven la oscura grieta cuando duermen. Tal vez sólo la veamos nosotros, los que tenemos cerebros funcionales.

—¿Cómo vamos a salir de aquí? —pregunta—. He recorrido todo el perímetro. Las únicas salidas están bien protegidas por los Nahx. Y entran a la nave. Tendríamos que saltar estas paredes de alguna manera.

Mientras miro hacia la pared que desaparece en el cielo oscuro a decenas de metros sobre nosotros, analizo nuestra situación y descubro nuestra única posibilidad.

—Tengo una idea —hablo en un susurro, aunque dudo que alguno de los Nahx cercanos esté escuchando. En su mayoría, parecen estar dormidos en pie—. No te asustes, ¿de acuerdo?

—¿Qué crees que podría asustarme en este momento?

Desabrocho el bolsillo del pecho y Azul se eleva volando.

XANDER

Dos días después de mi primer fracaso con la chica Nahx, Mobbs anuncia luego del desayuno que todos debemos dirigirnos a la entrada de la carretera sur del molino. Hace un frío infernal y eso implica una caminata de casi una hora, si avanzamos rápido, hasta nuestro destino, por lo que nos echamos capas de ropa encima y llenamos nuestros bolsillos de todos los bocadillos que encontramos a mano. Mientras Mobbs nos conduce hasta allí, noto que es el único armado: un rifle de asalto cuelga a su espalda.

—¿De qué se trata esto? —le pregunto a Logan.

—Si lo supiera, ¿te lo diría?

Logan está enojado conmigo por alguna razón. A veces, siento que estoy de vuelta en séptimo grado con este grupo. Hay tanta rivalidad que es asombroso que alguno de nosotros siga vivo.

Cuando llegamos a la puerta, Garvin está esperando en la cabina de una de las camionetas. Sale tranquilamente mientras nos reunimos en una formación relajada a su alrededor. Mobbs y otro chico lo flanquean, armados y con el ceño fruncido.

—Anoche tuvimos un visitante, ya tarde —anuncia Garvin.

Los chicos se mueven nerviosos.

—¿Otro Nahx? —pregunta alguien.

Garvin sonríe.

—No, no era otro Nahx —hace una pausa para crear un mayor efecto—. Fueron dos excelentes miembros del FDCI local —otra pausa. En mi próximo parpadeo, visualizo a la capitana Chaudhry y a su sargento parados afuera de las puertas del campo de refugiados, literalmente vendiéndome a Garvin y a su banda de dementes chicos perdidos. Me pregunto qué obtuvieron ellos a cambio.

—¿A alguien le importa especular sobre el motivo de la visita de los encantadores soldados? —pregunta Garvin.

Cuando nadie responde, él continúa.

—Tenían mucha curiosidad acerca de nuestra amiga en la cueva, junto a la torre de transmisión.

Se escuchan jadeos. Tenemos órdenes estrictas de que la existencia de la chica Nahx no se debata fuera del campamento en la montaña, ni siquiera entre nosotros. Debido a que la ley dice que cualquier avistamiento de un Nahx debe ser reportado al FDCI, a fin de que sea tratado por ellos, y sólo por ellos, no se recomienda interactuar con los Nahx de ninguna manera además de la autodefensa inmediata en los términos legales más estrictos. Sí, la mayor parte de lo que Garvin y su grupo hacen camina en el borde de esa línea, pero mantener a una prisionera Nahx se abre paso mucho más allá de ella. Por mucho que me sienta incómodo por lo que están haciendo con la chica, nunca se lo diría a nadie. Puedo estar en conflicto con ello, pero no soy estúpido. No sé quién de aquí lo sería.

Pero parece que Garvin sí lo sabe.

—¿Michael? ¿Tienes alguna idea?

—¡No! —dice Michael, demasiado rápido.

Garvin deja escapar un suspiro que crea una nube de niebla a su alrededor.

—Ven aquí, Michael.

Michael pasa del cero al pánico en cuestión de segundos.

—¡Yo no hice nada! No lo hice...

Instintivamente, nos alejamos de él, como si fuera contagioso. Pero Michael no se mueve, y Logan y otro tipo lo arrastran hacia Garvin. Lo empujan y cae a los pies de nuestro líder.

—Por favor, Garvin. ¡Juro que no se lo dije a nadie! ¡Lo juro!

—¡Callado!

Michael se arrodilla en la nieve con una mano enguantada presionada sobre su boca mientras Garvin lo mira.

—No soy estúpido. ¿O tú crees que sí?

Michael niega con la cabeza. Puedo ver sus ojos llenos de lágrimas.

—¿Alguien más aquí piensa que soy estúpido? —grita Garvin.

—¡No! —gritamos al unísono en respuesta.

Michael está llorando ahora. Nunca lo había pensado antes, pero creo que podría tener sólo catorce o quince años. No parece que se haya afeitado nunca.

—Garvin... Yo... lo siento... Yo no...

Garvin mira a Michael como si se tratara de algo desagradable que encontró en su comida.

—¿Qué te dieron?

Michael sólo sacude la cabeza, con la mano sobre su boca.

—Te pregunté: ¿Qué. Te. Dieron?

El viento silba sobre el camino helado mientras esperamos una respuesta.

Michael finalmente se quita la mano de la boca y murmura algo.

—¿Qué? —ruge Garvin.

—Leche —Michael prácticamente responde en un susurro—. Dos latas de leche.

Garvin se cruza de brazos, haciendo que su pesado abrigo se pliegue.

—¿Y qué hiciste con la leche?

Michael baja la cabeza.

—La bebí.

—¡Xander! —grita Garvin, haciéndome saltar—. ¿Qué hacemos con cualquier comida o bebida que encontremos?

—Compartirla —digo. Esa regla me fue inculcada poco después de mi llegada.

—¿Cuál es el castigo por no compartir comida?

—Dos días sin raciones —responde Logan.

Si eso es todo esto, no sé por qué Michael está llorando. Yo podría pasar dos días sin comida y apenas darme cuenta. Ya estoy acostumbrado.

Michael mira a Garvin con esperanza, pero la boca de Garvin se curva en una sonrisa fría.

—¿Cuál es el castigo por revelar secretos?

—¡No! —Michael llora. Se arrastra hacia delante sobre sus rodillas, y sujeta las piernas de Garvin en un gesto patético—. No, por favor. Por favor, Garvin. Haré lo que sea. Puedo conseguir cosas. Puedo conseguir armas o comida. Sé cómo hacerlo. ¡Por favor!

Mi corazón palpita con fuerza. ¿Cuál *es* la pena por revelar secretos? Sé que se supone que debemos mantener los labios sellados por aquí, pero no sé qué sucede si no lo hacemos. ¿Garvin lo va a matar?

¿Me quedaré aquí y dejaré que eso suceda?

—Comienza a caminar —dice Garvin entre dientes.

—No... Garvin, por favor...

Algunos de los chicos dirigen su mirada hacia el suelo, pero yo me obligo a ver. Garvin se quita los guantes y los coloca en el capó de la camioneta. Al principio, creo que podría ponerle las manos encima a Michael, perdonándolo al estilo de Cristo o algo así, lo cual es bastante espeluznante, pero en lugar de eso, simplemente retrocede y golpea a Michael con fuerza en el rostro. El chico sale volando hacia atrás, rociando sangre sobre la nieve.

Garvin retrocede y mete la mano en su abrigo. Su mano sale sosteniendo una pistola. Le apunta a Michael, que está luchando por mantenerse en pie.

—Camina.

De la boca de Michael salen burbujas de sangre mientras llora de manera descontrolada, se gira para mirarnos, suplica en silencio. Pero nadie se mueve.

—Hace frío, Garvin —dice—. Está muy frío. Me congelaré.

—¿Alguien aquí no tenía claras las reglas? —grita Garvin, haciéndome temblar de nuevo—. ¿Alguien más no entendió la necesidad de ser discretos? ¿Qué tan importante es que mantengamos la separación entre esto —mueve su mano libre alrededor de la carretera, la cerca y la camioneta, el molino distante— y el *estado*? ¿Alguien tiene alguna *duda*?

Todos negamos con la cabeza.

—Bien —dice Garvin.

Michael solloza en silencio y limpia la sangre de su rostro.

—¿Soy un hombre justo? —pregunta Garvin, volviéndose hacia él—. ¿Eh? No te escuché. ¿Soy justo?

—Sí, Garvin —responde Michael con voz grave.

—Correcto. Soy justo. No soy un tirano, ¿verdad, muchachos?

Unos cuantos niegan con la cabeza. No me muevo, deseando que se abra un repentino agujero debajo de mí para salir de esto.

—No soy un tirano. Soy un hombre justo. ¿Qué haría un hombre justo en una situación como ésta? ¿Tú qué dices, Michael? —agita el arma hacia él, haciendo que el chico se encoja—. ¿Eh?

—¿Darme una segunda oportunidad?

Algunos ríen, pero esto es lo menos divertido que he visto. Garvin ríe a carcajadas.

—Eso es lo que un tirano *podría* hacer. Pero como yo no soy un tirano, prefiero votar. ¿No sería eso más justo? ¿Michael?

Michael asiente. Desde aquí, puedo ver cómo tiembla.

—¡Entonces, votemos! —es repugnante, Garvin parece estar divirtiéndose ahora—. Comencemos con las posibilidades. ¿Quién de ustedes piensa que debería darle a esta rata traidora, esta patética excusa de hombre, este gusano de nariz mocosa que nos vendió por dos latas de leche, una segunda oportunidad?

Levanto la mano sin pensarlo, incluso cuando puedo ver que nadie más lo hace. Garvin me fulmina con la mirada, pero se vuelve hacia Michael, quien ha comenzado a llorar otra vez.

—Y con otra muestra de manos, ¿quién cree que Michael debería caminar?

Bajo mi mano mientras cada una de las otras manos se eleva.

—Comienza a caminar —dice Garvin, con el rostro severo. Retira el seguro de la pistola.

Michael da media vuelta, sollozando, y comienza a caminar por la carretera hacia el sur. Garvin sostiene la pistola apuntando hacia él, mientras evito temblar. Michael se tambalea en el camino helado, pero continúa, se levanta la capucha y mete las manos en sus bolsillos.

—Pueden retirarse —nos dice Garvin al resto de nosotros—. Xander, espera conmigo.

Logan y Mobbs llevan a todos de regreso al molino, mientras yo me uno a Garvin en la carretera. Michael ahora es sólo una lejana mancha oscura, pero Garvin mantiene la pistola apuntando hacia él.

—¿Vas a dispararle? —pregunto, envalentonado ahora que no están los otros chicos cerca.

—¿Intentarías detenerme si lo hiciera?

—No soy Superman. No puedo detener las balas.

Garvin ríe y vuelve a hacer clic en el seguro. Gira la pistola y me la entrega. Me quito el guante y la tomo.

—*No* voy a dispararle —digo, comprobando el seguro y el clip. Viejos hábitos.

Garvin ríe de nuevo.

—Nadie le va a disparar. Probablemente morirá en el camino.

—¿Ésa es la idea?

—No. La idea es que camine hasta Prince George y regrese al hoyo negro del que lo rescaté.

—Eso llevaría días. Se congelará.

—Como dije, probablemente morirá en el camino.

Miro la pistola que tengo en la mano. Sólo estamos él y yo en la carretera: los otros chicos han desaparecido en la curva, más allá de la puerta. Cuando vuelvo a mirar a Garvin, todavía está sonriendo.

—Adelante, dispárame. Dispárame y toma la camioneta. Le acabo de llenar el tanque. Mucho combustible para ir detrás de Michael, recogerlo. Ambos pueden ir a Prince George. Si no lo haces, como dije… —hace un gesto como si cortara su propia garganta.

Estoy congelado en mi lugar y el peso de la pistola en mi mano parece hundirme en la nieve.

—No es fácil, ¿verdad, Xander? —dice Garvin. No parece preocuparle en lo absoluto que pueda apuntarle con el arma en cualquier momento, que pueda matarlo—. Elecciones. Siempre hay tantas opciones. ¿Recuerdas haber podido elegir entre chocolate o vainilla? ¿Apple o PC? ¿Niñas o niños? ¿Recuerdas ese mundo?

—No. No, en realidad.

—No. No lo creo. Cuando estás en una guerra, tus elecciones son todavía mucho más… básicas. Vida y muerte. ¿La vida de Michael? ¿O tu alma? ¿Qué va a ser? —da un paso atrás y extiende los brazos a los costados como si me estuviera desafiando.

Ni siquiera levanto el arma; ni siquiera tiemblo.

Garvin deja pasar unos segundos antes de asentir lentamente. Mete las manos en los bolsillos y saca las llaves de la camioneta.

—Guarda el arma, chico. Creo que puedo confiar en ti con eso. Voy a ir a buscar a Michael.

—¡¿Qué?!

—*¡¿Qué?!* —repite, burlándose de mí—. Lo llevaré de regreso a su campo de refugiados. No se lo dirás a los otros chicos, ¿cierto?

—Supongo que no.

Garvin sube a la camioneta y enciende el motor; se detiene allí, con la puerta abierta.

—Entiendes lo que se necesita para ser un líder, ¿verdad, Xander?

—¿Elecciones?

Él asiente, sonriéndome.

—Entra.

—¿Qué?

Pone los ojos en blanco esta vez.

—¿Te estás quedando sordo, chico? Sube a la camioneta. Puedes venir conmigo. Tengo algunos negocios en el pueblo, y tú puedes visitar a Dylan mientras tanto. Pero guarda esa pistola. No quiero que nadie vea eso.

Tengo la sensación de que no tengo muchas opciones. Meto la pistola en la parte trasera de mis jeans, abrocho mi abrigo y me subo al asiento del pasajero. Encontramos a Michael a menos de un kilómetro, camino abajo, con una costra de escarcha y lágrimas congeladas en su cara sonrojada. Se mantiene en un silencio absoluto cuando se sube a la parte trasera de la camioneta, supongo que aleccionado por su acercamiento a una muerte helada. Su silencio persiste hasta que llegamos a Prince George y al Campamento Norte, donde Garvin lo abandona sin contemplaciones. Intento decir alguna despedida adecuada o un "hasta luego" pero Michael tan sólo corre por el camino hacia las puertas del campamento, sin mirar atrás.

—Era muy frágil para nuestros planes —dice Garvin mientras nos alejamos. La nieve se levanta detrás de nosotros. No respondo. Me siento un poco frágil, y lo último que quiero es que Garvin lo sepa.

Me deja frente al hospital con instrucciones sobre dónde encontrarme con él una hora después. Mientras camino hacia las puertas del hospital, considero que *no* encontrarme con él probablemente sería la mejor elección. Pero como él dijo, las elecciones son para los líderes. Y yo sólo soy uno de sus seguidores.

Dylan está en una sala tan fétida y repugnante, que toma cada reserva de mi fuerza de voluntad no retroceder ante el olor. Mientras afuera de las puertas de la sala huele a muerte fresca, dentro huele a muerte añeja, como si algo hubiera estado supurando aquí durante semanas. Hay alrededor de veinte camas alineadas a lo largo de las dos paredes y varios colchones delgados en el piso, al final de la extensa sala. Intento no hacer contacto visual con nadie mientras busco a Dylan. Lo encuentro finalmente entre una cama vacía y otra con un ocupante que es sólo un bulto debajo de una delgada manta.

Los ojos de Dylan están cerrados, pero cuando jalo un taburete oxidado y me siento, se abren. Frunce el ceño y parpadea como si estuviera tratando de concentrarse.

—Xander —gruñe al fin—. ¿Qué estás haciendo aquí?

—Te estoy visitando, por supuesto. ¿Cómo te va? —lo pregunto porque me parece que es lo que debe hacerse, no porque en realidad necesite que me lo diga. Puedo darme cuenta de que no le va bien. Está pálido y gris, su frente está sucia de sudor a pesar de que hace frío aquí. Su brazo derecho termina con un fajo de vendajes manchados, descansando sobre su pecho. Se siente natural tomar su mano buena entre la mía y darle un apretón. Él la retira débilmente, pero no parece querer soltarme.

—No tan bien —dice innecesariamente—. Sigo teniendo infecciones y casi no hay antibióticos. Pero la morfina essss agradable —como si quisiera demostrarlo, parece perderse durante unos segundos antes de regresar—. Garvin me dijo que conociste a la chica —dice en voz baja.

Echo un vistazo a mi alrededor, pero todos los que pudieran escucharnos parecen estar inconscientes o muertos.

—¿Sabías de ella?

—S-s-seguro. Todos lo sabíamos.

—Desearía que alguien me lo hubiera dicho.

—Ya sabes cómo son las cosas —dice Dylan—. Garvin decide cuándo la gente sabe las cosas —sus palabras comienzan a arrastrarse—. No te encariñes demasiado con ella.

—No lo haré. Sé lo que Garvin está planeando.

—Sí. Qué video hará con eso —cuando parpadea, sus ojos permanecen cerrados por unos segundos antes de volverlos a abrir—. ¿Garvin ya terminó de escribir la declaración de ella?

Pienso en cómo debería responder. Garvin no me ha mencionado un video o una declaración, pero ahora puedo ver lo estúpido que he sido. Él quiere que la chica Nahx renuncie a su gente, confiese sus crímenes o algo así. Traduciré sus señas, y luego Garvin, presumiblemente, la decapitará. Será el video más popular que haya hecho. Desearía poder decir que nunca he visto o escuchado algo como esto, pero por supuesto que sí, incluso antes de la invasión.

Se me ocurre pensar en lo pulcros que son los dardos Nahx. Ni siquiera son muy dolorosos, por lo que he visto. Supongo que no les gusta hacer un espectáculo de la muerte, a diferencia de nosotros, los humanos, que creamos industrias enteras con ella.

Entonces, otra vez... tal vez los dardos Nahx no son la muerte, en realidad. El movimiento de este diminuto pensamiento a través de mi cerebro cambia las cosas a medida que pasa, como si intentara abrirse paso a través de la basura para llegar a la respuesta real, a la comprensión. Garvin debe pensar que los dardos matan. ¿Por qué otra razón habría amputado el brazo de Dylan? Pero tal vez es a *Garvin* a quien no entiendo.

—No —digo—. No hay declaración aún. Creo que todavía está trabajando en eso.

—Mmmm… —dice Dylan. Me gustaría preguntarle más sobre los planes de Garvin, pero su cabeza cae hacia un lado y un momento después, está dormido.

Me siento allí mientras mi mente se abre y juega una docena de escenarios posibles a la velocidad del rayo. Podría noquear a Garvin y tomar su camioneta. Pero ¿adónde iría? Los puntos de control me detendrían en cuanto fuera más allá del Campamento Sur. Podría volver al Campamento Sur, regresar a mi remolque con Colin enfermo y fingir que nada de esto sucedió. O podría volver al enclave en el molino con Garvin y negarme a participar en su espectáculo sádico. No estoy seguro de cómo será eso.

—¿Tu novio está bien?

Una enfermera se detiene al pie de la cama.

—No soy… sí. Está durmiendo.

Ella asiente y se vuelve para irse.

—Hey —la llamo—. ¿Ustedes tienen acceso al registro aquí?

—Ajá.

—Pensé que debería revisarlo. Ya sabe, para ver si ha aparecido alguien de su familia. Deberían enterarse —miro hacia atrás, al rostro de Dylan, apacible como un cadáver en su ataúd— de lo que está sucediendo.

La enfermera asiente con rostro sombrío.

Unos minutos más tarde, me sienta en una terminal de computadora en el área de recepción. Hace clic en algunas teclas hasta que aparece la página de inicio de registro.

—Es un guerrero —dice ella, apoyando su mano en mi hombro.

Ya estoy distraído ingresando mi contraseña en el cuadro de inicio de sesión.

—¿Quién?

—Tu... Dylan —dice—. Es un joven fuerte. Saldrá adelante.

—Oh, sí. Lo sé.

—Te dejaré con eso —dice ella, antes de alejarse.

Para mi vergüenza, no sé el apellido de Dylan, por lo que no podría buscar en el registro de su familia si ése fuera mi plan. Pero no lo es. En cambio, hago lo habitual, busco a mi propia familia y a los amigos que consigo recordar. Tucker, aún muerto. Topher, todavía vivo. Me trago la exigua llamarada de alivio. Si está muerto al otro lado de la red, ¿cómo podría saberlo alguien? Cuando introduzco el nombre de Raven, por supuesto la encuentro muerta, y el mensaje que le dejé a su familia hace unas semanas.

Y una respuesta.

Parpadeo un par de veces porque se ha vuelto peor, así que no confío en mi mente para no fastidiarme.

Pero no, es real. Un mensaje del padrastro de Raven.

Querido Xander,

Gracias por tu nota. Por supuesto que te recuerdo. En momentos como éste, es importante recordar todo lo que podamos. A la madre de Raven y a mí nos da algo de paz saber con certeza que Raven se ha ido, y un gran alivio saber que estabas allí con ella cuando falleció. Si bien me encantaría conocer los detalles, la madre de Raven necesitará más tiempo. Tú entiendes. De cualquier manera, lo hemos discutido y esperamos que aceptes venir a Quadra Island para vivir con nosotros. Veo que tu familia no ha sido localizada y que estás viviendo en un campo de refugiados. Nuestra comunidad aquí no es lujosa, pero creo que tal vez podríamos mejorar las condiciones en las que te encuentras. Es lo menos que podemos hacer. Eras un buen amigo de Raven y creo que tenerte cerca le brindaría un poco de consuelo a su madre. En anticipación a tu acuerdo, ya he presentado una solicitud para dos pases de viaje y lugares para ti y para un amigo en el autobús a Vancouver y el ferry nocturno al norte. De acuerdo con lo que nos han dicho, estos procesos suelen tardar alrededor de un mes, por lo que, si todo sale según lo planeado, podríamos tenerte aquí en Navidad. Espero que aceptes venir. Puedes dejar tu respuesta aquí mismo, pero a sabiendas de qué tan irregulares son las actualizaciones, es probable que te entreguen tus pases y lo primero que escuche de tu decisión sea tu llamado a mi puerta. Estamos en una cabaña en el Cape Mudge Resort. Una vez que bajes del ferry, cualquiera de los lugareños sabrá indicarte el camino. Espero verte pronto.

Jack

Jack. Siempre tuvo este hábito desconcertante de cambiar el registro de un tipo canadiense común y corriente a un anciano métis realmente reflexivo y paciente a una intimidante mente maestra de las leyes. Su nota es una mezcla de esas cosas. Lo único que puedo hacer es mirar la pantalla durante unos minutos, hasta que mi visión se vuelve borrosa.

Sería tan fácil rendirse en este punto. Es casi como si el universo me estuviera ofreciendo una salida: regresar al Campamento Sur, esperar a que llegue mi permiso de viaje, ir a la costa. Olvidarme de Dylan y de Garvin, de la chica Nahx y de Colin y sus órganos moribundos. Y de Augusto y de Raven.

Y de Topher. Simplemente, olvidarme de Topher. Imaginar que también puedo cerrar una etapa, que lo vi morir, que lo enterré con Tucker o lo dejé en el valle con Raven. Podría mudarme con los padres de Raven y quedarme lejos del territorio Nahx y la red fronteriza. Tal vez nos permitan mantener las tierras bajas y las zonas costeras. Quizás el tratado sea firme; tal vez se apeguen a eso. Podría volver a la escuela e intentar ser un chico normal de nuevo.

Tengo que admitir que resulta tentador. Pero en cuanto empiezo a imaginarlo, la duda se cuela entre mis pensamientos. Nunca más podré ser un chico normal. Me he acostumbrado a sostener un rifle. Desde que Garvin me reclutó, volví con facilidad a ese puesto; tal vez no como un soldado, y mucho menos como un insurgente, pero sí como alguien involucrado, al menos. Aquellos afortunados que terminaron en las zonas costeras deben encontrar tan fácil entregar todo, no sólo el territorio que el mundo cedió, sino también a las personas que se quedaron atrás y la propiedad de nuestro planeta. ¿Una cama cómoda, comida adecuada? ¿Es eso lo que se necesita para venderte al nuevo orden mundial?

De hecho, estoy un poco decepcionado con Jack. Pero tal vez eso sea injusto, porque tampoco estoy completamente convencido sobre rechazarlo.

Jack, escribo.

No sé qué decir. Tu oferta es increíblemente generosa, y si pudieras ver cómo vive la gente aquí, sabrías cuánto significa para mí. Supongo que esperaré a que lleguen los documentos de viaje. Y nos veremos en diciembre. Mientras tanto, dale un fuerte abrazo a la madre de Raven. Ella siempre fue muy amable con los amigos de karate de Raven, a pesar de que debemos haber sido mo-

lestos. Deberían saber que Raven habló de ustedes literalmente todos los días. Ella los amaba mucho a los dos.

Hasta pronto,

Xander

Está nevando cuando salgo del hospital, y a lo largo del camino de regreso al parque donde acordé encontrarme con Garvin, gran parte de la decadencia distópica ha sido cubierta por una manta blanca suave, haciendo que el mundo vuelva a ser hermoso, aunque sólo sea hasta que la realidad interfiera. No puedo ignorar las filas para conseguir combustible y leña. Es difícil no pensar que algunas de estas personas no sobrevivirán al invierno. Pero tal vez yo tampoco lo consiga.

Garvin me saluda desde la acera donde está parado, junto a una pila de cajas. Me echa encima tanto como puedo cargar antes de conducirme hacia el parque.

—¿Dónde está la camioneta? —pregunto.

—La intercambié.

—¿Intercambiaste la camioneta?

Sólo me mira con una de esas inescrutables sonrisas tan suyas mientras nos alejamos del camino. Seguimos un rastro de huellas en la nieve durante unos minutos, antes de pasar por un denso bosque de jóvenes árboles hacia un campo abierto al otro lado.

Hay un helicóptero estacionado allí. Un tipo corpulento vestido con ropa de camuflaje de invierno se inclina sobre el motor cuando nos acercamos.

—¿Cómo luce?

—De primera categoría —dice el tipo corpulento.

Garvin lo presenta como Brad.

—Antes estaba en Cascade Heli-ski —agrega.

—En estos tiempos, ya no se necesitan muchos recorridos en helicóptero para esquiar —dice Brad.

—Dale la bienvenida a Brad a la resistencia, Xander —dice Garvin mientras abordamos y abrochamos nuestros cinturones.

Murmuro algo que estoy seguro de que no escucha, porque está activando los rotores. Nadie me ofrece un auricular, así que miro desde el asiento trasero mientras Garvin y Brad hablan de algo que al parecer no se supone que deba escuchar. El viaje dura sólo un poco más de una hora, volando bajo sobre la tierra que se ve uniforme por la nieve nueva.

Todo el equipo de Garvin nos saluda en la pista cuando Brad aterriza el helicóptero. El estado de ánimo es jubiloso y todos saludan a Brad y a Garvin mientras los rotores se detienen.

—¿Por qué estamos todos tan emocionados? —me las arreglo para preguntarle a Garvin cuando regresamos al comedor.

—Habíamos estado buscando un helicóptero por un tiempo. Y un piloto, por supuesto.

—¿Dónde conseguirás el combustible?

—Hay un tanque lleno aquí, en la pista de aterrizaje. Además, impulsamos un camión cisterna hace meses. Servirá para unas cuantas docenas de vuelos.

—¿Vuelos adónde?

No recibo una respuesta porque una nueva ola festiva nos recibe en el comedor. Resulta que una de las cajas que cargué por el parque es un recipiente de cerveza casera, de manera que pronto la fiesta está en todo su esplendor. Nadie me pregunta cómo está Dylan, ni siquiera Garvin. Me sirvo una cerveza y me paro en la orilla del comedor mientras Garvin y sus secuaces parecen felicitarse mutuamente. En cuanto se termina el primer recipiente de cerveza y se abre el segundo, Garvin toma posición al frente del salón. Los chicos caen en un respetuoso silencio, que Garvin deja abierto por un momento, aumentando la tensión y la sensación de emoción en el lugar.

—Estamos en una encrucijada, muchachos —comienza—. Los partidarios del tratado podrían ver las alturas elevadas como la señal definitiva de la rendición del territorio, pero nosotros no estamos de acuerdo, ¿cierto?

—¡Demonios, claro que no! —dice alguien.

El resto de los chicos grita para sumarse a su desacuerdo.

—Y creo que los Nahx ven la red como la frontera. Pero nuestra búsqueda en este lado continúa porque tenemos el derecho de erradicar a los Nahx del territorio humano. El helicóptero extiende nuestro alcance inconmensurablemente. Podemos llegar a lugares que durante mucho tiempo hemos sospechado que son escondites Nahx. ¿Y cuál es nuestra política para matar a un Nahx?

—¡MATAR CUANDO ES NECESARIO! —dos tipos detrás de mí gritan al unísono. Tengo la sensación de que Garvin ya ha dado este mismo discurso antes, o algo así.

—Y siempre es necesario matar a los Nahx. No se rinden. ¿Nosotros nos rendimos?

—¡NO! —grita toda la habitación.

Puedo sentir la corriente de energía mientras Garvin habla, con voz firme y resonante.

—No ignoramos las probabilidades que tenemos en contra. No somos ajenos a la fuerza de la defensa Nahx ni a su dominio en nuestro planeta, nuestros gobiernos y nuestros recursos. ¿Pero nos rendimos?

—¡NO! —grito junto con todos los demás esta vez, atrapado por la euforia del momento.

—¿Perdemos la esperanza?

—¡NUNCA!

—¿Nos desesperamos?

—¡LA DESESPERACIÓN ES LA MUERTE! —gritan los seguidores de Garvin al unísono. La habitación estalla, todos abrazados, saltando, cantando y brindando con la cerveza casera de baja calidad. Salto y grito también, porque lo último que quiero es que alguien aquí se dé cuenta de lo asustado que estoy.

Y cómo creo que podría traicionarlos a todos.

RAVEN

Enviamos a Azul con una descripción detallada de Augusto. Después de muchos balanceos de arriba abajo, y de yo estar adivinando, confirmamos que Azul sabía quién era Tucker. Había estado en la celda con nosotros y nos siguió cuando el Quinto me lanzó fuera.

—Y Décimo —agregué cuando Azul estaba a punto de alejarse—. Recuerda a Décimo. Intenta encontrar a alguno, o a todos —le indiqué—. Tráelos de regreso. No hagas una escena.

Pasó una hora antes de que Mandy pudiera hablarme sin hacer una mueca. No sé qué parte de mi historia la horrorizó más. Ninguna de las dos pasamos por alto que Augusto bien podría haber sido el Nahx que le disparó cuando estuvimos en Calgary. Por increíble que parezca, nunca pensé en preguntarle.

Azul regresa cerca del final del día siguiente, con Décimo detrás. Un grupo cercano de Nahx se dispersa y se aleja a la vista de Azul, quien los sigue amenazadoramente hasta que desaparecen entre la multitud de Copos de Nieve.

—*¿Querer entrar? ¿Cómo?* —pregunta Décimo. Se para casualmente a unos tres metros de distancia, sin mirarnos, fingiendo que está vigilando a la multitud en busca de alborotadores.

—*¿Si nosotras romper reglas? ¿Tú poder llevar nosotras?* —pregunto con señas cuando él me lanza una mirada.

Mueve la cabeza hacia atrás y asiente.

—¿Qué estás diciendo? —pregunta Mandy en un susurro.

—Sólo mantente conmigo. ¿Recuerdas las cosas de defensa personal que Topher y yo les enseñamos en la base?

—Por supuesto. Para mí eso sucedió hace menos de dos semanas, ¿recuerdas?

—Correcto. Bien. Bueno... —la agarro por la parte delantera del abrigo y tiro de ella hacia el borde de la multitud. Antes de que pueda darle voz a una protesta, la empujo hacia el hielo y la nieve. Un par de Copos de Nieve se apartan del camino cuando salto sobre ella. Ella hace exactamente lo que le enseñé y se lanza por mi cara y mi garganta mientras yo finjo golpearla y jalar su cabello. Incluso logra meter un pulgar en mi axila, lo que me provoca más cosquillas que dolor, pero me debilita lo suficiente para que ella me empuje. Entonces, rodamos en la nieve, patéticamente patinando la una contra la otra. Es la pelea más desordenada en la que he estado, pero ése es el truco. Menos de treinta segundos después de haber comenzado, siento el fuerte agarre de un Nahx en la parte posterior de mi cuello. Lucho y grito para causar mayor efecto, y me giro lo suficiente para comprobar que Décimo tiene a Mandy agarrada con su otra mano mientras nos arrastra más allá de la fila de guardias Nahx y a lo largo de las altas paredes hacia la puerta más cercana. Vuelvo la cabeza para ver a Azul, que vuela detrás de nosotros.

Minutos después, estamos dentro de una oscura bahía de carga, Azul va delante de Décimo, indicando el camino, mientras nos arrastra por el duro piso de acero. Otros Nahx giran en nuestra dirección cuando Décimo nos tira a una plataforma, nos mantiene juntas y se monta sobre nosotras. De alguna manera se las arregla para esposarnos las muñecas. Cuando se pone en pie, Mandy y yo estamos unidas, una frente a la otra, muñeca con muñeca. Décimo presiona algún tipo de control y la plataforma comienza a descender. Hay un segundo de oscuridad cuando la escotilla se cierra por encima de nosotros, y luego se activa una tenue luz amarilla. Décimo nos mira con las manos en las caderas.

—Voy a tener problemas para hacer señas así —digo, sacudiendo los grilletes.

—*No problema* —dice él con señas, moviendo la cabeza hacia atrás—. *Yo escuchar.*

Pero abre los grilletes y los guarda.

—¿Cuál es el plan? —pregunta Mandy.

—*Encontrar Octavo* —responde Décimo, lo que hace que mi corazón palpite contra mis costillas.

—¿Crees que se encuentre aquí?

Décimo se encoge de hombros.

—*Si Octavo estar nave, él estar aquí.*

Traduzco para Mandy.

—¿Qué hay de Tucker? —pregunta ella.

—Una cosa a la vez. No me mires así.

—No dije nada.

—No, pero lo pensaste. Si Augusto está aquí, si él está... funcional, hará que descender de la nave sea mucho más fácil. Y hará que encontrar a Tucker sea más fácil. Décimo, ¿sabes dónde está Tucker?

Niega con la cabeza y retrocede mientras Azul zumba entre nosotros y destella emocionada.

Hay un fuerte crujido de metal sobre metal y la plataforma retumba hasta detenerse. Se abre una pesada puerta gris que revela una oscuridad interminable. A la débil luz que brota del eje de la plataforma, puedo distinguir algunas formas sombrías, inmóviles, en los bordes de mi visión.

Nahx.

Cientos, miles de Nahx inmóviles en filas desordenadas, que se extienden hasta donde la luz alcanza a la oscuridad.

Azul se aleja flotando y bajamos de la plataforma, siguiéndola. Es como si hubiéramos entrado en la versión subterránea de la arena. Los Nahx están alineados, toscamente organizados en grupos y filas, pero las filas están rotas. Algunos Nahx están de rodillas, mirando al suelo. Unos cuantos están inclinados por completo y yacen como si estuvieran muertos. El resto está de pie, prácticamente inmóvil.

Y el *sonido,* el zumbido característico de su respiración cuando pasamos delante de ellos: algunos sibilantes y penosos, como los de Décimo; otros suaves, como abejas somnolientas; la mayoría, débiles e intermitentes. Algunos no parecen estar respirando siquiera.

Dos Nahx muy altos vuelven la cabeza hacia nosotros cuando pasamos, pero Azul se eleva y retroceden con deferencia.

—¿Qué hay de malo con ellos? —pregunto en un susurro.

—*Rotos* —dice Décimo—. *Si Octavo ayudar humanos, Octavo estar roto. Octavo poder estar aquí.*

Me vuelvo. Si Augusto está aquí… ¿Es uno de esos silenciosos, los que yacen como muertos en el suelo?

—¡AUGUSTO! —grito por impulso y escucho mi voz resonar y rodar por lo que parece una gran distancia. ¿Qué tan grande es este… lugar, esta área de confinamiento? Recuerdo algo que dijo Primero en la celda después de que Tucker mató a una de sus guardias.

Llévala a la cámara de refrigeración…

Hace frío aquí, aunque ya casi no percibo el frío. Algunos de los Nahx irradian calor, como solía hacerlo Augusto. Pero algunos están cubiertos de hielo, puedo verlo cuando pasamos a su lado, como objetos abandonados en el congelador durante mucho tiempo.

—¿Están muertos? —le pregunto en un susurro a Décimo—. ¿Algunos están muertos?

—*Eso creer, sí* —dice.

Azul vuela de arriba abajo en señal de acuerdo.

Trago saliva, pero el nudo en mi garganta permanece.

—¡AUGUSTO! —grito de nuevo—. ¡SOY YO! ¡SOY RAVEN!

—¿Es inteligente hacer eso? —pregunta Mandy.

Algunos de los Nahx que están alrededor comienzan a agitarse. Décimo nos aleja, caminamos a lo largo de otra fila y cruzamos hasta que nos perdemos de vista. Pero cuando el murmullo del movimiento parece seguirnos, Décimo corre y nos jala con él. Sus botas golpetean el piso de acero. Hay miles y miles de Nahx aquí. ¿Cómo podría encontrar a Augusto?

Antes de que pueda pensar más en ello, comienza a sonar una alarma. No quiero irme todavía. Sé que me tomará días, pero quiero buscar a Augusto aquí. Siento que se lo debo.

Los Nahx que duermen a nuestro alrededor se agitan como si fueran traídos a la vida por nuestra intrusión.

—Deberíamos movernos —dice Mandy—. Azul, ¿hacia dónde?

Azul se aleja volando y nos apresuramos tras ella. Los pasos metálicos de Décimo resuenan detrás de nosotras. A medida que avanzamos a través de formaciones más densas, algunos de los Nahx se estiran hacia nosotras, al principio con cierta indiferencia, pero pronto con más determinación.

Uno de ellos agarra a Mandy por el cuello y la derriba de un empujón. Varios más se adelantan.

—¡Mandy!

Azul sale disparada hacia la refriega, y los Nahx se dispersan, como si hubieran sido arrojados por la fuerza de una explosión. Algunos ponen sus manos en la parte posterior de sus cabezas, mientras retroceden y se alejan.

Décimo ayuda a Mandy a ponerse en pie. Veo un hilillo de sangre plateada goteando por una de sus fosas nasales, pero más allá de eso, no está herida.

—Salgamos de aquí —dice.

Azul vuela de arriba abajo. Nos mantenemos cerca de ella mientras avanzamos por la cámara, que parece no tener fin. Azul y Décimo logran evitar cualquier otro hostigamiento, aunque me doy cuenta de que los Nahx se muestran agitados por nuestra presencia.

Por fin llegamos a una especie de puerta, pero está bloqueada por un campo de fuerza brillante. Me muevo al frente y la toco con ánimo experimental, sólo para que mi brazo retroceda ante la descarga eléctrica.

—¿Podemos desactivarlo? —pregunta Mandy.

Décimo hace clic en una de las luces de sus hombros y examina el panel de control, pero Azul simplemente se estrella contra él, lo que hace que retroceda tambaleante mientras ella vuela directo hacia el panel y desaparece.

—¿Azul?

Segundos después, el campo de fuerza se disuelve.

No perdemos el tiempo y entramos en el oscuro pasillo que está del otro lado. Cuando veo atrás, descubro que algunos de los Nahx se están moviendo otra vez, y ahora avanzan a través de la puerta abierta.

—¿Azul? Ahora podría ser un buen momento para reactivar el campo.

Uno de los Nahx está atravesando la puerta justo en el momento en que el campo vuelve a cobrar vida. El Nahx sale volando hacia atrás; las telarañas de electricidad iluminan su armadura cuando aterriza en una pila. Los otros Nahx parecen perder interés de inmediato, y se alejan de la puerta para regresar a la oscuridad.

—¿Todos siguen completos? —pregunta Mandy.

Décimo se vuelve y mueve su luz por el largo pasillo.

—¿Azul salió? —la busco—. Décimo, apaga tu luz para que pueda ver.

Él obedece. La oscuridad cae alrededor de nosotros como una manta.

—¿Azul?

Sólo una pequeña cantidad de luz parpadeante del campo de fuerza.

—Azul, ¿dónde estás?

Pasa un minuto, sumida en mi callado temor de que Azul haya sacrificado su vida por nosotros. Pero justo cuando parece que sería más seguro continuar sin ella, noto un tenue destello en el pasillo.

—¿Azul? ¿Eres tú?

Se balancea de arriba abajo.

Nos acercamos de puntillas para unirnos a ella, tocando la pared para encontrar nuestro camino en la oscuridad.

—¿Cómo llegaste hasta aquí? —pregunto.

Azul dibuja un círculo en el aire, lo cual no es muy reconfortante.

—¿Sabes adónde vamos?

Pasa demasiado tiempo antes de que Azul se balancee de arriba abajo nuevamente. Décimo enciende otra vez su luz mientras Azul nos conduce por el estrecho pasaje. Las vagas formas de las puertas son ocasionalmente visibles, pero Azul las ignora y aumenta la velocidad hasta que estamos trotando para seguir su paso. Por fin, llegamos a un cruce en T, que se abre a otro pasillo oscuro, pero no tan estrecho. Décimo lo ilumina y vemos cómo el pasillo parece desaparecer en una curva.

—¿Hacia dónde? —pregunto.

Azul se eleva alrededor del techo y rebota como si buscara algo. Después de unos segundos, su luz se enciende y gira en un círculo frenético.

—¿Qué hay arriba? —pregunta Mandy—. Décimo, ¿puedes llegar hasta allí?

Décimo se estira y se gira para que su luz ilumine lo que parece una palanca de apertura manual. Con Azul mostrándole cómo hacerlo, Décimo gira la palanca hacia la izquierda hasta que algo en algún lugar hace un sonido metálico bajo y profundo, como una campana de iglesia atonal.

La pared frente a nosotros comienza a moverse: primero, una delgada franja de luz que se agrieta donde se encuentra con el techo; luego, un lento descenso, el chirrido de metal contra metal a medida que avanza. Por instinto, todos regresamos al corredor y nos arrinconamos contra la pared, listos para luchar contra lo que sea que nos espere, pero no hay necesidad.

Nadie está más allá del muro. Nadie vivo, al menos.

Frente a nosotros, extendiéndose a lo largo del amplio pasillo, observamos cuerpos suspendidos sobre algún tipo de armazón o maquinaria, colgando como cadáveres en el congelador de un carnicero. Parecen estar unidos a los tubos a través de las orejas, la nariz, la boca y hasta los genitales. Un fango gris brillante fluye lentamente a través de los tubos.

—Oh, Dios mío... —dice Mandy.

Lo que vemos es espeluznante: los cuerpos más cercanos a nosotros han sido destazados, cortados en forma de cruz en los tobillos, las pantorrillas, las rodillas y hacia arriba, hasta asemejarse a juguetes de bloques a la espera de ser reconstruidos. Pero cuando me acerco con cautela, me doy cuenta de que la realidad es todavía más horrible. El cuerpo más cercano, un hombre joven quizá no mayor que Mandy, ha sido *separado*: su cuerpo fue rebanado en dos conjuntos, cada uno el cincuenta por ciento del chico que alguna vez fue. Al final de la fila, de ambos lados del corredor, podemos ver que otros chicos han encontrado el mismo destino o están a punto de hacerlo. Algunos parecen estar más avanzados en el proceso que otros. En algunos, los espacios entre las rodajas son más estrechos. En otros, parecen estar unidos por una especie de matriz de luz, sobre la cual crecen glóbulos de carne y tejido. Detrás de la primera fila, y hasta desaparecer a lo lejos, hay más filas, una tras otra. Cientos, tal vez miles de cuerpos.

—Bueno —dice Mandy con voz temblorosa—, veo lo que están haciendo aquí.

Cualquiera que sea el sistema de protección que mi cuerpo tiene ahora, entra en modo de crisis total. Mi visión mejora de tal manera que incluso la tenue luz de la maquinaria detrás de los chicos parece brillar; mis músculos se tensan, mi ritmo cardiaco se dispara y todo mi cuerpo hormiguea con energía cuando ese extraño brillo se cuela a través de mis células otra vez. Es como estar siendo ajustada o reorientada a un objetivo nuevo que aún no tengo claro. Si encontramos a Tucker aquí, en rodajas como éstas, no sé qué haré.

—¿Qué están haciendo? —pregunto. Ya también lo deduje, pero no quiero decirlo en voz alta.

—Ellos... los han bisecado. Y de alguna manera, al dividirlos en dos conjuntos, hacen que vuelva a crecer el tejido faltante. Convierten a un humano, o lo que sea que esto sea, en dos seres completos... Cada uno de ellos es la mitad del original.

—*Repetir* —dice Décimo. Golpea mi hombro para llamar mi atención—. *Repetir doce veces.*

—¿Doce veces? ¿Como los Nahx? —miro hacia las filas y filas de cuerpos—. ¿Así es como te hicieron, Décimo? ¿Como crearon a todos los Nahx?

—Si hicieran esto doce veces, entonces el duodécimo sería apenas humano. Sólo alrededor de dos diezmilésimas.

—*Repetir yo* —dice Décimo—. *Décimo ser poco humano.*

—Pero eso convertiría a un soldado en doce soldados —dice Mandy con tristeza—. Una excelente forma de hacer un ejército.

—*Éstos no ser Nahx* —dice Décimo.

Nunca antes había visto a un Nahx hacer esta seña, pero la hace de la manera más obvia: *Noche Caminar.*

—*No Noche Caminar* —repite—. *Copos de Nieve.*

—¿Éstos fueron tomados de entre la multitud de arriba? —pregunto—. ¿De la arena?

—Pero es el mismo proceso con el que se hicieron los Nahx, ¿cierto? —pregunta Mandy.

—*Diferente* —responde Décimo—. *Nahx ser copia primero, luego cambiar* —agita sus manos arriba y abajo de su armadura—. *Estos Copos de Nieve ya cambiados. Ahora intentar copiar. Nunca ver esto antes.*

Traduzco para Mandy.

—Entonces, ¿ésta es una técnica nueva? ¿Un experimento?

Décimo asiente, y Azul se balancea de arriba abajo.

—Necesitamos encontrar a Tucker —digo—. Ahora.

Azul vuela entre las filas mientras Mandy, Décimo y yo revisamos a lo largo del pasillo.

—¡No está aquí! —grita Mandy desde un extremo de la fila.

Cuando llegamos al otro extremo de la fila, mi alivio al no haber encontrado a Tucker en rodajas hace que el pánico que inunda mi cuerpo baje un peldaño, uno solo. Todavía está el pánico furioso, pero resulta un poco más manejable.

De pronto, Azul sale de entre las filas brincando con frenesí. Su luz se refleja en la maquinaria y sus víctimas.

—¿Lo encontraste?

Se balancea arriba y abajo.

Sí.

—¿Vivo?

Sí.

—Muéstranos.

A medida que Azul nos conduce hacia la densa maquinaria, queda claro que lo que está sucediendo aquí no es un proyecto tan extenso como podría serlo. La mayor parte de la maquinaria y los armazones está vacía. Finalmente llegamos a un pasillo despejado a través de las máquinas y seguimos a Azul hacia una cámara abierta. En las paredes, dispuestos sobre losas como cuerpos en una morgue, hay varias docenas de humanos... o Copos de Nieve, de acuerdo con el brillo metálico de su piel. Me siento un poco apenada cuando me doy cuenta de que están desnudos. Y, como es vergonzosamente obvio, todos son hombres.

Dejo de lado todo pensamiento al respecto, mientras Azul nos conduce a través de la cámara. Encontramos a Tucker en la penúltima losa, antes del muro. A medida que nos acercamos, veo una pequeña mancha de sangre en la losa debajo de su cabeza, de su cabello castaño enmarañado.

Mandy debe sentir cómo arde mi pánico.

—Está vivo —dice, tomando su muñeca—. Está respirando y su pulso es constante —lo sacude con suavidad, le da un par de palmadas suaves en la cara—. Despierta, Tucker.

No se mueve ni reacciona.

—Ayúdame a darle la vuelta —dice Mandy.

Permanezco atrás mientras Décimo la ayuda a girar a Tucker para dejarlo de lado. El origen de la sangre debajo de su cabeza se hace evidente. Incrustado en la base de su cráneo, justo arriba de donde su cabeza se une con el cuello, hay un pequeño dispositivo, casi como un conector para auriculares.

—Dios. ¿Por ahí los enchufan?

—*No preocupar* —dice Décimo—. *Yo tener uno también* —golpea la parte posterior de su cabeza—. *Ser para repetir reglas mentales.*

Antes de que pueda pedirle que me explique un poco más sobre eso, parte de la pared frente a nosotros se disuelve como si fuera humo, revelando una mirada cegadora detrás. Un Primero se perfila allí, flanqueado por dos enormes Nahx. Ellos empuñan sus armas.

—Corran y serán descartados —dice el Primero con calma.

Cuando da un paso al frente, lo reconozco. Su rostro está distorsionado: una nariz deforme, una cuenca del ojo que parece fuera de centro, cicatrices plateadas que bisecan sus labios superior e inferior. Éste es el chico al que los Nahx convirtieron en pulpa en la arena. No es una copia, y tampoco un Nahx alto y sin armadura como el Primero que conocí en la celda con Tucker. Su ropa todavía está manchada de sangre gris. Es ese chico. Y no. Tiene el mismo aspecto vacío que el otro Primero y una nube de luces que lo opera como a una marioneta.

Mientras intento pensar en qué hacer, algo me golpea con fuerza en la parte posterior de la cabeza, haciendo que vea estrellas. Cuando mi visión se aclara, descubro que Mandy también ha sido abatida, y Décimo nos agarra del cuello y nos presiona contra el suelo.

—Espósalas —dice Primero.

Todavía estoy demasiado aturdida para resistirme cuando Décimo obedece. Nos encadena a mí y a Mandy otra vez, cara a cara.

—Bien hecho, Décimo.

Pedazo de mierda mentiroso y traicionero. Lo fulmino con la mirada, pero desvía la suya de manera deliberada. No veo a Azul por ninguna parte pero, inexplicablemente, en la mesa al lado del cuerpo dormido de Tucker, está el cuchillo de Décimo. Alejo rápido mis ojos, para no llamar la atención. Algo está pasando, pero no estoy segura de qué. O quién está involucrado. O en quién confiar.

El Primero se acerca a mí y me observa fijamente con los ojos magullados e inyectados en sangre.

—¿Qué le hiciste? —le pregunto—. ¿Qué le hiciste a este ser humano que llevas puesto como si fuera un traje?

El Primero inclina su cabeza hacia un lado hasta que su cuello truena. Mantiene sus ojos fijos en mí.

—La curiosidad humana es ciertamente tenaz —dice—. Aquí no tienes garantías de vivir un minuto más, y lo que pides son respuestas.

Me muerdo la lengua, porque de pronto la idea de pasar mis últimos momentos siendo una gruñona me resulta poco atractiva.

—Este chico también hizo preguntas al final —dice el Primero, agitando sus manos vagamente frente a su pecho y abdomen—. *¿Qué está pasando? ¿Estoy muriendo? ¿Qué estás haciendo por...?*

El Primero se mueve de manera abrupta y, ante mis ojos, la nube flotante alrededor de su cabeza cambia de color, de amarillo pálido a una especie de rosa suave. Mientras observo, me doy cuenta de que las luces en realidad no han cambiado de color, sino de posición. Las rosadas han tomado el lugar exterior en la nube, haciéndose más visibles.

—Perdónanos —dice el Primero de manera inesperada—. Eso fue cruel.

—Dios... —dice Mandy en un susurro.

Mientras intento trazar una salida de todo esto, no puedo evitar archivar esta nueva observación del Primero. ¿Los cambios de color significan un cambio de humor? Ese conocimiento podría resultar útil si sigo viva más allá del siguiente minuto. Si no fuera por el cuchillo en la losa, que nadie más parece haber notado todavía, el panorama no luciría nada bien.

—Desafortunadamente, este *snezjinka* estaba siendo perturbador —dice el Primero—. A los que ustedes llaman Nahx se les ha ordenado que expulsen a los perturbadores, pero... ellos... —se ve decepcionado de pronto, casi avergonzado— son impredecibles. ¿Qué están...? —la nube cambia de nuevo y vuelve a ponerse amarilla—. Ésta ha sido procesada de manera incompleta. Debería ser descartada.

El Primero da un paso hacia atrás, como si hubiera sido sorprendido por su propio cambio de actitud. Observo con asombro córno la nube se transforma de nuevo. No a rosa, sino a un tono como de helado de naranja, una ilusión óptica causada por las luces amarillas y rosadas que se han mezclado. Finalmente, lanza un suspiro teatral.

—Estar entre humanos durante tantos años nos ha hecho imposible llegar a acuerdos —el Primero sacude la cabeza en lo que quizá sea el gesto más sinceramente humano que le he visto hacer. Está decepcionado: con nosotros, consigo mismo—. Sus maneras son tan... juveniles. Tan mezquinas y egoístas. No es de extrañar, en realidad, eso... —la nube brilla de nuevo, dividiéndose en dos colores antes de volver a emerger.

—¿Qué? ¿Qué no es de extrañar? ¿Qué significa "incompleto"?

El Primero da otro paso hacia nosotras. Mandy me agarra la mano, pero antes de que tenga la oportunidad de ahogar algunas últimas palabras, uno de los guardias Nahx del Primero se desploma de pronto, como si estuviera muerto.

—¿Qué...? —dice el Primero.

Entonces, tengo que hiperenfocar mi procesamiento visual para alcanzar a ver lo que pasa después. En un torbellino, Décimo se lanza hacia delante, agarra al guardia restante por el cuello, y se estrellan juntos. Al mismo tiempo, Tucker se levanta de la mesa con un gruñido salvaje, aterriza sobre el Primero y le abre la garganta con el cuchillo mientras ambos caen al suelo.

Bueno. Esto explica *eso*.

Tucker salta, desnudo y ensangrentado, mientras el Primero se retuerce y su vida se derrama a borbotones por la herida abierta en su cuello.

—Raven —dice Tucker—. Raven, ¿qué demonios? —sus ojos giran alrededor con una mirada salvaje—. ¿Dónde estamos?

Se tambalea hacia atrás cuando Décimo da un paso sobre el caos y abre los grilletes. Mandy y yo nos ponemos en pie.

—¿Y ahora qué? —pregunta Mandy.

—¿Dónde estamos? —repite Tucker.

—Todo está bien, Tuck —le digo, tratando de mantener la calma—. Primero vamos a sacarte de aquí, después te lo explicaré —no tengo idea de cuánto de los últimos días recuerda. Parece completamente perdido, lo cual en realidad es sólo alrededor de diez por ciento más perdido que yo.

Azul reaparece, saliendo de debajo del Nahx que se derrumbó. Vuela en círculos como si nos instara a seguir.

—¿Alguno de ustedes vio adónde se fue la nube de luces del Primero?

—*No preocupar tú* —dice Décimo.

Tenemos que correr para mantenernos al paso con Azul, mientras vuela por otro oscuro pasillo. Al fin, una pared se desliza y revela una plataforma como por la que descendimos.

—¿Arriba otra vez?

Azul se mueve de arriba abajo.

Sí.

Nos tambaleamos cuando la plataforma comienza a elevarse.

—Tucker necesita ropa —digo, mi voz sale más pequeña de lo que pretendía.

—¿Tú crees? —Mandy ríe y comienza a desnudarse—. Puede quedarse con mis pantalones. Yo llevo *leggings* debajo.

Mientras Tucker se viste con los pantalones de Mandy y una de sus sudaderas, me doy cuenta de cómo respira: duro y rápido, como si tuviera pánico. Se vuelve hacia mí y siento como si el tiempo finalmente se hubiera ralentizado lo suficiente para que pueda verlo bien. Estoy sorprendida por su expresión. Se ve aturdido, como poseído.

—Raven —dice, con la voz quebrada—. ¿Qué pasó? ¿Dónde está Topher?

Mandy da vueltas.

—Oh… mierda.

—*Recuerdos regresar* —dice Décimo, señalando a Azul—. *Luciérnaga hacer eso. Aquí* —golpea de nuevo la parte posterior de su cabeza.

¿Algo sobre lo que implantaron en el cráneo de Tucker? No sé qué hacer con esta nueva información, pero mi cerebro la archiva junto con un millón de cosas más. ¿Quién sabe qué hechos podrían resultar de utilidad?

La plataforma cruje al detenerse y las puertas sisean al abrirse. Frente a nosotros se revela otro amplio compartimento de carga. Éste es más oscuro que el otro que conozco, y se ve menos poblado, con sólo unos cuantos Nahx de aspecto desaliñado. No parece haber guardias. Los Nahx están trabajando en silencio, quitando partes de transportes a medio ensamblar e instalándolas en otros, llevando herramientas y equipos de un lado a otro. Tiene el aire de un gran taller de reparación de automóviles, pero alienígena.

Azul flota en la bahía y aborda a uno de los Nahx golpeando su frente, con lo que se produce un sonido metálico. El Nahx presta atención al instante cuando Azul destella frente a él y enseguida señala un transporte cerca de la brillante puerta de la bahía de carga. Azul vuelve a volar, invitándonos a seguirla.

Los Nahx trabajadores retroceden con deferencia a medida que pasamos. Me pregunto si piensan que somos los presos de Décimo o si tienen alguna otra idea de lo que está sucediendo. Sin embargo, es claro que no quieren tener problemas con Azul. Un Nahx literalmente salta para apartarse del camino cuando nos acercamos al transporte. No hay rampa, pero la escotilla está abierta, así que brincamos, y encontramos que la bodega del transporte está casi vacía y en estado ruinoso.

—¿Qué está pasando? Alguien que me explique —dice Tucker, mirando sus antebrazos—. ¿Qué le está pasando a mi piel?

Tomo sus manos y lo jalo hacia una esquina, luego me siento frente a él mientras Mandy, Azul y Décimo se dirigen a la cabina. Nos aferramos el uno al otro cuando el transporte despega. Retumba y tiembla, y apenas puedo escuchar los gritos de miedo de Mandy cuando de pronto nos sacudimos con fuerza; al parecer, un flanco no libró por completo las puertas de la bahía.

Salgo rodando antes de que Tucker enrolle su mano en mi muñeca. Con la otra mano, se aferra a uno de los asideros.

—¡Ve a la derecha! —grita Mandy—. ¡A la extrema derecha!

Me deslizo de nuevo hacia Tucker, y él envuelve su brazo libre alrededor de mi cintura.

—Agárrate de mí —dice.

Me empujo hacia su pecho, aspiro su olor, todavía extrañamente humano, su calor, siento el paisaje familiar de su atlético cuerpo.

—¡Sube el transporte! —grita Mandy—. ¡Súbenos ya!

Mis oídos truenan cuando el transporte sale disparado y la pared de la nave se desdibuja fuera de la escotilla hasta que es devorada por el cielo nocturno. En cuanto nos elevamos por encima de la pared, Décimo lleva el transporte en reversa, lo coloca contra la nave y luego, tirando de algunas palancas, nos empuja hacia un lado y de pronto estamos pegados contra la pared exterior, acurrucados como un insecto en una hoja.

—¿Qué...? —empiezo.

—¡Silencio! —dice Mandy.

Tucker me sujeta con más fuerza y observamos a través de la escotilla, ahora por encima de nuestras cabezas, mientras tres transportes Nahx vuelan junto a nosotros. Pasa otro minuto de tensión, y entonces Décimo libera algo y el transporte desciende y se endereza. Nos alejamos de la nave gigante, volando a sólo unos metros del hielo hasta que llegamos al borde del lago. Décimo nos eleva entonces, y mis oídos truenan de nuevo cuando irrumpimos entre las nubes. Por fin, Décimo cierra la escotilla.

Lo logramos, de alguna manera. Somos libres.

Me alejo de los brazos de Tucker y miro sus frenéticos ojos. Él levanta una mano para tocar mi rostro; sus ojos están desesperados, como si estuviera buscando.

Entonces, se inclina hacia mí y me besa.

XANDER

Me preparo con cuidado para mi próximo viaje al transmisor haciendo discretas incursiones a las tiendas para conseguir una lámpara eléctrica miniatura, algunas baterías adicionales, fósforos y una lona delgada, que enrollo tan apretada como puedo dentro de mi saco de dormir. De mi cabina, sólo tomo aquellos objetos personales sin los que no puedo vivir. Necesito encontrar un equilibrio entre parecer que estoy empacando por unos días y empacar por el resto de mi vida, lo cual es todo un desafío. Reviso y vuelvo a revisar mis bolsillos para verificar que estén las piezas clave que pasé toda la noche buscando: un puñado de sujetapapeles, que encontré finalmente en el cajón inferior de un viejo escritorio que alguien había tirado en el depósito de reciclaje.

La pistola de Garvin, que he estado escondiendo de los demás, la oculto en una hendidura que hice en el forro de mi abrigo.

Mobbs y Logan han sido asignados para relevar a quien sea que se encuentre en el transmisor. Se quejan del frío y la mayor parte del tiempo me ignoran, dejando que camine detrás, mientras bordeamos el pueblo y subimos por el sendero de la montaña. Logan va fumando de nuevo; esta vez, cigarrillos largos, delgados y con olor a menta que Mobbs dice que son para niñas.

—Ofrécele uno a Xander —dice.

—No fumo.

—¿Ni siquiera cigarrillos para *niñas*?

Ríen hasta que Logan tiene un ataque de tos tan fuerte que casi cae. Yo sólo sigo mi camino, ignorándolos.

Cuando llegamos al campamento, los dos centinelas que Logan y Mobbs van a relevar tienen poco que informar sobre la Nahx.

—Se mantuvo callada. La escuché moverse justo después de que salió el sol.

Tengo que quitarme la mochila para pasar por la estrecha entrada a la cueva y arrastrarla detrás de mí por el suelo húmedo. Dentro, enciendo mi linterna.

La chica Nahx me mira, endereza la espalda y arrastra un poco las rodillas. Saco la lámpara de mi mochila y la enciendo en su posición más baja. Apago la linterna. La cueva se oscurece a nuestro alrededor y espero que mis ojos se ajusten, mientras me pregunto, asombrado, cómo ha podido estar aquí sentada, sola y sumida en la oscuridad, durante más de tres semanas sin volverse loca. Los Nahx no son solitarios; casi nunca viajan solos, y me daba la sensación de que a Augusto no le gustaba estar solo. Siempre fue una lucha para él decidir entre arrastrarse al interior de un refugio conmigo o quedarse afuera. Claustrofobia *versus* soledad. Elecciones.

—Se supone que debo hacerte algunas preguntas —le digo. Ella no reacciona, sólo me mira mientras pongo la linterna fuera de su alcance—. Me entiendes, ¿cierto?

Después de unos segundos, asiente.

Podría obtener mucha información de ella con sólo respuestas afirmativas y negativas, y Garvin me ha dado una lista de preguntas para comenzar, pero titubeo. No he tomado una decisión final sobre si debo continuar. Por mucho que a mí también me gusten las respuestas, no quiero ser parte del desenlace. La chica Nahx parece percibir mi conflicto. Suelta un suspiro y descansa sobre sus talones como si estuviera esperando.

Busco en mi mochila hasta encontrar mi armónica.

—¿Te gusta la música? —pregunto.

La Nahx inclina la cabeza a un lado. Soplo algunas notas, que parecen revolotear en la cueva como mariposas felices. Ella se pone de rodillas.

—¿Sí? ¿Te gusta la música?

Asiente lentamente.

Me siento con las piernas cruzadas, comenzando con un blues improvisado que, por alguna razón, se transforma en "Amazing Grace", una melodía triste en el mejor de los casos. Aquí, se siente como una fatalidad invasora, inevitable, funesta. Mientras toco, la chica se sienta de nuevo, me mira durante el primer verso, pero cuando empiezo el segundo, desvía la mirada. Sigo tocando porque la música desata los nudos en mi cerebro, lo que me permite pensar en lo que voy a hacer a continuación. Cuando termina la canción, empiezo otra, "Moon River". Con la armónica venía un folleto de canciones, y fue algo típico de mí que las aprendiera todas, a pesar de ser tan anticuadas y tristes… Pero ahora me alegro de haberlo hecho. Me muevo a través del repertorio, tomando descansos entre cada canción para sentarme y pensar mientras el silencio se instala a nuestro alrededor. Después de cuatro canciones, la chica rompe el silencio con un leve siseo. La miro.

—*Por favor* —dice. Es una seña muy distintiva, y aunque no puede hacerla bien con sus cadenas, me parece inconfundible.

—¿Por favor, qué? ¿Más música?

—*Sí. Por favor.*

Esto continúa durante más de una hora, hasta que el sol está a punto de ocultarse. Después de una canción particularmente triste, anuncio que saldré de la cueva para tomar un poco de agua caliente para el té. La chica sólo asiente.

Mobbs y Logan sonríen socarronamente cuando salgo.

—¿Música? —dice Mobbs mientras pongo una olla llena de nieve en el fuego.

—Estoy tratando de construir un vínculo —respondo—. Es un procedimiento de interrogación estándar.

—O tal vez simplemente te gusta estar con ella —dice Logan con una sonrisa—. Se dice que las nenas se abren de piernas con los músicos. ¿Eso es lo que estás buscando?

—Eres repugnante.

Logan se recuesta sobre su mochila y enciende otro cigarrillo como si eso lo hiciera verse genial.

—No soy yo quien se hace amigo de los Nahx.

—No estoy haciéndome amigo de ella —miro la olla. Sólo deseo que hierva el agua para poder tomar mi té y alejarme de este par de seres repulsivos—. La estoy interrogando, como me ordenaron.

—Para ser un interrogador, no parece que estés obteniendo muchas respuestas —dice Mobbs.

—Tal vez te gustaría intentarlo —me arrepiento en cuanto lo digo.

Mobbs se escurre de su saco de dormir con entusiasmo, incitándome.

—Quizá lo haga. Tal vez ella entrará en calor conmigo antes que contigo. Tú eres un tanto debilucho.

Logan se carcajea, pero Mobbs no ha terminado de fastidiarme. Trepa justo por encima del fuego, casi derrama la olla de agua hirviendo, y se dirige a la entrada de la cueva.

—¡Hey! ¡No lo hagas! —salto tras él y lo jalo por el brazo.

—Sólo quiero hablar con ella.

Agarro el cuello de su abrigo, y con una patada rápida le barro ambas piernas. Aterriza sobre su trasero con un satisfactorio gruñido de sorpresa.

—Hey —dice Logan—. Xander, cálmate.

—Estoy calmado.

Pero calculé mal, porque Mobbs todavía tiene su rifle y lo gira, golpeando la culata contra mi antebrazo, no con la suficiente fuerza para romperme un hueso, pero sí para sentirlo hasta en mis pelotas y hacer que suelte su abrigo... Él salta y me empuja hacia atrás. Me contorsiono para no caer directo en el fuego, pero termino golpeando mi frente contra la roca helada. Cuando sacudo las estrellas de mis ojos, Mobbs ya está entrando en la cueva.

Me tambaleo tras él y empujo a Logan fuera de mi camino. Cuando entro en la cueva, Mobbs ha tomado posición sobre la chica Nahx, con el cañón de su rifle presionado contra su cuello. Ella está arrodillada y encorvada, con las manos en alto.

—Así ya no eres tan ruda, ¿verdad, perra Nahx? —dice Mobbs, golpeándola con su rifle—. Tengo las jodidas balas aquí también. Te explotaré la cabeza si aprieto el gatillo.

Logan se tambalea y enciende su linterna.

—Mobbs, Garvin dijo...

—Sólo estoy jugando, hermano. Tranquilo.

A la luz de la linterna, puedo ver lo que está haciendo la chica Nahx: extiende su pierna libre detrás de ella, la endereza…

—Mobbs, tienes que retroceder —digo con calma—. Ahora.

—Tú no das las órdenes aquí, chico.

Esta vez, porque sé lo que ella está a punto de hacer, es como si lo estuviera viendo en cámara lenta. La chica Nahx se levanta y balancea su pierna buena, mientras se las arregla para atrapar el cañón del rifle entre la barbilla y el hombro al mismo tiempo. Mobbs cae. Le arrancan el rifle de la mano y se estrella contra la piedra.

Logan maldice, arqueando su linterna en un movimiento tan salvaje que hace que todo se vea como a través de luces estroboscópicas. Lo veo vagamente levantar su propio rifle, y alcanzo desesperadamente la pistola de mi abrigo.

—¡Déjalo ir! ¡SUÉLTALO! —grita Logan.

Me giro para ver a la Nahx con la pierna envuelta alrededor del cuello de Mobbs. Los ojos del chico están poniéndose en blanco mientras se retuerce debajo de ella.

—¡No! ¡Alto! —grito.

Pero ya es muy tarde. Se escucha un crujido repugnante, y Mobbs se desploma, lánguido.

Logan dispara su rifle y vuelan trozos de roca por todas partes. Lo siguiente que sé es que tengo mi pistola en su cara, el seguro retirado, el dedo en el gatillo, apenas capaz de ver el rojo pulsante de mi sangre que hierve en mis globos oculares. Su linterna se alejó rodando y se detuvo, encajada contra la pared, desde donde emite una débil luz.

Transcurre una eternidad.

—Suéltala —digo. Ni siquiera sé adónde apunta su arma. No a mi cara, así que supongo que eso me pone en ventaja.

—Siempre supe que eras una mierda —dice Logan. Siento el cañón de su rifle contra mi muslo—. Arteria femoral —dice con calma—. Te desangrarás incluso antes de que salgas de esta cueva.

—Cerebelo —digo, presionando el cañón de la pistola contra su frente—. Estarás muerto antes de que toques el suelo.

No sé dónde está la chica Nahx o si está viva siquiera, pero cuando escucho un pequeño ruido detrás de mí, Logan se mueve rápido y me golpea con todo su cuerpo haciendo que caiga hacia atrás. Lo único que alcanzo a ver es que levanta su rifle. Lo único que puedo escuchar es el siseo de la chica Nahx y la explosión del rifle y el sonido de las cadenas contra la roca. Lo único que puedo sentir es la pistola todavía en mi mano, todavía apuntando directamente a la cabeza de Logan.

Dios me ayude, aprieto el gatillo.

Disparo.

Cuando mis oídos dejan de retumbar, la chica Nahx está gruñendo, no de una manera amenazante, sino como si estuviera tratando de calmarme.

—Lo maté.

Su gruñido es como el ronroneo de un gato, que vibra tanto al inhalar como al exhalar mientras respira. Algo le pasó a la linterna. Mi lámpara se apaga y ahora está muy oscuro aquí; la única luz proviene de la estrecha salida hacia el crepúsculo. Creo que Mobbs es esa figura muerta cerca de la saliente donde la Nahx estuvo encogida durante todo este tiempo. Logan debe ser esa figura muerta en el piso de tierra. La chica Nahx es una sombra temblorosa bajo el techo de roca.

Mi boca está tan seca que tengo que separar la lengua de los dientes para poder hablar.

—¿Te dispararon?

No puedo ver si ella se mueve. Me encorvo sobre mis manos y rodillas, buscando la linterna o la lámpara en la tierra y la roca. Hay un fuerte chasquido y una chispa de luz se enciende, brilla por un instante en el aire y luego se apaga en la tierra. Ella vuelve a chasquear los dedos. Esta vez, la chispa ilumina su esquina lo suficiente para ver que está arrodillada hacia su costado izquierdo y su brazo cuelga con languidez.

Chasquea los dedos una y otra vez, enviando una docena de chispas al espacio entre nosotros, y cada una me recuerda a Augusto prendiéndose fuego. Por fin, mis ojos se posan en la lámpara volcada cerca del cuerpo de Mobbs. La arrebato con fuerza como si él fuera a intentar quitármela en su condición. Cuando enciendo la luz, el resto de mis sentidos vuelven con mi visión. El olor metálico de la sangre, tan familiar para mí después de ese terrible día en la montaña, cuando Raven y Liam murieron. El frío de la cueva fracturado por el intenso calor que irradia el cuerpo de la chica Nahx. El silencio, salvo por su suave ronroneo, mis jadeos, mientras intento recuperar el aliento, y el castañeo de mis dientes. Un sabor amargo en mi boca.

Pongo la lámpara en el centro de la cueva y tomo dos respiraciones temblorosas antes de acercarme para cerrar con cautela los ojos muertos de Mobbs. Tengo que resistir el impulso de corregir el ángulo antinatural de su cabeza y su cuello.

—*Prometer* —dice la chica Nahx—. *Yo prometer tú.*

—¿Cómo sé que no me vas a matar también?

Ella sólo sacude la cabeza, girando las palmas frente a mí.

Posiblemente podría salir de esto. Podría empujar las cosas un poco, hacer que parezca que ella agarró el arma de Mobbs después de estrangularlo y le disparó a Logan antes de que pudiera detenerla. Nadie hará pruebas de balística ni nada así. Podría dejar a la chica Nahx encadenada y volver corriendo al molino, arrojar la pistola a una grieta y ensayar mi historia. *Oh Dios oh Dios ella agarró a Mobbs le quitó su rifle y le disparó a Logan no sé cómo sucedió sólo salí de la cueva durante unos minutos para orinar oh Dios están muertos ella mató a los dos oh Dios...*

Quiero decir, eso es lo que *debería* hacer. Sin embargo, me acerco al cuerpo lánguido de Logan y lo reviso en busca de signos vitales. Nada. Su sangre dejó una sombra en la pared de la cueva detrás de él, como si fuera un grafiti: *Logan murió aquí.* Me alejo y busco los sujetapapeles en mis bolsillos.

—¿Puedes romper tus cadenas?

Ella sacude la cabeza. Al acercarme, puedo ver que su postura está retorcida; ella está acurrucada hacia la izquierda, y la sangre gotea de su muñeca y su codo. Tal vez podría romperlas, si no estuviera herida y debilitada. Vi una vez a Augusto romper cadenas casi tan pesadas. Ahora parece que pasaron años desde entonces.

—Voy a tratar de abrir esta cerradura, ¿de acuerdo? Ayudará que permanezcas muy quieta.

Ella es una maestra en eso. Se queda arrodillada como una estatua, salvo por el movimiento superficial de su respiración.

La estaca que atraviesa su muñeca derecha está atornillada en un extremo con un pesado candado que se une a lo largo de la cadena, que a su vez está atornillada a la pared de piedra. Cómo lograron hacer esto sin herramientas eléctricas va más allá de lo imaginable, pero supongo que si anhelas lastimar a alguien con el ansia suficiente, encontrarás la manera. Dejo a un lado ese pensamiento y me concentro en el candado. Doblo los sujetapapeles para darles las formas requeridas. Tucker y yo averiguamos cómo abrir cerraduras en YouTube hace años porque queríamos usar la cabaña de calentamiento cuando jugábamos hockey nocturno en el lago. Todo fue bien hasta que nos atraparon fumando hierba allí.

Me tiemblan tanto las manos que desearía *tener* algo de hierba ahora. En cambio, me concentro en el tiempo y activo un reloj en mi cabeza, contando los segundos, los minutos, las horas que faltan hasta que los guardias para el relevo aparezcan aquí mañana, alrededor del mediodía. Quiero estar lejos para entonces. El sujetapapeles doblado encaja en el candado de manera correcta y lo aprieto mientras busco a tientas el otro, el recto con el extremo en forma de W.

La Nahx me mira en silencio, mientras me mantengo hiperconsciente de todas las formas en que podría matarme en este momento. Un fuerte cabezazo me rompería el cráneo o el cuello. Hay suficiente espacio en sus cadenas para que pudiera estrangularme si me atrapa en la curvatura de su codo. Demonios, podría aplastar mi garganta con una mano. O podría barrerme con su pierna como lo hizo con Mobbs, y luego, no sé, ¿pisotearme y aplastarme las costillas?

Cierro los ojos por un segundo, sintiendo que los pasadores de la cerradura se deslizan uno por uno hasta que el sexto encaja en su lugar. Giro el sujetapapeles doblado y escucho el cerrojo haciendo *clic.* La cerradura cae al suelo con un ruido metálico.

Analizo ahora la estaca de metal que ensarta la muñeca de la chica Nahx. Hay una delgada capa de mugre gris congelada rodeando el agujero en su armadura, tal vez sangre o algo así. Su cuerpo ha estado tratando de rechazar la estaca y ha acumulado una gruesa capa de tejido y pus como lo haría un humano con cualquier objeto extraño.

—¿Quieres que la saque?

Por favor. Sí.

—Creo que podría ser doloroso —el eufemismo del siglo.

Por favor.

Agarro su brazo justo debajo del codo y jalo la estaca hacia arriba. Sale, goteando sangre espesa y limo.

La chica lleva su brazo hacia atrás y, cuando me doy vuelta, está rompiendo la otra cerradura. Antes de que pueda ofrecerle ayuda, ya la aplastó y la arroja junto con la cadena, luego jala la estaca para sacarla, junto con un chorro de sangre gris. La última cerradura, en la estaca que atraviesa su rodilla, tampoco requiere de mi ayuda. Engancha sus dedos a través del grillete y la rompe con un gruñido violento. Arranca la última estaca y la arroja con tanta fuerza que rebota en la pared de la cueva y tengo que agacharme para evitar que me golpee en la cara.

Ahora que está libre, el comportamiento de la chica Nahx cambia de impotente a furiosa en una fracción de segundo. Gruñendo y siseando, se abalanza sobre mí. Sus manos gotean sangre aceitosa como una criatura de pesadilla. Parada, es al menos treinta centímetros más alta que yo. Me doy la vuelta y trato de apresurarme hacia la salida de la cueva, pero ella jala mi abrigo y me estrello. Doy vueltas cuando me libera. Giro en la tierra, presionado contra la roca con la pistola milagrosamente en mi mano y apuntada en la dirección correcta: su cuello. Se detiene allí, suspendida, con las manos levantadas como si fueran garras enormes, y la espalda curvada como un gato asustado. Unas brillantes cuchillas de metal salen de su máscara como colmillos. Estoy seguro de que si pudiera ver su rostro, también me estaría mostrando los dientes. Pero luego sucede algo mientras esperamos allí, ambos congelados en nuestro lugar por la imposibilidad de llegar a algún tipo de resolución. Ella se suaviza. Primero se desdoblan sus dedos, hasta que abre sus palmas de frente a mí, en un gesto de apaciguamiento. Luego, despacio, se pone de rodillas. Su mano derecha, que todavía gotea sangre, se mueve para presionar un costado de su abdomen. Las cuchillas de su rostro se retraen con un siseo.

—*Lamentar. Rota. Lamentar. Repetir.*

Vi a Augusto perderse así una vez, cuando pensó que Raven estaba siendo amenazada; tal vez también estaba loco de dolor en ese momento. Hay una lección dos veces aprendida que no es probable que olvide alguna vez. Los Nahx son peligrosos e impredecibles si son amenazados o se encuentran heridos. ¿Por qué debería sorprenderme? Los humanos no somos diferentes.

—Entiendes lo que está pasando, ¿cierto?

Asiente, sentándose sobre sus pies. Su respiración está mejorando. Increíblemente, creo que ya está sanando.

—No puedo regresar con… los otros humanos ahora. Me matarán o… algo —me esfuerzo por mantener mi voz tranquila mientras prosigo—. Quiero volver a atravesar la red. ¿Conoces un camino?

Ella deja pasar unos segundos antes de asentir.

—Quiero buscar a alguien. Otro humano que dejé atrás. Si pudieras ayudarme a pasar por la red, yo puedo encontrarlo.

—*Ayudar* —dice ella con una seña. Es una de las que aprendí de Augusto—. *Yo ayudar; tú, prometer.*

—De acuerdo, muy bien. Tenemos muchas más posibilidades si nos mantenemos juntos.

Meto lo que no está empapado de sangre en mi mochila y arrastro todo hacia el valle. Ella sale detrás de mí. Estira sus largos brazos antes de inclinarse para recoger un puñado de nieve, que frota en su cabeza y su rostro. Presiona otro puñado contra sus muñecas y sus rodillas heridas mientras yo busco en el campamento cualquier cosa que nos pueda ser útil. Hay un rifle, algunas municiones, un poco de comida, un hacha. Los empaco y los ato firmemente a la mochila de Logan junto con su saco de dormir y la lona que estaban usando como protección contra el viento. La chica Nahx me quita esa mochila y la cuelga sobre su espalda.

Cojea ligeramente mientras cruzamos el valle. La noche está iluminada por la luna, pero aun así necesito la linterna para encontrar la abertura a través de las rocas.

—Pasa por ahí —le digo—. Tendrás que apretarte un poco y quitar la mochila de tu espalda. Te alcanzaré en un minuto. Sólo necesito hacer algo más.

Cuando está fuera de la vista, en el interior de la grieta de roca y hielo, vuelvo al campamento, me agacho y doy permiso a las arcadas. Vacío el estómago completo, con cuidado de que no caiga nada en mis botas. Luego, la sigo a la oscuridad.

Tercera parte

Aire

"Es verdad, seremos monstruos, aislados de todo el mundo; pero es por ello que estaremos más apegados el uno al otro."
Mary Shelley, *Frankenstein*

RAVEN

Renqueando, al parecer con sólo la reserva de energía, el transporte nos mantiene en el aire por poco menos de veinticuatro horas antes de que Décimo tenga que dejarlo en un lago congelado, a las afueras de un pequeño pueblo.

—¿Grande Prairie? —el cartel de bienvenida cubierto de nieve en la carretera parece burlarse de nosotros—. Apenas estamos a medio camino de la base. Podríamos haber conducido más rápido.

—Salvo porque no hay camino desde donde estábamos —me dice Mandy.

Todos estamos un poco tensos después de pasar un día y una noche en un estrecho y ruidoso transporte Nahx, preguntándonos si en algún momento la avería del motor nos haría estrellarnos contra el suelo.

—Estos transportes ser para viajes cortos —dice Décimo—. *Lamentar.*

—No es tu culpa.

Tucker todavía se aferra a mí, pero al parecer no le molesta caminar descalzo por la nieve con estas temperaturas heladas. Se mantiene en silencio, casi aturdido. No ha dicho más que unas pocas palabras desde que escapamos. Me preocupa que, sin embargo, Azul lo haya dañado de alguna manera al permitir que recuperara su mente humana.

Intenté preguntarle a Azul, pero, por supuesto, lo único que obtuve fueron asentimientos —subidas y bajadas— y algún círculo ocasional. No es la forma más fácil de obtener detalles médicos.

El pueblo parece desierto, por lo que corremos el riesgo de tomar la carretera hacia la calle principal del centro, con la esperanza de encontrar algún vehículo que funcione. Pero después de probar con una docena y encontrar que todos están descompuestos, nos rendimos, resignados: tendremos que andar el resto del camino. Al girar hacia el este, descubrimos que el pueblo está, en efecto, tan vacío como parece. Tucker disminuye la velocidad cuando pasamos por una tienda de artículos deportivos y, sin decir una sola palabra, suelta mi mano y corre por el estacionamiento, levantando la nieve con los pies descalzos.

Lo perseguimos y lo encontramos dentro, desnudándose y vistiéndose con ropa y botas de invierno adecuadas.

—¿Tenías frío?

No responde.

Aunque ninguno de nosotros necesita dormir, decidimos pasar la noche en la tienda. Extendemos algunos sacos de dormir y tomamos abultados abrigos de invierno para usarlos como almohadas. Azul flota junto a la puerta mientras Décimo hace guardia. Su sibilancia había mejorado un poco en el transporte, pero ahora ha empeorado y estoy preocupada por él. Pero sobre todo, estoy preocupada por Tucker, cuyo atónito silencio apenas ha cambiado desde que escapamos de la nave Nahx. Acomoda cerca su saco de dormir y presiona su cuerpo contra el mío.

—Di algo —intento por centésima vez.

—Topher está vivo, ¿cierto?

Esto es lo único que repite periódicamente desde que lo rescatamos. Sólo esto.

—Lo estaba la última vez que lo vi —digo—. Iremos a buscarlo —levanto la mano y acaricio su rostro. Cuando me envuelve en sus brazos y cierra los ojos, una fracción de tensión parece abandonarlo por fin.

—¿Qué es lo último que recuerdas? —pregunto.

No responde durante varios segundos, que parecen una eternidad, pero finalmente habla.

—Campamento —dice. Una palabra. Pero me he convertido en una experta en esperar, y unos minutos después vuelve a hablar.

—Algo está mal en mi cerebro —dice. Contengo la respiración. Comienza a hablar en susurros—. Es como si hubiera un muro en mi cabeza, o uno de esos silos de desechos tóxicos, pero se ha hecho pedazos y todo está saliendo. Todo lo previo... Me dispararon un dardo, ¿cierto?

—Sí. En septiembre pasado.

Asiente, con el ceño fruncido, y casi puedo ver el caos detrás de sus ojos mientras espero que diga más. Pero eso es lo único que obtengo. Unos minutos más tarde, su respiración cambia y es evidente que se ha quedado dormido. Sólo puedo esperar que sus sueños no sean la terrible vivencia que he experimentado con los míos.

Y entonces, lo último que recuerda Tucker es haber estado conmigo en el campamento, con Topher y Xander y el resto de nuestro equipo, la mayoría de los cuales ahora están muertos o recibieron un dardo. Nada sabe de lo que nosotros hemos aprendido sobre los Nahx desde entonces. Ciertamente, no sabe lo que sucedió después de que le dispararon y lo enterramos. Y no parece recordar lo que sucedió desde que despertamos en las dunas, como si ese pequeño espacio de su memoria hubiera sido cambiado por el conjunto más completo del resto de su vida. Ahora nos recuerda juntos, una pareja enamorada y condenada en el fin del mundo. Siento que al fin tengo lo que quería, lo que soñé después de que el dardo de Augusto me arrebatara a Tucker de manera tan abrupta: lo tengo vivo, está a mi lado. Estamos juntos otra vez, por fin.

¿Por qué, entonces, me siento tan enferma? Cuando cierro los ojos veo esas filas y filas de Nahx inmóviles, helados y cubiertos de hielo, desplomados y con la mirada fija. ¿Y si Augusto era uno de ellos? ¿Qué pasa si me escuchó llamarlo, pero no pudo moverse? ¿Y si me vio salir corriendo, abandonándolo?

De pronto, estar tan cerca de Tucker me parece inadecuado. Me desenredo de sus brazos.

—Está en *shock* —dice Mandy en voz baja cuando me siento—. Dormir le hará bien.

Con cuidado, me deslizo fuera de mi saco de dormir, tratando de no molestarlo.

—Sé honesta —le digo a Mandy—, ¿qué tan mal se ve mi cabello?

Sofoca una risa.

—Hay una farmacia justo al lado. Voy a ver si tienen algo para arreglarlo.

—¿Quieres que te acompañe?

Niego con la cabeza.

—Cuida a Tucker —bajo la voz—. Y a Décimo —ambas miramos hacia donde está él, vigilando la puerta, como un sargento fiel en armas—. No me gusta la forma en que respira. Necesitamos llevarlo a un terreno más elevado.

—Un par de horas —dice Mandy—. O todos perderemos la cabeza y no seremos de utilidad para nadie.

—De cualquier manera, no sé qué utilidad podríamos tener —miro la tienda vacía alrededor mientras me pongo en pie. Con la tenue luz de algunas lámparas de viaje que apoyamos en la parte superior de los aparadores, parece como una exhibición de museo ahora, una reliquia de todas las cosas extrañas que los humanos solían hacer. Hay canoas de fibra de vidrio colgadas sobre nosotros y tablas de *snowboard* recubriendo las paredes. Hay un estante cerrado con rifles de caza y cuchillos, un pasillo de palos de hockey y patines. ¿Estamos luchando para recuperar esto? ¿Para quién? Todos se han ido.

Mandy sonríe con tristeza, como si supiera lo que estoy pensando.

—Concentrémonos en regresar a la base. Veamos si logramos rescatar a alguien allí. Ya nos preocuparemos después por lo que sigue.

Tiene razón. Y eso me ayuda a tener una dirección, un plan, al menos para los próximos días.

Décimo me saluda con un movimiento de cabeza cuando me acerco a él.

—¿Te sientes bien? —me doy cuenta de que está apoyado en la pared con su mano izquierda.

—*No preocupar* —dice.

Sí estoy preocupada. Su respiración jadeante ahora suena húmeda y tuberculosa. Pero cuando lo miro por demasiado rato, me espanta como si fuera una mosca y retrocede agachado cuando Azul intenta inspeccionarlo.

—*Estar bien* —insiste—. *Fuerte. ¿Llevar contigo luciérnaga?*

—No, está bien. Puede quedarse aquí.

Décimo resopla un poco, pero no discute. No creo que le guste mucho Azul, pero la verdad es que no quiere estar solo.

Parece que la farmacia ya ha sido saqueada. La puerta está destrozada y el pasillo, cubierto de productos caídos. Tropiezo con una escena sombría en el pasillo central: los restos de un oficial de la Policía Montada. No queda suficiente de él para saber cómo murió, pero los huesos desecados de sus dedos todavía se aferran a su arma. La extraigo delicadamente y la guardo en el bolsillo, dejando atrás al oficial y su mirada huesuda.

Encuentro lo que necesito en el pasillo de productos para el cabello y paso casi una hora frente a un pequeño espejo tratando de cepillar mis rizos enredados y tirar de ellos en seis trenzas apretadas, que suavizo con crema de manteca de cacao y aceite de argán. Huelo como un coctel tropical cuando termino, pero cualquier cosa es mejor que el agua estancada del lago y la arena sucia.

Sintiéndome un poco más en paz, lavo mi cara con unas toallitas y pruebo un protector solar hidratante muy costoso que siempre había codiciado. A la poca luz de un par de linternas, examino mi piel. Mi color no ha cambiado mucho, sigue siendo marrón dorado claro, pero es más brillante, como si me hubiera excedido un poco con el maquillaje. También hay una telaraña oscura de líneas broncíneas que comienza en mi cuello justo debajo de la oreja, donde Augusto me disparó el dardo. Se extiende por un hombro y se asoma al escote que revela el vestido verde de corte bajo. No es fea exactamente. De hecho, luce casi como una pieza de joyería vanguardista, delicada, con encajes. Pero al mirarla, me doy cuenta de que he sido marcada por algo, grabada en contra de mi voluntad. Estoy tentada a buscar un buen corrector para cubrirla, pero eso parece... Bueno, no tiene sentido. En cambio, me unto un poco de brillo labial congelado y luego lo guardo en el bolsillo.

Un ruido proveniente de la parte posterior de la tienda me distrae de nuevos hurtos.

—¿Hola? —digo estúpidamente—. ¿Mandy?

No hay respuesta.

Si hay humanos escondidos allí, ¿cómo reaccionarán ante mí? ¿Y cómo reaccionaré yo ante ellos? Siento la pistola del oficial en mi bolsillo. Es poco probable que los humanos sean una amenaza real para mi vida, pero podrían lastimarme lo suficiente para retrasarme, para retrasarnos a todos, y eso es lo último que necesito.

Pero tal vez podría ayudarlos. Si hay humanos, tal vez podría ayudarlos a salir de aquí y llevarlos hasta un lugar seguro.

El impulso que me llevó desde el momento en que los Nahx atacaron, hace más de un año, a dirigirme hacia el oeste, para apartarnos de ellos, sus naves y sus soldados, para alejar a la mayor cantidad de humanos posible, parpadea por un instante. En la oscura extensión de mi mente, parpadea y muere. Ésa ya no es mi misión. Trato de arrastrarla de regreso del abismo, intento retornar la forma de esa última luz moribunda a mi memoria, pero se ha ido, dejando algo duro en su lugar, como la piedra.

Aún no sé por qué, pero esto es más grande que la vida humana, más grande que yo, mis amigos y mi familia. En karate, a veces hablábamos sobre la espiritualidad oriental y la idea de estar conectados a todo. En ese entonces, me hacía sentir pequeña, pero ahora es como si me hubiera alejado y pudiera ver la imagen completa, y eso es todo lo que importa. Los detalles finos no son tan trascendentes. Casi me alejo de la posibilidad de que haya humanos cerca, pero la curiosidad se apodera de mí.

Vuelvo a escuchar el ruido y me muevo sin pensar. Recorro todo el pasillo, paso al oficial muerto y me dirijo a las puertas restringidas para el uso del personal, en la parte trasera de la farmacia.

Tres mapaches salen corriendo cuando entro, dejando atrás su escena de destrucción. Hay cajas de comida desgarradas, esparcidas por el almacén, los estantes están volcados y, en el centro de todo, una figura oscura yace en el piso. Enfoco mi linterna y doy un paso hacia ella antes de darme cuenta.

Un Nahx. La pistola del oficial está en mi otra mano, apuntada y amartillada sin siquiera tener que pensar en ello.

Pero no hay necesidad. Obviamente, el Nahx está muerto. Los Nahx nunca se acuestan con su armadura, ni siquiera se sientan. En muy raras ocasiones, se arrodillan. Éste tiene las piernas y los brazos extendidos, la cabeza caída hacia un lado, hay residuos de comida dispersas a su alrededor e incluso encima de él, como si los mapaches lo hubieran usado como mesa para cenar.

Me inclino para quitarle algunas migas del pecho, sólo para asegurarme. No hay cicatriz en forma de estrella allí o en su hombro. Me siento sobre mis talones, exhalo pesadamente y reviso los rincones oscuros del almacén, dejando que mi cerebro registre y recopile todo lo que veo. Estoy empezando a acostumbrarme ahora.

La armadura del Nahx está helada. Al inclinarme sobre su rostro, noto que el líquido gris plateado gotea a través de la rejilla al frente de su máscara y froto mis dedos, luego los llevo a mi nariz de manera tentativa.

Huele a muerte ordinaria, extrañamente, a ordinaria muerte humana, rancia y agria. Y de alguna manera, me siento consolada por esto. Al menos en la muerte, este Nahx volvió a su forma humana, mortal, frágil e impermanente. Tengo un repentino impulso de arrastrarlo al campo detrás de la tienda y dejar que termine de descomponerse allí, regresando a la tierra como deberían hacerlo todos los humanos. Pienso en la mujer muerta que Décimo y yo encontramos en las dunas, un ser humano modificado como yo, un Copo de Nieve, que se descompuso en forma de una fina arena metálica, y me pregunto si esto es algo más que me han robado: una muerte orgánica, con toda la podredumbre y la ruina que eso conlleva. Tal vez volveré al metal fundido en el núcleo del planeta cuando muera, en lugar de a la tierra arcillosa.

Tal vez eso es lo que nos espera a todos: a Mandy, a Tucker y a todos los demás. Cuanto más vivo con mi cuerpo mejorado, menos frágil me siento. La muerte me asustaba y me provocaba náuseas; ahora sólo me parece un poco triste.

Lleno dos bolsas de compras con antibióticos de la farmacia, pensando que si alguien sigue vivo en la base, podría necesitarlos, pero eso también me hace sentir extraña, como si la debilidad de la enfermedad humana fuera otra reliquia, casi pintoresca.

Cuando regreso a la tienda de deportes, encuentro que se ha desatado el infierno. Tucker está sentado sobre una pila de botas de montaña y grita a todo pulmón.

—¡¿Qué es esto?! ¡¿QUÉ ES ESTO?!

Mandy y Décimo lo rodean, tratando de tranquilizarlo. Tucker lanza una bota directo a la cabeza de Décimo.

—Vamos, Tuck —alejo a Décimo, y me paro frente a él mientras Tucker se arrastra hacia atrás—. ¿Qué está pasando?

—Vio la grieta —dice Mandy detrás de mí—. La vio mientras dormía, igual que nosotras.

—¡¿QUÉ ME HICIERON?! —el rostro de Tucker está surcado de lágrimas grises, retorcido de terror.

—Nada, Tuck —levanto mis manos, con las palmas al frente—. Está bien. Eso fue sólo un sueño. Tranquilízate.

—¿Raven?

—Sí, soy yo. Todo está bien —me arrodillo y avanzo lentamente por encima de las cajas caídas. Debió de haberse topado con la pila de exhibición mientras intentaba escapar. Se estira hacia mí cuando me acerco y me jala para envolverme en sus brazos otra vez.

—Rave, Rave —dice en mi hombro—. ¿Estás bien?

—Estoy bien. Todo está bien. Sólo fue un sueño —puedo sentir su corazón latiendo incluso a través de su capa de suéteres y su abrigo. Me vuelvo un poco hacia atrás y veo a Mandy, quien me dirige una mirada perpleja.

—¿Puedes hablarme de lo que viste, Tucker? ¿Qué había en tu sueño?

Toma un par de respiraciones temblorosas antes de responder.

—No eran los Nahx. Era algo más. Como un… agujero negro o algo así. Lo abría todo.

Mandy asiente con la cabeza: sabe de qué está hablando.

Tucker presiona sus labios en el costado de mi rostro.

—Te abrió, Rave. Te mató a ti. Mató a Topher —luego se aferra a mí con fuerza, como si estuviera tratando de fundirnos en uno o meterse dentro de mí—. Fue muy real. No se sentía como un sueño.

Percibo, más que ver, a Mandy y a Décimo alejarse. Azul flota por el techo como si ella también quisiera darnos algo de espacio y privacidad. Me distancio un poco, tomo el rostro de Tuck en mis manos y lo sostengo, tratando de calmar sus dientes, que no paran de temblar.

—Nosotras también hemos tenido ese sueño —digo—. Mandy y yo. Tiene algo que ver con la toxina del dardo Nahx.

—¿Qué significa eso?

—No lo sé. Nos han convertido en... —me detengo aquí. Si ignora por completo lo que Mandy y yo sabemos, ¿quiero compartirlo con él? Tal vez sería mejor mantenerlo en la oscuridad. Pero entonces pienso en cómo mi cerebro ha estado agitándose desde que desperté, registrando y reuniendo cada información nueva, tratando de construir una imagen final de lo que está sucediendo. No puedo negarle eso.

—Nos convirtieron en una especie de ejército. La gente de Azul, esas diminutas criaturas que parecen luciérnagas —miro a Azul, que da vueltas alrededor de las luces de la tienda—. Nos llaman centinelas o Copos de Nieve. Y se supone que debemos proteger lo que ellas llaman fisuras.

—¿Y eso es lo que vi en el sueño? ¿Una fisura?

—Creo que sí.

—¿Dónde está?

—En el lugar donde nos despertamos, en las dunas, creo. No muy lejos de la nave.

Parece meditar en esto por unos segundos.

—¿Y se supone que debemos estar allí? ¿Regresar a ese sitio?

—No creo que se haya supuesto que saliéramos de ahí, para empezar —digo—. ¿Quieres regresar?

—Demonios, no. Quiero encontrar a Topher y alejarlo de todo esto lo más que pueda.

Algo sobre la forma en que lo dice me llena de un alivio tan palpable que es casi eufórico. Éste es el verdadero Tucker. No el insensible autómata que despertó conmigo en las dunas, y no el chico enloquecido y aterrorizado que rescatamos de la nave, sino Tucker. El testarudo, imprudente, malhumorado y decidido Tucker. Esa fuerza de la naturaleza que destrozó mi vida a sólo meses de conocerlo. No puedo evitar sonreír. Sé que siempre fuimos un desastre. Pero, al menos, éramos *nuestro* desastre. Tucker me hacía sentir como parte integral de algo por primera vez en mi vida, miembro fundadora de un club de destrucción y caos para dos. Ya perdí eso. Un poco del malestar que sentí antes desaparece.

Puedo hacer esto si no estoy sola, si estamos juntos. Una vez que reunamos a Tucker y Topher, podré decidir qué hacer a continuación. Es mejor si trato de no pensar en Augusto, y estoy acostumbrada de cualquier manera, después de todos esos meses tratando de olvidarlo.

—Deberíamos irnos —digo, poniéndome en pie.

Mandy y Décimo no discuten. Empacan algunos artículos en tanto Tucker rompe y saquea el gabinete de armas. Carga dos rifles y los arroja a sus espaldas, luego llena los bolsillos de su abrigo de municiones. Lo último que toma es una ballesta y un carcaj de flechas. Sonríe mientras se lo cuelga al hombro. Cuando pasa junto a mí, inclinándose para meter un cuchillo de caza en la parte superior de su bota, me recuerda la última vez que salió con una ballesta y flechas, y lo que sucedió. Y por qué lo hizo.

Por *quién* lo hizo.

Ah, bueno, tuve un buen minuto para sentirme bien. Debería estar agradecida por eso, supongo.

—¿Qué pasa? —pregunta Mandy cuando me uno a ella y a Décimo, siguiendo a Tucker en la nieve.

—Nada.

Azul desciende y se posa en mi hombro como un loro microscópico.

Tener una meta firme y establecida hace que la caminata a través del paisaje oscuro y casi monótono sea algo más destructora de almas. Por lo menos, ninguno de nosotros parece cansarse. Me gustaría tomar una siesta sólo para distanciarme del superprocesador en mi cabeza. Todavía se está agitando, archivando cosas, sacándolas, reclasificándolas. Parece que no puedo detenerlo, así que intento jalar algo de mis pensamientos para entretenerme al menos. Empiezo con la música y descubro que puedo escuchar internamente canciones enteras con tanta claridad como si tuviera auriculares. Eso es genial. Me dirijo hacia episodios de programas de televisión, pero sigo distrayéndome y perdiendo mi lugar. En cambio, la música parece poder reproducirse en segundo plano mientras el resto del pensamiento continúa.

Pruebo con algo nuevo. Selecciono una canción como si fuera un DJ y la dejo sonar en mi mente mientras desentierro escenas de varios torneos de karate en los que competí. Me gustaba hacer esto antes de que todo cambiara. Repasaba las peleas en mi cabeza, sobre todo aquellas en las que había perdido, e intentaba descubrir cómo podría ganar la próxima vez. Mis entrenadores me alentaban a hacerlo. Pero esta vez es tan vívido que de pronto me giro hacia atrás, tratando de esquivar un golpe directo imaginado.

—¿Estás bien? —pregunta Mandy, alarmada.

—Estoy bien —no puedo evitar sonreír. Debe haberse visto bastante gracioso—. No sé qué te suceda, pero cuando recuerdo cosas ahora, son muy vívidas, como una película en tercera dimensión. Estaba recordando una pelea que perdí.

—Escuché que eso no sucedía muy a menudo.

—¿Quién te dijo eso? —supongo que responderá que Tucker, o Topher tal vez.

—Xander —dice en cambio—. Estaba maravillado de ti.

—¿Estás segura de que era maravilla y no miedo?

Mandy niega con la cabeza, entrecerrando los ojos hacia donde Tucker camina con determinación, con Azul flotando detrás de él.

—Te tenía un poco de miedo al principio —dice Mandy—. Pero Xander me dijo que tú nunca lanzabas el primer golpe.

Estoy a punto de reír y discutir, pero mi cerebro analítico tiene que confirmar ese detalle y, cuando lo hago, descubro que tiene razón. Incluso verifico mis datos dos veces, y es cierto: en cada pelea en la que participé, fuera de un combate legal en las competencias de karate, sólo me estaba defendiendo. Se alinean en mi cabeza como uno de esos sistemas de vigilancia con múltiples pantallas que muestran diferentes eventos.

Cada vez que me metía en problemas por pelear era porque alguien más lo iniciaba, me golpeaba o me empujaba o, al menos en un par de ocasiones memorables, intentaba agarrarme el trasero o los senos. Y sí, todos terminaron ensangrentados o en el suelo, a veces ambas cosas. Y siempre terminaba en problemas, porque…

Sacudo la cabeza y mi buen humor se disipa como la niebla. Quiero preguntar por qué Mandy me tenía miedo antes de conocerme, pero temo que la respuesta me haga odiarla, y necesito una amiga en este momento. No estoy segura de que con mis nuevos superpoderes, mi antiguo superpoder de perdonar a las personas por faltas atroces se mantenga vigente.

Miro a Tucker y pienso en él jugueteando con Emily en el bosque sin que yo me diera cuenta. Sin ser demasiado obvia al respecto, disminuyo la velocidad hasta caminar junto a Décimo, que ocupa la retaguardia de nuestra pequeña banda de viajeros.

—*¿Todo bien?* —pregunta.

—Sí. ¿Qué hay de ti?

Él señala hacia delante.

—*Montañas* —dice—. *Yo sentir mejor en montañas.*

—¿Crees que encontraremos a otros humanos allí? Quiero decir... ¿humanos reales? ¿Crees que haya sobrevivido mucha gente? Las personas que no recibieron dardos como yo y no... fueron asesinadas de otras maneras. ¿Sobrevivieron? ¿Lograron escapar?

Agacha la cabeza y la sacude un poco.

—*No.*

—¿Y más al oeste? ¿Sobrevivieron muchos humanos? ¿Sabes?

—*Más allá luz prisión del cielo, sí.*

—¿Luz prisión del cielo? ¿Qué es eso? ¿Te refieres a la red de drones? ¿La red fronteriza al oeste de las montañas?

Asiente de nuevo.

Entonces, la red es real. Kim habló de ella cuando llegamos a la base. Ésa fue su excusa para no intentar sacarnos a todos de allí. En lo personal, yo tenía algunas dudas de su existencia. Pensé que nos estaba mintiendo para conseguir sus propios fines. Tal vez eso fue injusto, ahora que lo veo en retrospectiva.

Dejo que mis pensamientos deriven de regreso a los juegos, pero antes de que pueda continuar la revisión de mis logros deportivos, encuentro que mi mente se centra en Augusto, tal vez porque la conversación con Décimo me lo recordó. Supongo que podría redirigir mi cerebro a otra cosa, pero los recuerdos de las semanas que pasé con Augusto son tan vívidos que puedo mirarlos como una película. Descubro que es una película triste y, al final, cuando llego a la escena de mi muerte en la ladera de la montaña, tengo que mirar mis pies para sentirme miserable en privado.

Cuando veo atrás, Azul está flotando allí, zumbando con curiosidad.

—Estoy bien. Sólo estoy pensando —se aleja volando, satisfecha por mi estúpida mentira.

¿Por qué me dejó Augusto? Eso es lo que me persigue. Debió saber que sería revivida. ¿Por qué me encadenó al cuerpo de Tucker? Lo único en lo que puedo pensar es que creyó que eso era lo que yo quería: ¿estar con Tucker?

Se podría pensar que mis últimos momentos como humano estarían perdidos para mí, dado que mi cerebro se estaba apagando por la pérdida de sangre, pero no es así, recuerdo todo con absoluta claridad. Dije "Tucker". Ésa fue mi última palabra. Augusto debe de haber pensado... después de todo lo que hizo por mí, que quería a Tucker. Y no a él.

No a Augusto. Daría cualquier cosa por verlo de nuevo.

XANDER

Llegamos a la red justo antes del amanecer, y tengo un momento de *déjà vu* en retroceso además de estar medio congelado. La red se eleva en lo alto, tan brillante y premonitoria como cuando intentaba atravesarla en la otra dirección. Si hubiera sabido las estúpidas elecciones que tomaría después, no me habría tomado la molestia.

La chica Nahx gira hacia el norte. Trepa con facilidad por el terreno escarpado y rocoso, pero yo necesito reducir la velocidad. Mis articulaciones se sienten rígidas y tengo el rostro entumecido. No puedo sentir nada por debajo de mis rodillas. Ella se vuelve cada pocos minutos, instándome a seguir. Supongo que hay una razón por la que los Nahx son tan leales una vez que han tomado a un compañero de viaje. Es parte de su programación o algo así. Estoy agradecido, como sea. Si ella se rinde conmigo, estoy muerto. Muerto para siempre en las remotas montañas de Columbia Británica. Nadie me encontrará nunca.

Llegamos a un estanque helado cuando el cielo comienza a ponerse rosado. El brillo azul de la red compite con el sol naciente, convirtiendo la nieve en un arcoíris en tonos pastel. Las espirales de luz parecen perforar la corteza de hielo del estanque, aunque no hay evidencia de derretimiento. Los drones que infestan la red como arañas vigilantes zumban sobre nosotros, atentas pero, por ahora, sin interés. Todas mis obsesivas incursiones hasta la red en las afueras de Prince George me enseñaron lo suficiente para saber que si te mantienes alejado de la estrecha extensión de espirales de luz, los drones te ignoran.

Si no, intentan matarte. No es probable que olvides algo así.

—¿C-c-cómo cruzaremos? —ahora que no nos estamos moviendo, el frío se vuelve aún más severo. Envolví el saco de dormir de Logan alrededor de mi cuerpo y, sobre eso, la lona, luego los até con cordones elásticos. Debo de parecer un marciano, pero supongo que no es gran cosa junto a la chica Nahx.

—*Debajo* —dice. Recuerdo esta seña de Augusto.

—¿Bajo el hielo? Yo no… No estoy seguro de poder hacer eso.

—*Yo ayudar. Prometer.*

Salto en mi lugar para mantenerme caliente mientras ella camina con cuidado sobre el hielo, baja sobre una rodilla y echa su puño atrás.

¡BUUUM!

Golpea el hielo con tanta fuerza que el suelo tiembla. Cualquier dolor que le estuviera causando problemas hace apenas unas horas, claramente ha disminuido. Vuelve a echar la mano atrás y golpea el hielo una y otra vez, hasta que comienza a agrietarse debajo de ella. Mientras me mantengo al margen, ella hace un movimiento imitando un cuchillo. Me arrastro con cautela y le entrego el mío.

Se inclina y mete el cuchillo en las grietas hasta que forma un agujero de buen tamaño. Le da la vuelta al cuchillo y me lo devuelve.

—*Dentro* —dice con una seña.

Debo de estar loco si acepto seguir con esto. Miro a través de la red al otro lado, unos treinta metros a lo largo del estanque. La superficie es negra allí, lo que podría significar que no está helado, o que está helado pero no congelado. Puerta número uno, salgo vivo. Puerta número dos, muero.

—¿Estás segura de que podremos salir al otro lado?

—*Yo romper.*

Cuando me ve titubear, repite la seña.

—*Yo romper. Repetir pasado. Repetir hoy.*

—¿Lo has hecho antes?

Asiente y parece estar satisfecha cuando acepto. Me quito la lona y el saco de dormir y trato de envolverlos alrededor de la mochila, de manera que la mantengan seca. Hago un lazo con el cordón elástico y amarro todo a mi pie para poder arrastrarlo como un remolque.

La chica Nahx se quita la mochila y la deja en el hielo al lado del agujero. Luego, vuelve a hablarme.

—*Yo uno. Tú dos.*

—De acuerdo…

Se desliza dentro del agujero con tanta naturalidad como una foca y desaparece por un momento antes de volver a aparecer para enrollar una mano alrededor de la correa de la mochila y extenderme la otra mano.

Me pongo de rodillas y bajo hasta que me arrastro sobre el hielo. Respiro hondo y la agarro. Con un tirón firme, ambos nos deslizamos hacia el agua oscura.

El frío me deja tan cerca de la inconsciencia que el viaje a través del estanque parece tomar una eternidad y no tener tiempo en absoluto. Antes de darme cuenta siquiera de lo que está pasando, ella me impulsa a través de una abertura estrecha en el hielo y luego hacia la orilla mientras jadeo por aire. No puedo moverme, así que sólo me acuesto como un pez hasta que ella trepa detrás de mí y me arrastra hacia los árboles. Me doy vuelta, mientras mis ojos poco a poco vuelven a enfocar.

Y ahí está: la red, con la libertad y la raza humana del otro lado.

Lo logramos.

Necesito quitarme esta ropa mojada o moriré. Una muerte rápida en lugar de lenta, que es como moriré una vez que me la quite. La chica Nahx desaparece de mi campo de visión por un momento mientras lucho por quitarme los guantes. Ya están empezando a congelarse. Mi cerebro ya está congelado. Intento mover los labios para llamar a la chica, pero no puedo pensar en cómo dirigirme a ella. No tiene un nombre.

Está más oscuro de lo que debería, y me doy cuenta de que estoy empezando a perder la conciencia. Mis dedos están tan entumecidos para lograr hacer algo con el cierre de mi abrigo o los cordones de mis botas.

—H-h-hey... —me las arreglo—. ¿P-p-puedes...?

Hay un destello de luz y una nube de humo se desplaza frente a mi cara. Cuando toso, arrojo un chorro de agua fría. Con un intenso esfuerzo, me giro y veo a la chica Nahx agachada junto a una montaña de ramas de pino. Chasquea los dedos y manda las chispas a la leña, que pronto comienza a brillar. La idea de una fogata me reanima, y por fin consigo llevar mis dedos congelados al cierre de mi abrigo y lo bajo. Me lo quito dolorosamente.

La chica salta sobre el fuego y aterriza a mi lado.

—N-n-necesito quitarme la ropa.

Asiente con gesto solemne y saca mis brazos de mis mangas. Me quedo sin fuerzas mientras ella jala dos suéteres empapados sobre mi cabeza. Detrás, arde el fuego.

No voy a morir. No aquí, como sea.

Cuando me ha desnudado de manera que sólo quedan mis bóxers y una camiseta interior apenas húmeda, me ayuda a arrastrar los pies hasta que prácticamente estoy sentado sobre el fuego. Desenredo el paquete de la lona y el saco de dormir, y descubro que el saco está casi seco cuando lo envuelvo sobre mis hombros. Entonces me acuesto, frente al fuego, con la espalda cubierta por el saco de dormir. Vagamente, siento que ella acomoda también la lona alrededor de mi espalda. Después de unos segundos, pone su mano sobre mi oreja y siento el calor de su armadura, cálida al principio, luego ardiente. Mueve su mano a la parte superior de mi cabeza mientras mis ojos se cierran.

Cuando vuelvo a abrir los ojos, tengo tanto calor que me siento confundido por un segundo. Tal vez todo fue un sueño. Pero parpadeo un par de veces y enfoco la mirada en el fuego crepitante, al lado de una serie de ramas sobre las cuales mi ropa está colgada como decoración de festival. Y sentada a unos metros de distancia, una chica humana.

Me siento tan rápido que casi caigo al fuego.

—¿Quién...?

La chica se vuelve hacia mí, con sus iris reflectantes de metal y su brillante piel blanca. Sisea y mueve la cabeza hacia atrás varias veces, revelando una maraña de implantes metálicos en su garganta y barbilla. Cuando baja la cabeza, veo que sus pestañas son tan pálidas y opalescentes como telarañas, y su cabello, peinado hacia atrás y colgando de sus hombros, es plateado.

—Oh... eres tú —aparto los ojos instintivamente, un poco preocupado de que su belleza sobrenatural pueda quemar mis córneas.

En lugar de su armadura, lleva puesto un traje gris oscuro que se abraza al cuerpo y se parece un poco a los de los motociclistas, con paneles y costuras de aspecto intrincado, y algunas de las armas que tomamos del campamento transmisor atadas encima. Todo el efecto es desconcertantemente rudo. Siento que estoy acampando con Lara Croft.

—*¿Frío?* —pregunta. Está tomando tragos profundos del aire de la montaña.

—Estoy bien, en realidad —deslizo una mano del saco de dormir y me froto un poco la nariz, para ver si regresa la sensación—. ¿Tú estás bien? ¿Puedes respirar aquí?

—*Sí. ¿Tú saber?*

—Sé que prefieres elevaciones más altas, sí. Aug... mi amigo me lo explicó. ¿Qué tan alto estamos?

—*Uno. Cinco. Cero. Cero.*

Mil quinientos metros. Una elevación cómoda para los Nahx. Miro alrededor con inquietud, mientras mi cerebro continúa descongelándose. El baño helado sacudió algunas cosas sueltas. Por mi vida que ahora no logro recordar qué tenía en mente al volver a atravesar la red, dejando una situación relativamente cómoda y segura con Garvin y su equipo. ¿Habría sido tan difícil hacer lo que Garvin me pedía?

La chica Nahx se pone en cuclillas junto al fuego y remueve los leños con un palo largo. Detrás de ella, su armadura está acomodada con cuidado y reluce un poco, reflejando las llamas doradas y anaranjadas, y las brasas brillantes. ¿La ha estado puliendo? Por alguna razón, esto me provoca escalofríos, como si por un momento vislumbrara su cabeza. Ella debe de haber estado sucia e incómoda en esa cueva durante todo ese tiempo. Otra mirada subrepticia me dice que tal vez también se lavó la cara y las manos. Su piel tiene ese aspecto fresco de recién lavado, y su cabello está húmedo alrededor de las orejas.

Ignorándome, desabrocha algo de su chamarra y luego baja el cierre. Abajo lleva una prenda plateada sin mangas, como una camiseta. Se quita la chamarra, la desliza debajo y se inclina para sentarse con las piernas cruzadas sobre ella. Sus musculosos brazos desnudos son tan pálidos como el resto de su cuerpo, pero las cicatrices de las estacas en sus antebrazos son visibles y, aunque parecen estar sanando, están rodeadas por una fina telaraña de líneas plateadas. Puedo sentir mi mirada convertirse en una boca abierta. Ella es tan hermosa como aterradora, y hay algo más. ¿Está lastimada? ¿Triste? Augusto también era así; incluso sin quitarse la armadura, exudaba desamor, mucho más allá de su evidente dolor por Raven.

Sisea de pronto y me golpea con el palo humeante todavía en su mano. Me alejo de ella y envuelvo la lona y el saco de dormir alrededor de mi cuerpo para protegerme.

—*¡Dejar de mirar!* —dice con señas, mostrando sus dientes con un gruñido bajo. Al menos, así lo interpreto. Tal vez es optimista, porque lo que de hecho parecían decir las señas era *morir ojos*.

—Lo siento —balbuceo—. No había visto a un Nahx sin armadura antes. Sólo sentía curiosidad. Dejaré de hacerlo —me envuelvo otra vez en el saco de dormir, como si fuera una madriguera, de espaldas al fuego.

Un momento después, ella hace otro ruido, una especie de resoplido. Al principio lo ignoro, porque tal vez sólo quiere privacidad, pero después de unos minutos, cuando el resoplido se intensifica, me giro y me asomo por debajo de la lona.

Está llorando.

No son sólo unas cuantas lágrimas, ella está encorvada, con la parte posterior de una mano presionada sobre su boca y la otra sosteniendo la parte superior de su cabeza, agarrando un puñado de su cabello plateado. Y tiembla entre sollozos profundos y desgarradores que se hacen aún más devastadores por su falta de voz. Si tuviera voz, estoy seguro de que estaría gimiendo, pero como son las cosas, es como si se hubiera quedado sin aliento, y cada sollozo casi silencioso libera una nube de niebla alrededor de su cabeza. Su rostro retorcido está manchado de lágrimas oscuras y mocos.

—Hey —lo intento—. Hey... ¿qué pasa? —instintivamente, me acerco a ella.

Su respuesta es rápida y brutal. Muestra sus dientes y se lanza sobre mí, gruñendo. Resbalo y caigo en uno de los palos donde cuelga mi ropa. Mi suéter húmedo y mis jeans caen sobre mí mientras ella me habla con señas, con sus manos afiladas y sus palabras puntuadas por siseos llenos de rabia. No conozco todas las señas, pero lo que me quiere decir, al final, es lo suficientemente claro.

—*¡Tú no mirar yo! ¡Tú no tocar yo! ¡Yo matar tú!*

—No lo hago. ¡No lo haré! —apilo el saco de dormir, la lona y mi ropa húmeda sobre mí como si pudiera enterrarme y esconderme como una araña—. No me atrevería a tocarte —digo, manteniendo mis ojos en el suelo, junto al fuego—. Lo siento. No te miraré.

Su rabia parece desvanecerse en ese momento y se desploma, prácticamente postrada, sollozando. Es tan visceral que tengo que apretar los puños, el estómago y el cerebro para no comenzar a llorar con ella, porque creo que sé de dónde proviene y es repugnante. La repetición de la película donde le disparo a Logan deja de reproducirse en mi cabeza por un breve instante y hay un cambio: ahora *ella* es quien le dispara. Sé que no es lo correcto, pero se siente lo correcto.

Por el rabillo del ojo puedo verla repitiendo una seña muy familiar.

—*Lamentar. Lamentar. Lamentar.*

—No necesitas disculparte —respondo desde el saco de dormir, que forma una cueva alrededor de mí—. Ninguno de esos pervertidos volverá a tocarte.

Ahora no puedo sacar ese pensamiento de mi cabeza.

Tan silenciosamente como puedo, me visto (de cualquier manera, la ropa se secará más rápido sobre mí), me pongo en pie y camino de puntillas al otro lado del fuego para recoger mis botas, mis calcetines y mis guantes. Dejo a un lado el abrigo. Todavía está bastante húmedo, así que lo volteo del revés y acerco la improvisada percha al fuego. Encuentro algunas ramas secas y troncos apilados cerca, así que agrego algunas a las llamas y veo cómo se vuelve a encender. Los chasquidos, el olor a humo, el cálido resplandor llenan mi mente y la calman, infundiéndome consuelo y nostalgia. Por primera vez en meses, me siento libre, como si pudiera respirar.

Descubro mi mochila apoyada contra otro conjunto de ramas; su contenido ha sido dispuesto con cuidado para que se seque. Tomo mi taza metálica de campamento, la lleno de nieve y la coloco sobre las brasas, al borde del fuego. En segundos está humeando, y pronto el agua está hirviendo. Con los guantes puestos, la saco de las brasas y me acerco a la chica Nahx extendiéndola hacia ella.

—¿Tienes sed? —pregunto. Ni siquiera estoy seguro de si necesitan beber. Augusto nunca lo hizo durante el tiempo que pasamos juntos—. También tengo bolsitas de té, en algún lugar, si prefieres el té. Pero esto es sólo agua. Puede hacerte sentir mejor. Pero está caliente, así que ten cuidado.

Doy un paso atrás, fuera de su espacio personal, mientras ella levanta la mirada. Frunce el ceño hasta que bajo los ojos a la taza. Entonces, la toma con delicadeza —el calor del metal no parece molestarla—, y olfatea el agua con recelo.

—Puedes agregar un poco de nieve si te parece demasiado caliente.

Ella bebe un par de sorbos antes de vaciar prácticamente la taza de un solo trago.

—*Repetir* —dice con un sollozo, y me devuelve la taza.

Hacemos esto cinco veces, y aunque estaba llorando cuando comenzamos, para la quinta taza sus lágrimas se han detenido. Busco entre mis cosas la pequeña cantidad de comida que pude hurtar de las tiendas de Garvin. Rechaza todo menos un poco de alce, que devora mientras yo tomo la taza y me preparo un poco de té. Cuando termina de comer, se lava la cara otra vez para limpiar las vetas grises de sus lágrimas.

Bebo el té y como algunos duraznos deshidratados, junto con un huevo duro que pude robar del desayuno. La bolsa de té y las cáscaras de huevo sisean en el fuego cuando las arrojo.

A medida que la niebla de la mañana se disipa, el cielo se aclara y brilla azul sobre nosotros, coronado por las escarpadas montañas nevadas por todas partes. El día se vuelve lo sufientemente cálido para salir del saco de dormir, que extiendo para que termine de secarse, junto con mi abrigo y los pantalones para la nieve. Mientras me mantengo ocupado con esto, escucho a la chica Nahx arrastrar su armadura sobre las rocas y ocultarse parcialmente detrás de un matorral. Mantengo mis ojos lejos de ella. Vi a Augusto quitarse la máscara una vez, y fue lo suficientemente inquietante. La armadura Nahx es orgánica de alguna manera y se integra a sus cuerpos por medio de tubos en forma de tentáculos que penetran a través de la boca, la nariz, las válvulas en el cuello, y Dios sabe por dónde más. No me interesa ver cómo se vuelve a poner la suya, y dudo que ella quiera que la vea. Es algo privado, íntimo, como una función corporal. El solo hecho de escuchar hace que me sonroje.

Para cuando termina, yo he decidido que mi abrigo y mis pantalones para la nieve están lo suficientemente secos para usarlos, así que me visto mientras ella aviva el fuego.

—Tendremos que apagar el fuego antes de que oscurezca, ¿cierto?

—*Sí.*

—¿Todavía hay Nahx por aquí? ¿Tu gente?

Se encoge de hombros.

—Supongo que deberíamos hablar sobre hacia dónde vamos. Ahora que estamos aquí, en territorio Nahx.

—*Encontrar tu amigo.*

—Es un largo camino hasta el sitio donde lo dejé.

Ella hace señas muy rápidas, y lo único que alcanzo a captar es *roto* y *pensar.*

—Lo siento, no entiendo…

Ella suspira con impaciencia.

—*Prometer* —dice—. *Confiar.*

Supongo que tiene razones para confiar en mí, dado que maté a uno de los míos justo frente a ella. ¿Pero yo? ¿Sería un tonto si confiara en ella?

Tal vez me dejó verla llorar a propósito. No necesitaba quitarse la armadura. Y tampoco arrastrarme fuera de ese estanque, encender una fogata o ayudar a quitarme la ropa mojada. En todo caso, podría haberme matado en la cueva en cuanto estuvo libre de las cadenas.

Una vez que parece satisfecha con el fuego, deja su palo y se acerca a mí cuando me siento. Toca mi hombro e incluso a través de mi abrigo puedo sentir el calor de su mano.

—*Estar contigo* —dice.

Sólo sacudo la cabeza porque nada de esto tiene sentido. Pero tiene razón. Tengo que confiar en ella. ¿Qué otra opción tengo ahora? Miro el fuego por un momento, sintiendo esa libertad burbujear en mí otra vez. Mi mente salta hacia las llamas, hacia el cielo, por encima de las montañas nevadas. Es casi intoxicante.

—Debería saber cuál es tu nombre —digo, y se me ocurre, cuando las palabras salen de mi boca, que tal vez ésta podría ser una pregunta realmente personal para los Nahx—. A menos que no quieras decírmelo, por supuesto.

Parece pensarlo por un momento, mientras su cabeza se inclina despacio a un lado.

—*Sexta repetir* —responde, antes de hacer otra señal que no entiendo.

—Lo siento...

Ella se mueve como si disparara un rifle y marchara después.

—¿Soldado? ¿Soldado doce? ¡Oh! ¿Rango? ¿Ése es tu rango? ¿Doce? ¿Duodécima?

Asiente.

—¿Es así como quieres que te llame?

Ella suspira de nuevo y esta vez agrega un gruñido no más fuerte que el ronroneo de un gatito. Luego sacude la cabeza, se pone de rodillas y descansa sobre sus talones. El fuego cruje y ambos lo observamos por unos segundos.

Señala entonces al cielo, luego a mí, haciendo una Z con el dedo, antes de señalar hacia ella otra vez.

—Xander. Así es . ¿Tú te llamas Cielo?

—*No. Cielo. Fuego. Noche* —hace un gesto con la mano y repite esas tres señas, mezclándolas.

—¿Onda de fuego en el cielo nocturno? ¡Oh! ¿Auroras boreales? ¿Como las luces de colores en el cielo por la noche? —intento imitar la forma en que hizo la seña, pero lo único que consigo es hacerla reír hasta que casi pierde el equilibrio.

—Aurora —le digo—. Se llaman auroras boreales. En francés se dice igual, más o menos. Podría llamarte Aurora. ¿Eso estaría bien? ¿Dado que estoy seguro de que hice pedazos la seña?

—*Sí. Aurora.*

—Yo soy Xander —extiendo mi mano—. Xander Liu.

Ella inclina la cabeza, extiende la mano con un poco de cautela, y nos estrechamos las manos como camaradas.

—Es un placer conocerte, Aurora. Lamento que no haya sido... en mejores circunstancias.

Ella retira su mano, la deja descansar sobre su cabeza y golpetea nerviosamente su casco. Me entretengo poniéndole las cintas a mis botas para difuminar el incómodo silencio. Después de unos segundos, ella se acerca y toca mi rodilla para llamar mi atención.

—*Tú estar roto. Yo estar rota. Juntos estar no rotos.*

Sólo consigo asentir, mirando mis botas otra vez, mientras mi visión se vuelve borrosa.

RAVEN

La noche ya es profunda cuando llegamos al helipuerto desierto sobre el camino hacia la base, al final del tercer día.

—¿Debería haber un guardia aquí? —pregunta Tucker.

—No —dice Mandy—. Siempre lo dejamos sin vigilancia para atraer menos atención a la base.

—Sin embargo, podríamos encontrar centinelas —señalo—. Décimo, ve a la retaguardia. Deja tus luces apagadas. Mandy, tú tienes la mejor visión nocturna, ve al frente. Yo iré detrás de ti, y luego Tucker. Azul, ¿puedes quedarte con nosotros, pero fuera de la vista?

Sí.

Desaparece en algún lugar de la armadura de Décimo.

—De acuerdo. Todos permanezcan juntos.

El empinado sendero del cañón siempre ha sido silencioso, pero esta noche parece *demasiado*. Cuanto más descendemos, más nerviosa me pongo. La política de Liam era no colocar guardias en la parte superior del camino o el helipuerto porque eso llamaría la atención sobre la base oculta. Pero para cuando llegamos al final del camino y a la mitad del cañón hacia la entrada principal, ya tendríamos que haber encontrado a alguien. Escuchado a alguien. Incluso si se hubieran escabullido para emboscarnos, no habría forma de evitar que alguno de los cinco, con nuestra audición sobrenatural, los detectáramos. Nada.

—Esto no está bien —dice Mandy.

Me dirijo a Tucker, pero él se mantiene con el ceño fruncido, silencioso y pensativo. Nada de esto es familiar para él. Recibió el dardo antes de que el resto de nosotros pusiéramos un pie en este lugar.

Detrás de Tucker, Décimo tropieza, pero se estabiliza en la pared de roca al costado del camino. Dejo que Tucker me rebase y me detengo para hablar con Décimo. Su respiración sibilante está cada vez peor.

—¿Quieres esperarnos en el helipuerto? Está más elevado.

—*No preocupar* —dice.

—Sí estoy preocupada, Décimo. No te oyes bien.

Deja escapar un gruñido bajo mientras caminamos unos pasos más, teniendo cuidado de no salir del estrecho sendero.

—*Raven* —dice cuando llegamos a una sección más fácil—. *Tú ser Compañera mía, equipo mío. Yo quedar contigo* —si el lenguaje de señas puede tener un tono de regaño, Décimo lo maneja muy bien. Está molesto conmigo por sugerir siquiera que se quede atrás, aunque es evidente que está luchando por respirar, y sólo Dios sabe qué peligros le esperan cuando lleguemos a la base. Si todavía hay humanos vivos allí, el escenario más probable es que intenten matarlo. Tal vez a todos nosotros.

Cuando llegamos a la entrada principal, mi ansiedad sólo aumenta. Un poco más allá de la entrada, cuidadosamente camuflada para parecer una mina abandonada, hay una amplia bahía de almacenamiento. Se encienden las luces cuando entramos y activamos los sensores de movimiento, pero no aparece ningún guardia. Mandy y yo intercambiamos miradas.

—¿Hola? —grito.

Nada. La pesada puerta, a prueba de explosiones, está entreabierta; el pasillo detrás, en la oscuridad.

—¿La dejarían abierta? ¿Sin guardias? —le pregunto a Mandy—. ¿Si estuvieran teniendo una reunión o algo donde todos necesitaran estar presentes?

—No. De ninguna manera.

Décimo se mantiene en la entrada, una sombra delineada por el cielo nocturno.

—Deberías esperar aquí —le digo—. Si ves o escuchas algo, corre. No te preocupes por nosotros. Los Nahx no nos harán daño, y los humanos no pueden hacernos daño. ¿Entiendes? No intentes ser un héroe.

Asiente con un gesto solemne.

—Azul, ¿puedes venir conmigo? —puede resultar útil como una luz en la oscuridad. Y me he acostumbrado a su compañía.

Décimo desaparece en las sombras fuera de la entrada mientras cruzamos la bahía. Caminamos más allá de uno de los Humvee y de algunas pilas de armas y suministros. Ahora estoy en verdad preocupada. Antes de continuar, abrimos algunas de las cajas, y Mandy y yo tomamos dos rifles que encontramos allí, además de algo de munición. Tucker se las arregla con una pistola cargada que saca del Humvee.

Se activan más luces automáticas cuando pasamos por la pesada puerta blindada y entramos en el largo pasillo principal, que está vacío y callado. Cerramos filas. Azul nos guía una vez que le explico adónde vamos. Tucker y yo la seguimos, con Mandy detrás.

El primer lugar que revisamos es el comedor y la sala común, y encontramos la evidencia suficiente para hacernos una buena idea de lo que sucedió. Las mesas están volcadas;

los platos, rotos y esparcidos, todavía con costras de comida. Azul vacila sobre una silla rota hasta que me agacho para inspeccionarla. Hay un dardo Nahx incrustado en el asiento de plástico. Levantamos instintivamente nuestras armas, pero sólo el silencio nos saluda.

—Los atacaron —dice Mandy.

Mis ojos comienzan a arder. Era lo único por lo que estaba peleando, por evitar esto para los que estaban aquí, y la mayoría de las razones por las que quería regresar. Pero llegué demasiado tarde.

—Pero ¿cuándo? —tengo una leve esperanza de que sólo hayan sido algunos de la resistencia, que Topher y el resto se hayan ido antes, tal vez inspirados por mi intento. Es bastante fantasiosa, en realidad. Topher supo mejor que nadie que yo había muerto menos de un día después de mi partida.

Bueno, *pensó* que había muerto.

Nos dirigimos a otro pasillo que permanece a oscuras mientras lo recorremos, guiados sólo por la luz de Azul, hasta que alcanzamos la cima de las alas residenciales. El ala de los hombres se mantiene en las sombras, pero las luces del ala de las mujeres se encienden cuando entramos.

—¿Hola?

No hay respuesta. Encontramos las habitaciones vacías, algunas con las pertenencias esparcidas, como si la gente hubiera tratado de agarrar sus cosas a toda prisa.

—¿Crees que hayan escapado? —dice Mandy.

Tucker habla tan enérgicamente que por un momento parece que hubiera sido reemplazado por su gemelo.

—Por supuesto que escaparon —dice—. ¿No estarían sus cuerpos aquí de no ser así? Los Nahx dejan los cuerpos donde caen, ¿recuerdan?

Mandy y yo nos miramos.

—Pero Tucker —empiezo—, habrían despertado, igual que nosotros. De ahí venimos. Recibimos un dardo y despertamos después.

Se ve confundido por sólo un segundo.

Mandy mira a su alrededor.

—Entonces, ¿llegaron los Nahx, les dispararon sus dardos a todos y luego regresaron para revivirlos? ¿Así es como funciona?

—O los movieron. Tú despertaste en las dunas, ¿no es así?

—Sí.

Revisamos el ala de los hombres, pero también la encontramos desierta.

—No hay nadie aquí —dice Mandy mientras regresamos a la sala común—. A menos que se estén escondiendo en los niveles inferiores o en las rejillas térmicas. Eso es lo que yo habría hecho si hubiera estado aquí cuando llegaron los Nahx.

—Vamos a dividirnos. Tú y Tucker revisen abajo. Yo quiero subir al nivel de mando y ver qué encuentro allí. Azul puede venir conmigo.

Mandy y Tucker bajan a los niveles inferiores mientras yo emprendo la larga subida hasta el nivel de mando, con Azul iluminando mi camino. Mi aprensión aumenta con cada peldaño. Antes de llegar a la cima, me detengo cuando noto algo en el rellano de la escalera, por encima de mí, iluminado por el tenue círculo de luz de Azul.

—Alto —ella se detiene, flotando a la altura de mis ojos. Subo los escalones restantes de tres en tres.

Allí, en el suelo, hay un cuerpo tendido bocabajo, tan envuelto en ropa de invierno que ni siquiera puedo saber si era un chico o una chica. Hay papeles y archivos esparcidos a su alrededor.

Tengo que detenerme y dirigirme un pequeño discurso motivacional. Esta persona está muerta, en verdad muerta, por la razón que sea. A veces, los Nahx rompen cuellos o aplastan cráneos en lugar de disparar sus dardos.

—Azul, baja aquí. Necesito más luz —se desliza y, en efecto, la luz adicional revela un charco de sangre seca debajo de su cara. Creo que se trata de un chico, por la forma de sus hombros, por su tamaño. Si es Topher…

No sé lo que haré.

Respiro hondo y volteo el cuerpo.

Su cara está disecada, la piel se ha adherido con tanta fuerza sobre sus huesos que sus labios se convirtieron en una mueca burlona. Creo que tenía los ojos cerrados cuando murió, al parecer por la obvia y brutal fractura de cráneo justo debajo de la línea del cabello, pero la muerte y el tiempo los han abierto ligeramente y ahora son estrechas rendijas, como si me mirara con desconfianza. Incluso con la decadencia de la muerte y el cráneo hundido y distorsionado, una cosa es segura: no es Topher.

Es uno de sus amigos, un chico llamado Chris, a quien no conocí tan bien, pero lo reconozco por sus distintivos audífonos negros. Formaba parte de uno de los círculos íntimos favoritos de Liam. Lamento que esté muerto, pero mi alivio de que no sea Topher es tan fuerte que estoy a punto de reír.

Azul baja y flota sobre algunos de los archivos esparcidos en el piso.

—Deben de haber sido importantes, ¿cierto? ¿Volvió aquí para recogerlos, para llevarlos a algún lado?

Sí.

La luz de Azul danza arriba y abajo en las paredes.

Las luces rojas de emergencia todavía están encendidas en el centro de mando, pero el frío me dice un poco más sobre lo que ocurrió aquí. Las ventanas de observación están rotas hacia el interior y la nieve se ha acumulado en gruesas corrientes sobre las computadoras. En el suelo, una capa de hielo hace que casi resbale. Aquí también hay papeles y mapas hechos pedazos y esparcidos por todas partes. Los hojeo rápidamente, doblo los que me parecen importantes y los guardo en mis bolsillos.

—Los Nahx irrumpieron por aquí, desde el valle. Pero también deben haber entrado por la puerta blindada de la entrada principal. De lo contrario, ¿por qué la habrían dejado abierta?

Azul vuela en un círculo. Pienso entonces en qué tan simple resulta comunicarse con alguien que sólo dice "sí", "no" y "no sé".

—Fue una redada bastante eficiente. Sólo espero que algunos hayan logrado escapar por las salidas inferiores.

En el camino de regreso por las escaleras, me detengo para recoger los papeles que Chris dejó caer cuando murió. Los enrollo y los meto en mi chamarra con el resto.

Me topo con Mandy de vuelta en el nivel principal, cuando ella sale de la escalera inferior.

—¿Dónde está Tucker?

—Será mejor que bajes —responde.

La iluminación es completamente funcional en el nivel inferior, donde encuentro a Tucker parado en silencio ante la puerta abierta de una de las celdas de detención. Parece estar congelado. Cuando llego a su lado y me giro para ver lo que está mirando, descubro por qué.

Emily. El cuerpo de Emily está justo donde estaba el día que me fui, ahora tan marchito como el chico en las escaleras. Su mueca de muerte, con un solo ojo, es aún más macabra; el aire seco y frío torció su boca en un grito abierto y silencioso.

No sé cuánto tiempo permanezco allí, junto a Tucker —se siente como sólo segundos—, pero Mandy regresa con una sábana y la arroja sobre el cuerpo de Emily. Es entonces cuando Tucker parece recuperar el movimiento y se vuelve hacia mí, con ojos salvajes.

—¿La mataste? —pregunta.

—¿Qué? ¡No!

—¿Quién lo hizo, entonces?

—¿Por qué mataría yo a Emily?

Parece que Tucker está a un microsegundo de responder con la verdad. Tal vez lo que sea que le hicieron a su cerebro lo haya hecho incapaz de escupir mentiras como si fueran huesos de cereza. Tal vez simplemente admitirá que me engañaba con ella. Ya no hace ninguna diferencia, pero por alguna razón quiero que lo haga, al menos para tener la satisfacción de ser la parte afectada. Pero él sólo aprieta los labios, y todo lo que dejé de lado mientras intentaba rescatarlo de la nave Nahx regresa de golpe. ¿Por qué lo hice? Debería haberlo dejado allí para que lo rebanaran.

Tucker me agarra del brazo y me saca de la celda.

—Vas a seguir sin decirme nada sobre eso, ¿cierto? —le pregunto mientras él continúa lanzándome sus miradas asesinas—. Arriesgué mi vida por ti.

Mandy se une a nosotros y cierra la puerta detrás de ella, sellando la tumba de Emily.

—*No* vamos a hacer esto ahora —dice ella.

Tucker se suelta y se aleja por el pasillo.

—Azul, ve tras él —le digo.

Azul lo sigue, dejando una estela de luz detrás de ella.

Me vuelvo hacia Mandy.

—Tú también lo sabías, ¿cierto?

Mandy pone los ojos en blanco.

—Por supuesto. Lo sabíamos todos.

—¡*Yo* no! Y tú podrías habérmelo dicho.

—No tenemos tiempo para discutir sobre esto ahora.

—Pero...

—Raven —Mandy me toma por los hombros—, de acuerdo con lo que queda de la memoria de Tucker, Emily murió básicamente *ayer.* Y él acaba de enterarse. Lamento que te lastime saber que se preocupaba por ella, pero no tenemos tiempo para convertir eso en algún tipo de crisis. ¿Lo entiendes? Tienes que dejarlo a un lado. Guárdalo para tiempos de paz.

Me permito otros tres segundos de furia. Pero Mandy tiene razón. Ahora no es el momento. Miro más allá de ella, adonde Tucker desapareció tras dar vuelta en una esquina.

—Las cosas están así —digo, bajando la voz—. Emily murió el mismo día que yo me fui con Augusto. Murió justo ahí, en esa celda.

—¿Cómo...? ¿Quién?

—Es una larga historia. Pero no fui yo, ¿de acuerdo? Sin embargo, que ella todavía esté allí significa que los Nahx deben de haber atacado ese mismo día. De lo contrario, alguien la habría movido. La habrían enterrado, incluso. Era primavera. De hecho, habíamos estado cavando tumbas esa mañana.

—¿Eso significa que tu amigo Augusto trajo a los Nahx con él? —pregunta Mandy.

Cierro los ojos.

—Es complicado —respondo—. Pero no, no creo que Augusto haya traído a los Nahx. Lo que creo es que él sabía que vendrían y acudió a advertirnos, para que yo me alejara.

Mandy se cruza de brazos, sin siquiera tratar de ocultar su escepticismo.

—Mira, no importa en este momento —digo, porque también tengo un asomo de duda. El afecto que sentía Augusto por mí era indiscutible, pero se preocupaba muy poco por otros humanos. Dejo ese pensamiento a un lado y descubro que se desliza fácilmente, como si hubiera sido archivado en la carpeta "lidiar con esto más adelante"—. Revisemos ahora los pasillos inferiores, los que conducen a las salidas del noroeste. Si escaparon, fue por ahí.

Incluso antes de llegar, suena la voz de Tucker.

—¡Hey, ustedes! ¡Aquí abajo!

Lo encontramos mirando la puerta de los pasillos, y un mensaje garabateado con pluma roja. La desesperación y la mano temblorosa de su autor son evidentes en la letra inestable:

Los Nahx están aquí.

Vamos a escapar.

Xander, espero que lo hayas logrado.

—Toph.

—Topher —dice Tucker—. Entonces, ¿él no recibió un dardo? ¿No es como yo?

No estoy segura de si Tucker está contento o decepcionado.

Encontramos la escotilla atascada, y en lugar de perder el tiempo intentando abrirla, envío a Azul a través de la estrecha grieta, alrededor del marco de la puerta.

—Revisa los dos pasillos que llevan a las salidas. Ve si hay alguien allí abajo.

Azul desaparece en la grieta mientras Mandy y Tucker revisan el resto del nivel. Unos minutos más tarde, Azul sale de detrás de la puerta y traza un gran cero en el aire.

—¿Nada?

Sí.

—¿Estaban las salidas cerradas?

Sí.

—Ésas son buenas noticias. Gracias. ¡Mandy! ¡Tuck! ¡Hora de partir!

Se unen a mí al pie de las escaleras. Azul nos conduce a través de la oscuridad.

—¿Adónde creen que haya ido Topher? —pregunta Mandy.

—Calgary —responde Tucker—. Dijimos… después de… dijimos que si nos separábamos, nos encontraríamos de regreso en Calgary.

—Pero Topher cree que estás muerto, Tuck. Él no iría a buscarte.

Mientras cruzamos el comedor desierto, no puedo evitar imaginar la escena justo después de la intrusión de los Nahx: cuerpos inertes por todas partes. Y la escena meses después, cuando todos fueron recolectados o se pusieron en pie y salieron caminando o lo que sea que haya pasado. Es como algo propio de una película de zombis.

—Entonces buscaría a nuestros padres —dice Tucker.

—Pero… —Mandy me toca el brazo para detenerme.

—No perdemos nada con intentarlo —dice Mandy—. Además, no estoy segura de querer ir al territorio humano, incluso si pudiéramos atravesar la red. ¿Nos dispararían? Entonces, ¿adónde más podemos ir? Todos se han ido.

—Podríamos tomar un Humvee —sugiere Tucker—. Vi combustible en la bahía de la entrada.

Decidimos no activar los cerrojos en la puerta, pero la cerramos para mantener alejados a los carroñeros. Tal vez algún día Emily y Chris puedan tener un entierro adecuado. Incluso podrían tener familiares vivos en alguna parte. Es lo menos que podemos hacer. Y lo más. No creo que sea sabio quedarse el tiempo que requeriría enterrarlos.

Cuando salimos por la puerta principal hacia el oscuro cañón, Décimo no está a la vista. Lo escuchamos antes de verlo: su respiración jadeante y ruidosa es audible incluso por encima del viento. Lo encontramos arrodillado en las sombras, detrás de uno de los viejos vagones mineros.

—¡Décimo! ¿Estás bien?

—*Bien. Sí.*

Tucker tiene que ayudarlo a ponerse en pie, acomodando su cuerpo bajo uno de sus brazos.

—No estás bien. Todavía es demasiado bajo para él aquí —me deslizo debajo de su otro brazo—. Necesitamos llevarlo de regreso a un terreno más alto. Rápido.

Décimo trata de formar señas tan débilmente que es como si sus palabras sonaran arrastradas.

Buscar y *amigo* son las únicas que puedo entender.

—No te preocupes por eso. Sólo resiste.

Pero no tiene sentido. A la luz de la luna que se refleja en la nieve fresca, puedo ver que está goteando sangre gris oscuro por las rejillas alrededor de su boca y de su nariz, de sus orejas, e incluso debajo de sus brazos. Su respiración es penosa y húmeda, como si se estuviera ahogando.

—¿Qué pasó? —pregunta Mandy, subiendo torpemente por el estrecho sendero.

—Estuvo demasiado tiempo en terreno muy bajo para él. La presión del aire daña sus pulmones o algo así. Sólo apurémonos. Se sentirá mejor arriba.

Azul flota y nos guía, mientras Mandy ayuda a sostener a Décimo en posición vertical.

Después de una eternidad de escalar en silencio, salvo por la respiración dificultosa de Décimo, por fin llegamos al valle y al helipuerto. Él nos aparta con una sacudida.

—*Poder caminar* —dice.

Pero antes de dar dos pasos, comienza a toser, se dobla sobre su cintura y jadea, entre toses húmedas. Con cada tos, arroja chorros de sangre gris sobre la nieve.

—¡Décimo! —me apresuro a llegar a su lado—. Sólo trata de respirar. ¡Ayúdenme! —Mandy y Tucker lo toman de un brazo cada uno, e intentamos llevarlo hacia arriba mientras Azul vuela alrededor frenéticamente.

Lo arrastramos tres metros más, pero de pronto se aleja de nosotros con un vigor sorprendente. Hace señas arrastradas, casi sin sentido.

—*Dejarme. Sentir roto. Gracias. Lamentar. Por favor.*

Su tos ha sido reemplazada por un sonido húmedo y sibilante, como si un río de sangre fluyera a través de él.

—*Lamentar. Repetir siempre.*

Cae sobre sus rodillas. Me derrumbo con él y rodeo su cintura entre mis brazos.

—No has hecho más que ayudarme, Décimo. No necesitas disculparte.

Una de sus manos envuelve mis hombros mientras miro su rostro. La sangre está escapando de su casco en un torrente ahora. Hace señas débilmente con su otra mano.

—*Raven. Tú arreglar…*

Pero su cuerpo se desploma hasta que no puedo soportar su peso. Cae sobre la nieve.

—¡Azul! ¡Ayuda!

Azul vuela sobre el cuerpo de Décimo, luego desaparece por un momento dentro de la armadura, en la parte posterior de su cuello, mientras mi corazón late tan fuerte que duele. Pocos segundos después reaparece y traza un círculo lento y triste alrededor de la cabeza de Décimo.

Me inclino sobre la espalda de Décimo, pero ya no puedo escuchar su respiración, ni sus latidos.

—¿Está muerto?

Sí.

—¿Te refieres a *muerto,* muerto? ¿No se levantará?

No.

—¿Estás segura?

Sí.

Miro su cuerpo y mi visión se vuelve borrosa y gris. Limpio mis lágrimas con rabia. ¿Por qué se quedó con nosotros? Podría haber alcanzado un terreno más alto hace horas. Tal vez eso lo habría salvado.

—Ayúdenme a darle la vuelta.

Tucker y Mandy se arrodillan conmigo y lo levantamos. Su peso parece haberse duplicado de alguna manera, aunque la nieve debajo de él está manchada con su sangre gris. Palpo alrededor de su casco, sobre sus orejas, y encuentro algo así como un pestillo, que tiro hasta que cede, dejando escapar un fuerte crujido como un disparo. El pestillo del otro lado es más fácil de encontrar. Se abre con un fuerte *clic.*

Con las dos manos levanto de un tirón la parte delantera del casco de Décimo y todo se abre, revelando la masa de tubos en forma de tentáculos que se deslizan por su boca y su nariz. Su rostro está cubierto de una sustancia viscosa gris. Mandy me ayuda a tirar de los tubos y dejo que su casco se aleje rodando.

—Oh, Dios —dice ella—. Se ve tan joven.

No está equivocada. Se ve joven y *muerto,* y si alguna vez hubo una metáfora más adecuada para la guerra, no sé qué será esto. Utilizo los largos pliegues del vestido de satén verde para limpiar parte de las manchas grises, tras lo que se revela un rostro suave, sin vello, con labios tan gruesos que parecen hinchados, una nariz larga y pecosa, y ojos grises y grandes, humedecidos por las lágrimas de plata. Su cabello, cuando limpio más del líquido aceitoso, luce como el oro rosa, como si hubiera sido pelirrojo en su forma humana normal. O el chico del que fue copiado lo era.

Tucker toma una de sus manos y Mandy la otra, mientras yo no puedo evitar recordar cuántas veces hemos hecho esto desde la invasión. Topher y yo, llorando sobre el cuerpo de Tucker. Sawyer, sollozando en el regazo de Emily cuando Felix murió. Liam, sobre la tumba de Britney. Y tantos otros, demasiados para nombrar. Ahora sé que la mitad de esas personas no están muertas en realidad. O al menos, sólo medio muertas, cascarones parlantes que apenas se recuerdan, destinadas a algún propósito que aún no ha sido revelado.

El pobre Décimo se ha librado de esto, sea lo que sea. Me acerco para cerrar sus ojos, pero dudo. Sobre nosotros, el cielo está vivo con auroras boreales y estrellas, y la luna todavía se asoma por detrás de las escarpadas montañas. A la luz del día, recuerdo, aquí también es hermoso, con un cielo azul brillante o gris frío, enmarcado por las rocas y los acantilados. Las mañanas son brumosas y frescas, los crepúsculos aterciopelados y suaves, y las noches, como ésta, a menudo casi mágicas. El cielo colorido parece estar cantando para nosotros. Nadie discute conmigo cuando decido dejar los ojos de Décimo abiertos.

—Adiós, Décimo —le digo.

Tucker levanta una de las manos de Décimo, la lleva a su boca y la besa, en un gesto dolorosamente familiar. Es lo mismo que Topher hizo con él antes de enterrarlo, sin pensar por un momento que lo volveríamos a ver.

Azul se demora por un momento sobre el cuerpo de Décimo, viviendo la aflicción y el duelo a su manera, supongo.

Tucker mueve el cuerpo de Décimo a una posición más digna, juntando las piernas y apoyando las manos sobre su pecho. Después de unos segundos, saca el cuchillo de Décimo de su funda y lo acomoda en su mano, agregando una especie de efecto vikingo de ciencia ficción a la escena.

—¿Por qué crees que nos ayudó? —pregunta Tucker, retrocediendo.

—Era una buena persona. Algunos de ellos no pueden evitar ser amables, supongo.

Azul zumba alrededor de mi cabeza cuando Mandy se une a nosotros. Nos tomamos de las manos y miramos a Décimo. No se siente bien rezar: no creo en Dios y, de cualquier manera, ¿no tendrían los Nahx un dios diferente? Una canción podría ser adecuada, pero no soy muy buena cantando, y nadie más lo hace. En cambio, dejamos que el cielo cante por un momento, hasta que, por acuerdo tácito, determinamos que ha pasado el tiempo suficiente. Entonces, dejamos a Décimo allí, mirando al cielo.

—Es triste —dice Tucker de manera inesperada mientras regresamos por el empinado camino—. Cuando la naturaleza de alguien es tan contraria a las… expectativas sobre él.

Podría estar hablando de cualquiera de nosotros. Lanzo una última mirada al valle, antes de que bajemos más. Décimo es sólo una brizna gris en la nieve blanca y la luz de la luna.

XANDER

Después de caminar hacia el sur durante días, hemos caído en una rutina que se siente tan familiar que es como si estuviera tallada en mis huesos o escrita en la sangre que llena mis calcetines. Por la noche, Aurora los lava con esmero en un charco de nieve derretida mientras yo muevo los dedos ampollados sobre el fuego. Cuando me devuelve los calcetines, están calientes. Se me ocurre que cuando un Nahx decide cuidarte, es poco lo que no hará por ti.

Aurora hace guardia mientras yo defeco detrás de los arbustos. Saca una ardilla que estaba hibernando de su guarida y la asa en un palo para que yo coma. Derrite la nieve en la taza de metal y la calienta entre sus manos hasta que está humeando, luego me mira beber, asegurándose de que he tomado hasta la última gota.

Es como tener una aterradora madre robot.

Una noche despierto en la oscuridad, cubierto de nieve, con ella inclinada sobre mí. Ha llegado un frío amargo, junto con una tormenta de nieve tan densa que apenas alcanzo a distinguir los restos de nuestra fogata.

—*Ir ahora* —dice Aurora, instándome a levantarme.

Sacude mi saco de dormir y la lona, los enrolla y los ata por encima del hombro con los cordones elásticos. Caminamos penosamente a través de la tormenta. Ella avanza detrás de mí y me guía con una mano sobre mi hombro.

Estoy empezando a pensar que podría morir aquí. El frío te hace eso. Al crecer donde lo hice, estoy bastante familiarizado con la sensación. Dejas de preocuparte por eso. Si no fuera por Aurora, tal vez me habría quedado en mi saco de dormir, habría dejado que el fuego se apagara, la nieve me enterrara, mi corazón se detuviera. Sin embargo, ella parece tener un destino en mente y, sea lo que sea, tal vez se trate de algo que no querría perderme.

Mantenemos la red resplandeciente a nuestra derecha, sin alejarnos nunca a más de un kilómetro de distancia, aunque a veces eso requiere escaladas difíciles, trepar por rocas congeladas o atravesar densos bosques. Cuando le pregunto adónde vamos, Aurora simplemente hace la seña para *amigo*. No sé si eso significa que es mi amiga, así que debería confiar en ella, o si estamos buscando a mis amigos humanos. A veces, me dice otras cosas, como si estuviera tratando de explicar, pero no logro entenderle. Creo que su lenguaje de señas es ligeramente diferente a la forma en que hablaba Augusto, como si emplearan distintos dialectos. De cualquier forma, nunca tuve tiempo de aprender todas sus palabras.

Durante el último año y medio, he tenido demasiado tiempo para no hacer nada y muy poco para hacer todo lo demás.

Justo cuando el sol naciente alcanza los picos orientales, Aurora baja la velocidad en un arroyo helado y señala hacia el lado opuesto. Tengo que esforzarme para distinguir algo a la luz del amanecer, pero por fin veo lo que está tratando de mostrarme. Huellas, y por su tamaño y la distintiva banda triangular, las reconozco. *Nahx.* Mis entrañas se hielan.

Nos aleja de la red para seguir la corriente del arroyo, con cuidado de pisar sólo las piedras y no dejar huellas en la nieve fresca de la orilla. Hago lo mismo. Unos veinte minutos más tarde, se detiene, levanta un dedo para indicarme que permanezca en silencio, y luego señala los árboles ralos.

No veo nada. Sacudo la cabeza.

Me jala para acercarme, redirige mi atención y apunta enfáticamente hacia una sección del bosque que parece más angosta que el resto; la luz fluye a través del reflectante terreno helado detrás. Al fin, veo lo que está señalando: tocones de jóvenes y delgados árboles. Los troncos cortados llevan las marcas fácilmente reconocibles de un hacha. Esto fue hecho por humanos.

—¿Alguien estuvo construyendo un refugio? —pregunto en un susurro.

Aurora asiente. Avanzamos con cuidado, en silencio, mientras el arroyo congelado talla una hondonada a través de las rocas. Pronto, nos arrastramos por el borde de un acantilado, a poco más de cinco metros del lecho del arroyo. Diez minutos más adelante, ella me detiene de nuevo y esta vez señala hacia un claro en los árboles y un montículo de nieve sucia.

Aurora apunta hacia su nariz.

—*Humano* —dice.

—¿Puedes olerlos?

Mientras observo fijamente el claro, mi impresión del montículo de nieve sucia cambia de pronto. No es sólo un montículo, y la "suciedad" es en realidad una cubierta hecha de ramas y escombros del bosque.

Un refugio.

—Espera aquí —le digo—. Mantente fuera de la vista.

Miro mis pies buscando una manera segura de escalar por la resbaladiza ribera, y cuando levanto la vista otra vez, Aurora ya no está, como si se hubiera desvanecido en el aire. La busco girando en círculo, sólo para tener una idea de dónde está, pero no encuentro rastro alguno. Sé que los Nahx hacen esto de desaparecer así, lo he visto antes, pero sigue siendo desconcertante.

Atravieso la maleza con cautela, muy consciente de la pistola cargada en mi cadera y el rifle colgado sobre mi espalda. Éste es un refugio para humanos, pero no hay nada que garantice que se trate de uno amigable. Ya ni siquiera estoy seguro de que tal cosa exista. Tropiezo y tengo que moverme alrededor de docenas de grandes piedras que parecen haber sido esparcidas entre los árboles como canicas. Me pregunto si quien hizo el refugio las dejó aquí, y por qué. ¿Algún tipo de sistema de alerta temprana? Sería fácil tropezar con ellas en la oscuridad.

El refugio está vacío. Debajo de la capa de nieve, puedo ver que es una especie de tipi cónico bellamente construido, hecho con los delgados troncos de los árboles jóvenes, en capas con ramas y agujas de pino. Es el tipo de refugio de invierno que Sawyer nos enseñó a hacer justo después de la invasión, para pasar el tiempo en el campamento casi vacío. Una de las actividades que había planeado para los campistas que nunca llegaron.

Topher se destacó en ello. Es una tarea larga, tediosa y precisa que se adapta a su meticulosa personalidad.

Dentro del refugio, me quito un guante y me inclino para sentir las brasas del redondo fogón. Están frías pero no demasiado, como si el fuego hubiera estado apagado durante algunas horas, tal vez, pero no por días. Los sacos de dormir verde militar están doblados con esmero y apilados sobre una lona para mantenerlos secos. Hay evidencia de comida —huesos de animales y una lata vacía—, pero no hay armas ni herramientas.

Regreso al claro brillante.

—¿Topher?

Parece una locura tener esperanzas, pero Aurora me trajo hasta aquí. Ella obviamente sabía sobre este campamento, sabía dónde estaban los humanos. Y Topher sabe cómo construir un refugio como éste. Esos sacos de dormir son como los que nos entregaron en la base y, según creo, estamos a sólo kilómetros del camino que tracé, justo al sur del Paso Yellowhead. Si Topher estuviera en algún lugar, podría estar aquí. Pudo haber visto a Aurora. Podría estar escondido ahora.

—¡TOPHER! —grito tan fuerte que parece molestar hasta a los árboles—. ¡Soy yo, Xander!

Espero un minuto, manando esperanza como si fuera una herida letal. Pero nada pasa. El viento agita el matorral alrededor del campamento. Giro cuando escucho un pequeño ruido, pero se trata de Aurora, quien está subiendo con delicadeza desde el arroyo.

—Nadie aquí.

Ella asiente y se inclina para mirar hacia el refugio vacío.

—El fogón no está completamente frío. Podría haber habido alguien aquí anoche o ayer. Tal vez deberíamos buscar pistas.

Cuando me giro, ella me agarra, pone una mano sobre mi boca y me sostiene allí. Su cabeza se mueve de un lado a otro.

Uso una de sus señas, moviendo mis dedos frente a mi rostro.

—*¿Qué?*

Ella quita su mano de mi boca y golpetea su oreja.

—*Escuchar algo.*

Un segundo después, yo también lo escucho: un crujido, seguido del distintivo sonido de una flecha al ser lanzada de una ballesta. Aurora me empuja hacia la nieve, dando vueltas, mientras la flecha rebota contra su hombro.

—¡Esperen! —grito—. ¡Soy humano!

Lo siguiente que escucho son disparos, el fuerte crujido de un rifle. La fuerza de la bala envía a Aurora volando hacia atrás, deslizándose por el suelo.

—¡No! —me zambullo y la jalo apenas un fragmento de segundo antes de que caiga por el borde hasta el arroyo. —¿Estás herida?

—*No.*

—Vete de aquí, entonces. A mí no me harán daño.

Titubea, con su mano en mi hombro. Otra bala pasa zumbando sobre nuestras cabezas y da en las rocas al otro lado del arroyo.

—¡Vete! —la empujo.

Ella mueve la cabeza hacia atrás una vez y salta sobre el arroyo hacia la ladera escarpada del otro lado, trepando como una araña y desapareciendo por la parte superior.

Me pongo de rodillas, con las manos levantadas, cuando una figura encapuchada aparece entre los densos árboles.

—Levanta las manos. ¡Mantenlas en alto!

Parece un yeti, envuelto en un abrigo oscuro, cubierto de nieve y hielo. Está armado hasta los dientes con un rifle, una ballesta y cuchillos en fundas atadas sobre jeans sucios. Las únicas partes visibles de él son sus llorosos ojos marrones a través de una delgada hendidura que se abre entre un gorro tejido y una gruesa bufanda.

—¿Adónde fue el Nahx? —dice. Su voz es pesada y ronca.

—¿Cuál Nahx?

Él golpea con el cañón de su rifle directo en mi plexo solar y me deja sin aliento. Me balanceo hacia atrás.

—¡Había un Nahx contigo! —dice—. ¿Adónde fue?

—Yo... no estoy seguro... Yo...

Se adelanta y jala hacia abajo mi bufanda. Veo esos ojos vidriosos abrirse como platos por la impresión, mientras da unos pasos atrás. Casi como una ocurrencia tardía, vuelve a levantar su rifle y me apunta a la cabeza.

—¿Qué estás haciendo aquí?

—Estoy...

—¿Dónde está Raven?

Hasta este momento, había pensado que el frío me estaba haciendo alucinar, pero ahora me cuesta hablar. Aunque había imaginado este momento un millón de veces, nunca se vio así.

—Está muerta, Topher. Murió.

—¿Era él? ¿El Nahx de Raven? ¿Augusto?

—No. Él también está... muerto —nos miramos por encima del rifle, que está cargado y listo para disparar una bala directo en mi frente—. Topher... vamos.

El aire helado congela las lágrimas en mis ojos. ¿Qué le ha pasado? Su abrigo cuelga de su cuerpo, sus ojos están hundidos y como poseídos, su piel se ve reseca y roja. Incluso su voz suena como la de un anciano, como si hubiera envejecido cien años desde la última vez que lo vi. Intento descrifrar todo esto. ¿Salió de la base? ¿Tal vez con algunos de los otros chicos? ¿Y han estado aquí, a la interperie, en el invierno, por Dios sabe cuánto tiempo? ¿Por qué está solo?

—Topher… ¿qué pasó? ¿Qué sucedió en la base?

—¡Cállate! —se baja la bufanda y se revela entonces su rostro demacrado y quemado por el viento, sus labios torcidos, prácticamente gruñéndome—. A todos mis amigos les dispararon dardos durante el verano. ¿Sabes algo de eso?

—¡No! Llegamos hace apenas unos minutos.

La repentina presión del rifle sobre mi cuello me hace caer hacia atrás, sentado, y me deslizo sobre el hielo. Tengo que esforzarme para no avanzar más cerca del borde del banco del arroyo.

—¿Admites que había un Nahx contigo? —planta sus pies a cada lado de mis piernas, y se erige amenazante sobre mí. Su rifle ahora apunta a mi corazón.

—Ella ni siquiera tiene un rifle de dardos —digo—. Sólo tenemos armas humanas.

Como si el solo hecho de decirlo lo hiciera real, el inconfundible punto rojo de la mira láser del rifle de Aurora aparece en el pecho de Topher. Mis ojos atraen la atención de Topher a él y, cuando retrocede, el láser se mueve hacia su rostro.

—¡No! ¡Aurora, no lo hagas!

El punto rojo se apaga: sólo era una advertencia. Reviso el otro lado del arroyo, los ralos bordes de la línea de árboles, las altas pilas de nieve, pero no consigo verla en ningún lado. Tengo que jadear un par de veces para recuperar el aliento lo suficiente para lograr hablar.

—La puntería de los Nahx es perfecta —le digo a Topher—. Ella podría tirarte antes de que la vieras siquiera. Lo sabes.

—¿Qué haces con ella? ¿Qué estás haciendo aquí?

—Regresé a buscarte —respondo. Suena ridículo ahora que sale a la luz.

—Tú trajiste a la Nahx hasta aquí.

—¡No fue así! ¿Cómo podría haber sabido dónde estabas?

Topher se burla de mí otra vez.

—Sin embargo, me encontraste, ¿no es así? Explica eso.

—No puedo —me están empezando a doler los brazos por sostenerlos en alto. Toda la sangre se ha escurrido de mis manos, y las siento entumecidas y hormigueantes—. Aurora... la Nahx, ella sabía que te estaba buscando. La seguí. Ella debe de haber sabido que estabas aquí.

Lo veo dudar, pero es como si alguien más estuviera pensando por él, como si su mente estuviera poseída o deteriorada. Vuelve a apuntarme con su rifle.

—¿Sabes lo que ellos les hacen a los colaboracionistas en las guerras? —gruñe—. Les disparan.

—¿Has hecho eso? —ahora me pregunto cuántos humanos han sido adoptados por los rebeldes Nahx y si Topher se ha encontrado con algo así antes. ¿Es común?—. ¿Toph?

Sus ojos se ensanchan, mientras me mira fijamente, y veo una eternidad de aflicción en ellos, como si hubiera sido testigo de cada muerte que ha tenido lugar desde el inicio de los tiempos. O tal vez es sólo la muerte de Tucker lo que lo rompió de una manera que nunca podrá ser arreglada.

Parece alargarse tanto que empiezo a pensar que tal vez estoy soñando. Quizás ésta sea una de esas pesadillas que se siente real e irreal al mismo tiempo. Topher nunca ha dicho ni hecho nada para lastimarme desde que lo conozco. Él y yo nos aferramos el uno al otro durante esas semanas que Raven estuvo perdida. La mayoría de las noches, despertaba y lo encontraba acurrucado en un extremo de mi cama, como un perro fiel. Con el tiempo, él simplemente comenzó a meterse bajo las sábanas conmigo, y…

—Llorar no te va a ayudar —dice, parpadeando. ¿Cómo pude no darme cuenta de lo dañado que estaba? Todo ese tiempo estuve perdido en el caos en mi cabeza, pero él estaba más que perdido. Estaba muriendo por dentro.

—No, Toph —intento—. Nosotros… somos amigos.

—Yo… pensé que estabas muerto —dice—. Nunca volviste. Pensé que el Nahx te había matado. El Nahx de Raven.

—No fue así. Me ayudó, en cambio. Ella, Aurora, también me está ayudando. Tienes que creer…

Ambos lo escuchamos, un sonido que hace que la sangre se drene de mi cabeza, el distintivo gemido de un rifle de dardos Nahx cuando está siendo cargado.

Luego se escucha un fuerte chasquido y vemos un destello rojo. De pronto, todo el infierno se desata y estoy cayendo con Topher encima de mí y un trago de nieve, y soy aplastado por algo *caliente*. Nos derrumbamos sobre el arroyo, resbalamos y luego, estamos volando. Veo pasar rápidamente los duros acantilados y una cascada congelada a nuestro lado.

Cada respiración en mi cuerpo es expulsada por la fuerza cuando nos golpeamos contra el suelo. Aurora aterriza de espaldas en la nieve profunda, con Topher y conmigo acunados protectoramente en sus brazos. Antes de que ninguno de los dos pueda recuperar el aliento, ella arranca el rifle de las manos de Topher y lo arroja volando a lo lejos. Topher gime, aturdido, y se da vuelta sobre su cara cuando Aurora salta, apuntando su rifle precisamente hacia la montaña sobre nosotros.

Mi cabeza da vueltas, pero al menos tengo la claridad para arrastrar a Topher a través del hielo, al amparo de unas rocas vecinas. La nieve es bastante profunda en la sombra, y tengo que cavar a nuestro alrededor para mantener la cabeza de Topher sobre el suelo. Sus ojos están en blanco y su boca se mueve como la de un pez moribundo. Sostengo su barbilla y lo sacudo con suavidad. A medida que recupera la conciencia, comienza a retorcerse lejos de mí, lo cual me parece una buena señal. Al menos, parece que nada se rompió. Aurora bloquéo nuestra caída sobre una cascada de quince metros con su propio cuerpo.

Levanto la mirada para ver a Aurora con su rifle aún en alto, revisando el acantilado.

—¿Los ves?

Baja su rifle con un resoplido.

—*No.*

—Deberíamos movernos. Escondernos en alguna parte.

De pronto, Topher jadea detrás de mí mientras se empuja para levantarse, sólo para caer de bruces otra vez en la nieve.

—Tranquilo, Toph —le digo, ayudándolo a sentarse.

Me mira antes de girar la cabeza para escupir sangre sobre la nieve. Aurora toma aire.

—¿Estás herido?

Se aleja de mí.

—¡Me mordí la lengua! —lleva un puñado de nieve a su boca e intenta ponerse en pie de nuevo. Lo jalo hacia abajo, pero él me empuja con rudeza.

Aurora cae sobre una rodilla y arroja el rifle sobre su espalda. Mira alrededor con inquietud mientras me arrastra hacia atrás por el abrigo.

—*¿Caminar sí?*

Pruebo mis extremidades. Todas parecen estar funcionando.

—*Bien* —dice ella, antes de volverse hacia Topher—. *Adiós, cabeza lodo.*

—¡No podemos dejarlo aquí! —ella me empuja y aprieta mi hombro lo suficientemente fuerte para que me duela. Alejo su mano—. ¡No! ¡Éste es el amigo que he estado buscando! No voy a dejarlo ahora.

Ella responde con una serie de señas que no entiendo, más allá de la aguda claridad de su furia e impaciencia. Antes de que pueda pedirle más explicaciones, saca el rifle de su espalda y lo apunta hacia Topher. Él levanta sus manos sobre su cabeza con un suspiro de resignación. Perdió uno de sus guantes en algún momento de la pelea. Noto que dos de sus dedos están ampollados y descamados por el frío.

—*Caminar* —dice Aurora con un movimiento de su mano.

Topher se incorpora lentamente y se estabiliza apoyándose en las rocas, pero antes de que demos un paso, Aurora salta sobre nosotros y nos empuja con el cañón de su rifle.

—*¡Callar!*

Pongo mi mano sobre la boca de Topher mientras Aurora da vueltas con el rifle en alto. No puedo ver ni oír nada, pero algo debe haberla asustado. Nos presiono a los dos contra las rocas, deslizándonos hacia la nieve profunda.

De pronto, formas oscuras caen del cielo. Pero en lugar de estrellarse para encontrarse con su muerte, aterrizan con gracia a nuestro alrededor, una tras otra, hasta que estamos rodeados.

Nahx. Pero no como cualquier otro Nahx que haya visto antes. Sus armaduras están moteadas, como si hubieran sido pintadas o estuvieran rotas, y algunos parecen llevar restos de ropa humana. Uno está adornado con hilos de cadena metálica; otro lleva lo que parece una piel de lobo como una estola. Además de los fusiles Nahx, tienen una gran variedad de armas humanas: pistolas, arcos y flechas, cuchillos. Miro a Topher, cuyos ojos están muy abiertos con fascinación horrorizada.

Aurora se arrodilla frente a nosotros, gruñendo de manera protectora, con el rifle en alto. Pero nos superan en número: debe de haber veinte de estos extraños Nahx rodeándonos ahora, presionándonos contra la cara del acantilado. Finalmente, uno da un paso al frente y nos habla con señas. Sólo capto unas pocas palabras.

—*Perdida. Rota. ¿Juntos?*

Aurora asiente, y hay un suspiro colectivo de alivio como una ráfaga de viento sobre el hielo. Ella se aleja del acantilado, haciendo señas demasiado rápido para que yo consiga entender. Cuatro de los Nahx descienden sobre nosotros y nos arrastran pese a las protestas de Topher. Me estiro mientras soy empujado, intentado ver hacia donde se encuentra Aurora, entre la multitud de Nahx que nos rodean, en tanto comenzamos un lento ascenso por el acantilado.

Cuando por fin la veo, ella me hace una seña, corta y tajante, pero distintiva.

—*Prometer.*

RAVEN

Nuestro viaje a Calgary es interminable. Incluso las autopistas normalmente azotadas por el viento en algunas partes están enterradas bajo la nieve profunda, y nuestro paso está marcado por frecuentes altos para excavar lo suficiente para poder pasar a través de ellas. Después de cuatro mil años de esto, atrapada en el Humvee, ya sea mirando la parte posterior de la cabeza de Tucker o escuchándolo tararear sin descanso detrás de mí, estoy lista para matar a alguien. Por fin, a alrededor de una hora de la ciudad, Mandy, que se ha encargado de conducir durante el día, disminuye la velocidad. Mis ojos, que miraban adormilados las montañas del oeste, vuelven al camino.

—¿Qué dem…?

Abro la puerta del pasajero y salgo antes de que Mandy se haya detenido por completo.

—¡Raven, espera!

Delante de nosotros, bloqueando el camino, hay un par de Nahx arrodillados, inmóviles. Uno dejó caer su rifle a su lado, el otro todavía tiene el suyo colgado a la espalda. Ninguno de los dos se mueve o reacciona cuando me acerco.

—¡Hey!

No me vuelvo cuando escucho a Mandy y Tucker salir del Humvee detrás de mí. El sol cae sobre la carretera y la nieve que nos rodea, generando un fuerte resplandor que convierte a los dos Nahx en huecos oscuros bajo la luz cegadora. ¿Respiran siquiera? A medida que me acerco, veo que su único movimiento es un ligero balanceo con el fuerte viento.

—¿Qué pasó? —pregunta Tucker cuando me alcanza—. ¿Están muertos?

—¿Dónde está Azul? —protejo mis ojos, tratando de ver la luz de Azul contra el resplandor—. ¡Azul!

Los Nahx están cubiertos de nieve y hielo, como si hubieran estado aquí durante días o semanas. Sacudo un poco el pecho del más alto, el hombre. Su armadura está impecable, casi pulida. La otra, de una mujer, está un poco más desgastada, y tiene una abolladura en su máscara, sobre su mandíbula, que hace que su cara se vea torcida. El hombre tiene su mano sobre su hombro.

Azul aparece frente a mí, apenas visible contra la nieve brillante.

—¿Están muertos? ¿Puedes saberlo?

Se ubica frente a la cara del hombre por un momento antes de girar alrededor, hacia la parte posterior de su cabeza. Un momento después, hace lo mismo con la mujer. El círculo de muerte lenta que traza esta vez es grande, abarcando a los dos Nahx inmóviles.

El viento frío me pica los ojos cuando doy media vuelta para examinar el monótono paisaje. No hay nada que indique ningún tipo de batalla, no hay evidencia de que algún transporte Nahx haya aterrizado aquí, y los Nahx no parecen heridos, salvo por la mandíbula de la mujer. Me agacho para cavar en la nieve que ha caído alrededor de sus rodillas.

Hay un charco negro congelado debajo de cada uno de ellos, como si su sangre hubiera estado goteando dentro de su armadura y se hubiera drenado por sus rodillas.

—¿Qué causó esto?

Mandy se quita el sombrero y se rasca la cabeza.

—Se parece un poco a lo que le pasó a Décimo, pero… No conozco la fisiología Nahx.

—Tal vez simplemente están muriendo —dice Tucker.

Había olvidado que él estaba allí.

—¿Qué?

—Tal vez están programados para morir o algo así. Dado que esos insectos brillantes nos hicieron, ya no necesitan a los Nahx. Tal vez todos morirán pronto.

Mandy me mira antes de volverse hacia él.

—Cállate, Tucker —espeta.

—¿Qué? Décimo acaba de caer muerto y…

—Cállate. No sabes nada sobre los Nahx.

En el incómodo silencio que sigue, Azul se desliza al interior de mi bolsillo.

—Raven —Mandy me empuja, y aparto los ojos del Nahx muerto—, debemos irnos. Pronto oscurecerá.

No contesto. Doy media vuelta y camino de regreso al Humvee, deseando poder expresar con palabras uno o dos de los millones de pensamientos que corren dentro de mi cabeza, sólo para poder sacarlos, aunque sea por un instante.

Mandy me deja conducir, lo que me da algo en que concentrarme al menos.

Entramos en Calgary desde el norte y muy pronto eliminamos un posible lugar donde Topher podría estar escondido. El suburbio de Tucker —al que llegaba en autobús desde nuestra vieja casa llena de rincones y recovecos en el genial barrio del centro, a fin de poder asistir a "una buena escuela"— ha sido arrasado: las amplias avenidas están carbonizadas y las casas construidas en serie fueron reducidas a cenizas hasta sus escombros. Nos las arreglamos para llegar hasta la exclusiva calle de Tucker, pero de su casa sólo queda una mancha negra en el blanco lote llano. Estaciono el Humvee y trepamos por las pilas de nieve para ver si ha quedado algo reconocible. Azul vuela sobre los restos carbonizados de la casa de Tucker mientras nosotros la examinamos.

—¿Crees que haya cuerpos allá abajo? —pregunto en un susurro, mientras Tucker se aleja caminando hacia el patio trasero.

Azul hace otro círculo lento y triste en el aire antes de volver a posarse en mi hombro.

La casa de Tucker podría ser la historia arruinada de cualquiera. La calle demolida se extiende a ambos lados, contando la misma historia catastrófica una y otra vez. Detrás de las ruinas, el agradable lago suburbano brilla blanco e impoluto, como si nos invitara a vagabundear por ahí. Si tuviéramos patines y bastones, podríamos limpiar un cuadrado y enfrascarnos en un juego rápido de hockey. Como están las cosas, caminamos de regreso al Humvee en silencio.

—Tal vez habrá ido a la escuela —dice Tucker con voz tensa.

Es extraño verlo contenerse; por lo general, ése es un estilo más propio de Topher. Pero sé que su mente está zumbando como la mía. Reconozco la manera en que sus ojos se mueven, observando todo, analizándolo. Mandy también lo hace. Es como si todos estuviéramos compilando gigantes bases de datos, pero no sé para qué. La devastación que nos rodea —las casas en ruinas, los autos quemados— debería ser una terrible evidencia de que todos los que conocimos o amamos aquí se han ido. Pero en lugar de llorar, simplemente lo grabo, calculando, deduciendo a partir de las ruinas cuántos de mis amigos y vecinos no fueron asesinados, sino convertidos en Copos de Nieve como nosotros, tras haber recibido un dardo.

El enorme número al que me llevan los cálculos es casi satisfactorio para mí. Cuantos más de nosotros haya, más posibilidades tendremos de ganar cualquier batalla que se avecine.

Tomo otra vez el asiento del conductor y conduzco lentamente el Humvee por las sinuosas calles hasta llegar a nuestra escuela secundaria. A diferencia de las casas circundantes, está milagrosamente intacta, como si el tornado de la fatalidad se hubiera compadecido y la hubiera perdonado. Cuando salimos del Humvee, encontramos que las puertas están cubiertas de nieve y tan firmemente cerradas como el último día de clases, dos días antes de que Tucker, Topher, Xander y yo subiéramos al autobús que nos llevó al campamento, el autobús que nos salvó la vida…

Tucker patea la puerta principal para abrirla. La escuela está desierta y silenciosa, e incluso con los cambios en mi vida del último año y medio, sigo teniendo esa extraña sensación cuando visitas una escuela después del horario de clases. Es caminar a través de otra dimensión, como si la escuela y sus estudiantes estuvieran llenos de actividades en algún lugar fuera de la vista. Es como estar muerto, supongo, pero ahora nosotros somos los vivos. Todos los demás son un fantasma.

En el nivel inferior encontramos una ventana rota en la sala de profesores, y los sofás y mesas espolvoreados con una fina capa de nieve. Hay una abolladura en forma de humano en la nieve junto a la ventana, casi como si alguien hubiera hecho un ángel de nieve. Pero sé que eso no fue lo que pasó. Alguien fue arrojado aquí, tal vez el guardia de seguridad que patrullaba la escuela una vez al día en el verano. Tal vez recibió un dardo durante el primer asedio y se quedó allí dormido durante todos estos meses, esperando ser revivido como el resto de nosotros, para sacudir la nieve de su uniforme y unirse a nuestro ejército de zombis. Me pregunto si también estaba en las dunas o en la nave gigante.

Caminamos por el pasillo, lejos de la sala de profesores, y buscamos en el gimnasio, en los vestidores de los chicos, en el laboratorio de ciencias donde a Tucker le gustaba prender fuego a las cosas, en la sala de música donde nos conocimos, cuando lo encontré intentando tocar una canción de Pink Floyd con muy poca habilidad y una guitarra mal afinada, y pensé que era el chico más hermoso que hubiera visto en mi vida.

Pero no hay nadie aquí.

Mandy camina delante de nosotros hacia una de las aulas de estudios sociales. Cuando Tucker y yo la alcanzamos, ella está observando una enorme esfera. Azul se aleja de mi hombro y vuela con curiosidad alrededor de la esfera mientras la analizamos.

—¿Recuerdas esa esfera en la nave? —pregunto—. ¿Qué crees que eran las manchas blancas brillantes?

—No tengo idea —dice Mandy—. Pero estoy bastante segura de que aquí es donde estaban las dunas. Y había un punto brillante allí, ¿lo recuerdas? —señala un punto en el extremo norte de Saskatchewan.

—¿En el lago Athabasca? —pregunta Tucker—. ¿Hay dunas de arena allí?

—Un enorme mar de dunas, casi todo el lago.

Los tres miramos fijamente la esfera en silencio durante unos segundos. Detrás del superprocesador zumbando en mi cabeza, algo más está creciendo. Es como si la grieta que veía en mis sueños ahora también estuviera en mi mente despierta, y como si un nuevo tipo de gravedad empujara mis pensamientos hacia un vórtice en el noreste. Debería decir algo, pero no quiero ser yo quien lo mencione. No quiero ser la que nos empuje a enfrentar lo que sea que necesitemos enfrentar. Definitivamente, ya no quiero mirar este globo y recordar todas las otras luces brillantes. ¿*Todas* son fisuras como las que soñamos, o vórtices tirando de los centinelas, encerrándolos en su lugar para sus batallas? Había *docenas*.

—Vamos —digo—. Quizá podríamos intentar en el centro. ¿El *dojo* tal vez? El centro no fue bombardeado.

El día se ha despejado cuando salimos y un cielo azul radiante brilla alrededor, delineando la silueta gris de las colinas distantes y los rascacielos del centro, hacia el oeste y el sur.

Regresamos al Humvee y conduzco a la ciudad, disfrutando la ausencia de tráfico en la autopista. Cuando estaba aprendiendo a conducir, temía tomar las autopistas, que solían estar llenas de autos a todas horas del día y de la noche. Ahora, por supuesto, somos el único vehículo en movimiento hasta donde podemos ver, aunque hay bastantes autos y camionetas abandonados, algunos con reveladores agujeros de dardos en sus ventanas.

Tucker se sienta en la parte trasera del Humvee, silencioso e impasible, mirando por la ventana como si estuviéramos dando un paseo durante un día de verano. Me detengo afuera del *dojo*, y Mandy y yo esperamos mientras Tucker entra. Reaparece unos minutos más tarde.

—¿Algo?

Él niega con la cabeza.

—Dardos —dice—. En las paredes de los vestidores. Creo que algunas personas podrían haberse escondido allí. Pero ya no están.

Me aflijo. Yo conocía a esas personas. Todos éramos cercanos en el *dojo*. Si fueron ellos los que se escondieron, nuestros maestros y compañeros de clase, todos recibieron dardos. Todos se levantaron y se fueron con el resto de los zombis. La mayoría no sabe quién es ahora.

Sí. Eso es lo que siento. Y me hace enojar.

Todo este ejercicio comienza a parecer una gran pérdida de tiempo, pero supongo que sólo necesitábamos algún tipo de destino cuando salimos de la nave. No podemos dirigirnos hacia el oeste, porque es probable que la red de drones nos obligue a detenernos y, de cualquier manera, si la reacción de la chica métis por el lago es una señal, no creo que seamos muy bienvenidos entre los humanos. Entonces, ¿adónde podemos ir?

Por la ventana delantera del Humvee puedo ver los rascacielos de concreto que se erigen a ambos lados de la autopista como imponentes monumentos. No habrá respuestas dentro, pero habrá camas, ropa. Es posible que podamos asearnos un poco, encontrar algo de comer incluso… si acaso necesitamos comer. Y en uno de ellos…

—¿Qué? —dice Mandy.

—¿Qué de qué?

—Te quedaste sin aliento —dice ella—. ¿Qué estás pensando?

Pongo el Humvee en marcha y me alejo de la acera.

—Cuando pierdes algo, ¿cómo lo buscas? —pregunto.

—Vuelves sobre tus pasos. Pero ya lo hemos hecho, o algo así —baja la voz y le echa un vistazo a Tucker, que sigue mirando fijamente por la ventana—. Las posibilidades de encontrar a Topher siempre fueron casi nulas.

—No a él —le digo—. A alguien más.

El rascacielos luce casi igual que cuando lo dejé esa noche, hace todos esos meses, con Augusto. Y *hay* un cadáver en el patio de entrada de concreto, parcialmente oculto por la nieve, el de una Nahx, la que empujé desde el balcón… debe de haber pasado ya un año. Retiro un poco de nieve con el pie y me inclino para inspeccionarla. Un charco de lodo negro congelado se extiende bajo su cuerpo.

Definitivamente, muerta.

Se lo merecía —ella estaba intentando lanzarme a mí—, pero no puedo evitar sentir una punzada de culpa. Su sed de sangre tal vez no era su culpa, y supongo que en ese momento era ella o yo.

—¿Qué estamos haciendo aquí? —pregunta Mandy.

El sol se está poniendo y, aunque no hemos visto a nadie, podría haber humanos alrededor, si son buenos para esconderse. No tengo ganas de encontrarme con ellos.

—Aquí es donde me quedé cuando estuve herida —explico—. Dejé muchas cosas útiles —miro hacia la parte superior del edificio, cuarenta pisos por encima de nosotros—. Quiero decir, ¿qué otra cosa tenemos que hacer? Definitivamente no tenemos que llegar a algún lado.

Como uno, los tres miramos al cielo del noreste, como tirados por cuerdas de marionetas invisibles. Pero sea lo que sea, no es suficiente para llevarnos de vuelta en esa dirección. Es más como un dolor sordo o una picazón que no se puede rascar.

Desenfundo mis armas cuando entramos en el vestíbulo, y Mandy y Tucker hacen lo mismo sin decir nada. El vestíbulo y la entrada al cubo de la escalera están tan desiertos como la última vez que estuve aquí, pero la claridad de mi memoria me trae el recuerdo del Nahx al que Augusto mató y que dejamos en las escaleras. Subimos de puntillas los primeros tres pisos. La única luz proviene de la delgada franja de ventanas que recorre todo el edificio y de Azul, que flota delante de nosotros, de manera que su luz baila en las paredes.

El chico Nahx muerto debería estar en el tercer piso, pero en su lugar sólo hay una pequeña pila de metal aplastado, alambre y vidrio. Azul se cierne sobre él, vibra, sus luces brillan con más intensidad, palpitantes, como si estuvieran enojadas.

—¿Qué es eso? —Mandy se inclina para examinarlo más de cerca, cerrando su ojo humano—. Ugh. Es radiactivo. ¿Tecnología Nahx?

Azul se mueve de arriba abajo bruscamente, antes de zumbar por el centro del cubo de la escalera y desaparecer.

—Sea lo que sea, no creo que a Azul le haya gustado.

Seguimos su destello a lo largo de diez pisos, veinte, treinta. El esfuerzo no me afecta como podría haberlo hecho alguna vez, aunque mi corazón late cada vez más fuerte a medida que nos acercamos al piso del *penthouse*. No sé qué espero encontrar. Es cierto que algunas de las cosas que dejé podrían ser útiles: ropa limpia, algunas armas, comida. Levanto la mano y siento las voluminosas trenzas que me hice en la farmacia. Arriba, hay un tesoro de productos para el cabello que me ayudará a mejorarlas.

Y tal vez... ¿Él regresaría aquí si nos separábamos? ¿Pensaría que yo volvería aquí? Parece algo lógico, pero Augusto no era muy lógico. Y tengo la sospecha de que me dejó a propósito, que por fin terminó conmigo.

Claro que le dije un millón de veces que no podíamos estar juntos.

Llegamos al piso cuarenta. La puerta de la escalera ha sido arrancada de sus bisagras, un recordatorio que me hace sonreír a pesar de mi inquietud. En el pasillo común, cuatro puertas abiertas conducen a cuatro *penthouses*. Me siento atraída por el más familiar, por supuesto, pero como si hubiera habido un plan previo, Mandy, Tucker y Azul desaparecen uno por uno en los otros tres. Quizá presientan que quiero estar sola.

Me demoro en la puerta. Afuera, a través de las ventanas occidentales, el sol se está poniendo y proyecta un brillo dorado sobre los muebles modernos. El resplandor casi oculta el desastre que dejamos, así que por un momento puedo recordar el tiempo que pasé aquí como en un retiro idílico, en lugar de la guarida de desidia doméstica que realmente es. Mis ojos se adaptan a la luz y se mueven sobre el desorden: montones de ropa, revistas desechadas y paquetes de comida, diferentes adornos y baratijas que Augusto me trajo durante las semanas que pasamos aquí.

Entro lentamente en la sala, temerosa de perturbar el silencio, de tocar cualquier cosa. Tan sólo dejo que mis ojos se deslicen sobre el caos y el desorden familiar. Los recuerdos pasan por mi mente tan claros como una película: Augusto parado en el balcón, con el sol brillando sobre él; Augusto saliendo de la cocina con un humeante plato de sopa; Augusto cargándome por el pasillo, mientras yo pateaba y gritaba, y él arrancaba espejos y cuadros de la pared y los aplastaba en el piso.

La sombra de Augusto en la oscuridad, barriendo el desastre que hice.

Mis ojos se posan en la mesa de café y algo falla en mi recuerdo fotográfico. La mesa de café no está donde se supone que debería estar. Justo antes de salir del departamento, cuando peleé con la mujer Nahx que ahora está muerta en la nieve, la mesa de café se volcó y salió volando a un lado. Los libros y los platos que estaban sobre ella todavía están tirados en el suelo, pero la mesa está acomodada en su lugar, frente al sofá.

—¿Augusto? —grito. Él ha estado aquí. Todavía podría estar aquí—. ¿Augusto? —pero sólo escucho el silbido del viento invernal a través de las puertas del balcón.

Me asomo a la cocina, asimilando amargamente el indescriptible desastre que dejamos allí. No es insalubre, al menos. Augusto era muy sensible a los malos olores y rápidamente tiraba cualquier resto de comida, por lo general por el balcón. Pero hay platos limpios apilados en todas partes, cajas sin abrir y latas de comida, además de libros, medicinas y ropa en los mostradores, el piso, encima de la estufa. Es como si un acaparador hubiera estado viviendo aquí.

Pero no hay señales de Augusto. Al menos, no se ve diferente de la última vez que estuve aquí. Salgo de la cocina por la otra puerta, al largo pasillo que conduce a las habitaciones y al segundo baño. Todas las puertas están abiertas, excepto una. Al final del largo pasillo, la puerta del dormitorio principal, donde Augusto me devolvió a la vida, está cerrada. Esto es diferente. Mientras estuvimos aquí, esa puerta rara vez se cerraba porque las paredes de las ventanas de las habitaciones dejaban pasar la luz al pasillo.

Me muevo hacia la puerta con inquietud. Echo un vistazo a la habitación de invitados y al baño, pero están vacíos. No sé por qué me siento tan renuente a abrir esa puerta. Es cierto que ni siquiera cuando estuvimos aquí, después de haberme recuperado lo suficiente para moverme al sofá, me gustaba entrar en esa habitación. Olía a enfermedad y me recordaba cosas que no podía rememorar. No me gustaba pensar en lo vulnerable que había estado, delirante por la fiebre, débil por las náuseas, con un extraterrestre gigante cerniéndose sobre mí, a su merced.

Incluso con los cambios en mi corazón —en mis sentimientos por Augusto—, hay partes de mí que piensan que debería volver a examinar esos días que perdí, sólo para confirmar que no había nada... inapropiado. Pero sé que él nunca haría nada para lastimarme. Nunca, de hecho, haría algo egoísta. El hecho de que Tucker esté conmigo es prueba suficiente de eso.

Abro la puerta.

Y él está allí, arrodillado junto a la cama, tal como lo hizo durante esos largos días y noches mientras intentaba evitar que mi vida se escapara. Sus manos descansan sobre el colchón frente a él.

—Augusto —lo digo en un susurro porque, por supuesto, me habría escuchado gritar y acudido a mi encuentro si hubiera podido.

No quiero moverme. No quiero cruzar al mundo donde Augusto está... donde tengo que aprender que él está...

Ni siquiera quiero pensar la palabra.

Muerto. Creo que está muerto.

No estoy sorprendida ni conmocionada. No, en realidad. Siempre he sabido que esto es lo que encontraría. La única razón por la que Augusto no estaría conmigo es si estaba muerto. Es lo único que tiene sentido. No sé adónde fue después de que me dejó, pero conozco lo suficiente sobre él para saber que no se mantendría alejado para siempre. Augusto había intentado mantenerse alejado de mí antes, y nunca funcionó.

Me muevo despacio, como si estuviera caminando en medio de una pesadilla, y me siento en la cama, empujando sus manos hacia un lado para poder quedar frente a él. Su cabeza está colgando, como si se hubiera quedado dormido aquí. Simplemente bajó la cabeza para descansar y nunca más la levantó. Tomo una de sus manos y la sostengo en la mía. Arrastro mi otra mano sobre las cicatrices en forma de estrella en su pecho y su hombro. Su armadura se siente helada.

—Augusto… —comienzo, y luego, a pesar de mí misma—: despierta.

Por supuesto, no se mueve.

No creo en los cuentos de hadas, pero me inclino y beso la armadura de su máscara, donde debería estar su boca.

—Despierta, por favor. No creo que pueda hacer esto sin ti.

Y la realidad de lo que "esto" significa es una cascada que se desborda sobre mí como avalancha. Habrá una batalla de algún tipo, una batalla en la que soy un soldado, junto con Tucker y Mandy y los otros Copos de Nieve, tanto los que saben lo suficiente para resistirse a su participación como los que no.

—Estoy tan cansada, Augusto. Estoy cansada de pelear.

Tomo su otra mano y sostengo ambas en mi regazo. Coloco mi frente sobre la suya. Todavía huele igual, casi. Su olor a carbón humeante se ha enfriado hasta convertirse en ceniza húmeda. Y no hay respiración zumbante, ni crujidos de armadura mientras sus hombros se mueven de arriba abajo. Me pregunto si al quedarme aquí el tiempo suficiente, podría unirme a él en su quietud silenciosa, y podríamos convertirnos en un monumento a las capacidades infinitas de...

No quiero pensar en esa palabra tampoco.

Amor.

Lo amo.

—¿Raven? —la voz de Mandy me saca de mi sueño nihilista.

—¡Estoy aquí! —grito, sin dejar de mirar a Augusto mientras busco, a pesar de todas las pruebas, cualquier signo de vida, cualquier reacción.

Levanto la vista para verla caminar hasta detenerse en la puerta.

—Oh. ¿Ése es...?

Asiento con la cabeza.

—¿Está...?

No asiento esta vez. No me puedo mover.

XANDER

Después de dos horas de ascenso resbaladizo e incómodo, llegamos a una pared de hielo, donde un estrecho glaciar divide las montañas. Los Nahx frente a nosotros comienzan a desaparecer y, cuando los alcanzamos, me doy cuenta de que están saltando a una grieta poco profunda. Los cuatro Nahx que actúan como nuestros guardias y escoltas nos bajan con cuidado, uno a la vez. El fondo de la grieta es hielo resbaladizo —lucho para encontrar el equilibrio— a ambos lados de una corriente de agua. Uno de los Nahx me estabiliza mientras veo cómo bajan a Topher. Busco a lo largo de la grieta hasta donde el agua desaparece en la oscuridad, mientras el resto de los Nahx se reúne. Ajustan su equipo y hablan con señas entre ellos.

—Son como *punks* —le digo a Topher, en un vano intento de iniciar una conversación. Pero él me ignora—. Topher, necesitas hablar conmigo. Dime qué te pasó. Ayúdame a entender.

De pronto, el extremo oscuro de la grieta se inunda de un resplandor dorado y, segundos después, aparece la fuente: dos Nahx, con antorchas encendidas, emergen como si hubieran estado dentro del hielo.

Nuestros escoltas nos animan a avanzar. Cuando damos vuelta a una curva, veo que la grieta conduce a un largo túnel en el hielo. Sus paredes brillantes ahora bailan con los reflejos de las antorchas y las luces de los Nahx mientras las encienden.

—Qué demonios... —dice Topher, las primeras palabras que ha pronunciado en horas.

El túnel del río parece continuar para siempre, serpenteando y estrechándose en lugares antes de ensancharse en pequeñas cavernas donde el agua se ha acumulado en charcos fangosos. Cuando Topher resbala y cae de rodillas, uno de los Nahx lo ayuda con delicadeza a ponerse en pie. Topher lo empuja y luego sacude el hielo y la nieve de sus manos. Ni siquiera se han molestado en encadenarnos; supongo que no consideran que dos humanos exhaustos representen un gran riesgo de fuga.

Hemos pasado casi una hora en el hielo cuando la iluminación cambia y los Nahx comienzan a apagar sus luces uno por uno. Delante de nosotros, los dos Nahx con las antorchas dan vuelta en una esquina y desaparecen. Nuestros escoltas nos apresuran detrás de ellos, nos ayudan a saltar sobre una amplia corriente de agua y a atravesar un hueco en las altas paredes de la cueva, hacia una brillante luz azul. Grandes manos se extienden desde un agujero que resplandece sobre nosotros y nos levantan, de uno en uno.

Salimos del hoyo hacia un país de las maravillas de escarcha y niebla, en un extenso valle escarpado, protegido por inminentes paredes rocosas y pinos nudosos. A un lado del valle, otra cascada se ha congelado en su camino y ha creado un fantástico castillo de hielo donde la corriente de la cascada ha quedado encerrada en el tiempo. La pequeña cantidad de agua que aún gotea es la que alimenta el río que nos condujo a través del túnel en el glaciar, la que lo abrió, sin duda, a través de décadas o incluso siglos.

Hacia el centro del valle, rodeado de rocas escarpadas y cubiertas de nieve, una piscina ondulante brilla como un ópalo azul lechoso, y el vapor que se desprende de ella impregna el aire circundante del inconfundible olor sulfuroso de un manantial geotérmico. Caen copos de nieve gruesos y esponjosos, y aterrizan con suavidad en la superficie del agua, donde desaparecen, succionados por la piscina como por acto de magia.

—¿Eso es…? —Topher comienza, pero cuando me vuelvo hacia él se muerde el labio y guarda silencio, aunque puedo ver el anhelo en su rostro. Agua caliente. Los dedos congelados de mis pies y manos hormiguean al pensar en ello mientras nos acercamos vacilantes. Me quito uno de los guantes y siento el agua. En realidad, no está muy caliente, pero sí lo suficiente para tomar un cómodo baño. Cuando levanto la vista, Topher está girando despacio en su lugar. Sus ojos repasan el valle, y sé que está buscando rutas de escape, tratando de formular un plan de ataque. Su postura es cautelosa y tensa, como un gato preparándose para saltar o defenderse. Un ataque parece poco probable, pero es claro que Topher no puede verlo.

Los Nahx, que nos están ignorando, merodeando por ahí, inclinándose sobre las salientes de las rocas, arrodillándose en grupos en los árboles o caminando detrás de nosotros, con las armas colgando libremente a sus costados, parecen estar tan integrados con el paisaje que siento como si yo también hubiera estado aquí por siglos. Todo —las rocas, los árboles, e incluso los Nahx— está cubierto de escarcha como si la escena hubiera sido tallada en alabastro. El rostro pálido y cincelado de Topher encaja perfectamente.

—Si hubieran querido lastimarnos, ya lo habrían hecho —digo.

Aprieta los labios y se vuelve para mirar hacia los picos de las montañas.

Fuera de la bruma, una Nahx se acerca a nosotros mientras nuestras escoltas se alejan.

—¿Aurora?

—¿Bien, Xander?

—Sí, estamos bien. Con frío.

—Sí. Muchacho enojado lavar. Oler muerte fangosa.

Cubro mi risa fingiendo un ataque de tos.

—Necesitamos toallas o algo, y ropa seca, o tendremos mucho frío.

Aurora comienza a responder, pero somos interrumpidos por un ruido entre los árboles que están sobre nosotros y que parecen explotar en una nube de nieve y hielo cuando una Nahx muy alta los atraviesa. Topher me tira hacia atrás, sorprendido, pero la Nahx sólo nos arroja ropa y mantas antes de estrellarse de frente con Aurora y enviarlas a ambas deslizándose hacia la niebla. Segundos después, la Nahx alta levanta a Aurora y la está balanceando mientras se aferran la una a la otra. Ahora que la Nahx alta ha dejado de moverse a una velocidad vertiginosa, puedo ver que no lleva puesto un casco: su largo cabello se balancea mientras gira.

—Creo que son amigas —dice Topher con voz seca.

Me vuelvo hacia Aurora y su compañera, que ahora está tirando del casco de Aurora. Cuando por fin sale con un ruido líquido de lodo gris, caen juntas en la suave nieve, besándose y riéndose y tocando sus caras, brazos y piernas entrelazados.

Comienza a parecer grosero verlas, así que miro hacia otro lado.

—Más que amigas, al parecer —dice Topher. Nos miramos el uno al otro—. No sé cómo me encontraste —dice al fin, y puedo ver que su aplomo comienza a desmoronarse.

—Tengo una teoría —pero ahora obviamente no es el momento, porque estoy impresionado por lo mal que se ve, lo delgado, lo pálido, marcado por la congelación, con los ojos huecos—. Topher, yo...

Suspira. Es un suspiro largo y lento que convoca una nube de niebla alrededor de su cabeza como si ya se estuviera convirtiendo en un fantasma.

—¿Alguna vez le contaste a Raven sobre nosotros? —pregunta, y es tan inesperado que tengo que toser de nuevo antes de lograr responder.

—No. ¿Tú?

—Por supuesto que no —responde casi con irritación.

—Tal vez alguno de los dos tendría que haberlo hecho.

Él asiente, y puedo ver que está a punto de llorar, y todavía hay Nahx alrededor de nosotros, sin mirarnos exactamente, pero sin ignorarnos por completo tampoco. Y dado que ambos somos hombres humanos, aun cuando sea totalmente razonable, tal vez incluso saludable, dudo que Topher quiera que alguien lo vea desmoronarse, así que hago lo único que se me ocurre.

Lo rodeo con los brazos y nos zambullo a los dos en la piscina caliente.

Nos hundimos en nuestras capas de ropa y botas de invierno, pero el suelo de la piscina tiene sólo unos cuantos metros de profundidad. Topher sale a la superficie, goteando, con la cara roja y jadeando. Supongo que estará enojado, pero sólo comienza a quitarse la bufanda, el sombrero y el abrigo, y luego arroja todo junto con el resto de su ropa a la orilla, en pilas mojadas. Me uno a él y pronto estoy intentando no reír. El placer de salir de esas capas de invierno fétidas y rasposas me hace sentir casi mareado. Topher se hunde nuevamente bajo el agua, y frota su cabello despeinado y su barba con los dedos.

Los Nahx nos dejan en la piscina, pero se mantienen cerca, vigilantes. Uno de ellos recoge la ropa que la Nahx alta nos arrojó y la dobla con cuidado sobre una roca seca cercana, presumiblemente para que podamos vestirnos cuando terminemos nuestro baño. Aurora y su compañera parecen haber desaparecido por el momento.

—Creo que la otra Nahx también era una chica —dice Topher, rompiendo su largo silencio—. La que estaba besando a tu amiga.

—¿En serio? —no pude verla bien—. ¿Has visto a una Nahx fuera de su armadura antes?

No responde por unos segundos.

—Sólo a los muertos —dice al fin.

Dudo sobre pedir detalles, pero parece que está listo para compartirlos de cualquier manera.

—Los Nahx ya estaban en la base —dice, haciendo una pausa por un momento para frotar una vez más su rostro con el agua tibia—. Después de que te dejé a ti y a Raven en la montaña, cuando regresé, los Nahx ya estaban allí. La mitad de la base estaba muerta afuera, en la nieve. Habían intentado escapar, pero los Nahx los habían eliminado. Les habían disparado sus dardos. Sin embargo, dejaron a un par de niños. Ahí estaban parados, llorando.

—Mierda...

—Sí. Los agarré, bajamos al cañón y regresamos a través de las rejillas térmicas. Resguardé a los niños detrás de uno de los generadores y fui a buscar otros supervivientes. Los centinelas estaban muertos. Jayden era uno, pero no puedo recordar el nombre de la otra. Era una mujer mayor.

—¿Por qué regresaste a la base? Si te hubieras dirigido al valle donde nos habías dejado, podrías habernos alcanzado. Podrías haber venido conmigo.

Me mira como si estuviera loco. O estúpido. O las dos cosas.

—Eso habría llevado a los Nahx directo hacia ti. Supuse que aún tenías la oportunidad de escapar. No quise hacerlo… —se detiene, con el rostro afligido, y sé que está pensando en cómo vio morir a Raven, sin poder hacer nada al respecto. Tal vez incluso está haciendo lo que yo he estado haciendo por meses, obsesionado con las elecciones, pensando que si alguno de nosotros hubiera hecho algo de otra manera, todo habría sido mejor.

Si yo hubiera impedido que Topher persiguiera a Raven.

Si Liam hubiera dejado que Augusto se rindiera pacíficamente.

Si no hubiéramos ido a Calgary, para empezar, porque eso fue estúpido.

Si nunca hubiéramos salido del campamento.

Si Tucker no hubiera sido tan imprudente para salir a cazar solo en medio de la noche.

Si alguno de nosotros hubiera tenido las agallas para contarle a Raven sobre Tucker y Emily antes de que fuera demasiado tarde.

Si… tantos *si*.

—Como sea —Topher continúa por fin—, encontré a Dinesh, Chris y Mason escondidos con algunas chicas y otro niño. ¿Te acuerdas de aquel niño cuya bisabuela murió en su cama?

—Oh, Dios, sí.

—Esperamos por horas, escondidos en los respiraderos. Íbamos a escabullirnos, pero Chris quería subir por los archivos de inteligencia al nivel de mando.

—¿Por qué?

—Nunca lo supe. Subió para recogerlos, pero no regresó. Cuando pensamos que era seguro, nos retiramos.

Se queda en silencio por un momento, mirando el remolino de agua entre nosotros.

—Te dejé una nota.

De pronto, la piscina se siente muy caliente. Me muevo para sentarme en una roca, de manera que estoy afuera, en el aire frío, de la cintura para arriba.

—¿Sabes lo que pensé? —pregunta Topher—. Imaginé que tal vez años después, después de haber derrotado a... —mira a su alrededor; ninguno de los Nahx parece muy interesado en nosotros, pero baja la voz de cualquier manera— a estos tipos, pensé que tú podrías volver a la base, casi como un historiador o algo así, para ver donde había sucedido todo, y encontrarías la nota. Y sabrías entonces que no me había olvidado de ti.

—¿No pensaste que podrías decirme esto algún día?

Niega con la cabeza.

—Estaba bastante seguro de que moriría aquí.

—Pero no moriste.

Su cara se retuerce en una mueca.

—Pero todos los demás sí murieron. Los niños, las niñas. Yo estaba cazando y, cuando regresé al refugio, todos estaban muertos. Les habían disparado sus dardos.

—¿Ese refugio donde te encontré?

Asiente con la cabeza y se balancea de un lado a otro en el agua, como si estuviera tratando de consolarse.

—Fue durante el verano.

—No vi ninguna tumba. ¿Tú...?

—¿No me crees? Ni siquiera sé por qué te estoy diciendo esto.

Decido que mi silencio es tal vez la mejor respuesta a eso. Cuando trato de ver nuestra situación actual desde su punto de vista, no puedo entenderla. Apenas tiene sentido para mí, pero al menos yo he visto que los Nahx pueden ser benevolentes con los humanos algunas veces.

—El suelo es demasiado duro allí arriba. Construí unos túmulos —desvía la mirada y continúa en voz tan baja que apenas lo escucho—. Los Nahx regresaron y se los llevaron.

—¿Los cuerpos?

Asiente.

—¿Cuándo?

Se encoge de hombros.

—Hace unos días... o semanas. Yo... —su voz se apaga por un instante— me escondí en el arroyo. Seguía corriendo en ese momento. Escuché los transportes, así que salté al arroyo y me escondí en el agua.

—Debe de haber estado fría —digo, aunque estoy pensando más en el hecho de que Topher vivió rodeado de sus amigos muertos en túmulos en los árboles durante meses y cómo habrá sido. No es de extrañar que se vea tan angustiado.

Miro al agua oscura mientras él sale de la piscina y se envuelve en una de las mantas que la Nahx dejó en las rocas. Después de buscar entre la pila de ropa, jala unos pantalones deportivos demasiado grandes. Desvío la mirada, golpeado por la forma en que sus costillas y los huesos de sus hombros sobresalen de su delgada piel. Se ha estado muriendo de hambre. Tomo aire para hablar con él, para razonar con él, pero él se vuelve hacia mí.

—Ese Nahx que se llevó a Raven lo cronometró bien, ¿no es así? La secuestró justo a tiempo para que el resto de nosotros fuera asesinado por sus amigos.

—Eso no fue lo que sucedió.

—¿Cómo lo sabes, Xander? ¿Cómo lo *sabes*?

—Porque él me ayudó. Después de que Liam la mató, me ayudó a salir de la zona controlada por los Nahx. A través de la red.

Ahora lleva un suéter deshilachado y calcetines que no combinan. Un Nahx silencioso se acerca cautelosamente con nuestros abrigos y botas, y los deja con cuidado sobre las rocas mientras Topher lo mira con furia. Expelen vapor, como si acabaran de salir de la secadora. Topher se pone las botas y frunce el ceño.

—Entonces, ¿fue una coincidencia que los Nahx llegaran justo después de que Raven se fue? Sólo un idiota creería eso. Y tampoco hay forma de atravesar la red.

—Pero... —lo intento.

—Buscamos arriba y abajo durante meses. Caminé cientos de kilómetros. No hay forma de pasar. O estás mintiendo o has perdido la cabeza. Quizá las dos cosas.

Salgo de la piscina mientras él se aleja con pasos fuertes. El Nahx lo sigue y se interpone en su camino cuando se acerca a un hueco entre los árboles. Lo detiene nuevamente cuando intenta regresar al túnel de hielo. Estoy peleando para ponerme unos jeans cuando me grita.

—Si son tan amables, ¿por qué no dejan que me vaya?

—¡Porque morirías de frío!

Me pongo el abrigo, meto los pies en las botas y piso fuerte sobre la nieve para alcanzarlo, cerca del túnel. Tres Nahx nos observan de cerca, silenciosos, casi deferentes.

—Estás hambriento, Topher. Estás cubierto de escarcha. No lo lograrías.

Su comportamiento se endurece tan rápido que casi puedo verlo agrietarse, y empiezo a preocuparme de que literalmente se desmorone —sus huesos, su piel, sus órganos— y caiga al arroyo para ser arrastrado por la montaña y regresar a su campamento hecho pedazos.

Su voz es apenas audible cuando habla de nuevo, apenas un susurro.

—¿Cómo me encontraste?

Pero antes de que pueda responder, sus rodillas ceden y se desploma. Lo atrapo, y uno de los Nahx lo agarra por debajo de los brazos por detrás y lo sostiene en posición vertical.

—Se está muriendo de hambre —digo—. Creo que me queda algo de comida en la mochila —perdí la noción de lo que le sucedió a mi mochila y a mis armas en algún lugar del glaciar.

El Nahx arrastra a Topher de regreso a la piscina y lo reclina sobre las cálidas rocas, luego se vuelve hacia mí y se mueve como si se inclinara sobre la piscina para beber. Me está pidiendo que le dé agua para beber. Saco un poco del agua tibia en mi mano ahuecada y la sostengo cerca de la boca de Topher. Tose el primer sorbo, pero se las arregla para beber un poco más. El agua tiene algo de sedimentos, pero tal vez sea seguro beberla. Por lo general, el agua de manantial lo es.

Entonces aparece mi mochila y busco un poco de la ardilla asada que guardé. Topher se ha debilitado de pronto; creo que el baño en la piscina lo drenó. Tengo que romper trozos de carne y darle de comer los primeros bocados como si fuera un bebé. Cuando comienza a comer solo, levanto la mirada y me doy cuenta de que fue Aurora quien trajo mi mochila. Su compañera alta, que sí parece ser mujer, está parada a su lado y tiene un brazo alrededor de sus hombros. Ninguna tiene su armadura: visten trajes de color gris metalizado y parecen dos corredoras de motocicletas muy altas e intimidantes.

La Nahx alta tiene la piel oscura, el cabello largo y plateado, con rastas, y grandes ojos expresivos con los iris del color y el brillo de una olla de cobre. Su nariz está perforada a través del tabique con un pequeño candado, lo que la hace ver como una punk de la vieja escuela. Sin la armadura Nahx, su forma es redondeada y femenina, con una cintura pequeña y pechos bastante grandes. Dirijo mis ojos de nuevo a Aurora, que me está sonriendo.

—*Xander* —me señala. Luego señala a su amante—. *Luz cielo noche* —no entiendo la cuarta seña.

—*¿Estrella? ¿Algo así?*

Aurora lo explica con mímica: junta ambas manos en puños y luego las abre, con los dedos extendidos y las manos separadas.

—¿Estrella explotando?

Ella señala hacia el cielo, asintiendo.

—¡Oh! ¡Nova! ¿Ése es tu nombre? ¿Nova?

La Nahx alta asiente, pero cuando extiendo la mano para estrecharle la mano, ella da un paso al frente y me aplasta en un abrazo de oso, levantándome y sacudiéndome hasta que mis dientes tiemblan.

—*Gracias gracias gracias* —dice mientras me deja en el suelo.

—De nada, Nova —digo, tratando de comprobar sutilmente que todos mis huesos siguen funcionando—. Éste es Topher —él no levanta la vista de su comida.

—*¿Muchacho enojado caminar fuerte?* —pregunta Aurora.

—Yo… —tengo que morderme el labio otra vez para no reírme del nombre que le han dado a Topher. Muchacho enojado es muy apropiado.

—¿Puedes caminar, Toph?

Él gruñe pero camina mientras Aurora y Nova nos conducen a los árboles y a través de una especie de puerta del reino de las hadas, creada con ramas escarchadas. La ropa nueva se siente cálida y seca, y ambos descubrimos guantes y sombreros tejidos metidos en los bolsillos. Sin embargo, todo es demasiado grande para mí, y tengo que sostener mis pantalones para mantenerlos en su lugar. Eso me hace preguntarme por qué tendrían la ropa, para empezar, dónde la obtuvieron, quién murió en ella.

La caminata es empinada, y mantengo un ojo en Topher, atento a cualquier señal de debilidad, pero la escasa comida parece haberlo ayudado a recuperar algo de su fuerza. Al menos, su obstinado silencio ha regresado. Intento razonar con él cuando los árboles comienzan a abrirse.

—Quieren ayudarnos. ¿Por qué más tendrían ropa? Ellos no la necesitan.

Me ignora, pero sigo adelante. Necesita escuchar esto.

—De acuerdo. Entonces, preguntaste cómo te encontré. Creo que Aurora sabía dónde estabas. Dónde estaba tu campamento.

—¿Cómo lo sabría ella?

—Dijiste que estabas buscando un camino para atravesar la red. Ella conocía un camino. Quizá lo estuvo buscando mucho tiempo antes de encontrarlo. Ella tal vez te vio.

—Si ella me vio, ¿por qué no me disparó uno de sus dardos? O tal vez fue *ella* quien le disparó a todos ese día. Tal vez así supo dónde estaba.

Eso me hace detenerme, pero sólo por un segundo.

—No creo que eso haya sucedido.

—No piensas, en absoluto. ¿Cuál es la novedad?

Me vuelvo a subir los pantalones y espero que Topher no pueda ver cómo se ha sonrojado mi rostro. Después de un minuto, intento con una estrategia diferente.

—Ellos podrían ayudarnos a regresar a través de la red —digo—. Podemos salir de aquí, Toph. Ir a la costa, como Raven quería.

Se vuelve para mirarme con tanto desdén en sus ojos que se siente como si me diera una bofetada en la cara.

—Estás loco si crees que nos ayudarán a hacer eso —dice, y avanza a zancadas, dejando en claro que esta conversación ya terminó.

Salimos de los árboles a un valle que se inclina suavemente hasta una cumbre plana. La nieve espesa y fresca cubre la superficie como el glaseado de un pastel. Al oeste de nosotros, sobre los picos de las montañas distantes, puedo ver la red de drones, sólo un tenue contorno contra el cielo brillante. Desde el borde del bosque se ha tallado un amplio camino a través de la nieve, pisoteado por botas Nahx, que conduce a un claro en el extremo más alejado del valle. Un transporte Nahx está estacionado allí.

—¿Qué es eso?

Aurora toma mi hombro, mientras hace señas con su otra mano.

—*Mirar. Escuchar.*

Me invita a seguirla con una seña.

El transporte parece haber sido rescatado y canibalizado por partes. Falta la puerta, sacaron gruesos conductos de cable de sus entrañas y los extendieron por el valle. Lo más sorprendente es que los conductos parecen estar conectados a una tecnología decididamente humana: paneles solares. Algunos están claramente estampados con logotipos de compañías de las que he oído hablar: Alberta Clean Power y BC OffGrid Living. Al parecer, estos Nahx han estado robando paneles solares de casas y cabañas en dos provincias.

Me vuelvo hacia Topher, quien tiene el ceño fruncido y mira la disposición de cables y paneles alrededor. Aurora nos lleva más allá del transporte, siguiendo otro conjunto de conductos sobre algunas rocas, hasta que vemos abajo otro valle. Hay más paneles solares allí, docenas, y, en el centro, otro transporte, todavía más separado, con todo el casco abierto como un paciente a quien le hubieran practicado una cirugía. Sus entrañas también se han reconfigurado de alguna manera, con paneles y blindajes y conductos dispuestos en forma circular...

—¡Creo que sé lo que es esto!

Justo en ese momento, tres Nahx emergen del transporte debajo de nosotros e intercambian señas con Nova y Aurora, quienes se vuelven y transmiten las señas a más Nahx en el primer transporte.

—*Mirar. Escuchar* —dice Aurora, jalándome otra vez.

Tengo que correr para seguirle el paso. Topher va detrás de mí en silencio mientras Aurora y Nova nos acompañan cuando subimos por la rampa.

El interior del transporte también está desgarrado: cables por todas partes, circuitos desechados y válvulas apiladas en el piso, faltan paneles en las paredes. Los cables salen de las pantallas, tanto los que parecen ser parte del diseño original como algunos que parecen haber sido manipulados después.

—¿Tu reloj todavía funciona?

Topher me mira como si estuviera loco.

—¿Qué?

—¿Qué hora es?

Me fulmina con la mirada pero levanta la manga de su abrigo y mira su costoso reloj.

—Casi mediodía —dice.

En ese momento, el transporte comienza a zumbar y las pantallas se iluminan una por una. Luego, el zumbido cambia a un tronido de baja frecuencia, que pronto se vuelve tan bajo que lo siento en las costillas y en lo más profundo del estómago. Dejo de escucharlo, ya que parece viajar por mi cuerpo hasta que sólo puedo sentirlo en mis pies, como una vibración en el piso de metal del transporte.

La estática en las pantallas se fusiona en imágenes.

—¿Qué demonios? —dice Topher.

En una pantalla se encuentra el logotipo familiar del sistema de transmisión de emergencia, junto con un letrero: "Día 494", y la fecha. Otra pantalla muestra una lista de centros de refugiados e información sobre cómo llegar a ellos. Otra más muestra un video que pensé que nunca tendría que volver a ver: la persecución a través del complejo de Garvin, que culminó con la amputación de la mano de Dylan.

—¿Ése eres tú? —dice Topher, asombrado.

—Sí. Es una larga historia.

Pasamos a otra pantalla, ésta tiene sonido. Un hombre de cabello canoso y cara angulosa está hablando, con un tono derrotado en su voz, casi como si estuviera recitando una oración a un dios en el que ya no cree.

—... el nuevo conteo ahora es de poco más de once mil. Las reservas son bajas. Estamos quemando madera rescatada de casas vacías para calentarnos. La gasolina se ha agotado. Con esta nieve, tenemos abundante agua, que almacenaremos más extensamente en... en caso... —el hombre toma aliento y traga saliva con un gesto de dolor— en el improbable caso de que sobrevivamos otro invierno. Necesitaremos agua para sobrevivir el verano. Si los Nahx continúan ignorándonos —la pantalla cruje con estática antes de recuperar la imagen— ... aquí en Edmonton. Si alguien escucha esto, envíe ayuda. Por favor, por favor, envíe ayuda. No podemos... —la pantalla cambia bruscamente a otra imagen, algo violento, sólo durante unos segundos, antes de volver a la estática.

—¿Eran once mil personas? —pregunta Topher—. ¿En Edmonton? ¿Once mil supervivientes?

Se da vuelta en un círculo para mirar más a las otras pantallas. Algunas están mostrando videos de Nahx asesinando personas, algunas de ellas implorando por ayuda, de acuerdo con su apariencia; algunas presentan imágenes estáticas, pero sobre la baja vibración y otros ruidos puedo distinguir los murmullos de voces humanas, como voces de ultratumba. Éstos son supervivientes, dondequiera que se encuentren, que utilizan desesperadamente cualquier medio que tienen para pedir ayuda.

Siento una extraña oleada de orgullo porque todavía hay voces humanas entre la devastación. Los Nahx estaban tratando de erradicarnos, al menos en las tierras altas, pero no pudieron. Ni con sus soldados asesinos, ni con su tecnología avanzada. Han pasado dieciocho meses, y los humanos han podido mantenerse en medio de todo la destrucción.

—Tenemos que ayudarlos —dice Topher.

—Sí. ¿Entiendes qué es esto? —hago un gesto hacia los cables y las pantallas.

Topher niega con la cabeza.

—¿Recuerdas que Kim nos dijo en la base que sólo recibían señales de radio o video alrededor del mediodía? ¿Y que era más probable en días soleados? ¿Y cómo sucedía igual con nosotros, en el campamento?

—Sí.

—Kim pensó que algo, o alguien, estaba interfiriendo el codificador de microondas que los Nahx estaban usando para interrumpir cualquier comunicación. Nunca fue capaz de descubrir cómo.

—Cierto —Topher frunce el ceño en un gesto sombrío mientras mira alrededor del transporte una vez más. Aurora, Nova y otro Nahx nos observan con paciencia, como si esperaran que Topher lo descubriera.

—¿Y entonces...?

—Entonces, así es como se estaba interfiriendo el codificador. Estos Nahx lo estaban bloqueando.

—Espera —se vuelve hacia Aurora—. ¿A propósito?

Ella asiente.

—¿Por qué?

—*Ayudar ustedes* —responde Aurora—. *Ayudar humanos.*

—Para ayudarnos —traduzco.

—Pero... —se estira para estabilizarse en la parte posterior de una consola—. ¿Por qué? ¿Por qué están ayudando a los humanos?

Aurora y Nova mueven la cabeza hacia atrás. Supongo que les parece gracioso.

—Porque son traidores, Topher —le digo—. Son traidores y están de nuestro lado.

RAVEN

Aunque el frío no me molesta, Mandy trae una manta con la que me envuelve en silencio antes de irse. Aparto los ojos de Augusto por un momento y observo cómo ella se aleja por el largo pasillo, bañado por la luz rosada del sol naciente, el segundo amanecer desde que encontré a Augusto aquí. He estado sentada con él en la habitación oscura durante todo este tiempo, sin saber qué hacer, incapaz de tomar una decisión en una u otra dirección.

Tucker ha desaparecido. Lo escuché discutir con Mandy, y a ella, siempre pacificadora, suplicándole que no armara una escena. Pero más tarde, Mandy me dijo que él había descubierto que fue Augusto quien le disparó y que tuvo que contenerlo, para intentar razonar con él.

—Le dije que no podía matar lo que ya estaba muerto —dijo simplemente.

Me parece que no puedo enojarme con él. Incluso entiendo por qué se sentiría traicionado. En lo que respecta a sus recuerdos del mundo, sigo siendo su novia. Su novia devota y despistada.

Azul entró volando poco después de que Tucker se fue, al parecer ligeramente interesada en la forma inmóvil de

Augusto. Se paró sobre su nuca por unos segundos, con su luz encendida, antes de alejarse por el pasillo y, creo, por el balcón. Dios sabe adónde ha ido ahora.

Sé que no puedo quedarme aquí para siempre: la grieta oscura en mi mente se está expandiendo y materializando de tal manera que casi puedo verla ahora, incluso con los ojos abiertos. Su gravedad tira de mí con fuerza creciente, pero también siento que mi misión está completa, al menos esta parte. No hubiera podido continuar sin saber qué había sido de Augusto. Ahora lo sé.

Cuando Décimo me encontró en las dunas, estábamos rodeados de soldados Nahx inmóviles, arrodillados, con la cabeza colgando, como está Augusto ahora. Y en la cámara helada de la nave gigante había más, también aparentemente muertos, inertes, silenciosos, tan fríos que estaban cubiertos de escarcha. Algunos tenían heridas, pero ¿los otros? Creo que simplemente se habían desgastado.

¿Supo Augusto que su fin estaba cerca? ¿Por eso regresó a este lugar? Supongo que nunca sabré exactamente qué hizo después de mi no-muerte. Y él nunca sabrá...

Recorro mis recuerdos otra vez, como si hubiera una pantalla de video en mi cabeza. ¿Alguna vez le dije lo que sentía siquiera? Le grité y le escupí, rompí un florero de vidrio sobre su cabeza y le puse un cuchillo en la garganta. A pesar de eso, ¿podía ver lo que significaba para mí? ¿Cómo su paciencia me restauró? ¿Cómo su inquebrantable perdón me reconstruyó? ¿Lo perdida que estuve sin él todos esos meses?

¿Lo perdida que estoy ahora?

—No sé qué hacer, Augusto —se siente bien decir su nombre en voz alta. Mantengo la voz baja porque no quiero que Mandy piense que me he vuelto loca—. Sé que no quisiste que fuera así. Sé que sólo lo hiciste para ayudarme, pero mi plan, ir a la costa e intentar encontrar a mis padres, ya no funciona. Soy… somos diferentes ahora. No creo que encajemos entre los humanos. Tampoco creo que los Nahx nos acepten.

Incluso en su silencio, en su muerte, Augusto me consiente. Escucha. No juzga.

—Creo que sabes cómo se siente eso, ¿no es así? ¿No encajar en ningún lado?

Cierro los ojos y la imagen de él asintiendo con la cabeza, de acuerdo con algo tonto que dije, aparece en mi mente con tanta nitidez que es como si estuviera vivo frente a mí. Pero cuando abro los ojos, no se ha movido. Me pregunto por un momento si debería quitarle la máscara, pero decido que prefiero recordarlo así, blindado y regio, junto con el breve atisbo que tuve de su rostro la última vez que lo vi con vida.

Cuando me estiro hacia él, la manta se desliza de mis hombros y cae al suelo. La levanto y cubro su espalda como si fuera una capa. Es una manta de Hudson's Bay que lo hace ver como un superhéroe canadiense, y eso me hace sonreír.

—Creo que tendremos que regresar a las dunas —digo—. No sé dónde más buscar a Topher. Tal vez sólo tenga que esperar que lo haya logrado de alguna manera. Tal vez… ¿quizá siguió el mapa de Xander? Espero que lo haya logrado —me detengo antes de decir las siguientes palabras, porque no quiero que sean ciertas—. Podríamos detener lo que sea que venga. Evitar que lastime a alguien más. Quizás ése sea mi destino.

En las señas de Augusto, la palabra *quizás* es una combinación de la palabra *casi* y la palabra *esperanza*. La palabra *casi* es muy obvia. De hecho, es exactamente la forma en que un humano haría la mímica para decir "casi": sosteniendo el pulgar y el índice juntos. Pero *esperanza* se asemeja a *sueño volando* o algo así, una mano revoloteante que se eleva hasta la frente. Nunca he estado segura de que mis señas hayan sido precisas, pero lo intento ahora. Se siente… respetuoso hablar con Augusto en su propio lenguaje, con su gramática única.

—*Esperar yo no lastimar tú* —digo con señas—. Espero que no haya sido doloroso, lo que sea que te haya pasado.

—*Esperar tú no triste.*

Mis manos forman sombras en la luz rosada que se filtra desde el pasillo.

—*Esperar tú saber: tú caminar en mis sueños. Tú volar en mis sueños.*

Entonces no puedo resistirlo más. Me deslizo hacia abajo para arrodillarme entre él y la cama y envolver entre mis brazos su cuerpo, recuesto mi cabeza sobre su pecho, pongo sus brazos sobre mis hombros. Cada vez que hacía esto antes, su armadura estaba demasiado caliente para tocarla, pero esta vez se siente muy fría.

—¿Raven? —Mandy se queda en la puerta. Su silueta se dibuja a contraluz.

—Sé que está muerto —digo—. No estoy loca.

—Está bien —su voz es suave—. Tucker regresó. Está enfurruñado en el sofá.

—Oh —en verdad, me siento aliviada—. Bien.

Vuelvo la cabeza del otro lado para poner mi otra mejilla sobre el frío metal. La luz de la mañana se asoma por los bordes de las pesadas cortinas de terciopelo.

—Podríamos moverlo, si tú quieres. Hacer una tumba o algo así.

—No. Creo que un edificio de cuarenta pisos es bastante bueno como tumba, ¿no te parece?

Mandy suelta una risita.

—Seguro. Como un faraón.

—Exactamente.

—¿Quieres ir a otro lado? Podríamos ir a tu casa.

Niego con la cabeza. No quiero que me recuerden todo lo demás que perdí. No, en este momento.

Hay un ruido en la sala principal y la voz de Tucker.

—¿Raven?

Me deslizo por debajo de los brazos de Augusto y regreso a la cama.

—Ehhh, ¿Raven?

De pronto, Azul vuela por el pasillo tan rápido que deja un rayo de luz detrás de ella como una estela.

—Raven... ¡Mierda!

Tres Nahx aparecen al final del pasillo. Marchan en dirección a nosotros, con Tucker tropezando detrás de ellos.

—¡Armas! ¡Armas! —siseo.

—Están en la otra habitación —dice Mandy.

Alcanzo el objeto más cercano, una lámpara rota del buró, y la empuño sobre mi cabeza como un hacha de guerra, lista para salir de aquí.

Dos de los Nahx permanecen en el pasillo, con sus armas colgando sueltas a los costados, mientras que el del medio atraviesa la puerta.

Mandy se ha armado con una pequeña silla de escritorio. Nos paramos a los costados de la figura inmóvil de Augusto, como si él necesitara protección.

—¿Qué quieren? Largo de aquí —digo.

El Nahx, con un cuerpo fornido, inclina la cabeza a un lado con un gruñido bajo. Su arma cuelga sobre su espalda. Levanta las manos lentamente, con las palmas al frente, y las sostiene allí por un momento, antes de hacer una señal familiar.

—*¿Ayudar?*

—No necesitamos ayuda. Déjanos solas.

Azul vuela alrededor de la habitación, rebotando en las cortinas como una mosca tratando de escapar. El Nahx la mira, su cabeza se mueve adelante y atrás.

—*No tú. Él* —señala a Augusto.

—Él ya no necesita ayuda. Está muerto.

Azul descansa sobre la cabeza de Augusto, como una diminuta corona. Su color se suaviza cuando vibra en el metal del casco de Augusto.

—*No muerto* —dice el Nahx fornido.

Un escalofrío sube por mi columna tan rápido que casi dejo caer la lámpara.

—¿Qué?

—*Ayudar él. ¿Sí?*

Arrojo la lámpara sobre la cama y retrocedo cuando entran los otros Nahx. Uno de ellos avanza sin perder tiempo hacia las cortinas y las abre, de manera que entre la luz del amanecer. El otro pone sus manos sobre el cuerpo de Augusto como si sintiera señales de vida.

—Está m-m-uerto —tartamudeo—. Está frío. Ya no está respirando.

—*Estúpidos Copos Nieve* —dice uno de los Nahx.

Los otros dos ríen en verdad, moviendo sus cabezas hacia atrás con pequeños siseos divertidos.

Luego comienzan a hablar entre ellos, pero se mueven demasiado rápido y sólo puedo distinguir unas cuantas palabras mientras sus manos vuelan.

Despertar.

Sol.

Comer.

Mover.

Roto.

Entre dos toman los brazos de Augusto, lo levantan y lo arrastran lejos de la cama. Me quedo torpemente en su camino. ¿Cómo he podido ser tan estúpida? No hay evidencia de lo que sé de la muerte de un Nahx: no hay un charco de sangre gris, no hay un solo rastro de sangre. No creo que esté…

—*Arriba* —dice el tercero mientras me empujan a su paso.

—¿Qué está pasando? —Tucker nos sigue mientras los Nahx arrastran a Augusto hacia el pasillo común y a las escaleras.

—¿Adónde lo llevan? —me ignoran, dejando que las rodillas de Augusto resuenen contra las escaleras de concreto mientras suben a la salida del techo, un piso más arriba. Cuando Mandy, Tucker y yo salimos a la azotea detrás de ellos, el cielo brillante se desgarra con el chirrido de los motores de un transporte Nahx. Mandy y Tucker se han armado de alguna manera. Levantan sus rifles y vuelven sus espaldas hacia nosotros en un gesto protector.

—¿Dónde está? —el cielo azul es claro y tiene un aspecto inocente.

Una forma oscura se eleva desde el otro lado del edificio y flota allí; sus motores levantan la nieve en todas las direcciones a medida que aterriza y se apaga. La puerta sisea al abrirse y una rampa baja a la superficie del techo.

Más Nahx aparecen en la puerta.

—¡No dejen que se lo lleven! —agarro el brazo de Augusto—. ¡Azul! ¡Haz algo!

Azul se cierne entre nosotros, su luz pulsa. Uno de los Nahx hace señas, pero se mueve demasiado rápido para que yo pueda entender cualquier cosa más allá de unas pocas palabras.

Perdido.

Roto.

Oscuridad.

Azul se mueve de arriba abajo.

Sí.

—¡No! No iremos con ellos. Lo llevarán de regreso a ese helado lugar de almacenamiento.

Los Nahx me ignoran, una me empuja fuera del camino con tanta fuerza que resbalo por el techo. Tucker salta sobre ella y de alguna manera tiene un cuchillo Nahx en la mano antes de que yo tenga tiempo de levantarme.

—¡Tucker, no! —Mandy tira de él hacia atrás, girando su brazo hasta que el cuchillo cae en una pila de nieve y desaparece. La Nahx caída salta sobre sus pies, siseando, mientras los otros dos levantan sus armas. Parece que podríamos estar a punto de pelear aquí hasta que Azul aparece entre nosotros, destellando con enojo.

En el silencio que sigue, todos escuchamos a Augusto tomar una respiración tensa.

Es repentina, pequeña y apenas audible, pero su pecho se eleva ligeramente y, un segundo después, exhala.

—¿Acaba de respirar?

El Nahx fornido me hace señas lentas y bruscas:

—Sí, estúpida Copo Nieve humana. Sol despertar él.

—¿El sol?

—Sí, cabeza barro. Armadura comer sol. Necesitar comer e ir a montañas.

—¿A las montañas? ¿Donde puede respirar mejor? —Mandy parece ser la única que puede pensar racionalmente en este momento.

—*Sí. Montañas. Donde él poder respirar.*

—¿Puedo... podemos ir contigo? —no me voy a separar de Augusto. No ahora.

—*Sí* —señala a Tucker—. *No pelear.*

—Yo no voy con ellos. Yo...

Azul lo golpea en la frente, haciéndolo gritar, pero después de eso, él mantiene la boca cerrada.

La mujer Nahx arrastra a Augusto por la rampa por un brazo y lo deja caer en el suelo del compartimento de carga. El resto de nosotros lo seguimos. Me siento con las piernas cruzadas al lado de Augusto y acomodo su cabeza en mi regazo mientras Mandy empuja a Tucker hacia abajo para sentarse contra la pared opuesta. Sé que ninguno de ellos está contento de estar otra vez a bordo de una nave Nahx, pero hemos formado un equipo inquebrantable. Si vamos a resolver esto y sobrevivir a las batallas que se avecinan, debemos mantenernos unidos. Confiar uno en el otro. Acuno la cabeza de Augusto y acaricio su máscara mientras el transporte despega, lo que hace que su armadura golpee el piso de metal. Tal vez se mueve, o su respiración superficial y ligera cambia de alguna manera. Ahora puedo procesar y medir tantos detalles sobre mi entorno que todavía no termino de acostumbrarme. Se necesita un momento para interpretar el cambio, para descubrir exactamente qué es diferente.

Tensión. Tensión muscular. Donde antes el cuerpo de Augusto estaba lánguido y flexible, ahora hay una tensión creciente, como si se estuviera enrollando lentamente, preparándose para escapar. Está sucediendo a un ritmo glacial, pero mi nueva percepción aguda la detecta, la interpreta, la archiva.

Está aterrado.

—No tengas miedo —le digo en un susurro, haciendo sus señas mientras hablo—. Me quedaré contigo.

Y decir esto parece despertar algo en mí. Es como si la chica humana dentro de esta fachada fría y dura, la diminuta brizna de suavidad que había escondido incluso antes de que todo esto comenzara, finalmente se hubiera liberado, se asomara ahora y tomara también una respiración temblorosa. Y lo siguiente que sé son sólo mis lágrimas y sollozos. El resto de esta catástrofe desaparece. Somos sólo yo, Augusto y lágrimas.

Débilmente escucho a Tucker murmurar algo y a Mandy susurrar una corta respuesta. Tal vez ella reconoce que necesito este momento. Necesito lavar el metal y el fuego, y encontrar la carne debajo. Pero a medida que mis lágrimas caen sobre la armadura de Augusto y mi vestido, veo que son metálicas, como plata fundida, y eso me hace llorar todavía más. ¿Cómo puedo seguir adelante de esta manera? ¿Podré volver alguna vez? Si mis padres están vivos en algún lugar, ¿cómo podría pararme frente a ellos así, como un monstruo?

Un siseo me distrae y siento que la presión del aire en el transporte cambia rápidamente, haciendo que me atruenen los oídos. Augusto toma otro aliento débil. Me inclino para poner la cabeza sobre su pecho y escucho su pulso. Está allí, pero es apenas un suave tictac bajo el ruido del transporte, y lento, quizá no más de quince o veinte latidos por minuto.

La primera vez que escuché los latidos del corazón de Augusto cambió mi perspectiva de manera impactante, casi aterradora. Antes de eso, a pesar de su amabilidad, me mantenía creyendo que él sólo era una máquina sin alma e insensible. Su compañía era un medio para un fin, pero cuando escuché su corazón…

¿Eso importa? Los animales tienen corazones palpitantes, incluso los insectos. Tal vez haya algo en un latido del corazón humano que se siente familiar, o *ancestral,* algo que otro corazón humano reconoce sin siquiera saber por qué. Supongo que ésa es la razón por la que Augusto no me mató cuando podría haberlo hecho en distintas ocasiones. El humano en él reconoció a la humana en mí. Y, tal vez, la razón por la que soñé con matarlo por mucho más tiempo de lo razonable. Mi corazón no había reconocido el suyo.

No parece pasar mucho tiempo y, mientras observo cómo mejora la respiración de Augusto, su cuerpo parece despertar centímetro a centímetro, antes de que el transporte comience a descender. Me deslizo por debajo de la cabeza de Augusto y me pongo en pie para ver dentro de la cabina y a través de la ventana.

Afuera, todo es blanco y, a medida que el transporte se ralentiza, veo que estamos volando a través de una fuerte tormenta de nieve, al parecer a unos cuantos cientos de metros sobre la cima de las montañas. El Nahx en los controles es claramente un buen piloto, pero todavía tengo dudas sobre aterrizar en estas condiciones. Me siento de nuevo, empujo la cabeza y los hombros de Augusto hacia mi regazo y envuelvo un brazo alrededor de su pecho. Con mi otra mano me aferro a uno de los anillos de metal en la pared del compartimento de carga.

—Agárrense de algo —les digo a Mandy y Tucker. Incluso Azul parece un poco nerviosa cuando el transporte comienza a sacudirse, así que se desliza en el bolsillo delantero del abrigo de Mandy.

—¿Estás bien? —me pregunta ella con el ceño fruncido.

—Sí —suelto el asidero el tiempo suficiente para limpiar las últimas lágrimas plateadas de mis ojos—. Sólo necesitaba dejarlo salir.

—Sé cómo es eso.

Hay un súbito ruido atronador y el transporte se agita bruscamente, lo que hace que mi brazo se retuerza mientras me aferro al anillo. Después de otra fuerte explosión, me inclino y veo al piloto luchando con los controles mientras otros dos Nahx regresan entre tropiezos a la bodega. Toman posiciones a ambos lados de la escotilla, con las armas levantadas. Hay otro ruido, más fuerte todavía, que hace que el metal del transporte resuene.

—Alguien nos está disparando —dice Tucker como si nada, y tengo que morderme el labio para evitar golpearlo.

—¿Humanos? —pregunta Mandy sobre el ruido creciente—. ¿Quién más nos dispararía?

El transporte aterriza con fuerza y, a pesar de mis mejores esfuerzos, pierdo el agarre y me deslizo por el piso de metal. Uno de los Nahx junto a la escotilla me empuja con su pie mientras la escotilla se abre con un siseo.

El resplandor de las luces de aterrizaje en la pesada nieve me ciega por un momento mientras me pongo en pie. Mandy y Tucker se unen a mí y tomamos posiciones detrás de los Nahx en la escotilla abierta. Augusto todavía yace extendido en el suelo a nuestros pies.

Algo en el motor del transporte libera ráfagas de aire frío que arrastran la nieve lo suficiente para que yo pueda ver más claramente lo que hay afuera. Al principio, creo que algunos humanos muy tontos se han reunido para enfrentarnos, pero a medida que el aire se despeja me voy dando cuenta de que se trata de Nahx: veinte o treinta de ellos, con las armas en alto, en un círculo defensivo. Detrás de ellos, distingo árboles cubiertos de escarcha y empinados acantilados rocosos. Hemos aterrizado en una especie de valle protegido.

El piloto hace algunas señales que no alcanzo a descifrar, y uno de los Nahx en el valle asiente de manera cortante. La mujer Nahx da media vuelta y me empuja a su paso, luego se inclina para agarrar a Augusto por el pie y lo arrastra por la rampa.

Los otros dos Nahx no nos detienen mientras los seguimos.

La mujer deja a Augusto en el piso y marcha de nuevo por la rampa sin más demora. La escotilla se cierra antes de que pueda decir gracias siquiera. ¿Y por qué les tendría que agradecer? Los Nahx armados que nos rodean avanzan con cautela, sin bajar las armas, mientras el transporte despega. Me arrodillo y giro a Augusto sobre su espalda.

—Está enfermo —digo—. Está respirando, pero muy lentamente, y no estuvo respirando para nada por… no sé cuánto tiempo. Lo encontramos…

Me interrumpen dos formas oscuras que surgen de los árboles entre una nube de nieve y hielo. Están arropados hasta los globos oculares, pero parecen ser humanos. Tucker, a mi lado, toma una posición protectora y sus dedos se cierran con fuerza sobre su rifle mientras los humanos se detienen a pocos metros de distancia. Uno de ellos dice algo, pero las palabras son ahogadas por su pesada bufanda.

—Está enfermo. Necesitamos ayuda —digo. Una parte de mí sabe que pedir ayuda para un Nahx a un humano es probablemente inútil, pero estoy desesperada. Y no entiendo qué está pasando. Mis ojos registran todo alrededor, reuniendo datos, tratando de procesar, pero lo que veo no tiene sentido.

Estos Nahx no parecen Nahx. A la mitad de ellos les faltan partes de su armadura, y un par de ellos no lleva armadura siquiera, sino algún tipo de overol ajustado. Algunos también llevan prendas de vestir humanas y están armados con armas humanas. ¿Dónde estamos?

Uno de los humanos se baja la bufanda.

—¿Raven? —dice.

Su rostro está rojizo por el frío y más cincelado de lo que recuerdo. Y tiene una rala barba negra. Pero salvo por esos cambios, reconozco fácilmente sus ojos brillantes y su insolente sonrisa.

—¿Xander?

—Oh, Dios mío, tenía razón —me observa fijamente por un momento antes de bajar la mirada—. ¿Ése es Augusto?

Estoy a punto de responder, pero el valle pleno de ruidos —el rugido del transporte al partir, el crujido de cincuenta pies en el hielo, el viento susurrando entre los árboles—, de pronto se queda en silencio. Mis ojos se sienten atraídos por el otro humano, que parece congelado en su lugar. Tucker hace un ligero ruido y deja caer su arma al piso. Da un paso hacia el otro humano. Quienquiera que sea, se mueve al fin: da un paso atrás.

—No necesitas tener miedo.

El humano no responde, pero puedo ver cómo se tensa cuando Tucker se adelanta y jala su bufanda para bajarla.

Oh… Dios. Es Topher.

Tucker toca su rostro con suavidad. Pasa los dedos sobre la forma familiar de su pómulo y su mandíbula.

Topher habla por fin.

—No puedes… no puedes ser tú. No eres tú —sus ojos tienen una mirada salvaje, aterrorizada y horrorizada, llenos de alegría y abatidos al mismo tiempo—. Tucker, tú estás muerto.

—No del todo —dice Tucker, y se abrazan.

CUARTA PARTE

AGUA

"La vida, aunque sólo sea una acumulación de angustia, me es querida y la defenderé."
MARY SHELLEY, *FRANKENSTEIN*

AUGUSTO

Sexta.

—*¿Sexta?*

Miro hacia abajo y veo cómo sus pies arrancan tiernos brotes, las hojas empapadas de nieve y tierra húmeda.

—*¿Adónde ir nosotros?*

No me atrevo a mirar atrás. Diente de León yace muerta... o dormida o... algo, bajo el incipiente árbol. Su chico humano, Tucker, con costras de suciedad y marchito, frío y gris, está a su lado. Encadenado a ella. No se me ocurre qué más hacer.

Sexta no los vio. Sólo me vio a mí.

—*Seguir* —me ordenó, y yo lo hice, como si no hubiera pasado el tiempo. No estamos lejos del lugar donde Tucker disparó una flecha hacia ella, el lugar donde yo le disparé el dardo a él, donde lo dejé cuando cayó, según las instrucciones.

Quizá todo lo demás fue un sueño. Tal vez Sexta sí se levantó después de todo.

—Despierta, Augusto.

Es la voz de Diente de León. Llevaba el vestido verde, extendido bajo el árbol, con la tierra removida a su alrededor.

—*Octavo* —Sexta hace las señas con brusquedad—. *¡Seguir!*

Está lloviendo, hace frío y se acerca la oscuridad, y sin embargo, de alguna manera siento el cálido sol sobre mí y el cosquilleo de mi armadura convirtiendo la luz solar en energía. Esto no puede estar bien. Estoy funcionando mal de nuevo. Camino sobre las huellas de Sexta, feliz de que Diente de León se quede atrás, cada vez más lejos de nosotros a cada paso que damos. Sexta la mataría, le rompería extremidad por extremidad si lo supiera, y no le importarían las reglas y las directrices.

—¿Qué está mal con él? ¿Deberías quitarle la armadura?

No, Diente de León. Deja de hablar. Quédate en silencio. Escóndete.

—Pero quiero ayudarlo. Debería estar con él cuando despierte.

¿Esto *es* un sueño?

—¿Adónde ir nosotros, Sexta?

Se vuelve y me empuja con tanta fuerza que tropiezo con el tronco de un árbol.

—¡Tú no necesitar respuestas! ¡Seguir!

Podría intentar matarla, pero si fallara, ella buscaría y encontraría a Diente de León y la haría pedazos.

—¿Qué está pasando? ¿Por qué está temblando? ¡Lo están lastimando!

Su voz se aleja. La tocaría si pudiera. Si ella está hablando, está viva, cálida de nuevo. Creo que nos hemos dividido en dos mundos de alguna manera. O en dos tiempos. El tiempo se está mezclando en mi cabeza.

Sexta me jala, mis dedos se enroscan alrededor de su hombro. Pero no siento nada. Es como si fuéramos fantasmas.

—¿Adónde ir nosotros, Sexta?

Ella se vuelve esta vez, despacio, pero en un movimiento fluido. El suave crepúsculo detrás de ella, como un halo, alivia mi mente perturbada y parece provocar el agujero en el tiempo cerrado. Me estiro hacia él, sin saber qué lado es el correcto. Puedo ver la silueta de Sexta delineada por la luz gris mientras responde.

—*Nosotros ir a casa, Octavo* —responde—. *Nosotros ir a casa.*

Mis pulmones se llenan tan rápido, que se siente como si mi columna vertebral se estuviera rompiendo y doblando por la mitad. La oscuridad es succionada, la luz brillante me ciega, y estoy completamente despierto, mirando desde donde estoy, en el suelo.

Uno de nosotros está allí, sólo un oscuro descanso en la luz del principio, pero poco a poco se enfoca mientras me ayuda a sentarme.

—*¿Cuál ser tu rango?* —falta parte de su máscara, y su armadura está cubierta de dibujos de remolinos, como los que se forman en los ríos. Toma mis muñecas y las lleva juntas hasta mi regazo.

—*¿Rango?* —repite.

De alguna manera, logro mover un dedo lo suficiente para tocar mi otra mano.

—*Octavo* —hago la seña, pero cuando mi mente lo dice, escucho *Augusto.*

Augusto. Como la chica me llamaba.

Ella nada en mis pensamientos en plata y oro, su cabello como una corona hecha de nubes. Debo estar soñando de nuevo.

Respirar. Obedecer.

El aliento que tomo se siente como si tragara hielo. Tomo otro y otro, y lentamente dejo de pelear. Mi mente busca directrices que seguir, pero no hay algo más que…

La chica, protege a la chica. Diente de León.

—*¿Chica humana?* —las señas son débiles y descuidadas, hechas con una sola mano y vagas.

—*Chica humana estar segura* —dice el otro—. *Yo ser Cenizo.*

¿Cenizas? ¿Estamos muertos? ¿Por qué su máscara está rota? ¿Dónde estoy? ¿Dónde está mi armadura?

—*¿Rango?* —lo intento.

Suspira y observo que el ojo visible a través de su máscara rota se arruga en una sonrisa.

—*Undécimo* —dice con señas—. *Pero decirme Cenizo.*

Me duelen las caderas. Me duele la espalda. Se necesita toda mi concentración para darme la vuelta y levantarme de rodillas, hasta que consigo sentarme sobre mis talones.

—*Octavo necesitar comer* —dice Cenizo.

Parece que parpadeo y lo siguiente que sucede es que estoy metiendo carne en mi boca y rompiendo un enorme hueso para sorber la médula y la sangre crudas. Mi visión parece expandirse a medida que como. Estoy en una cueva de piedra o… no, una pequeña cabaña de piedra, junto a una chimenea fría con una oveja desollada y descuartizada frente a mí. Mis manos y mis brazos, hasta los codos, están ensangrentados. Un gruñido bajo se forma en el fondo de mi garganta. Parece que no puedo evitarlo.

Hay alguien más de los nuestros aquí. Una mujer, sin su armadura. Su piel es tan blanca que brilla. Se coloca a mi lado.

—*Rey Verano* —dice.

No sé qué significa eso, así que sólo asiento.

—*Yo ser Cielo.*

Asiento de nuevo. Sé dónde estoy ahora. Éstos son los Renegados, los undécimos y duodécimos defectuosos que Sexta me dijo que debía evitar. La busco alrededor por costumbre, los dedos de mi mano izquierda se contraen.

Pero Sexta está muerta.

Estoy seguro de eso ahora.

—*¿Cielo?* —lo intento. Mis manos son torpes y se sienten pegajosas por la sangre y la lana.

—*Sí* —cae sobre una rodilla y coloca una mano sobre mi hombro—. *Tú estar con Renegados ahora. ¿Quedar tú con nosotros?*

—*¿Dónde estar Diente León?*

Cielo parece confundida.

—*No conocer Diente León. ¿Tu Compañera? ¿Una de nosotros?*

Cierro los ojos, tratando de pensar. Parece que la mitad de mis palabras se han ido, y tengo que buscar su nombre. Viene a mí por fin.

—*Raven. Chica humana.*

Cielo parece pensarlo por un momento antes de responder.

—*Ella estar con otros humanos.*

No sé qué pasa. Parece que se me acaba el tiempo. La puerta negra se abre y me succiona.

—*Poner tu armadura otra vez* —dice Sexta.

Estamos junto a un arroyo burbujeante.

—*No* —digo—. *No saber dónde estar.*

Me agarra por el cuello y me arroja al arroyo antes de que pueda defenderme. El agua está helada, fría como la muerte.

—*¡Tú no decir no, estúpido! ¡Tener lodo, no cerebro! ¡Tu armadura estar ahí!*

Pero mi visión se oscurece y no puedo ver. Lo único que puedo sentir es la gélida corriente que fluye sobre mí. Y entonces, una mano cálida en mi mejilla. Abro mis ojos. El mundo real se apila como las paredes de piedra a mi alrededor: la oveja muerta, la chimenea, Cielo.

—*¿Rey Verano?* —dice Cielo—. *¿Por qué temblar?*

Alejo mi cabeza de ella.

—*No saber.*

Cielo me mira, sin moverse, como si estuviera esperando que yo dijera algo más.

—*No querer antes lastimarla* —digo al fin, porque no puedo evitarlo.

—*¿Ser tú antes, entonces?* —pregunta ella—. *¿Tú antes disparar dardos a estos humanos? ¿Dos chicas y chico?*

—*No querer hacerlo. Yo estar perdido antes.*

El rostro de Cielo se tensa.

—*¿Dónde estar tu Compañero?*

Detrás de mis ojos cerrados, Sexta me dirige una mirada acusadora. Los abro y fijo la mirada en el piso de piedra.

—*Muerta* —digo.

Cielo resopla con desaprobación. Es un fracaso terrible dejar morir a tu Compañero. Lo sé.

—*Humanos ser mejores ahora, más fuertes. Tú no hacer daño ellos antes.*

Me lleva mucho tiempo encontrar las palabras para responder.

—*Pero ellos no elegir esto* —digo—. *Ellos no tener opción antes.*

—*No* —Cielo está de acuerdo conmigo—. *Ninguno de nosotros tener antes elección tampoco* —me toca la cara—. *Descansar ahora, Rey Verano. Estar seguro. Estar con amigos.*

RAVEN

La líder de los Renegados Nahx, Cielo, me encuentra en los escalones de la enorme cabaña de alpinistas que ella y sus seguidores han colonizado aquí, en las nubes. Xander y Topher están dentro, calentados por el fuego abrasador de la estufa. Tucker y Mandy los han estado poniendo al tanto sobre lo que nos sucedió y lo que hemos aprendido, pero yo he estado congelada en el tiempo y el espacio, esperando noticias de Augusto, a quien Cielo y algunos otros se llevaron poco después de que llegamos. Cielo me impidió seguirlos.

—*Él necesitar descansar* —dijo con señas de manera tajante antes de desaparecer entre los árboles, arrastrando a Augusto por un empinado camino.

Eso fue hace horas. Apenas me he movido de este lugar, a pesar de las ocasionales exhortaciones de Mandy y Azul. Ahora, cuando Cielo avanza hacia mí, sus largas piernas sacuden la nieve recién caída. Mi pecho se oprime y todos mis músculos se tensan, como si tuviera que huir. Si la noticia es mala…

Me quedo ahí hasta que Cielo llega al final de las escaleras. No se molesta con saludos corteses.

—*Él ser fuerte* —dice ella—. *Su corazón ser fuerte.*

—¿Está despierto? ¿Podría ir a verlo?

Cielo resopla y mueve la cabeza hacia atrás varias veces. Ella se eleva sobre mí y brilla a la luz del sol como una escultura de hielo. No lleva su armadura, y con su cabeza calva, casi blanca, y sus brillantes ojos plateados, parece la menos humana de todos los Renegados Nahx que he conocido hasta ahora, pero su actitud es mesurada y paciente, casi maternal.

—*Él estar comiendo* —hace las señas con calma, y creo que está a punto de dejarme, pero pone una mano sobre mi hombro y sigue haciendo señas con la otra.

—*Rey Verano ser fuerte* —dice—. *Repetir fuerte.*

Rey del Verano es la forma en que ella lo nombra. En los minutos posteriores a nuestra llegada, le dije que era Augusto y le mostré la forma en que él hacía la seña, pero parece que ésa era en realidad la seña para Octavo, su rango, y estos Renegados desaprueban los rangos. Cuando explicamos brevemente lo que significa Augusto, a Cielo se le ocurrió Rey del Verano. Va tan bien con Augusto que me molesta no haberlo pensado yo antes.

—*Dar tiempo a Rey Verano, Raven. Su mente estar hecha pedazos.*

—¿Por qué? ¿Qué le sucedió?

Cielo me sonríe. La mayoría de sus dientes son plateados; algunos se ven como si se hubieran roto en alguna pelea y hubieran vuelto a crecer las piezas faltantes. Es sorprendentemente hermosa.

—*No preocupar, Raven* —dice, estudiándome por un momento—. *Tener otras cosas para discutir. Humanos no poder quedar aquí.*

—Lo sé.

—*Ustedes, Copos de Nieve, tampoco poder quedar aquí.*

Me reclino, dejando que su mano caiga de mi hombro.

—¿Nos vas a enviar lejos?

Ella continúa mirándome con sus reflexivos ojos plateados.

—*Tú también ser muy fuerte* —dice después de un momento.

—Sí. Fui hecha así. Ojalá supiera por qué.

—*Batalla* —dice—. *Repetir batalla.*

—¿Una batalla? Lo imaginé. ¿Contra quién?

—*No saber. Pero saber dónde.*

—Al noreste de aquí, ¿cierto?

—*Norte. Este. Sur. Oeste. Por encima agua. Por encima montañas. Muchas batallas.*

—¿Ustedes van a pelear en estas batallas?

Su rostro se endurece y se vuelve sombrío.

—*No. Renegados elegir antes no pelear* —lo dice como si fuera algo que tendría que estar impreso en camisetas.

—¿Pueden hacer eso? ¿Simplemente elegir no pelear?

Cielo inclina su cabeza a un lado, una pequeña sonrisa curva sus labios en las comisuras.

—*Nosotras hablar después* —dice, se da media vuelta de manera abrupta y se aleja.

Antes de desaparecer entre los árboles, se unen a ella sus dos camaradas —"Compañero" parece ser la palabra que usan—: un hombre llamado Cenizo, cuyo casco roto revela la piel moteada y quemada en un lado de su rostro, y Espina, una mujer a quien le falta una mano que ha sido reemplazada con una maraña de alambre de púas.

Cenizo y Espina son quienes hicieron que me diera cuenta de que los Renegados Nahx se nombran en función de aspectos de sus vidas o cosas que aman. Eligen sobre todo nombres de la naturaleza y, por supuesto, sólo usan las versiones de las señas entre ellos.

Han construido una comunidad, dirigida por Cielo y sus Compañeros, un enclave de rebeldes y desertores en las montañas remotas. A juzgar por los Nahx que nos trajeron aquí, no es una comunidad secreta. Quizá sea en realidad una comunidad tolerada. Parece que sólo hay unos pocos cientos aquí, y ¿qué son unos cuantos cientos comparados con los miles, los millones que obedientemente tomaron nuestro mundo? ¿Quién se daría cuenta siquiera si nos uniéramos a ellos?

Cuando ya no puedo escuchar a Cielo y sus Compañeros en los árboles, doy media vuelta y subo las escaleras hacia la cabaña.

La cabaña de Cielo es un refugio de alpinistas, con un gran vestíbulo central flanqueado por dos habitaciones; los tres espacios son calentados por grandes estufas de leña. Topher, Xander, Mandy y Tucker están sentados en el suelo, unos frente a otros, con los archivos que extraje de la base extendidos a su alrededor. Xander levanta la vista cuando cierro la puerta detrás de mí.

—¿Augusto está bien?

—Está vivo —me encojo de hombros—. Cielo parece pensar que se recuperará, pero... No creo que esté listo para enfrentar... —agito mi mano alrededor— todo esto. A todos nosotros.

Tucker resopla, ignorándome intencionadamente, pero sigo adelante.

—Cielo dice que no pueden quedarse aquí.

—¿Quiénes no pueden? —pregunta Mandy. Noto a Azul flotando sobre ella, cerca del techo con vigas.

—Topher y Xander, supongo. Pero tampoco nosotros —no me gusta ponernos en diferentes categorías y, sobre todo, no me gusta poner a Topher y Tucker en ellas, pero ésos son los hechos.

Xander se hace a un lado cuando me uno a su círculo.

—Antes de ir a ningún lado, debemos descubrir cómo volver a atravesar la red —dice.

—¿No podría Aurora llevarte de regreso por donde viniste? —pregunto.

—Oh, ¿estás lista para hablar de esto ahora? ¿Ahora que tu novio está respirando de nuevo?

—No te comportes como un imbécil, Tucker —dice Mandy.

—Soy Topher.

Ella levanta la mirada, con el ceño fruncido.

—¿Qué tal si *nadie* se comporta como un imbécil? —dice Xander alegremente. Tanto Tucker como Topher fruncen el ceño, pero mantienen cerradas sus bonitas bocas.

Miro los papeles y mapas dispuestos en el suelo. Uno es una hoja simple en la que alguien —Xander, supongo— ha garabateado un burdo mapa del mundo.

—¿Qué es esto? —noto una X que marca el mapa en el lugar donde Mandy, Tucker y yo revivimos, en las dunas.

—Le estaba contando a Xander sobre la esfera en la nave —dice Mandy.

—¿Y?

Xander se ilumina.

—Me di cuenta de algo extraño —dibuja en el mapa, agregando un bosquejo a lápiz a lo largo de las Montañas Rocallosas mientras habla—. Entonces, ésta es la red fronteriza, más o menos. Según parece, hay redes similares en otras partes del mundo. Mandy dice que las áreas de ocupación Nahx también estaban marcadas, junto con luces brillantes, tal vez ésas eran las naves gigantes como en la que estuvieron.

—De acuerdo...

Mandy señala el mapa y toma el control.

—Cuando escuchamos por primera vez de la invasión, mencionaron Bogotá como una de las ciudades golpeadas con particular fuerza —pone su dedo en la esquina noroeste de Sudamérica—. Lo recuerdo porque fue uno de los lugares donde podría haber sido voluntaria el año pasado, antes de decidirme por Nunavut.

—Pero ahora sabemos por qué —digo—. Las invasiones terrestres ocurrieron en ciudades de gran altitud porque los Nahx tienen problemas para respirar a bajas alturas —tengo un impulso repentino de contar la historia de Décimo, en memoria de todo lo que hizo por nosotros, pero me resisto.

—Correcto —continúa Xander—. Excepto que no todas las luces brillantes que marcan a las naves están a grandes alturas. De hecho, la mayoría no lo está. Mandy dice que no hay ninguna en América del Sur, por ejemplo.

Puedo ver la esfera de la nave con gran claridad en mi mente; incluso puedo hacer que gire y ralentizarla o acelerarla, como si la estuviera operando por control remoto. Y tienen razón.

—Yo no la vi tan bien —confiesa Mandy—. Estaba concentrada en buscar entre la multitud, te buscaba a ti y a los demás.

—No veo cómo esto podría ser importante —dice Tucker.

Mandy le lanza una mirada.

—¿Recuerdas cómo Xander te sugirió que no te comportaras como un imbécil?

Tucker aprieta los labios y cruza los brazos como un niño malcriado. Lo ignoro. No tengo tiempo para lidiar con niños enfurruñados en este momento.

Xander suspira como si estuviera un poco cansado de eso también. Se inclina sobre su áspero mapa, con el lápiz en la mano.

—Entonces, ¿dónde estaban las otras luces brillantes? ¿Raven?

Giro la esfera en mi mente, recordando los detalles mientras señalo el mapa.

—Había varias en Rusia... aquí y más al norte, por aquí. Y había dos en el norte de África. Como en el Sahara o algo así. Y algunas en Australia, aquí, en el centro, y luego hacia el oeste, como aquí... —me inclino hacia atrás y observo los lugares que Xander está marcando—. Creo que son lugares remotos, lejos de las zonas pobladas. Eso tiene sentido, ¿no es así?

—Espera —dice Xander, levantando una mano mientras termina de marcar el mapa con la otra—. También había algunas luces sobre los océanos, ¿cierto?

—Sí. Muchas aquí, más o menos, en el Pacífico. Y también había algunas acá. ¿Es India o China?

Xander marca el mapa sin responder.

—Está bien —dice, de pronto su voz es muy grave—. Quiero que pienses cuidadosamente. ¿Había alguna en Japón?

—Sí.

Xander respira hondo y hace una pausa un segundo demasiado larga.

—¿Cuántas?

—Dos.

Xander toma otro papel de la colección esparcida frente a nosotros, lo voltea y rápidamente dibuja la forma distintiva de caballito de mar de Japón. Titubea un poco antes de deslizar el papel y el lápiz hacia mí. Me inclino y hago dos marcas en el sur de Japón.

Los cinco miramos el mapa como si al hacer las marcas, yo hubiera lanzado algún tipo de hechizo de congelación.

—Oh, Dios —dice Mandy.

—¿Eso es...? —Topher, repentinamente interesado, se inclina para mirar más de cerca.

Xander toca las dos nuevas marcas en el mapa, una tras otra.

—Ésta es Hiroshima. Y ésta, Nagasaki.

—Oh, Dios.

—Entonces, ¿todas éstas son detonaciones nucleares? —pregunta Topher, señalando lugares en el primer mapa—. Ésta sería la primera prueba en Nuevo México. Y éstas son las pruebas del atolón Bikini. ¿Qué buscan los Nahx en los sitios donde hubo alguna detonación nuclear?

—¿Quizás algún tipo de energía que puedan usar? —sugiere Xander—. ¿La radiación?

—Esperen —Tucker pone las manos sobre los dos mapas para cubrirlos—. Esto no tiene sentido. Donde nosotros estábamos, en Saskatchewan, no es un sitio de detonación nuclear. Nunca se ha detonado una bomba nuclear en Canadá.

—A no ser que... —dice Xander.

Sigue un silencio, infundido con una vaga sensación de que todo lo que alguna vez nos enseñaron era una mentira.

—Bueno, mierda —digo.

—¿Cierto? —dice Xander—. Si fueras Canadá durante la Guerra Fría, ¿confiarías en los estadounidenses para protegernos? Y si no lo hicieras y quisieras probar un dispositivo nuclear, ¿no lo harías en un desierto, en el remoto norte de Saskatchewan, a menos de ochenta kilómetros de la mina de uranio más grande de Canadá? ¿Y no guardarías esto como un gran secreto?

—Apuesto a que fue Trudeau —dice Topher.

—¿Padre o hijo?

—Cualquiera de los dos. Los dos.

Xander y Topher sueltan una risita nerviosa, pero Mandy, Tucker y yo nos miramos, intercambiando un momento de temor. No sólo hay naves Nahx en estos sitios, hay "fisuras"... y una batalla futura que ninguno de nosotros ha logrado comprender todavía. Y estoy bastante segura de que no soy la única a quien no le importan los detalles adicionales de la radiación nuclear. ¿Vamos a la guerra con algún tipo de mutantes? En un segundo, como por telepatía, los tres llegamos a un consenso silencioso para no dejar que Topher y Xander se adentren en estos detalles. No ahora, por lo menos. Miro a Azul, que titila y parece estar de acuerdo con nosotros.

Estoy a punto de decir algo para cambiar de tema, pero Cielo lo hace por mí: abre la puerta y entra, flanqueada por sus Compañeros. Se hace evidente de inmediato que ha convocado algún tipo de reunión, porque pronto el salón está lleno de Renegados. Xander reúne silenciosamente los papeles, y él y Topher se sientan junto al fuego. Mandy, Tucker y yo nos levantamos y nos sentamos a la mesa de la cocina.

Cuando la habitación está llena, Cielo llama la atención con palmoteos, que resuenan en el salón de techo alto.

—*Ahora nosotros deber decidir qué hacer con humanos* —dice.

Mientras traduzco, los Renegados se mueven un poco, pero ninguno expone sus sugerencias.

—Podemos volver a mi campamento —dice Topher después de un momento.

—*No* —Cielo hace la seña con brusquedad—. *Ustedes morir.*

—No, no moriremos —dice Topher—. Podemos...

Cielo lo interrumpe con un siseo.

—*Humanos cerebro barro no poder ver muerte cuando estar frente a ojos. Soldados Nahx venir. Ustedes morir.*

Sólo traduzco la última parte.

—¿Los Nahx todavía están disparándole dardos a la gente? —pregunta Mandy—. ¿Incluso ahora?

Me doy cuenta de que Azul está sentada sobre su hombro, centellando como un pequeño broche de diamantes.

—*Algunos tener órdenes detener. Muchos no. Ellos seguir órdenes hasta morir* —dice Cielo.

En el breve y reflexivo silencio que sigue, la puerta se abre y entra Augusto, con su armadura completa y cubierto de nieve. Mira alrededor, me mira a mí por un segundo, y luego se une a la multitud de Renegados. Quiero seguirlo, llevarlo lejos para que podamos tener la conversación que obviamente necesitamos, pero Mandy me interrumpe.

—¿Qué está diciendo?

Cielo está hablando de nuevo. Intento ponerme al corriente, ignorando mi creciente conciencia de que Tucker ha decidido sujetar un puñado de mi falda de satén verde en su puño.

—*... de vuelta a montañas y atravesar red drones. Aurora, ¿poder llevar ellos regreso?*

Aurora, con el brazo de su Compañera alta colgado alrededor de sus hombros, asiente.

—*Si ser hielo, sí. Si no, no.*

—Así que tenemos que irnos ahora —dice Xander—. No esperar a la primavera.

—No voy a dejar a mi hermano.

A mi lado, Tucker suspira. Aprovecho la oportunidad para arrancarle mi falda.

Los Compañeros de Cielo, que la flanquean como estoicos guardaespaldas, hablan de manera abrupta. Aurora y Nova se unen a ellos en una serie de señas demasiado rápidas para que yo consiga interpretarlas. Cielo vuelve a palmotear después de un momento.

—*Copos Nieve no estar seguros con humanos* —dice ella.

—Podemos defendernos —dice Tucker.

—*Copos Nieve no deber dañar humanos* —dice con fuerza, sacudiendo la cabeza con desdén—. *Humanos no estar seguros con ustedes.*

—Estos tres no van a lastimar a nadie —dice Topher—. Y podemos encontrar un lugar donde no tengamos que ver a otros humanos. Lejos de los Nahx y lejos de los humanos. Es un país grande.

—*Raven no querer dejar Rey Verano* —dice Cielo—. *Yo no permitir Rey Verano regresar con humanos. No ser seguro.*

—¿Qué dijo? —pregunta Mandy.

—No sé —miento—. Estaba hablando demasiado rápido.

Tucker jala mi vestido de nuevo. Esta vez, desliza su mano hasta casi tocar mi trasero. Sé que está haciendo esto para molestar a Augusto, porque cualquier afecto por mí que despertó después de que volvieron sus recuerdos ha estado fluyendo desde que descubrió el cuerpo de Emily. Y desde que encontramos a Augusto, apenas me ha mirado. Así que ahora sus intrusiones en mi espacio físico me molestan. Y aunque podría darle un codazo en la cara muy fácilmente, él sabe que no quiero hacer una escena.

—¿Puedo hacer una pregunta? —dice Xander.

Cielo asiente en su dirección.

—¿Es la red lo que te mantiene a ti y a los otros Nahx en este lado de las montañas? Quiero decir, si la red no estuviera allí, ¿crees que los Nahx se moverían hacia Columbia Británica o hacia la costa?

—*No* —dice Cielo—. *Ser muy desagradable dejar terreno elevado. No hacerlo a menos ser orden.*

—*Ni siquiera entonces* —agrega Nova—. *Si nosotros poder evitar.*

—Entonces, si la red no estuviera allí, ¿eso no pondría en peligro a los humanos fuera de las zonas ocupadas, en las áreas bajas? ¿Seguirían estando seguros?

Cielo asiente lentamente, al igual que varios de los otros Renegados.

—*La red ser para mantener humanos dentro* —dice Cielo—. *Para dejar nosotros terminar preparativos.*

—Sin embargo, ¿por qué sigue activa? —pregunta Mandy—. ¿No están todos los humanos muertos? ¿O ya recibieron dardos?

—Hay más de diez mil aún vivos en Edmonton —dice Topher—. Escuchamos su llamada de auxilio.

—¿Diez mil? —sabía por la chica métis que había supervivientes en lugares remotos, pero ¿Edmonton? Eso me sorprende—. ¿Una llamada de auxilio reciente?

—Anteayer.

—*Haber otros humanos* —dice Cielo—. *En lugar llamado Animal Rojo.*

—¿Animal rojo? —repaso las posibilidades… ¡Red Deer está cerca de Edmonton y significa Ciervo Rojo en inglés!—. ¿Red Deer? ¿Al sur de Edmonton? ¿Hay supervivientes allí también?

Ella asiente.

—*Muchos.*

Topher y Xander se susurran el uno al otro durante unos segundos. Finalmente, Xander habla.

—Creo que deberíamos eliminar la red. Destruirla.

La sala queda tan silenciosa y quieta, que se siente como si estuviéramos en un museo. Cielo se mueve por fin.

—*Continuar* —dice, moviendo sus dedos frente a su boca.

Xander se pone en pie, nervioso. Es al menos treinta centímetros más bajo que cualquiera de los Nahx presentes, y casi parece un niño a punto de rendir un informe escolar.

—Cuando todos vivíamos en una base militar al norte de aquí —comienza—, como a tres o cuatro días de caminata desde aquí...

Cielo asiente y mueve sus dedos nuevamente.

—*Continuar.*

—Estuvimos reuniendo información. Teníamos drones y los enviábamos en vuelos de reconocimiento para que tomaran fotografías. La comandante de la base y más tarde su hijo, Liam, fueron muy cautelosos acerca de lo que descubrieron. No creo que hayan confiado en mí. O en Topher, para el caso.

Topher asiente, dándole a Xander una sonrisa alentadora. Xander recoge el mapa en el que hemos estado garabateando, así como algunas de las impresiones.

—Cuando Topher salió de la base estaba bajo ataque, pero uno de sus amigos regresó a buscar algunos archivos. Él nunca logró salir, ni los archivos, pero Raven estuvo allí y encontró al amigo de Topher... muerto, por desgracia. Sin embargo, todavía tenía los archivos con él. Raven fue lo suficientemente inteligente para pensar que si había arriesgado su vida para salvarlos, debían ser importantes, así que los tomó.

Buscando entre las impresiones, Xander elige una y la levanta. Parece un mapa de Alberta y Columbia Británica.

—¿Ven esto? Ésta es la presa de Bennett. Está a un poco menos de doscientos cincuenta kilómetros al norte de aquí.

Había muchas fotos en el archivo, junto con algunas otras cosas, quizá de las transmisiones piratas. Es... bueno, ya expliqué. Todos eran muy cautelosos, pero conozco muy bien este territorio y, por lo que puedo decir, Liam y tal vez su madre, antes que él, estaba planeando atacar la presa de Bennett.

—¿Por qué demonios...? —pregunta Mandy.

Xander sostiene algunas de las fotografías impresas. Me adelanto para ver mejor y alejarme de la desquiciante mano de Tucker.

—El plan no está especificado en ninguna de las notas. Pero tiene sentido. Miren. Ésta es una toma aérea de la presa. Pueden ver que hay bastante actividad Nahx allí. Todas esas formas triangulares oscuras son transportes, por ejemplo. Eso quiere decir que los Nahx están ocupando las instalaciones. Bueno, lo sabíamos. Incluso en el territorio humano sabemos que los Nahx han tomado el control de muchas cosas: centrales eléctricas, transmisores. Pero esta imagen... —Xander levanta otra fotografía— ésta es la misma vista, pero en una toma nocturna. ¿Y ven esto? —al otro lado de la página, una línea brillante serpentea al oeste del sitio de la presa—. Ésa es la red de drones.

Cielo se inclina para inspeccionar la imagen.

—*¿Prisión luz?* —pregunta.

—Sí. Es mucho más fácil distinguirla de noche. Topher y sus amigos han buscado en la red y no han encontrado huecos o lugares vulnerables. No hay forma de pasar. Sin embargo, Aurora y yo la atravesamos. Y tal vez podríamos llevar a unas cuantas personas de la misma manera. Pero depende de un hecho particular: un estanque congelado, que era demasiado pequeño para que los Nahx estuvieran interesados en protegerlo, pero lo suficientemente grande para atravesarlo bajo el hielo. ¿Quién sabe cuánto tiempo pasará hasta que eso llame su atención? Y el camino por el que atravesé la red por primera vez, con Augusto, también fue destruido.

Xander está ahora en su elemento, hablando de mapas y rutas de escape. Puedo sentir su entusiasmo.

—Cielo, dijiste que los Nahx seguirán sus directrices hasta la muerte, ¿cierto? Obviamente, una de las directrices es preservar el territorio, mantener la red de drones para contener a los humanos dentro. Si detectamos esas pequeñas debilidades, ellos simplemente vendrán y las cerrarán. Pero si pudiéramos eliminar toda la red...

—Pero la presa no está alimentando toda la red, ¿cierto? —digo—. Tiene miles de kilómetros de largo.

—Te sorprenderías —dice Xander—. La presa Bennett producía millones de megavatios. Y de cualquier manera, incluso si elimináramos sólo esta fuente de energía, existe la posibilidad de que cause una falla en cascada y eche abajo toda la red. Así funcionan las redes eléctricas. Ésa fue la razón de los apagones masivos en el este.

Cielo palmea otra vez sus manos para llamar nuestra atención.

—*¿Cuánto tiempo permanecer inactiva red?* —pregunta.

—¿Por cuánto tiempo? No lo sé —dice Xander—. Por lo general, un apagón está relacionado sólo con algún mal funcionamiento que pueden solucionar en unos días. En cambio, si se destruye por completo una central eléctrica, no podrán repararla. Por lo tanto, a menos que los Nahx tengan alguna otra fuente de energía a mano para reemplazarla, podría ser por mucho tiempo.

—¿El suficiente para sacar a todos esos supervivientes? —pregunto.

—Tal vez. Si tienen vehículos y combustible. O si los rescatistas consiguen entrar.

Me dirijo a Mandy, que no parece convencida. En cuanto a Tucker, aparta sus ojos de mí y vuelve a cruzar los brazos.

—Cielo, ¿cómo crees que reaccionarían los Nahx ante un ataque como éste? —pregunta Mandy—. ¿Tomarían represalias?

Cielo hace algunas señas.

—Dice que los Nahx pensarán que fueron los Renegados y los perseguirán a ellos.

—¿Eso harían, cierto? —pregunta Xander—. Si los Nahx quisieran echar a estos supervivientes, ya lo habrían hecho. Creo que ni siquiera les importan. Entonces, ¿por qué les importaría si tratamos de rescatarlos? Y de cualquier manera, ellos deben saber que ustedes incomunican su *bloqueador* todos los días. Nunca han tratado de detenerlos.

—*Diferente* —dice Cielo.

—Podríamos hacerlo sin violencia. Sin bajas. Un poco de sabotaje cuidadoso y lo podríamos cerrar más o menos de manera permanente. Tal vez ni siquiera sepan que estuvimos allí.

—¿Te refieres a entrar furtivamente? —dice Topher—. Pensé que estábamos hablando de explotarlo.

Me doy cuenta de que algunos de los Renegados reunidos están inquietos y mueven sus pies de un lado a otro con impaciencia.

—No puedes explotarlo cuando hay cientos de Nahx allí —le digo.

—¿Por qué no? —dice Topher, alzando la voz—. Ellos han asesinado a miles de nosotros. Millones. Además, los Nahx ni siquiera mueren.

—¡Si la haces volar, nosotros moriremos! —grito, aunque no era mi intención—. El lugar está lleno de Nahx —le digo, acercándome—. ¿Estás contando con su ayuda, pero no te importa a cuántos matas?

Topher gira la cabeza para mirar el fuego titilante en la estufa por un momento, y cuando da media vuelta es como si las llamas se hubieran transferido a sus ojos.

—¿Sabes de qué estamos hablando aquí, Raven? Estamos hablando de tratar de encontrar una manera de evitar que me separen de mi hermano otra vez. Mi hermano *no muerto.* Casi debo renunciar a cualquier esperanza de vivir una vida humana normal debido a eso. Debido a eso en que los Nahx los convirtieron. Así que perdóname si no soy lo suficientemente sensible a las bajas entre esas cosas que nos hicieron esto.

Los Nahx reunidos se mueven de nuevo y "susurran" entre ellos: hacen señas pequeñas y discretas. Veo algunas palabras que reconozco: *humanos, lucha, muertos, caídas.* Nada de eso parece muy prometedor.

Cielo vuelve a palmotear.

—*Mirar, escuchar* —dice, hace las señas muy despacio—. *Renegados decidir no pelear en pasado. Ahora elegir otra vez. ¿Entender?*

—Sí —digo—. Lo está abriendo para una votación.

Cielo se vuelve hacia los Renegados y reclama su atención con otro fuerte palmoteo.

—*¿Unir a batalla? ¿Sí o no?*

Cenizo y Espina asienten de inmediato, pero los otros Renegados comienzan a salir de la cabaña. Algunos de ellos hacen señas rápidamente a Cielo cuando se van. Una palabra muy familiar.

Lamentar.

Supongo que no puedo culparlos por no unirse a nuestra lucha. Si estuviera en su posición, quizá también me retiraría.

Unos cuantos se quedan. Aurora mira a Xander mientras hace la seña *Prometer,* con un guiño. Nova se queda a su lado. A medida que salen más Renegados, noto que Augusto todavía está sobre una rodilla, mirando al suelo.

Al final, quedan ocho Renegados con nosotros: Cielo y sus dos Compañeros, Aurora, Nova, Augusto y otro par que conocimos justo después de llegar. Xander determinó que las señas de sus nombres eran *Sun* y *Moon,* en inglés. Sin embargo, por alguna razón, se opusieron a sus nombres en inglés y aceptaron las sugerencias de Topher en español: Sol y Luna.

Ocho Nahx, dos humanos y tres… lo que sea que somos ahora: Tucker, Mandy y yo. Trece no parece ser un número suficiente para asaltar una base fuertemente protegida, pero tal vez sea el número perfecto para colarse como ladrones.

Cielo escudriña al equipo mientras se reúnen a su alrededor.

—*Trece* —dice ella—. *Todos caber un transporte.*

—Tendremos que aterrizar bastante lejos, o nos descubrirían —dice Mandy.

Cielo asiente.

—*¿Cuál ser plan?*

—De acuerdo —Xander voltea una de las impresiones al lado en blanco y saca un lápiz de su bolsillo—. Acérquense. Será más fácil si dibujo un diagrama.

Cuando me alejo de la mesa, Tucker me sigue. Su mano se desvía para descansar sobre mi nuca. Me muevo para poner distancia entre los dos, pero sus dedos, por accidente o a propósito, se enredan en una de mis intrincadas trenzas y la jalan dolorosamente. Apenas hago un ruido más grande que el chirrido de un gatito, pero es suficiente.

Augusto se zambulle por la habitación, y él y Tucker salen volando sobre la mesa de la cocina. Cuando aterrizan, vuelcan un estante lleno de diminutas tazas.

—¡Augusto! —grito sobre el ruido—. ¡Basta!

Augusto titubea por un momento, el tiempo suficiente para que Tucker se aleje rodando, y luego salte sobre él, apretando los dedos de Augusto en un candado. Los dobla hacia atrás, gira y patea a Augusto en un lado de su cabeza. El repugnante sonido de los dedos de Augusto al romperse es tan impactante como un disparo. Cielo vuela hacia ellos, derriba a Tucker y lo estrella contra la pared, donde lo sujeta por el cuello.

—¡¿Le rompiste los dedos?! —le grito—. ¿Por qué mierda hiciste eso?

Tucker escupe sangre plateada.

—¡Él me atacó!

Augusto se abalanza sobre él otra vez, gruñendo.

—¡Basta!

Cielo golpea a Augusto en la frente con su mano libre. Él se tambalea hacia atrás, tropieza con el estante caído y aterriza sobre su trasero con estrépito.

Todos los ojos están puestos en mí mientras un millón de apenados pensamientos fluyen por mi cabeza, resaltados por la idea de que debería dejar que se maten entre ellos. También pienso en mil formas de reaccionar y cosas que decir, pero me decido por la más simple.

—Ustedes dos, ¡manténganse lejos de mí!

Mandy y Xander me llaman mientras empujo la puerta y salgo, pero los ignoro.

XANDER

La pelea de Tucker y Augusto se ha convertido en un tema popular de chismorreo entre los Renegados. En la mañana, cuando salgo de la cabaña de Cielo, abrigado, bien descansado y bien alimentado gracias al gran tesoro de comida de supervivencia que encontramos en la cocina, veo a Sol y Luna charlando al respecto mientras avanzan con determinación a través del valle. Reconozco algunas señales: *humano, roto, mano, frío.* Ríen de la manera silenciosa y entrecortada en que lo hacen los Nahx, abrazándose unos a otros mientras se dirigen hacia los densos árboles. Veo las últimas señas que hace Sol, y también las reconozco.

—*Rey Verano. Cabeza barro.*

Estoy tentado a gritar tras ellos en defesa de Augusto. Él me salvó la vida. Le salvó la vida a Raven. Se merece respeto por eso. Y no creo que haya nada malo en su mente. Está herido porque ama a Raven y piensa que ella no lo ama. No sé si tiene razón, pero sé cómo se siente eso.

Además, Tucker estaba comportándose como un *idiota*.

Me giro cuando la puerta cruje detrás de mí. Topher asoma la cabeza y entrecierra los ojos, encandilado por la brillante luz del sol. Tiene un gesto de dolor.

—¿Cómo te sientes?

Camina delicadamente por el porche y se acomoda en una de las sillas de madera.

—No voy a mentir. Un poco frágil. Esa segunda lata de leche condensada fue un error.

—Traté de decírtelo.

Se frota el estómago y hace una mueca.

—¿Tucker ya regresó?

Anoche, Tucker tuvo una breve pero intensa pelea a gritos con Raven afuera, en la nieve, y después de eso desapareció arriba de un árbol. Literalmente. Mandy se llevó a Raven para ayudar a Cielo y a sus Compañeros a reparar uno de los dos transportes, que funcionan a medias. En cuanto a Augusto, no lo hemos podido encontrar en ninguna parte. Así que somos todo un desastre. No es un equipo de ataque muy prometedor, debo admitirlo.

Tomo a Topher por los hombros y giro su cuerpo, señalando la parte superior de un pino, donde Tucker es una mancha oscura.

—Por amor de Dios —dice Topher.

Se pone en pie, baja corriendo las escaleras y cruza el claro. Los dejo.

Raven y Mandy todavía están trabajando en el transporte cuando las encuentro en el valle. El sol radiante de la mañana que se refleja en el hielo y la nieve hace que todo el escenario brille como si estuviera electrificado.

—Hola —dice Raven cuando subo por la escotilla abierta. Apenas levanta la vista de su trabajo, que parece ser la reconexión de cientos de diminutos cables en la parte posterior de una tarjeta de circuito increíblemente complicada. Se mueve a una velocidad insólita mientras los cables van encajando en su lugar.

—Topher y yo partiremos pronto.

—¿Aurora irá con ustedes?

Me apoyo en una consola medio desmantelada.

—Sí. Y también Nova. Estaremos bien.

—¿Y Topher está seguro de que tiene los explosivos suficientes?

A pesar de la interrupción, logramos discutir el ataque a la presa Bennett anoche. El único eslabón perdido eran los explosivos para hacer estallar los transformadores. Dado que renunciaron a la violencia, los Renegados sólo tienen suficientes armas para defenderse, pero ningún explosivo. Sin embargo, Topher se había preparado para lo peor, como siempre.

—Dice que tomó alrededor de una docena de granadas C-13 de la base. Tendrá que ser suficiente.

Raven levanta la vista de su tarjeta de circuito y me mira con franqueza. Sus ojos brillan cuando la luz de la escotilla abierta los golpea.

—¿Qué?

—Nunca pensé que tú y yo tendríamos conversaciones sobre granadas —dice ella.

—Hemos cambiado.

Ríe. Me doy cuenta de que la pequeña criatura con la que llegó, a la que llama Azul, se cierne sobre su hombro izquierdo. Se balancea de arriba abajo como si me saludara. Asiento en respuesta, aunque eso me hace sentir un poco estúpido.

—¿Ya hablaste con Augusto? —pregunto.

Raven suspira.

—No sé dónde está. Cielo me dijo que no me preocupara. Dice que la mano de Augusto estará bien en pocas horas.

Azul dibuja un círculo grande y lento en el aire, pero no creo que Raven se dé cuenta. Ella conecta algunos cables más antes de seguir hablando.

—Cielo dice que a Augusto se le ha metido en la cabeza que yo soy su Compañera, porque su Compañera original está muerta y... —se encoge de hombros.

—¿Tú *eres* su Compañera?

—No soy una Nahx, ¿sabes? —se aleja un poco de su trabajo y observa la maraña de cables—. Deberían ponerse en marcha si quieren estar de regreso antes de que oscurezca.

Me inclino hacia la cabina, donde Mandy está medio sumergida en un tablero destrozado.

—¡Hasta luego, Mandy!

Ella gruñe su respuesta, agitando una llave inglesa. No sé cuándo estas dos aprendieron a reparar transportes Nahx. Mandy dice que sus mentes están trabajando a una velocidad mil veces mayor que la normal, así que supongo que eso ayuda.

—Hey —me grita Raven cuando salto de la escotilla.

Me vuelvo.

—¿Qué?

—Tú no has cambiado, Xander. No como yo.

Saco mi gorro del bolsillo y lo jalo sobre mis orejas.

—Tampoco tú has cambiado mucho, Raven.

Corro cuesta abajo antes de que ella pueda discutir.

Topher, Nova y Aurora me están esperando afuera de la cabaña de Cielo. Me doy cuenta de que Tucker ya no está en el árbol, pero tampoco lo veo por ningún lado.

—No vendrá con nosotros —dice Topher, anticipando mi pregunta.

—Espero que esté planeando mantenerse lejos de Augusto —lo digo como si nada, sin pensarlo, pero Topher me responde.

—¿Por qué te preocupas tanto?

—¿Por Augusto? Porque él me salvó la vida. Varias veces.

—Sí, y también mató a mi hermano.

Respiro hondo.

—Tucker te lo dijo.

Me preguntaba cuándo ocurriría esto.

—Por supuesto que me lo dijo. Sin embargo, me gustaría saber por qué tú no lo hiciste.

—Porque si decidieras intentar una venganza fantasiosa contra Augusto, él te rompería como una ramita. Y, de cualquier manera, Tucker no está muerto. Estabas hablando con él.

Si Aurora y Nova pudieran silbar nerviosamente, tal vez lo harían. Topher frunce el ceño y arroja un rifle sobre su hombro.

—Como sea. Vámonos.

El sol cae sobre nosotros hasta que alcanzamos el túnel a través del glaciar, y todavía brilla intensamente cuando salimos. Aunque hace frío, para el mediodía, cuando subimos al campamento de Topher, ambos bajamos nuestros cierres y guardamos nuestros guantes y gorros en los bolsillos. Topher se ve más brillante con cada hora que pasa al sol. Sospecho que se mantuvo literalmente escondido bajo las rocas durante meses. ¿Quién podría culparlo?

Su campamento se ve igual que como lo dejamos, y dado que tenemos a dos Renegadas Nahx para vigilar, Topher y yo decidimos hacer un fuego en el refugio para tener un almuerzo caliente. Sólo trajimos sopa de la cabaña de Cielo, que calentamos directamente en la lata y comemos ahí mismo, con dos cucharas, pero nos sabe a comida gourmet.

Afuera, Nova y Aurora desentierran con cuidado el alijo de armas de Topher. Insisten en que nosotros dos descansemos mientras ellas trabajan. Todavía no puedo lograr que

Aurora deje de cuidarme, después de más de una semana de intentarlo.

Topher toma un trago de una cantimplora y me la pasa. Se recuesta sobre la pila de sacos de dormir.

—Quiero que razones con Tucker —dice—. Él piensa que una vez que derribemos la red, volverá con Raven para emprender una gran batalla en el norte.

—No hay más probabilidades de que Tucker me escuche a mí.

Desearía que mi mente también pudiera trabajar mil veces más rápido de lo normal, siquiera por unas horas. Los últimos días me han dado demasiado que asimilar. Tucker, Mandy y Raven siguen vivos. *Augusto* está vivo. Avivo el fuego, pensando en esas semanas después de que fui rescatado y llevado al campo de refugiados, cómo lloraba por él en secreto, sin poder contarle a nadie, sin poder sacar de mi cabeza la imagen de él prendido en llamas. Ahora, está aquí. De regreso en mi vida como un fantasma, aunque apenas ha mirado en mi dirección.

Desde la invasión, me he acostumbrado a que la gente muera. Ahora, extrañamente, parece que tengo que acostumbrarme a ellos *para siempre*.

Y Topher... todo lo que pensé que estaba terminado está obviamente no-terminado. Ciertamente, no hay atisbos de ternura entre él y Raven. Es casi como si ya no se necesitaran el uno a la otra ahora que Tucker está de regreso. Y eso me genera una sensación extraña. Yo necesito tanto a todas estas personas, Topher, Raven, Augusto, Nova y Aurora, e incluso Tucker, que me pone un poco enfermo.

—No suena como el tipo de batalla que tendrá muchos supervivientes —dice Topher, rompiendo mi ensueño derrotista.

Afuera, la pala de Nova se abalanza sobre el suelo helado. *Chuf, chuf, chuf.*

—¿Qué tan profundo enterraste estas cosas?

Topher se desliza un poco y da unas palmaditas en los sacos de dormir a su lado.

—Profundo. Y el suelo está congelado. Estaremos aquí por un rato.

—¿Deberíamos ayudarlas?

—Diablos, no. Creo que tomaré una siesta.

Me acuesto a su lado, y los dos miramos las ramas entrelazadas que forman el techo curvo del tipi.

—Los padres de Raven están vivos —digo.

Topher suspira y no responde por un momento. Le expliqué todo sobre el registro el día que nos encontramos y le dije que ninguno de mi familia o de la suya estaba allí. Pero creo que hemos estado evitando hablar de Raven, por muchas razones.

—Eso es lo que ella siempre creyó —dice al fin—. Nunca dejó de hablar de eso, de hecho. Estaba segura de que habían logrado llegar a la costa.

—Bueno... lo hicieron.

—¿Ya se lo dijiste?

—No. Pensé que sería mejor esperar hasta que la red cayera y ella pudiera volver con ellos. Si eso es lo que quiere.

La pregunta de qué sucederá cuando esta misión termine, de quién irá adónde y con quién, la dejo tácita. Estoy pensando en cómo mencionar el tema de la oferta de Jack para que viva con ellos cuando Topher se gira para mirarme. Tiene la misma mirada oscura y malhumorada en su rostro que siempre me ha vuelto un estúpido.

—Raven y yo nunca dormimos juntos —dice.

—Yo… de acuerdo —como dije. Estúpido.

—Sé lo que parecía desde afuera. Pero no fue eso. Sólo estábamos… Yo estaba intentando…

Me pongo de lado y, cuando él cierra los ojos, como si no pudiera encontrar la manera de continuar, extiendo la mano y la pongo en su rostro. Levanta su mano para ponerla sobre la mía y nos quedamos así acostamos durante unos segundos, respirando profundamente el aire cálido y humeante del refugio.

Topher habla sin abrir los ojos.

—No debería haberte dejado así cuando Raven regresó. No sé por qué lo hice. Estaba conmocionado cuando la vi viva, y ella estaba tan… traumatizada que estaba seguro de que algo le había sucedido allí afuera, algo terrible. Sentí que necesitaba protegerla. Al menos hasta que ella pudiera contarme al respecto. O a alguien.

—Pero nunca lo hizo.

—No. Porque…

Abre los ojos y hay algo agudo en su mirada que es hermoso, pero también un poco aterrador.

—¿Algo le pasó?

—El Nahx, eso es lo que le pasó—dice con amargura.

—Augusto nunca la lastimó, Toph. Honestamente, él no es así.

—¿Nunca la lastimó? ¡La convirtió en zombi!

Por lo que he visto, Raven, Mandy y Tucker están lejos de ser zombis, pero ninguno de ellos es mi hermano gemelo, así que no creo que pueda discutir al respecto. Sé lo que se siente vivir sin un hermano que amas. Si lo que dice Mandy es correcto, Topher envejecerá y morirá, y Tucker tendrá que vivir sin él durante cientos, quizá miles de años. O existe la otra posibilidad.

—¿Crees que saben cosas que no nos están diciendo? —pregunta Topher.

—¿Acerca de qué?

—De todo este asunto con los sitios de las bombas nucleares y lo que sea por lo que Tucker quiere volver.

—Creo que saben tanto como nosotros. ¿Por qué guardarían secretos?

Topher me quita la mano de su rostro y se rasca la barba.

—Supongo que tal vez porque su plan es que nosotros vayamos al oeste y ellos, al este.

Algo cambia, y lo que fuera ese momento que estábamos teniendo es de pronto diferente. Ambos volvemos a rodarnos y miramos al techo.

—Cuando derribemos la red, iré con ellos —dice Topher.

—¿Con quién? ¿Con Raven?

—Con Tucker.

—Con *Raven* —lo repito mientras me siento y comienzo a quitar el lodo y las agujas de pino de mis pantalones para la nieve—. Ella no te necesita, Toph. Ninguno de ellos nos necesita. Podemos salir de aquí. Ir a vivir a la costa. Ser humanos de nuevo.

—Tucker me necesita —dice. No me doy la vuelta para verlo, pero lo escucho levantarse y comenzar a doblar los sacos de dormir—. Tucker no puede volver a ser humano.

—No lo sabemos —me paro y pateo tierra sobre el fuego, porque está empezando a parecer que hemos terminado aquí—. Tal vez hay… una cura o algo así.

—¿Por qué querría curarse?

—¿De eso se trata todo esto? ¿Estás celoso? ¿Por qué no le pides a uno de los Nahx que te dispare un dardo a ti también?

Cuando me giro y veo la forma en que me está mirando, siento el deseo de escurrirme debajo de una roca.

—Lo siento —balbuceo—. No quise decir eso.

Sacude la cabeza, se inclina para abrir la puerta y mirar hacia el claro. Nova y Aurora ahora están sumergidas hasta las caderas en el agujero que cavaron y están sacando tierra con las manos.

—Eso es lo que he estado esperando, ¿sabes? —dice Topher, dejando caer la puerta de lona. Con el fuego casi apagado, el refugio está tan oscuro que apenas puedo verlo—. Después de que los Nahx mataron… les dispararon sus darnos a todos los demás, esperaba que volvieran y me atraparan. ¿Quedarme aquí sentado en la oscuridad, rodeado de cuerpos? *Recé* por ello.

—Lo lamento, Topher.

—¿Por qué lo lamentas?

—Lamento haber dicho eso —no parece satisfecho con mi respuesta, así que continúo—. Lamento haberme ido con Augusto ese día. Lamento no haber regresado por ti antes. Lamento… haberme rendido tan fácilmente cuando Raven regresó. Debería haber luchado por ti.

Incluso en la oscuridad puedo ver cómo sus cejas se elevan.

—¿Por qué habrías peleado por mí en ese entonces? Me estaba comportando como un imbécil.

Sigue comportándose como un imbécil, pero ¿desde cuándo eso me ha detenido? ¿O a alguien? Pongo mi mano sobre su hombro y, después de un segundo, la deslizo hacia la nuca.

Hay un momento, un instante, en realidad, en el que se tensa y una mirada cruza su rostro como si pudiera simplemente empujarme y atravesar la puerta para salir corriendo como un animal asustado. Pero espero, y ese momento pasa.

Entonces lo jalo y lo beso en los labios.

Cuando nos separamos, le doy tiempo para tomar un respiro antes de decir algo.

—No te asustes —digo en un susurro.

—¿Por qué me asustaría? —desliza una mano, y luego la otra, dentro de mi abrigo, alrededor de mi espalda.

—Hiciste esto la primera vez que nos besamos.

Ríe, acercándose a mí.

—Sin embargo, lo superé, ¿cierto?

Nos besamos de nuevo. Él sabe a sopa y huele a sudor; sus labios están agrietados por el frío; la punta de su nariz se está descarapelando debido a la congelación, y su barba pica. Además, el mundo ha llegado a su fin y la mayoría de las personas que amo son soldados muertos o zombis.

Pero además de eso, esto es perfecto. Pasan unos gloriosos cinco minutos antes de que nos interrumpan, cinco minutos donde mi mente se vacía de toda la basura que se ha ido acumulando y se rellena con chocolate derretido, albóndigas caseras y toallas limpias y calientes, recién salidas de la secadora.

Es Nova quien se asoma por la puerta de lona. Espera a que nos desenredemos antes de hablar, pero sus breves señas son fáciles de interpretar.

—*Hora partir, cerebros barro*.

Nova y Aurora saltan con facilidad del empinado acantilado cayendo en el campamento de Topher y aterrizan con gracia en el fondo, donde esperan a que bajemos torpemente.

—¿No te gustaría poder hacer eso? —dice Topher, sosteniéndome mientras saco el dedo del pie de una raíz.

—¿Saltar de los acantilados? Podemos aventarnos de un acantilado en la costa si eso quieres.

Se queda callado y se mantiene así hasta que llegamos al fondo, donde la cascada se ha congelado en un resplandor brillante de remolinos.

Algunas partes de la caminata de regreso a la cabaña de Cielo son como un agradable paseo invernal, estropeado sólo por el hecho de saber que Nova lleva un paquete con doce granadas dentro. Topher las revisó todas antes de salir, cerciorándose de que los ganchos estuvieran bien ajustados y los clips de seguridad bien sujetos a las palancas, pero aun así me siento inquieto. Garvin también tenía granadas, y odiaba cuando las sacaba y nos las mostraba. No sé por qué me molestan más que las armas. Me he acostumbrado a llevar un arma de nuevo, pero supongo que las granadas me recuerdan que esto es una verdadera *guerra*, no sólo unos niños jugando con los rifles de caza de sus padres.

Topher toma mi mano, cuando avanzamos por mesetas planas, crujiendo a través de la corteza de hielo que se ha asentado sobre treinta centímetros de nieve. Nova y Aurora también se toman de la mano, o Nova camina un poco más atrás, con su mano sobre el hombro de Aurora. Es dulce, tranquilo y pacífico, y casi podría pretender que, si volviera el rostro y mirara a las montañas y los cúmulos de nubes en el cielo azul, esa vida era normal. Y segura.

Pero a medida que nos acercamos a la cabaña de Cielo, Topher se suelta y se queda atrás, dejándome avanzar al frente. Finalmente, cuando vemos el pequeño glaciar que marca la entrada al territorio de los Renegados, me detengo.

—Un descanso —digo.

Nova y Aurora deambulan unos metros más hacia el hielo, mientras yo me vuelvo hacia Topher, que se agacha para volver a amarrar las cintas de su bota.

—No es que no quiera que nadie se entere —dice, sin siquiera mirarme—. No estoy en el clóset ni nada así.

—De acuerdo…

—Tú tampoco le dijiste a Raven.

—Supongo que asumí que tú lo harías.

Se pone en pie y vuelve a ponerse los guantes.

—Es sólo que no quiero complicaciones. No por ahora.

Mi rostro arde y me doy media vuelta para que no vea que me he sonrojado. ¿Estoy siendo abandonado de nuevo? ¿Tan pronto? Esto tiene que romper algún récord.

Se acurruca detrás de mí y se presiona contra mi espalda, con su frente en mi hombro.

—No es que yo… —exhala, y una pequeña nube de su aliento se instala en mi cuello—. Siempre supe que había algo mal en mí.

—Por Dios, Toph. No hay nada de malo en ser gay.

Él resopla contra mi abrigo y al principio creo que podría estar llorando, pero cuando da un paso atrás y me giro, veo que está riendo.

—¿Qué es tan gracioso?

—¡Tú! —ríe hasta que tiene que doblarse y recuperar el aliento.

Volteo y veo a Nova y Aurora mirándonos, con la cabeza inclinada a un lado. Topher se endereza y se limpia las lágrimas de alegría con su bufanda.

—Quise decir que tengo tantas… suturas. Siempre me hizo sentir incómodo que la gente me notara. Y los gemelos reciben tanta atención que me volvía loco. Solía esconderme en nuestra habitación durante nuestras fiestas de cumpleaños. Tucker se comería todo el pastel.

—Eso suena bien —no soy tan diferente. No me molesta la atención, pero definitivamente la quiero en mis propios términos—. Quizá por eso las cosas fueron tan difíciles para ti... sin él. Sin tácticas de distracción. Nadie detrás de quien esconderse.

—Sí... Dios.

Su alegría se disipa. Pongo mi mano sobre su hombro y la dejo allí. Se siente sorprendentemente bien. Sólido. Puedo ver por qué a los Nahx les gusta caminar de esta manera.

—Escucha, Toph. Estamos a punto de intentar un ataque desquiciado contra una fortaleza Nahx. Si sobrevivimos, tendremos que descubrir cómo viajar mil kilómetros a través de Canadá en pleno invierno, ya sea que vayamos al este o al oeste. Y de una u otra forma, se avecina una especie de apocalíptica batalla alienígena zombi. Estoy bastante seguro de que nadie notará nada diferente sobre ti o sobre mí o sobre alguien. Y si lo hacen, no les importará. Ciertamente, los Renegados no lo harán.

Como si fuera una demostración, Aurora y Nova han comenzado a lanzar bolas de nieve a los árboles.

Topher niega con la cabeza, baja la mirada y echa tierra sobre nuestras huellas con su pie.

—Tienes razón. Yo sólo... quiero que sepas que no es nada personal. Si actúo con frialdad cuando estés cerca. Es sólo porque soy raro. No significa que no me gustes —se inclina y me da un beso rápido.

Pierdo momentáneamente mi capacidad de hablar. No estoy exactamente contento con el lugar donde aterrizamos, pero al menos lo entiendo.

—Pongamos estas granadas en marcha otra vez.

Me rodea con el brazo mientras nos dirigimos al glaciar y nos reunimos con Nova y Aurora.

—Granadas —dice Topher con un resoplido—. La gente probablemente se dará cuenta de *eso*.

AUGUSTO

Se escucha un golpeteo en la puerta de la cabaña de piedra. La miro fijamente, tratando de aferrarme a su familiaridad y dejar que me guíe. Para moverme. Para hacer algo.

Toc toc toc.

Para responder. Necesito abrir la puerta. Muerte fangosa, eso es tan sencillo. ¿Cómo podría haber luchado con eso?

Cielo está detrás de la puerta cuando la abro. Tiene puesta su armadura salvo por el casco, que cuelga sobre su hombro. Los largos tentáculos de respiración cuelgan y se aferran a ella, como si esperaran estar completamente conectados.

—*Tú estar en armadura* —dice—. *Bien.*

—*Dormir antes.*

Asiente.

—*Ahora no dormir.*

Cielo sonríe, se adelanta y toca mi brazo con suavidad.

—*Sí, Rey Verano. Yo poder ver eso.*

Mi cuerpo se calienta y trato de pensar con frialdad para calmarme, pero no funciona muy bien. Entonces miro la nieve sobre el hombro de Cielo e imagino que ruedo en ella.

—*Lamentar* —digo después de un momento—. *Todavía estar poco confundido.*

—*Eso mejorar futuro, con tiempo* —dice Cielo.

Ella me había explicado esto antes. Dice que algunos de los otros Renegados fueron traídos después de que se habían rendido, y les tomó un tiempo funcionar de nuevo, pensar, hablar y tomar decisiones sin quedar atrapados en un círculo de pensamientos confusos.

—*Preparar nosotros para partir* —dice—. *¿Tú venir nosotros?*

—*Sí. Sí.*

No tengo rifle ni ningún otro equipo, así que tan sólo me uno a ella en el pequeño porche de la cabaña y cierro la puerta detrás de mí. Según Cielo, había humanos con dardos en esta cabaña cuando la encontró. Sus mochilas todavía están apiladas en una esquina. Aunque he estado aburrido aquí solo y me gusta mirar objetos humanos, no las toqué. Los humanos que recibieron los dardos fueron llevados por otros Nahx hace aproximadamente un mes, me explica Cielo. Se siente mal mover sus cosas, como si tal vez pudieran regresar por ellas cuando todo termine, sea lo que esto sea.

Cielo me deja caminar con mi mano sobre su hombro mientras nos abrimos paso por el camino a su cabaña. Sus Compañeros se encuentran con nosotros en la arboleda. Cenizo me saluda con un movimiento de cabeza, pero la chica, Espina, se voltea deliberadamente en la otra dirección. No creo que le agrade. Es posible que esté celosa: Cenizo y Cielo han pasado mucho tiempo conmigo, me han traído comida, me han hecho comer y beber, y me han recordado que debo ponerme la armadura cuando empiezo a jadear. No soy un bebé. Sé que puedo cuidarme solo, pero es como si los pensamientos que debieran surgir de manera natural necesitaran ahora ser extraídos con un poco de fuerza, como una cuchilla oxidada dentro de su... No puedo pensar en la palabra. Mi mente se está agudizando, pero está sucediendo muy lentamente.

Cuando los árboles se despejan nuevamente y la cabaña de Cielo se hace visible a lo lejos, ella me detiene, mientras permite que sus Compañeros sigan adelante.

—*Humanos venir con nosotros* —dice.

—*Sí, saber eso.*

—*Humanos modificados también. Copos Nieve.*

—*Sí.*

—*Y Raven.*

—*Sí.*

Ella retrocede un poco estudiándome, con el ceño fruncido.

Funda, creo, la palabra me llegó por fin. Soy como un rifle en desuso que necesita ser limpiado, engrasado y recargado. Pero todas mis armas están tan perdidas como mis pensamientos.

—*Raven tener vínculo con Copo Nieve Tucker* —dice Cielo. Hace la seña de su nombre como *Chico Rudo*. Sé que ella quiere decir impenetrable o resistente, pero cuando lo dice, pienso en la palabra *indestructible*. Sin embargo, nunca le diría eso a ella.

—*Tú no deber hacer daño él* —dice. Sus manos se juntan bruscamente.

—*No hacer.*

—*Deber mantener lejos de él. De ellos dos.*

Estoy agradecido por mi máscara en ese momento. No quisiera que Cielo viera la expresión en mi rostro. Alejo mi hombro de ella y me agacho, fingiendo sacar un trozo de hielo de mi bota. Cuando me levanto, miro atrás al camino que hemos dejado, a los árboles, más allá de los cuales está la amplia planicie hasta la cabaña de piedra. Sólo hay una cosa en el mundo que quiero más que volver allí y quedarme dormido de nuevo: ayudar a Diente de León y a sus amigos, a pesar de que ahora estoy fuera de su círculo.

Eso es mi culpa. No puedo culparla.

—*Yo preocupar* —le digo a Cielo—. *¿No ser yo una...?* —pero entonces no puedo pensar en la palabra. Ni el sonido ni la señal. Mi mente rueda como una roca en el barro.

—*¿Carga?* —sugiere Cielo.

—*Sí. Yo ser muy lento. Poner otros en...*

—*¿Peligro?*

—*Sí, poner en peligro* —a veces, los Renegados usan señas que no conozco, pero ésta es una que nunca debería haber olvidado. Es una seña que utilizamos en el entrenamiento para las batallas. Una seña que hacía Sexta y que yo solía usar con ella.

Sexta. No me gusta pensar en ella. Es como si a veces pudiera ver su sombra en el borde de mi visión, como si permaneciera en la periferia y desde ahí me observara. Me contraigo cuando la sombra se mueve.

Cielo vuelve a poner su mano sobre mi brazo.

—*¿Querer Raven ir sin tú?*

Mi piel se calienta debajo de mi armadura.

—*No, yo no querer eso.*

—*¿Y poder tú detener ella?* —Cielo está sonriendo ahora, lo que hace que me den ganas de sonreír también. Echo la cabeza hacia atrás.

—*No.*

Ella aprieta mi brazo y lo siento a través de los sensores en mi armadura como un hormigueo cálido.

—*Tú ser inusualmente sensible para ser Octavo. Yo preguntar si ése ser realmente rango tuyo.*

Curiosamente, tomo esto como un insulto y tengo que luchar contra el impulso de defenderme. Pero entonces no estoy seguro de por qué reacciono así. ¿Es bueno o malo ser sensible? En algún tiempo, me habría avergonzado por el hecho de ser visto como alguien de un rango inferior, y fantaseaba con pretender ser un Cuarto para poder estar por encima...

Lodo. Sexta aparece ante mí como en un acto de magia, con armadura, pero sin casco. Descubre sus dientes. Me tambaleo hacia atrás y...

Cielo está sosteniendo mi muñeca, manteniéndome en posición vertical. Hace señas con la otra mano.

—*Tu mente jugar contigo. Ignorar.*

—*Sí. Sí.*

Pero mi corazón galopa, lo que me provoca tos.

Más allá de la cabaña, en el valle, retumban los motores del transporte reparado. Intento sacudirme la visión, siguiendo a Cielo y sus Compañeros mientras nos dirigimos hacia allá. Sol y Luna emergen del túnel de hielo y se unen a nosotros.

—*Tú ser fuerte, Rey Verano* —me dice Cielo cuando abordamos el transporte—. *Tu cuerpo ser fuerte y rápido. Usar tu mente para mirarme y hacer yo decir.*

Ella lo hace parecer tan simple. Pero claro, ésa siempre ha sido mi directriz principal, el alcance total de mi primera misión.

Seguir las órdenes.

Hacer lo que Sexta me dice.

No sé por qué estoy pensando tanto en ella. Desearía que eso parara.

Raven se reúne con sus amigos y la diminuta criatura resplandeciente que todo el tiempo está alrededor de ellos.

Parece ridículo tenerle miedo —Azul, la llama Raven—, pero me inquieta. Recuerdo estas criaturas de la gran nave. Tan amable como parece Azul, las otras con las que me he encontrado han sido…

Algo. Peor que hostiles.

Tóxicas. Como veneno. Es tranquilizador saber que los demás como yo sienten lo mismo. Cielo, Cenizo, Nova y el resto. También evitan a Azul.

Cuando todos estamos a bordo y la escotilla está cerrada, una súbita calma nos alcanza. Los últimos dos días han sido un torbellino de actividad; yo pasé la mayor parte del tiempo oprimido por la ansiedad o profundamente dormido, sin sentido, en un oscuro vacío o huyendo de las pesadillas. Ahora que estamos camino a la presa, con todo listo, hay tiempo para descansar. Los otros como yo están en la bodega, aferrados a los anillos de metal en la pared. Todos tenemos una armadura completa, y me pregunto si los demás están haciendo lo mismo que yo, reproduciendo ciertos pensamientos y palabras para ayudarme a mantener la concentración, para evitar que me hunda en el lodo que ocupa mi mente.

Antes, pensaba en Raven cuando sentía que me alejaba, en sus fuertes hombros y su mandíbula firme, en la forma en que echaba desafiante la cabeza hacia atrás, a pesar de que yo podía ver lo asustada que estaba. Sus ojos brillarían; el sol iluminaría su cabello. Era tan… mágico. Ella era mágica, como una especie de medicina.

Pero cuando la miro ahora, ella es diferente. Y aunque mis sentimientos no han cambiado, la forma en que me hace sentir sí cambió, si eso tiene sentido.

Tal vez porque ella me necesitaba, porque mi gente era tan hostil hacia ella y podía protegerla, eso hacía que yo fuera tan…

Algo. No puedo encontrar la palabra.

No un monstruo. No es monstruoso. ¿Qué es lo contrario de "monstruoso"?

Cielo se une a mí en la bodega y mira por encima de mi hombro hacia donde Raven y sus amigos se encuentran sentados entre los estantes de armas.

—*Saber qué pensar tú* —dice ella.

—*¿Tú saber?* —respondo—. *Eso ser bueno, porque yo no saber.*

Cielo y los Renegados echan la cabeza hacia atrás para reír como yo, pero también respiran sin aliento mientras lo hacen. Hay muchas risas en las montañas donde viven. Son tan felices. Me hace preguntarme si alguno de ellos estuvo de acuerdo en venir a esta misión.

—*Conocernos mucho tiempo atrás, tú y yo* —dice Cielo.

—*Sí, yo recordar ahora* —ojalá me hubiera unido a ellos cuando me lo propuso. Pero si lo hubiera hecho entonces, y otras cosas hubieran sucedido como acontecieron, entonces Raven habría sido asesinada en la ciudad y yo nunca me habría enterado. Me pregunto si hubiera seguido soñando con ella.

—*¿Tú conocer Raven mucho tiempo atrás?* —pregunta Cielo.

Muerte fangosa, ella *sabe* lo que estoy pensando.

—*Sí. No saber antes su nombre.*

Ella asiente con otra bocanada de aliento.

—*No ser primero de nosotros fascinado con humano. Probablemente tampoco ser último.*

Me vuelvo para mirarlos, porque Raven puede entender nuestro lenguaje. Pero ella y el chico clon están inmersos en una conversación. Yo no... No puedo... No debería sentir lo que experimento al verlos juntos. El líquido de la armadura fluye a través de mis venas, lavando la suavidad que Raven creó en mí. Por lo general, podría resistirlo, pero esta vez tan sólo dejo que suceda, dejo que el lodo gris agudice mis entrañas y me convierta de nuevo en una máquina dura y fría. La suavidad no destruye las represas. No gana batallas.

—*No querer ella resultar lastimada* —digo, porque me doy cuenta de que no puedo evitarlo. Por la forma en que funciona mi memoria, algunas imágenes se fijan como fotografías, y una de ellas me persigue: Raven, Diente de León, en mis brazos, rota y casi muerta, cubierta de sangre. Mi cuerpo se calienta tanto que duele. Tengo que apretar la boquilla de mi tubo de respiración para que se detenga.

—*Ser muy difícil ella resultar lastimada como ser ahora* —dice Cielo.

Y tal vez lo único que me hace no ser un monstruo o una máquina me abandona también. No digo esto, por supuesto. Dudo que Cielo lo entienda.

Cuando miro hacia atrás, Topher, el gemelo humano, está riendo, y extrañamente siento de pronto...

No puedo pensar en la palabra.

¿Conexión? ¿Simpatía?

Afinidad. Comprensión. Siento que puedo entenderlo, porque también me gustaría volar la presa.

Y no me importa cuántos de los míos sean asesinados.

RAVEN

—Azul, tienes que esperar en el transporte.

Se mueve con furia de un lado a otro.

¡No!

—¿Por qué no puede venir con nosotros? —pregunta Mandy—. Podría ser útil si nos encontramos en problemas. Los Nahx le tienen miedo.

Azul sube y baja con entusiasmo. Pero Topher, pensando lógicamente como siempre, me respalda.

—Si hacemos las cosas de la manera correcta, no tendremos que encontrar a ningún Nahx. E incluso si fuera así, podemos contraatacar. Sí, vamos a tratar de robar otro transporte, pero si eso no funciona y perdemos éste, estamos perdidos.

El transporte está parcialmente oculto por algunos árboles arracimados, fuera de un pueblo desierto al este de la presa. Pero Topher tiene razón. No podemos arriesgarnos.

—Por favor, Azul —le digo—. Es importante, y no quiero que salgas lastimada.

Se enciende por un momento antes de golpear la frente de Topher, haciendo que tropiece. Él se recupera cuando Azul desaparece de nuevo en el transporte.

—Tu amiga es una verdadera imbécil —dice Topher.

—Bueno, estoy acostumbrada a eso —digo.

Caminamos desde el pueblo hasta un punto lo suficientemente alto para que algunos de los Renegados se quiten la armadura. El plan es descansar aquí durante la noche e infiltrarse en la presa al amanecer.

Cuando Topher y Xander se acuestan, con los Nahx rodeándolos de calor, pronto se quedan dormidos, exhaustos por la larga y empinada caminata. Mandy los revisa y rápidamente me arrastra a un lado, con Tucker detrás de nosotros. He estado esperando esto.

—¿Lo sentiste? —pregunta en un susurro, mientras mira hacia atrás para asegurarse de que ningún Nahx nos esté escuchando.

A la mitad de nuestro viaje, Tucker tropezó en el transporte. Topher lo atrapó antes de que cayera, y Tucker afirmó que había chocado con la esquina del estante de rifles y perdido el equilibrio. Pero Mandy y yo sabíamos la verdad. Si no hubiera sido por el hecho de que estábamos sentadas en ese momento, nosotras habríamos tropezado también.

—¿Es porque ahora estamos más al norte? ¿Más cerca de las fisuras?

Fue como ser cortada con un hacha, o como una franja oscura de la noche que borraba de pronto cada pensamiento en mi cabeza. Duró sólo un segundo y no creo que nadie más lo haya notado, pero fue suficiente.

—La toxina del dardo nos programó de alguna manera —digo—. No fue real. Estaba sólo en nuestra mente, tratando de hacernos volver a la lucha.

—Tal vez —dice Mandy—. Pero se sintió como una migraña o un derrame cerebral. ¿Qué pasa si la siguiente vez es peor? Tal vez se vaya haciendo cada vez más fuerte hasta matarnos.

—Eso parece... extremo —dice Tucker.

Tengo que recordarme a mí misma que Tucker no ha visto la mitad de las cosas que yo.

—Comparativamente, no lo es —digo. No doy más detalles. Lo que Tucker ignora no puede lastimarlo. O hacerlo enloquecer, como a veces me siento yo.

—Sólo hagamos esto y luego podremos regresar a las dunas —dice Mandy. Sus ojos extraños se han vuelto ligeramente salvajes. Se mueven como un animal atrapado.

—¿Qué hay de Xander? —pregunto—. ¿Y de Topher?

Tucker se levanta.

—¡No lo voy a dejar! —habla lo suficientemente alto para que uno de los Nahx se gire y nos mire. Es Augusto, me doy cuenta. Después de un segundo, cuando él vuelve a girarse, se inclina para ajustar las mantas de Xander, colocándolas cuidadosamente alrededor de sus pies.

Augusto apenas si me saludó cuando subí al transporte y me ignoró durante todo el viaje. No sé por qué pensé que las cosas volverían a ser como antes cuando él recuperara la conciencia, que volveríamos a nuestra compañía confortable que desafía toda descripción. Las cosas son diferentes ahora. Ya ni siquiera soy humana. Pero Xander sí. Tal vez el afecto protector que Augusto tuvo por mí simplemente se transfirió. No debería doler tanto. Con la computadora agitándose en mi cabeza, debería ser capaz de concentrarme lejos del dolor, archivarlo o eliminarlo. Pero el dolor persiste.

—Sólo hagamos esto, luego hablaremos al respecto —dice Mandy con firmeza.

Tucker la ignora, se dirige hacia donde están durmiendo los chicos y aparta a una de las Nahx para sentarse al lado de su hermano. La Nahx, Sol, simplemente toma una nueva posición, en pie detrás de él como un guardaespaldas.

—¿Qué piensas? —pregunta Mandy.

De hecho, estoy pensando en cuánto extraño ser la primera en la lista de alguien, cuán intoxicante era eso: antes de que Jack apareciera y sólo éramos mamá y yo, cuando Tucker y yo nos juntamos por primera vez y estábamos tan obsesionados el uno con el otro. Y Augusto. Esas semanas con Augusto, cuando parecía que él haría cualquier cosa por mí, que yo era el centro de su universo. Sin embargo, me siento egoísta al pensar en eso ahora, cuando miles de vidas están en juego, millones. Ciertamente, no voy a compartir esto con Mandy.

—Me pregunto si vale la pena salvar algo de esto —digo en cambio.

—Ésa es *la* pregunta, ¿cierto?

Me agacho, tomo un puñado de agujas de pino y nieve, y las rocío en el espacio entre nosotras.

—¿Alguna vez has visto ballenas en el océano? —pregunta Mandy. Esto es un *non sequitur,* pero me siento feliz de que el tema haya cambiado. Estira las piernas y las cruza, y luego se reclina para mirar al cielo oscuro.

—Sí —imito su postura y, a través de las copas de los árboles, veo el denso manto de estrellas en movimiento. Ese movimiento imperceptible para los ojos humanos normales, que ahora yo soy capaz de ver—. Tengo una tía que vive en la isla Quadra. Hay muchas orcas por ahí.

—Genial —dice Mandy—. Yo vi belugas cuando estaba en Nunavut.

—¿Como en la canción?

Ríe.

—Sí. ¿Recuerdas cuando cantamos eso en la base?

No puedo evitar reír yo también. Es un lindo recuerdo. Uno de los pocos que he creado en los últimos dos años.

Nos quedamos mirando las estrellas por un largo rato, el bosque a nuestro alrededor está en silencio, salvo por los Nahx y su respiración zumbante. Una fina nube cruza el cielo cuando Mandy rompe el silencio.

—Esto que viene, esta fisura o lo que sea, no creo que sea sólo una amenaza para los humanos. O para los Nahx. O para nosotros.

Ah. No es un *non sequitur* después de todo. Mandy planeaba ser enfermera, pero creo que habría sido una buena psiquiatra.

—No. En mis visiones lo destrozaba todo… Incluso a nivel molecular. Si eso es, ¿cómo podríamos luchar con algo así?

—No lo sé —dice Mandy—. Puede que no sea eso. Tal vez sea así… cuando lo soñamos. Tal vez así es como nuestras mentes interpretan algo que no podemos entender.

—No veo cómo eso es mejor.

—No. Yo tampoco. Pero vale la pena salvar esto, ¿no te parece? —agita su mano hacia los árboles, el cielo y las estrellas, los Nahx y los chicos—. ¿Todo esto?

Respiro profundamente en el aire frío de la noche.

—Vale la pena intentar salvarlo. No sé cuántas oportunidades tengamos. Pero sí, definitivamente vale la pena.

Dirijo mis ojos hacia Augusto y deseo poder acurrucarme y dormir a su lado también, calentada por él, protegida por su sombra. Vale la pena salvarlo a él sobre todo, al menos para mí, incluso si sus sentimientos por mí han cambiado.

Cielo despierta a los chicos a la primera señal de luz en el horizonte oriental. Empacamos en silencio total, todavía sumidos en la oscuridad. Esperamos mientras Topher y Xander añaden algunas capas más de ropa. Está peligrosamente frío, y aunque sé que eso no me hará daño, es molesto. Sólo otra cosa en la que tengo que pensar.

Augusto y Aurora se mantienen cerca de ellos cuando nos acercamos a la cumbre, con el sol de la mañana brillando sobre nuestras espaldas. Nos acostamos sobre la nieve y pasamos los binoculares de mano en mano, a lo largo de la fila, para que todos podamos tener una idea de a qué nos enfrentamos.

La presa todavía está al menos a kilómetro y medio de distancia, pero por fortuna, aunque el día está despejado, hay suficientes árboles que servirán como cubierta, de manera que podamos acercarnos sigilosamente. Tal vez incluso podremos pasar desapercibidos hasta que literalmente estemos rompiendo el perímetro.

—¿Subiremos la cerca? —pregunta Topher.

Cielo niega con la cabeza.

—*Cerca humana. Fácil cortar.*

Creo que tal vez está preocupada de que Topher y Xander no puedan hacerlo, tan cargados de ropas como están.

La central eléctrica está dentro de la red Nahx, al igual que el campo de aterrizaje donde están estacionados los transportes. Sospechábamos que ése sería el caso y lo planeamos de esa manera, pero resulta lamentable de cualquier forma. Si hubiera resultado que estábamos equivocados al respecto, habría sido más fácil llevar a cabo todo este plan.

Nos arrastramos en una sola fila a lo largo de la cresta de la cumbre hasta que podamos desaparecer bajo la seguridad de los árboles. Hay un camino lleno de surcos hacia el sur, pero nos mantenemos lejos de él y giramos hacia el norte, a lo largo de un descenso más empinado. Es un camino más difícil, y Xander y Topher tienen que ser ayudados a bajar algunas pendientes que el resto de nosotros puede saltar fácilmente, pero es más seguro. Somos menos visibles. Si los Nahx se dan cuenta de que nos estamos acercando, podrían lanzar un contraataque a gran escala, y ése sería el final de nuestra misión.

Nos acercamos a los terrenos de la presa por el suroeste, donde la escarpada ribera del río proporciona algo de cobertura. Después de esperar unos minutos en los árboles, queda claro que los centinelas no están cuidando esta parte del perímetro.

Cielo tenía razón sobre la cerca. Es una vergüenza lo sorprendentemente endeble que es la tela metálica que los Nahx y Tucker simplemente saltan. Mandy y yo esperamos con los chicos mientras Cielo desenreda el cable con facilidad, sólo lo suficiente para crear una estrecha abertura.

—¿No tienen demasiado frío? —pregunta Mandy. El hecho de ser superhumana no ha opacado sus instintos maternales.

—No —Xander salta en su lugar y levanta su bufanda para cubrir su nariz.

—Tucker dice que ustedes no sienten frío —dice Topher.

—Lo sentimos, pero no nos afecta. No podemos congelarnos ni nada así —explico.

—Eso debe ser agradable.

Ésta es la conversación más larga que he tenido con Topher desde que nos reunimos. Cualquier cosa que hubo entre nosotros antes de mi casi muerte en la montaña, está tan ausente ahora que parece pertenecer a un sueño. O a una pesadilla.

Distingo a Augusto fácilmente entre el grupo de Renegados al otro lado de la cerca, no sólo por las cicatrices en su pecho. Su postura es diferente a la de ellos: más formal pero también más humana, si eso tiene sentido. Cuando mis ojos no están siendo atraídos hacia el cielo del noreste, se sienten atraídos por él, y recuerdo la sensación que tuve cuando supe que había regresado por mí, que estaba allí para rescatarme de Topher, del hielo y de las mentiras que estaban creciendo dentro de nosotros como un cáncer.

La mitad de los cambios en mi cerebro no son producto del veneno Nahx, sino del tiempo y la sabiduría. Tucker y Topher no representaron más que problemas para mí desde el principio. Ahora lo veo.

Cuando estamos dentro de la cerca, nos dividimos en los equipos que establecimos cuando hicimos nuestros planes. Topher, Mandy, Cenizo y yo vamos a traspasar las instalaciones de la presa a través del portal inferior y deshabilitar las turbinas en la cabeza del canal. Todo esto significa algo para Topher, que siempre fue un ingeniero nerd, una cualidad que yo solía encontrar molesta. Pero las cualidades molestas a menudo resultan útiles, ésa es otra cosa que he aprendido. El portal inferior y el túnel del canal están fuera de la red —eso es lo que importa—, y una vez que las turbinas estén desactivadas, la red debería perder energía.

Augusto y algunos de los otros Renegados irán a conseguir un transporte para que podamos salir apresuradamente cuando se desate el infierno.

Y quienes desaten ese infierno proverbial serán Tucker, Xander y el resto de los Renegados, quienes plantarán las granadas de Topher en los transformadores de la central eléctrica. Los Nahx podrían reparar las turbinas con bastante facilidad, pero la reconstrucción de una central eléctrica completa llevará tiempo. Y esperamos que el mundo exterior pueda lanzar en ese tiempo una misión de rescate para los humanos que todavía están dentro de la zona de ocupación.

Ya no me gusta depender de la esperanza, pero al menos Topher y Xander podrían salir de aquí.

Cuando la central eléctrica se convierta en humo, tendremos unos cuantos minutos antes de que los Nahx que están alrededor de la presa se pongan furiosos.

Cielo nos explicó que pasará algún tiempo antes de que lleguen los refuerzos, si es que llegan. Los Nahx están entrenados para ser autosuficientes, ya sea solos, en parejas o en pelotones como el que vigila la presa. Hay muy poca comunicación con un comando centralizado más allá de lo que ella llamó "repetir reglas mentales". Xander lo tradujo como "directrices de misión", y parecía corresponder a ellas. Al parecer, son introducidas en la conciencia de los Nahx a través de un transpondedor en su armadura. Todos los Renegados, incluido Augusto, deshabilitaron sus transpondedores hace mucho tiempo. Pero los otros Nahx estarán operando según las directrices de la misión para proteger la presa, junto con las instrucciones que todo Nahx tiene: disparar sus dardos a los humanos.

Cielo ha hecho que proteger a Topher y Xander sea una prioridad. Lo reitera con señas tajantes mientras hace una última revisión de las armas de todos. Me doy cuenta de que Augusto se queda completamente quieto, mirando las pistolas humanas en cada una de sus manos, antes de que Cielo elija por él y le quite una pistola, para que él pueda enfundar la otra.

Cielo me prometió que se quedaría con él y lo mantendría a salvo, pero una parte de mí quisiera tomarlo de la mano y arrastrarlo lejos de aquí, de esto. ¿Cuántas veces más tendremos que soportar encontrarnos sólo para enfrentar perdernos? ¿Alguna vez terminará? Quizá por eso Augusto me ha estado ignorando. *Espero* que sea por eso.

Su equipo se marcha primero, y cuando los veo desaparecer entre los árboles, Augusto se vuelve hacia mí y hace algunas señas rápidamente.

—*Mantener segura, Diente León.*

—*Repetir tú* —respondo con señas—. *Seguro repetir por siempre.*

No sé cómo estas simples palabras pueden cambiar toda una perspectiva, pero lo hacen.

—¿Por qué sonríes? —pregunta Mandy.

—Nada.

Me alejo. Nunca me ha gustado ver a la gente irse, y con Augusto... bueno... su abandono suele presagiar una catástrofe, así que me siento renuente a dar testimonio de ello. Debajo de un árbol nevado, Topher y Xander hablan en voz baja. Intento no escuchar, pero con mi audición mejorada es difícil no hacerlo.

—No puedo pasar por eso otra vez —dice Topher.

—Es prácticamente indestructible, Toph. Estará bien.

—Lo sé, pero ya sabes cómo es él. Como... imprudente.

Muevo los ojos para tratar de localizar a su sujeto y, en efecto, Tucker está a medio camino de un árbol cercano, revisando la presa a través de unos binoculares.

Cuando me giro otra vez, Topher y Xander se están besando.

Un beso como... un *verdadero* beso. Topher se quita un guante y con ternura pone su mano en el rostro de Xander cuando se separan, y apenas creo que estoy mirando al Topher que conozco y no a un héroe de una novela romántica. Cada vez que tocaba mi rostro de esa manera, era tan tierno como si estuviera golpeando un filete de pescado congelado. Veo cómo unen sus frentes y él susurra algo que no puedo escuchar a través de la sangre que corre por mis oídos.

Cuando Tucker salta del árbol, Xander lo sigue de regreso al denso bosque con Aurora, Sol y Luna detrás. Sé que sus mochilas son abrumadoras por las granadas de Topher. Esperarán hasta que la red que rodea los transformadores de energía caiga, y luego las explotarán.

¿Fácil, cierto?

Las mejillas de Topher son de color rojo brillante cuando se une a Mandy y a mí junto al río.

—Bueno. Eso ciertamente explica algunas cosas —digo.

Topher vuelve a su papel autoritario, como si hubiera accionado un interruptor.

—¿Podemos hablar de eso más tarde?

—O nunca, tal vez.

—Pórtense bien, niños —dice Mandy.

Cenizo, que eligió no reemplazar su casco dañado, lanza su único ojo visible hacia mí. Fácil para él, sólo está en un triángulo amoroso. Bueno, he perdido la noción de la forma que estamos dándole a mi vida ahora. ¿Un pentagrama?

Descendemos por la orilla del río hasta el sinuoso camino que lleva al portal inferior de la presa. Cenizo va al frente. Mandy y Topher caminan juntos. Yo voy detrás de ellos y miro los pies de Topher, pienso en Tucker y en Augusto, y me pregunto si no debería arrojarme al río para simplificar las cosas.

Sin embargo, no es tan complicado al final. Tengo que volver a las dunas con Tucker y Mandy, y Augusto no puede seguirme porque la baja elevación lo mataría. Topher y Xander saldrán a la costa si las cosas salen según lo planeado.

Cenizo levanta un puño para indicar que nos detengamos y retrocede un par de pasos para presionarnos contra la cara rocosa de la orilla del río.

—*Un guardia* —dice.

—*Dejar ir nosotras* —respondo con señas, señalándonos a Mandy y a mí—. *Nahx no tener permiso dañar a Copos Nieve.*

Topher permanece en silencio, pero asiente con la cabeza para manifestar su acuerdo.

Mandy y yo sacamos nuestras armas y marchamos por el camino hacia donde da una curva. Hay tres escalones hasta una larga plataforma de concreto y, al final, un Nahx en guardia junto a una puerta de metal muy simple. A medida que nos acercamos, el Nahx no se mueve, y me pregunto si está despierto siquiera. Tal vez esté inactivo, como estaba Augusto. Incluso hay algo de nieve acumulada en sus hombros. Pero cuando estamos a unos diez metros de distancia, de pronto cobra vida, se quita el rifle de la espalda y dispara. Observo el dardo Nahx navegando hacia mí con leve interés, como si estuviera viajando en cámara lenta, y lo apreso en el aire con facilidad antes de tirarlo al río.

El Nahx dispara otro, que ambas esquivamos y dejamos que se aloje en el muro de contención de piedra detrás de nosotras.

—Esos dardos no nos hacen nada —dice Mandy—. Retírate.

El Nahx deja caer su rifle y, en el mismo movimiento, desenfunda su cuchillo. Mandy y yo tenemos rifles, pero las balas a veces ni siquiera logran reducir la velocidad de los Nahx, y aunque tal vez no pueda matarnos a ninguna de las dos, tampoco tenemos tiempo para recuperarnos de posibles lesiones. Doy un paso hacia él, hablando con la mayor firmeza posible, tratando de no distraerme con la ardilla o lo que sea que está arañando los árboles sobre nosotros.

—*Retirar. Tener órdenes de no hacernos daño.*

—*Humanas* —dice, y luego cambia levemente el sustantivo—. *Alimañas.*

—Él no sabe lo que somos —dice Mandy.

—No somos humanas. Somos centinelas. Copos de Nieve. *Snezjinka.*

Duda, con la cabeza ligeramente inclinada, pero eso da el tiempo suficiente para que la fuente del ruido en los árboles se dé a conocer. En un destello de metal y nieve, Cenizo cae sobre el guardia Nahx y lo estrella contra el concreto. El cuchillo sale volando de su mano y se desliza por la orilla del río.

—¡Cenizo, no! —grita Mandy cuando Cenizo sujeta al guardia y gira su cabeza con ambas manos y una rodilla. Se escucha un crujido repugnante, y el guardia se queda lánguido. Cenizo se pone en pie de un salto y empuja el cuerpo sobre el borde de la plataforma, hacia el río que corre debajo. Miro, atónita, mientras se hunde como una piedra en el agua helada. Hay un brillo en los ojos de Cenizo cuando nos mira.

Topher sale del bosque unos segundos después.

—Eso fue ruidoso —dice—. Deberíamos ponernos en movimiento.

¿Ruidoso? Mi mente me está gritando, preguntándome por qué a estos muchachos les parece que matar es algo tan insignificante y ordinario.

Cenizo patea la puerta antes de que pueda detenerlo. El estallido de los anillos de metal cruza el río con la fuerza suficiente para hacer que los árboles se sacudan. Entramos en un pasillo estrecho y oscuro, pero el ruido del canal es bastante fácil de seguir. Se precipita y retumba de manera uniforme con un zumbido bajo, como una bañera llenándose. Después de algunos giros y vueltas, el corredor se abre hacia la cámara del canal, brillantemente iluminada, un túnel largo de concreto y acero con un río agitado en el centro. El aire está lleno de un frío rocío y las paredes son resbaladizas por la condensación.

—Podría haber más guardias aquí —dice Mandy—. Manténganse atentos.

La predicción de Mandy no tarda mucho en hacerse realidad. Aparece otra Nahx. Se acerca desde el extremo más alejado del túnel y en sentido contrario al flujo del río. Está enfadada como el infierno. Corre hacia nosotros, sus botas resuenan en el duro piso.

—¡Quédense de este lado! —hay una pasarela que lleva al otro lado del río, pero no me gusta la idea de quedar atrapados al otro lado con una Nahx enfurecida. Pero pasarela o no, ella viene detrás de nosotros. Con un elegante salto, ya está sobre el agua y aterriza con fuerza a treinta metros de donde estamos esperando, haciendo que todo el túnel vibre. Su rifle gime y tengo que zambullirme para atrapar otro dardo en el aire antes de que golpee a Topher.

—¡Cúbrelo! —grito.

Cenizo ya se lanzó contra la mujer. Lo sigo mientras Mandy rueda sobre Topher y lo empuja contra la pared del túnel. La mujer da media vuelta y corre hacia la pasarela; arroja su rifle a su espalda mientras sostiene las barandillas de metal y las jala.

—¡No! —la pasarela es la única forma de cruzar el agua, la única manera de llegar al conjunto de la turbina al final del túnel. Levanto mi rifle y disparo ronda tras ronda mientras corro hacia la Nahx. Las balas rebotan en las placas de su armadura, resuenan a lo largo del túnel y rebotan otra vez sobre el concreto y el acero. Con un gruñido animal, ella arranca la pasarela de sus amarres y la arroja al río, donde la corriente la arrastra. Cenizo se abalanza sobre ella antes de que pueda levantar su rifle de dardos nuevamente. Se mueven a lo largo del pasillo de concreto, sacudiéndose el uno a la otra, hasta que finalmente caen al agua sobre el borde de la zanja del canal.

—¡Cenizo! —lo único que puedo ver son extremidades ocasionalmente emergiendo en la espuma mientras los persigo por el túnel—. ¡Cenizo!

Hay una gran rejilla donde el agua sale del túnel hacia el río, probablemente utilizada para atrapar cualquier escombro. Los restos de la pasarela se apiñan en ella y el agua se agita sobre el metal doblado. Hay un fuerte sonido metálico y el traqueteo de la pasarela destrozada, y de pronto Cenizo y la Nahx salen a la superficie. Ella tiene sus manos sujetando con fuerza la garganta de Cenizo. Antes de que pueda levantar mi rifle, se escucha un fuerte estallido cerca de mi oreja derecha, y la cabeza de la Nahx se mueve hacia atrás, mientras un líquido negro sale de su cuello.

PLOP. PLOP. PLOP.

Topher sostiene su pistola recta y firme, aprieta el gatillo una y otra vez hasta que por fin la Nahx libera su agarre y se suelta. Cenizo empuja su cuerpo y, al salir del agua por una barandilla sobre la rejilla, la patea hasta que parte de ella cede. La pasarela destrozada y la Nahx muerta se deslizan a través del hueco y son arrastradas al río.

—¿Estás bien? —pregunto mientras Cenizo trepa por la reja.

—*Cruzar aquí* —dice con una mano—. *Este riel.*

Trepamos en silencio, tratando de mantenernos alejados del agua burbujeante.

Topher revisa el cargador de su pistola mientras nos apuramos por la otra plataforma hacia la turbina.

—¿Estás bien? —le pregunto. Su rostro se ve tan blanco como la espuma del río.

—Bien —dice con los dientes apretados.

Cenizo y Mandy llegan a la cámara de montaje de la turbina. Cenizo se pone a trabajar en la puerta cerrada mientras Topher y yo los alcanzamos.

—No estoy molesta por lo tuyo con Xander —intento—. Sólo estaba un poco sorprendida.

Enfunda su arma y arroja el cargador vacío al agua.

—No me importa si estás molesta —dice con voz fría.

Tengo que seguir recordándome que la mitad de mis amigos han tenido una verdadera vida desde la última vez que los vi. Para mí, sólo ha pasado una semana más o menos, pero Topher se ha estado escondiendo, muerto de hambre y congelado, durante meses. Y ahora me ve como una de los Nahx, supongo. Y tal vez todavía me culpe por todo, incluido el hecho de que su hermano haya sido convertido en un monstruo.

Cenizo se ocupa de las cerraduras de la puerta que lleva a una maquinaria sorprendentemente delicada. Tres candados chocan contra el piso y ya estamos dentro, con las turbinas rugiendo a nuestro alrededor.

—¡Tenemos que ser rápidos! —grita Mandy por encima del ruido.

Topher examina la complicada maraña de cables y válvulas, y dirige su linterna a la maquinaria.

—¡Idealmente, tendríamos que destruir las turbinas!

—¿Por qué no lo hacemos?

—¡Eso podría causar que la presa falle! ¡Y si bloqueamos el flujo, el depósito podría reventarse! ¡Si hay supervivientes río abajo, serían arrastrados!

—¿Qué hacemos entonces?

Mis oídos distinguen los ruidos individuales en el sonoro estruendo: el zumbido de las turbinas, el ruido de los pistones, el flujo del río corriendo, incluso el zumbido de la electricidad. Mi mente analiza perfectamente todo, casi como si fuera música, y escucharlo con tanto detalle me da una idea de cómo funciona la presa y qué debemos hacer.

—¡Cortar los cables del inversor de corriente! —digo.

Topher da media vuelta y parece tan sorprendido como yo. Incluso sonríe un poco.

—¿Y? —dice.

—Y las turbinas seguirán generando energía, pero no irán a ninguna parte. Una vez que la batería de respaldo se agote, la estación de energía se apagará.

Una unidad de ciencias en noveno grado sobre electricidad e hidroenergía. La recuerdo con detalles precisos, incluido el hecho de que obtuve una C en el examen porque apenas dormí la noche previa.

Topher apunta su linterna hacia la pared y el techo del túnel, donde un enorme haz de cables desaparece en un pozo oscuro. Siguiendo los cables hacia atrás, podemos ver que sobresalen de la parte superior del conjunto sobre las turbinas.

—Cenizo, ¿puedes subir allí y desconectarlos?

Cenizo no se molesta en responder. Ya está saltando con facilidad a la parte superior de la maquinaria y la cruza hasta que llega a los cables. Salen con un poco de fuerza. Cada uno está conectado a la máquina por un enchufe pesado y multipropósito. Sin embargo, hay docenas en el paquete, y Cenizo tiene que quitarlos uno por uno. Después de que el décimo cable es desconectado, el túnel se sumerge en la oscuridad.

—Diablos —dice Topher—. Ése debe ser un circuito directo.

—¿Qué significa eso? —pregunta Mandy.

—Significa que otras cosas en la estación podrían alimentarse directamente de las turbinas —explico—. Y eso significa que los Nahx podrán saber que estamos aquí.

Topher ilumina el túnel con su linterna. Está temblando.

—¡Cenizo! —grito sobre la maquinaria—. ¡Apresúrate!

Él baja del techo justo cuando veo movimiento en el otro extremo del túnel.

—¡Mierda! —dice Topher.

Cuatro Nahx avanzan por el túnel.

—*Rápido* —dice Cenizo—. *Arriba. Hasta cables.*

Levanta a Topher hacia la escalera de acceso antes de que él pueda protestar. Trepamos detrás de él y nos lanzamos sobre las turbulentas turbinas hasta la salida de los cables, en la parte posterior de la pared del túnel. Sobre nosotros, en el techo, hay un conducto estrecho, y otra escalera de acceso conduce hacia la oscuridad junto con los cables ahora muertos.

—*Arriba* —dice Cenizo—. *Yo detener ellos.*

"Detener" en las señas de los Nahx es muy similar a "matar", pero supongo que en este momento no importa cuál opción sea.

No tenemos tiempo para discutir. Mandy sube primero la escalera.

—Topher, sígueme. Raven, si no puede seguir el ritmo, ¡cárgalo! —ella salta por la escalera y sube los peldaños de dos en dos. La linterna apretada en los dientes de Topher es nuestra única luz además de las de Cenizo, que se balancean a través de la entrada del conducto, debajo de nosotros. No puedo escuchar nada por el ruido de las turbinas, pero ahora hay varias luces parpadeando en el túnel y débilmente puedo sentir una vibración. Entonces, algo sucede con el ruido constante del agua corriendo. Cambia brevemente, como si...

—¡Cenizo! —grito otra vez por el eje—. ¡CENIZO!

Las luces intermitentes se han detenido. El agua corriendo ha vuelto a la normalidad.

—¡¿Cenizo?!

Esperamos en el hueco, congelados, en la oscuridad aplastante, pero nada pasa. Parece que los Nahx se han ido.

Pero Cenizo también se fue.

XANDER

—Así que tú y Topher son pareja —dice Tucker. Está encaramado a la mitad de un árbol, con un par de binoculares Nahx colgados de su cuello.

—Baja la voz —le digo en un susurro.

Humedece sus labios y levanta los binoculares, mirando la presa.

—Ésa no fue una respuesta —dice después de un momento.

No sé cómo responder. Podría contarle una larga historia o la versión corta, o sólo una parte de la historia, pero en cualquiera de las formas que elija, será difícil pasar por alto la parte en la que Topher y Raven estuvieron involucrados, cuando ellos pensaban que Tucker había muerto. Esto es increíblemente incómodo.

—Ya me imaginaba que sentía algo por ti —dice inesperadamente.

—¿Sí? ¿Por qué no me lo dijiste?

—Prefiero mantener la atención en mí mismo.

Nunca puedo estar seguro de cuándo Tucker está siendo irónico. Si éste no es el caso, se trata de lo más autorreflexivo que ha dicho.

Froto mi rostro para regresarle alguna sensación. Aurora, que se mantiene a mi lado como una sombra gigante, se acerca y me pellizca la nariz con sus dedos cálidos y blindados. Me alejo de ella después de un segundo y miro de nuevo a Tucker, que ha roto un carámbano del árbol y lo está chupando sugestivamente, moviendo sus cejas hacia mí.

Adiós a la autorreflexión.

—Pensé que estabas tras de Raven —dice.

Lo estuve, es verdad; por un corto tiempo, como sea. Pero de ninguna manera le diría eso a Tucker. No ahora. Intento burlarme de manera convincente.

—Trataste de agarrar su trasero una vez, ¿recuerdas? —dice, sin inmutarse.

—¿Cuando ella estuvo a punto de matarme? Sí, lo recuerdo. Pero sólo lo hice porque tú me desafiaste a hacerlo.

Aurora se vuelve hacia mí y, si no fuera por su máscara, podría comprobar que me mira con desaprobación.

—Oh, sí —Tucker ríe—. Eso fue divertido.

Mi cara se siente muy caliente ahora. Me alejo de Aurora para encontrar que Luna también me está mirando, haciendo señas que traduzco con facilidad.

—Yo no creer Raven encontrar eso divertido.

—No. Tienes razón —murmuro.

De pronto, siento el deseo de golpear a Tucker en el rostro. ¿Por qué estaba tan ansioso por impresionarlo en ese entonces? Cruzo los brazos y trato de meterme un poco en el abrigo para mantenerme caliente y escondido. No puedo recordar por qué Topher y yo terminamos en diferentes equipos en esta misión suicida. Y estoy a punto de enojarme mucho con la persona que lo planeó hasta que recuerdo que fui yo.

—Topher vendrá conmigo cuando terminemos aquí. De regreso al norte —dice Tucker. Ahora es casi como si estuviera tratando de sacarme de quicio.

Golpeo mi mano contra el árbol y esto hace que la nieve caiga de las ramas.

—¡Él NO irá!

Tucker se encoge de hombros, impasible ante mi indignación.

—Tú también podrías venir.

—Eso no es… estás loco. Ése no es nuestro problema. Deja que los Nahx libren sus propias batallas —detrás de mí, Aurora suelta un siseo bajo, pero la ignoro.

—No sabes de qué estás hablando, Xander. Es un problema de todos. Créeme.

—Topher sigue siendo humano, Tuck. No puede pelear una batalla extraterrestre contigo.

Tucker desliza los binoculares sobre sus hombros y trepa más arriba en el árbol. Le toma unos minutos acomodarse en su nueva rama mientras observo, esperando a que diga algo.

—¡Topher no me dejará ir! —finalmente grita—. ¡No sin él!

Aurora sisea fuerte esta vez, palmoteando.

—Cállate, Tuck —lo digo a un volumen normal y sé que escuchó cuando hace una mueca—. El hecho de que tú no puedas ser asesinado no significa que yo tampoco.

Es obvio que éste es un momento estúpido para discutir, y es muy propio de Tucker comenzar algo que no se puede terminar. Vuelvo a golpear el árbol, y cuando él mira, me muevo como si sostuviera los binoculares. Los desengancha de su cuello y los deja caer a través de las ramas. Tengo que lanzarme por ellos, pero los atrapo.

Me arrastro hacia delante y me mantengo en una posición baja para revisar la estación de energía. No sólo está encerrada dentro de la red, sino que también está contenida por una valla alta con alambre de púas que cruje con una corriente de alto voltaje. Esperamos que una o ambas desaparezcan una vez que Raven y el resto desactiven el generador, pero hasta ahora nada ha cambiado.

Dentro de la cerca y la red de drones, patrullando a pie la estación, hay dos guardias Nahx. Me percato de que están armados con rifles de dardos Nahx ordinarios, lo que significa que cualquier incursión prevista es de humanos. Eso nos da el elemento sorpresa, al menos, ya que tenemos con nosotros a Sol, Luna y Aurora, y a Tucker, sea lo que sea. Los dardos son para mí, básicamente. Necesito tener eso en mente.

Estoy tratando de concentrarme en nuestro objetivo específico: entrar en la estación y colocar los explosivos, pero sólo puedo pensar en lo que Topher está haciendo en el sitio del generador y si saldrá vivo de ahí.

¿Por qué acepté estar en este equipo? Debería haber ido con él.

Me sobresalto cuando siento una mano en mi hombro.

—*Yo* —dice Aurora cuando me giro—. *Amigo.*

—¿Qué está pasando?

—*Cero. ¿Bien tú?*

—¿Tucker todavía está arriba del árbol?

Ella asiente.

Miro a los guardias Nahx a lo lejos. Marchan de un lado a otro a lo largo de la cerca como robots, sin detenerse, bajar el ritmo o cruzar alguna seña entre ellos. Sé que hay seres vivos y pensantes dentro de la armadura, pero a veces es difícil recordarlo.

Aurora llama mi atención con otro ligero toque.

—*¿Estar asustado?* —pregunta con señas.

—No. Sí.

Mueve rápido la cabeza.

—*Yo mantener seguro tú.*

Vuelvo a observar a los centinelas Nahx que marchan fríamente, y me pregunto qué llevó a Aurora a escapar de eso. ¿Fue por Nova? Tal vez fue un error de los creadores de los Nahx, sean quienes sean, hacerlos tan fieles a sus parejas. Tal vez eso los hizo irracionales y propensos a la impulsividad y la rebelión.

Sacudo la cabeza. Tengo que dejar de pensar como un poeta y volver a pensar como un soldado.

Aurora me ayuda a levantarme y nos acercamos a los demás lo más silenciosamente que podemos, pero justo cuando llegamos, hay una conmoción sobre nosotros cuando Tucker se desenreda de las ramas.

—¡Topher! —grita. Se deliza por cerca de un metro y luego se lanza de cabeza del árbol. Da una vuelta en el aire en el último minuto y aterriza con gracia en un fragmento de nieve.

—¡Cállate, hombre!

Sonríe y camina hacia la cerca. Lo alcanzo justo cuando vemos a Topher, Raven y Mandy, que salen por una alcantarilla *dentro* de la estación de energía.

—Oh, mier… Eso no es bueno.

Reviso la estación en busca de los guardias, quienes están justo dando vuelta a la esquina y los descubrirán en cuestión de segundos.

Raven los ve primero y, con una salvaje y creciente comprensión, parece darse cuenta de dónde están. No tengo la menor idea de cómo llegaron a esa alcantarilla, pero eso acaba de arruinarlo todo.

—¡TOPHER! —grito impulsivamente.

Se gira hacia mí justo cuando Mandy se arroja sobre él haciendo que ambos resbalen sobre el hielo hasta que vuelven a caer por la alcantarilla. Raven gira y patea la tapa de la alcantarilla con precisión, y regresa a su lugar justo cuando los guardias Nahx salen a la vista.

Ellos levantan sus rifles y disparan sin dudarlo un segundo. Raven esquiva dos dardos con facilidad, pero un tercero golpea su hombro. Ella lo arranca con furia.

—¡Retírense! ¡Soy una centinela! ¡No tienen permitido hacerme daño!

A los Nahx no parece importarles. Arrojan sus armas sobre sus hombros y corren, empuñando sus cuchillos.

—¡Retírense, maldita sea! ¡Estamos del mismo lado!

De pronto, Tucker está volando por el aire. Hay un destello cegador cuando irrumpe en la red de drones y libra la cerca eléctrica con facilidad.

Los drones convergen en su punto de salida y se arquean como rayos, permaneciendo conectados a la red con delgados filamentos de electricidad. La corriente de luz apunta a Tucker mientras corre para lanzarse contra los Nahx. Levanto mi rifle y disparo a los guardias a través de la red, porque es lo único que se me ocurre. Sólo soy vagamente consciente de que Aurora, Sol y Luna están a mi lado mientras avanzamos por el perímetro de la red, tratando de obtener un mejor punto de vista.

Los arcos de luz se concentran en Tucker cuando se abalanza sobre uno de los guardias Nahx, pero en el último segundo él se aleja y el rayo de luz se estrella contra el Nahx y lo vuela por los aires. Otro rayo se curva hacia Tucker. Él se balancea con su rifle, y la fuerza de la carga dispara el rifle fuera de su mano y a Tucker lo deja dando vueltas.

—¡Tucker! —grita Raven.

El otro guardia salta hacia él. Tucker se encoge hecho una bola, dejando que el Nahx lo presione contra la nieve mientras el rayo del dron se enfoca.

Hay otro destello cegador y el rayo enciende al Nahx como un fuego artificial, mientras vuelan chispas por todas partes.

Todo se detiene. El zumbido bajo de la central eléctrica y de la red chisporrotea y mengua antes de aumentar de golpe, sobrecargado. Los arcos de luz crepitan, agitados como si estuvieran confundidos, y estallan de pronto. Caen flotando lentamente hacia el suelo como brasas moribundas. Se escucha un fuerte golpe y la red de drones comienza a apagarse, cuadrante por cuadrante, alrededor de la central eléctrica y de regreso a lo largo del depósito. Rezo para que todo se venga abajo como esperábamos. Los drones flotantes, desconectados de la red, vuelan hacia arriba y se alejan a través del cielo como si finalmente hubieran sido liberados.

El Nahx que está encima de Tucker se mueve. Apunto mi rifle hacia él, pero simplemente cae, al parecer muerto, cuando Tucker lo empuja.

—¡Tuck! —Raven se apresura hacia él y lo jala para ayudarlo a levantarse. Los Renegados y yo corremos a lo largo de la cerca hasta la puerta, que Sol abre con facilidad. Tucker sonríe mientras avanzo a zancadas hacia él.

—¡Saltaste sin los explosivos, idiota!

—¡Estaba tratando de salvar a mi hermano!

—Oh, Dios mío, Tucker. ¿Puedes tratar de dejar de ser tan impulsivo? ¿Sólo por el resto del día?, ¿antes de que nos maten a todos?

Raven abre la tapa del registro con su cuchillo.

—Pueden salir ahora.

Mandy y Topher sacan la cabeza. Me agacho y levanto a Topher, dejando que su impulso lo dirija hacia mí. Nos abrazamos y nos quedamos allí, respirando, dejando que el silencio nos cubra por unos preciosos segundos. Hemos llegado hasta aquí. Podemos hacerlo. Podemos salir de aquí.

Después de un momento, Tucker salta sobre nosotros, sacudiéndonos de emoción.

—¿Vieron eso? ¡Los drones casi me asan! —parece muy feliz para ser alguien que escapó por poco de la muerte.

—¡Explosivos! —dice Raven con brusquedad—. No tenemos mucho tiempo. Xander, ven conmigo. Topher y Tucker, encárguense de los transformadores que están al sur. Mandy, ve con los Renegados de regreso a la puerta. Maten a cualquiera que intente entrar.

No estoy seguro de cuándo Raven se hizo cargo del operativo, pero sus órdenes tienen sentido, así que es momento de desafiarla.

—¿Dónde está Cenizo? —pregunto mientras nos apresuramos rodeando la estación hasta las unidades de transformadores gigantes, a lo largo de la cerca norte.

Raven presiona sus labios juntos.

—Él… No lo sé. Tal vez muerto, creo. Nos salvó la vida.

No se me ocurre nada que decir. Raven y yo ya habíamos pasado por esto antes: un grupo en una misión en la que las personas en las que confiamos no lograron salir con vida. Ambos sabemos que no hay lágrimas que los traigan de vuelta. Nadie lo sabe mejor que nosotros.

Pero Raven sí regresó. Y también Mandy y Tucker. Por lo que sé, todas las personas que pensé que había perdido a causa de un dardo Nahx también han regresado. Es demasiado para procesar.

Saco las granadas cuando llegamos a los transformadores. A Topher se le ocurrió una idea improvisada para la mecha: usar nieve compacta debajo del gancho del detonador. A medida que la nieve se derrita por el calor de los transformadores, se liberará el gancho de seguridad y *BUUUM*.

Ésa es la teoría, al menos. Es una premisa estúpidamente peligrosa, pero ¿qué otra opción tenemos?

Raven reúne nieve suelta con sus manos desnudas y la convierte en una bola compacta.

—¿Así que tú y Topher tenían algo mientras él y yo...?

—¿Vamos a discutir sobre esto ahora? —pregunto sin poderlo creer.

—Tal vez no tengamos otro momento.

Meto la primera granada en la nieve, debajo del transformador. Las vamos a plantar de los más fríos a los más cálidos en diferentes posiciones sobre los seis transformadores. Eso asegurará que tengamos tiempo para instalar todas antes de que se derrita la mecha de nieve de la primera. Una vez que estén plantadas, correremos de regreso y retiraremos los ganchos de seguridad. Necesitamos ser rápidos.

—Comenzó cuando estabas en Calgary, con Augusto —digo—. Topher pensó que estabas muerta. Estaba bastante alterado por ello.

—¿Así que el dolor los unió? —su tono es agudo mientras golpea la nieve para formar una bola—. ¿Todos lo sabían menos yo? ¿Otra vez?

—Raven. No seas así.

—Ya no creo que pueda elegir cómo ser.

Espera mientras coloco la siguiente granada.

—Yo sólo deseo... —su voz se apaga cuando me vuelvo hacia ella. Su rostro brilla, con el sol reflejándose en su piel metálica y sus ojos ardientes. No es aterradora, exactamente, pero se ve extraña. Como si la chica que conocía de la escuela, el karate y el campamento hubiera sido reemplazada por una máquina casi convincente.

Tomo un respiro. No tenemos tiempo para hablar de esto, pero creo que le debo un momento después de todo lo que ha pasado. Un deseo.

—¿Qué deseas?

—Deseo que la gente hubiera sido honesta conmigo. Que me hubieran hablado de Tucker y Emily. Que me hubieran contado sobre ti y Topher. Siento que todos tenían miedo de decirme la verdad porque pensaban que me perdería y los golpearía o algo así.

—¿No lo habrías hecho? Estuviste a punto de asfixiarme una vez.

Ella me entrega otra granada con la mecha de nieve.

—¡Eso fue porque intentaste agarrarme el trasero! ¿Alguien intenta manosearme? Sí, me lo quito de encima. Pero si alguien me dice algo desagradable o... inesperado, ¿por qué lo lastimaría? Siento que todos ustedes pensaban que yo era una especie de monstruo desquiciado.

Coloco la última granada en su lugar, escondido detrás del cabello que cae sobre mis ojos.

—Lo siento, Rave, yo...

—Como sea. Ahora *soy* una especie de monstruo desquiciado, así que ya no importa.

Retrocede hacia la cerca y silba.

—¿Topher? ¿Vamos bien?

Adiós a la discreción, supongo.

—¡Todo bien! —grita Topher en respuesta—. ¡A la cuenta de tres! ¡Uno! ¡Dos!

—¡Tres! —grita Raven.

Ella corre más allá de mí hasta el final de la fila de transformadores y retira los ganchos de las granadas mientras sigue hacia atrás.

—¡Encárgate de la última! —grita mientras activa la granada en el transformador que está a mi lado.

Me meto entre las bobinas calientes y retiro el gancho de seguridad de la granada.

—¡Corre! ¡Corre! —grita Raven.

Topher y Tucker nos alcanzan junto a la puerta, donde nos esperan Mandy y los Renegados.

—¿Cómo vamos? —pregunto mientras nos alejamos de la estación de energía.

No tenemos una forma real de saber cuándo detonará la primera granada, sólo que debemos estar lo más lejos posible cuando esto suceda.

—Estaremos bien si Cielo y el resto lograron conseguir un transporte —dice Mandy, saltando sobre un banco de nieve.

No me molesto en preguntar qué pasará si no lo hicieron.

AUGUSTO

El plan era esperar hasta la primera explosión, pero cuando Cielo escucha gritos, sabemos que es hora de actuar. Ninguno de los soldados nos presta mucha atención mientras marchamos desde los árboles en la pista de aterrizaje helada. Cielo, Espina y Nova han recobrado su postura dura y severa. A pesar de ser de menor rango que yo, son mujeres, por lo que su papel es guiarme. Es aterrador lo fácil que volvemos a nuestros patrones. Hay estantes de municiones y otros suministros dispuestos a lo largo del hielo. Podríamos armarnos, reabastecer los pedazos faltantes de nuestra armadura y equipo y reunirnos con estos Nahx, y nadie sabría que alguna vez fuimos Renegados.

No es tentador, exactamente, pero me tranquiliza la idea, como si pudiera caer en una especie de trance y nunca volver a pensar por mí mismo. Si lo hiciera, el dolor y la lucha en mi interior también podrían disiparse. Podría hacerme insensible otra vez, y no recordar nada de día a día. No recordar...

Otra visión baila en el borde de mi conciencia, pero la sacudo con algo más, algo real. Diente de León.

Estoy tan preocupado por ella, que siento como si estuviera siendo apuñalado en la garganta. Mi tubo de respiración se contrae en espasmos dolorosos, que ninguna cantidad de concentración parece detener. Sé que aún no estoy completamente restaurado. No puedo controlar mis extremidades sin un esfuerzo supremo. Sólo puedo fijar mis ojos en Cielo e intentar imitarla. Ésta es una habilidad de supervivencia para la que fuimos entrenados. Si por alguna razón nuestro pensamiento se viera afectado o estuviéramos confundidos o angustiados, simplemente nos aferraríamos a otro, nuestro Compañero o un miembro de nuestro equipo, y haríamos lo que ellos hicieran. Se suponía que era casi automático, aunque nunca fui muy bueno en eso y necesitaba poner un esfuerzo supremo también para ello.

Nunca fui muy bueno en nada de esto, pero observo a los Renegados y a los otros soldados alrededor del campo de aterrizaje, e intento imitarlos.

Espina retiró el alambre de su muñeca y oculta su mano perdida detrás del cañón de su rifle mientras camina. Si nadie se fija demasiado, podríamos confundirnos con cualquier otra pequeña patrulla, reuniéndonos con nuestra unidad después de recibir la confirmación de una transmisión. Cielo se hace pasar por un alto rango con una facilidad envidiable.

Los transportes están estacionados a lo largo de la orilla del embalse, alineados en filas de dos, con los puertos de carga abiertos. Algunos están siendo alimentados por líneas que provienen de un tanque negro con un bulbo más arriba en el banco. Cielo nos lleva más allá de ésos, a dos transportes que se encuentran a la cabeza de la línea.

—*Completamente alimentados* —hace las señas de manera discreta—. *Espina conmigo, Nova con Rey Verano.*

Cuando nos separamos, transfiero mi esfuerzo para imitar a Nova, que tiene una peculiaridad en su máscara que chirría y hace clic como un saltamontes. Al principio me distraía, pero ahora me concentro en ello, dejando que me hipnotice para convertirme en su espejo. Si hago lo que ella hace, tengo menos posibilidades de arruinarlo todo.

Hay otros tres en el transporte que Nova y yo abordamos. Una de ellas, una mujer de alto rango, nos aborda en la parte superior de la rampa.

—*¿Rango?* —pregunta.

—*Sexta* —miente Nova, luego me señala—. *Octavo.*

Ah, muerte fangosa, eso hace que mi sangre se enfríe.

El alto rango sisea, pero antes de que pueda reprendernos o echarnos de su transporte, hay un destello de luz afuera y, segundos después, el aire a nuestro alrededor se resquebraja y ruge con el sonido de la primera explosión.

Y entonces concentro mis ojos en Nova, porque todo es confusión mientras seis explosiones más hacen temblar el piso y estoy en pie en la escotilla abierta con un rifle de dardos en mis manos, como si fuera a dispararle a cualquier humano a la vista, que es lo contrario de nuestro plan. El alto rango y los otros dos soldados se nos adelantan, con las armas levantadas y, por algún milagro, el alto rango gira y nos da una orden.

—*Mantener esta posición.*

Eso puedo hacerlo. Puedo quedarme completamente quieto y no volver a moverme nunca más. Nova me jala por el cuello hacia el transporte.

—*Mirarme. Obedecer* —dice.

—*Sí. Sí.*

—*Respirar.*

Tomo aliento y siento cómo el tubo se expande y se libera. Un estallido de líquido adormecedor me atraviesa y mi concentración mejora.

Las explosiones son parte del plan. Puedo hacer esto. Sólo necesito mirar a Nova y respirar.

—*Dejar escotilla abierta* —dice Nova—. *Y esperar.*

Arrojo mi rifle a mis espaldas y agarro un asidero sobre la escotilla. El transporte vibra mientras despega, soplando nieve y hielo sobre mí. Tengo que limpiar mi máscara con mi mano libre y esperar mientras Nova nos aleja del caos. Al otro lado del campo, puedo ver otro transporte despegando y girando hacia nosotros. Me reclino para revisar dentro de la cabina mientras Nova enciende los interruptores y las perillas. De pronto, sobre el ruido de los motores, el crujido de las transmisiones de radio resuena por los altavoces de la bahía.

Al principio, hay docenas de voces, voces humanas que hablan entre sí, mientras Nova busca el canal correcto.

—... también se desactivó todo el camino hacia el sur, al menos hasta el centro al norte de Salt Lake. Fairchild ha lanzado un escua...

—... la señal de interferencia también se ha deshabilitado. Tenemos múltiples lecturas...

No sé qué significa nada de eso. Nunca antes había escuchado transmisiones de radio humanas. Me provocan una sensación extraña. Como si de alguna manera nos sintonizáramos a un tiempo diferente, al tiempo antes de que mi gente destruyera este mundo.

La radio vuelve a crujir y las voces humanas son reemplazadas por una serie de pitidos en varios tonos. Nunca he entendido este código de comunicación. Es sólo para pilotos, y casi todos los pilotos son mujeres.

Confiar. Hago la seña con mi mano libre, tratando de levantarme por encima de la desorientación que amenaza con abrumarme. Necesito confiar en Nova. Necesito confiar en estos Renegados, pero hay tanta traición entre los míos que la necesidad de saltar de la escotilla y salir corriendo, encontrar a Diente de León y llevarla a la oscuridad y al refugio de los árboles...

La palabra... la palabra es... confusión.

Confusión. Pensar. Necesito pensar.

En realidad, no debería haber venido.

Nova inclina el transporte con fuerza, y de pronto estamos volando junto con otro transporte cuyo casco está tan cerca de nosotros que casi puedo alcanzarlo y tocarlo.

Se activa algún tipo de alarma que suena desde la cabina hasta la bodega. Nova empuja su puño hacia el panel de la pantalla y la alarma se detiene. Debajo de nosotros, en la superficie, algunos de los soldados comienzan a darse cuenta de que lo que estamos haciendo no parece correcto. Nos disparan con el cañón que he visto que se utiliza contra aviones humanos. Nova vuelve a inclinarse bruscamente, y el transporte sobre nosotros frena de pronto, lo que nos permite adelantarlo. Me asomo a la escotilla y los veo descender como una piedra que cae hasta que están casi encima de la posición del cañón. Puedo ver a Espina colgando de la escotilla, en la misma posición que yo.

Cielo hace girar el transporte a sólo unos metros del suelo. Ajusta su inclinación hacia arriba, activa los propulsores y hace arder al cañón y a sus dos operadores Nahx en una bola de fuego ardiente. Todo se hunde en el lago a medida que el hielo se derrite, y los cohetes del transporte de Cielo lo lanzan hacia arriba, hasta desaparecer entre las nubes.

Cierro los ojos, sólo por un segundo, e intento parpadear para alejar la imagen residual de la bola de fuego.

Nova se zambulle hacia la presa. Ahora puedo ver al resto de nuestro equipo corriendo por el camino de la cresta, de regreso hacia nosotros. Todavía estamos demasiado lejos para que pueda saber quién es quién, pero puedo contar. Ocho carreras que deberían ser nueve. Reviso los alrededores en busca de rezagados, quienquiera que se haya quedado atrás.

—*Acercar más* —le digo a Nova cuando ella lanza una mirada atrás.

Nova acelera más allá de la cresta y da vuelta de regreso hasta que estamos detrás de ellos. Ahora puedo ver a tres de los Renegados corriendo detrás de los humanos, disparando a los soldados que los persiguen.

Ocho. Menos tres. Cinco. Hay cinco humanos. Comenzamos con cinco.

Diente de León lo logró.

Nova desciende hasta que está prácticamente encima del delgado hielo en el lado oeste de la cresta. Los propulsores flotantes hacen estallar nubes de nieve y niebla hasta que cubren mi visión y la turbulencia nos golpea contra la presa de concreto.

—¡Augusto! —apenas logro escuchar la voz de Raven sobre el ruido del viento—. ¡Augusto! ¡Toma a los chicos! ¡Tómalos!

Nova disminuye la velocidad de manera que igualamos el ritmo al que Raven y el resto siguen corriendo. Empujando hacia delante, ella se desvía a un lado hasta que estamos cruzando la cresta a unos treinta metros frente a ellos. Dos Renegados se detienen y caen de rodillas, levantando sus rifles y disparando a sus perseguidores. Cuando Mandy y Raven nos alcanzan, prácticamente arrojan a Xander por la escotilla. Tengo que salir del camino cuando él entra volando en la bodega. Aurora irrumpe tras él. Detrás, Tucker tira de Topher mientras los soldados Nahx se acercan a ellos.

—¡Entra! —Topher le grita a Raven, como un idiota. Como si fuéramos a dejar atrás a un humano después de todo esto.

De pronto, otro transporte nos está disparando. Las cargas golpean el agua, con lo que se generan enormes géiseres que hacen que el aire ruja y chille a nuestro alrededor. Una explosión masiva en la cresta vuela rocas y concreto por todas partes. Nova estabiliza el transporte mientras salgo a ciegas a la nube de polvo y escombros, y sólo de memoria logro poner las manos sobre Mandy y Raven.

—¡Encuentra a Topher! —grita Raven, tratando de alejarse de mí.

Me zambullo de regreso a la escotilla de transporte, arrastrando a ambas mientras el polvo de la explosión se despeja.

—¿Dónde están? —dice alguien.

Agarro a Xander por el abrigo para evitar que salte mientras despegamos.

—¡TOPHER!

Se abre una gran brecha en la cresta de la presa. El hielo y el agua se desbordan a través de ella en un torrente y, más allá de eso, los dos chicos han dado la vuelta y corren directo hacia los soldados Nahx, vaciando sus armas y gritando como animales. Sol y Luna no se ven por ningún lado.

—¡Nova! —me doy cuenta de que he estado agarrando la muñeca de Raven todo este tiempo. Ella me empuja cuando la libero—. ¡Métete entre ellos!

Nova nos deposita con fuerza, con lo que Xander sale rodando por la escotilla hasta el estante de municiones. Los dardos, los rifles y los otros suministros se estrellan y se deslizan por el piso.

—¡Amárrenlo! —grita Raven.

Ella y Mandy toman posiciones junto a la escotilla mientras yo hago algo útil para variar y jalo a Xander hasta la parte trasera de la bodega. No hay correas de seguridad de ningún tipo en los transportes, así que arrebato un conjunto de grilletes para las muñecas de la pila del equipo que cayó al piso.

—No vas a... —Xander intenta protestar, pero antes de que termine su oración, ya está esposado al estante de los rifles y gritando obscenidades.

Vuelvo a la escotilla justo cuando Nova nos baja de nuevo a la cima de la cresta. Hay otra explosión cegadora y la presa se derrumba debajo y alrededor de nosotros hasta que estamos flotando sobre un río. Los chicos siguen corriendo y, en el último segundo, Tucker agarra a su gemelo por la cintura y salta.

—¡No! —grita Raven. Antes de que pueda detenerla, ella se lanza por la escotilla. Siento que mis extremidades se contraen durante el tiempo que me toma darme cuenta de que está unida al transporte por un cable de arrastre. Entonces consigo volver a moverme. Me deslizo sobre mis rodillas, engancho una mano a un agarre cerca de la escotilla y levanto el cable con la otra. Asomado a la escotilla, puedo ver a Raven colgando debajo, sujetando a uno de los gemelos por la muñeca. El otro cuelga debajo, peligrosamente cerca del torrente agitado del lago que se ha creado.

Raven me mira y por un instante sonríe, como si todo fuera parte de una gran aventura. Y por mucho que me gustaría vivir en este momento para siempre, repetir para siempre, siento que mis hombros están a punto de salirse de sus cavidades y todos los que están detrás de mí gritan que los levante. Tiro del cable del cabrestante, y Raven y los gemelos vuelan hacia mí, agitando las extremidades.

—¡Dame tu mano! —grita Mandy. Los gritos desde la parte posterior de la bodega toman sentido por fin.

—¡¿Tienes a Topher?! —Xander se desliza hacia la escotilla todo lo que puede, estirando en vano sus grilletes—. ¿Lo tienes? ¿Aurora? ¡¿Está él ahí?!

Aurora se agacha, agarra a Topher por el tobillo y lo arroja al interior de la bodega. Raven se estrella contra mí, y Tucker rueda encima de nosotros, apilándonos sobre el suelo. Por encima, Mandy grita su conteo.

—¡Raven, Topher, Tucker, Xander, Aurora, Nova, Augusto!

Hay otra explosión en alguna parte. El transporte se balancea violentamente.

—¡Sácanos de aquí! —grita Raven—. ¡Todos, agárrense!

Nova nos dirige hacia arriba, el rápido cambio de presión hace que el tubo de respiración se infle en mis senos paranasales. Me truenan los oídos. Raven se desenreda de mí y salta para ponerse en pie, estabilizándose mientras nos deslizamos hacia las nubes.

—¿Dónde están Sol y Luna? —dice ella, dando vueltas.

Hay un latido, una ruptura en el tiempo que se vacía como un vaso sanguíneo roto.

—No lo lograron —dice uno de los gemelos. El que es completamente humano. Topher—. Estaban justo debajo de la primera explosión.

Fijo mis ojos en Nova porque de pronto olvido una serie de palabras otra vez. No conocía muy bien a Sol y Luna. Era difícil hablar con los Renegados. Usaban palabras que no entendía y hablaban tan rápido, que ni siquiera puedo pensar en la palabra. ¿Detenido? Es como detenido.

—*¿Muertas?* —finalmente me las arreglo cuando la palabra llega a mí. Es una tan obvia.

—Sí.

—Augusto, ¿estás bien? —pregunta Raven.

—*Sí.*

—*¿Dónde estar Cielo y Espina?* —pregunta Aurora.

—*Sí. Esperar* —busco las palabras—. *Ellos tomar otro transporte.*

Aurora se une a Nova en la cabina, y se comunican con señas rápidas. Me doy la vuelta porque no quiero ver lo que dicen sobre mí.

—¿Augusto? —Raven me alcanza—. Estás temblando.

—*Yo estar bien. No preocupar* —pero ella toma mi mano.

Detrás de ella, los otros están distraídos con los humanos. La nariz de Topher está sangrando y él le vocifera a su hermano que lo deje en paz; Xander se está quejando de que todavía está encadenado al casillero de armas, y Mandy les está gritando a todos que se callen. Bajo la mirada cuando Raven me da una pequeña sonrisa.

—¿Demasiados humanos? —dice ella.

—*Uno es un buen número* —digo, pero no estoy seguro de que ella lo entienda.

Una sombra oscura cruza la escotilla abierta. Instintivamente, aplasto a Raven en el suelo, cubriéndola, pero cuando levanto la vista puedo ver a Espina de pie en la escotilla abierta del otro transporte, saludando, echando la cabeza hacia atrás como si se estuviera riendo de mí.

—Quítate de encima —dice Raven, empujándome de nuevo. Y entonces levanta la mano para saludar a Espina.

Hay un destello de luz, un chillido desgarrador, y el otro transporte explota de pronto en una bola de fuego.

—¡NO! —grita alguien.

—¡¿Qué fue eso?!

Raven y yo estamos al otro lado de la bodega, ella presionada contra la pared detrás de mi espalda.

—¡Nova, sácanos de aquí!

—¡¿Qué fue eso?! —grita Topher.

Mandy se tambalea hacia la cabina. Por el ruido y el zumbido en mis oídos, apenas puedo escuchar lo que dicen. En cambio, veo a Nova y a Aurora mientras hacen señas rápidas, casi frenéticamente.

—*Humanos. Disparar a nosotros.*

A través de la escotilla puedo ver a lo lejos un jet humano.

—¡Sumérgete, Nova! —grita Topher—. ¡Es un Hornet! ¡No pueden maniobrar una mierda a bajas alturas!

Nova se zambulle. Todos rodamos otra vez, mientras intentamos no salir por la escotilla. Me las arreglo para presionar el botón de bloqueo de emergencia y el pesado panel cae, hundiendo la bodega en la oscuridad. La única luz proviene ahora de la estrecha ventana en la cabina. Después de un momento, enciendo una de las luces de mis hombros.

—Augusto, me estás aplastando.

De alguna manera, todavía tengo a Raven bien sujeta con un brazo. La libero y ella tropieza en la cabina justo cuando una alarma comienza a sonar.

—¿Qué es eso?

He perdido la noción de quién está hablando. Podría haber sido Tucker.

—¡Nos tiene en la mira!

—¿Qué nos tiene?

—¡Un maldito misil aéreo! —grita Raven desde la cabina—. Jesucristo, ¿por qué no puede terminar este día?

El transporte se inclina súbitamente y nos sumergimos tan rápido que el cambio de presión llena mi nariz y garganta de líquido. Puedo sentir mi aparato respiratorio tratando de absorberlo, mi armadura intentando ajustar la presión en mis pulmones y en mi sangre para que no explote como una burbuja de mocos. Mi cabeza palpita de dolor y mi armadura lava mis entrañas con algo adormecedor que me hace perder el sentido. Débilmente, veo a alguien esforzándose en la cabina por tirar de una palanca. Hay un fuerte siseo y la presión se estabiliza. El dolor en mi cabeza se disipa misericordiosamente, aunque todavía estoy tratando de expulsar el líquido de mi garganta. Puedo ver a Nova y Aurora convulsionándose también mientras intentan controlar la empinada inmersión del transporte.

—¡Nova! —grita Raven.

—Vaya, ¿ésa es una buena idea? Oh, mierda. ¡Agárrense de algo!

Me hundo y reúno a los gemelos entre mis brazos, deslizándome por el piso hacia donde Xander todavía está encadenado al gabinete de armas.

—¡AGÁRRENSE, NOS VAMOS A IMPACTAR!

Golpeamos contra algo duro. Los sonidos de los motores cambian y se amortiguan. Luego hay un rugido grave por encima de nosotros y nos sacudimos lentamente como si estuviéramos rodando a través de...

—*Agua* —digo con señas.

—*¿Estamos bajo el agua?* —pregunta Xander—. Necesitas liberarme ahora, hombre. En verdad. No quiero ahogarme aquí.

Presiono mi pulgar sobre el sensor de cierre de los grilletes y se abren de golpe.

El transporte se balancea con suavidad mientras nos apiñamos todos en la cabina. Fuera de la ventana, todo es de un gris verdoso oscuro, con sedimentos y pequeñas cosas flotando a nuestro alrededor. Nova mueve algo en una pantalla, que se ilumina con una imagen de radar de la superficie. Los restos del misil se muestran como una onda en el agua, el avión de combate es un punto distante dando vueltas mientras todos contenemos la respiración. Finalmente, después de descender y hacer un bucle lento alrededor del embalse, el caza se lanza hacia el este y desaparece del alcance del radar.

—Probablemente era un explorador —dice uno de los gemelos. Me giro para mirarlo. Es el humano. Topher—. Habrán estado permanentemente listos para tomar la central eléctrica en cuanto la red cayera. Un solo piloto con una carga completa habría sido suficiente. Si lo hubieran sabido, por supuesto.

—Obviamente lo sabían —dice Tucker—. ¿Qué pasa con los otros transportes Nahx?

—*Cielo dejar ellos fuera* —dice Nova.

Raven traduce y todos inhalamos y exhalamos juntos, como muestra de alivio y de reconocimiento: Cielo y Espina acaban de morir en una misión que podrían haber rechazado. De pronto, soy consciente de algo que no había notado.

—*¿Dónde estar Cenizo?*

—También está muerto, creo —dice Raven—. Nos atacaron debajo de la presa y lo arrastraron.

Los dedos de Nova sólo tocan el dorso de mi mano. No sé si incluso puedo llorar por alguno de estos Renegados. Sé que me ayudaron, pero no me siento como si fuera uno de ellos. O uno de nada, en realidad. Y, sin embargo, cuando la respiración chasqueante de Nova se regulariza suavemente y ella se estira hacia Aurora, creo que todavía debo estar reflejándola porque mi propia mano se levanta para descansar sobre el hombro de Raven.

—Ehhh, ¿Nova? —dice Xander, volviéndose hacia la bodega—. ¿Nova? Esto no es bueno.

Sale agua turbia de los respiraderos del piso.

Nova se gira hacia el panel de control y acciona interruptores y palancas tan rápido que sus manos son apenas visibles. Los motores de transporte gorgotean y retumban, y entra más agua.

—No creo que éstos sean anfibios —dice alguien, inútilmente.

El transporte se inclina, enviándonos de vuelta a la bodega, donde el agua moja nuestras rodillas.

—*¿Levantar?* —le digo a Raven, pero ella me aparta con un movimiento de la mano.

—Estoy bien.

El transporte se inclina a un lado, creando una ola que empapa a Topher y a Xander hasta los hombros. Los levanto y los llevo hasta que pueden sostenerse de las agarraderas por encima de la escotilla y colgarse de allí. El agua todavía gira alrededor de sus pies.

—Nova, ¿puedes sacarnos de esto? —dice Topher.

—*Esperar, esperar* —dice sin volverse.

Finalmente parece que nos movemos, pero el regulador de presión falla en el mismo momento porque mis oídos arden de pronto como si me estuvieran apuñalando. El transporte se sacude con fuerza y el agua se agita alrededor de nuestros pies. Después de lo que parece una eternidad, la oscuridad profunda fuera de la ventana de la cabina cambia a un verde opaco, luego a un gris pálido brillante y, por fin, a una luz blanca brillante cuando salimos del agua. Nos mantenemos allí, todavía atrapados por la superficie, hasta que finalmente Aurora aprieta un interruptor y el rugido distintivo de los posquemadores suena tan fuerte que me duelen los dientes.

Nos levantamos cojeando mientras Nova y Aurora luchan para que los motores flotantes se pongan en marcha, a fin de que nos mantengan en el aire.

—*Abrir escotilla* —me dice Nova.

Me detengo y activo el control de la escotilla, pero no responde, por supuesto. Todas las luces de la consola parpadean en medio de una locura de luces y de cortocircuitos. La liberación manual se encuentra debajo de la escotilla y, ahora, bajo el agua que ya llega a la altura de los muslos. Es difícil pensar con mi cabeza palpitando y mis oídos en llamas y mi tubo de respiración latiendo y retorciéndose, pero me arrodillo y me sumerjo bajo el agua, buscando a ciegas el panel de acceso.

Mi armadura acciona un protocolo que nunca antes había sentido. Dejo de respirar y algo cambia, como si se hubiera activado un sistema de respaldo, y siento que me lleno de un espeso y meloso jarabe, como si pudiera hundirme en el fondo del lago y esperar allí para siempre a que alguien me rescatara. Éste es un mal diseño, me las arreglo para pensar. En un planeta con tanta agua, ¿apagarme así? Pero de alguna manera, como guiado por instrucciones de las que no recuerdo nada, mis dedos se cierran en el pestillo del panel de acceso.

Sobre mí, a través del peso del agua y la sangre llenando mis oídos, puedo escuchar la voz de Raven.

—¿Augusto? ¡Augusto!

El panel se abre y una función de resorte dispara la palanca de liberación manual en mi mano. El agua hace que la palanca sea resbaladiza, pero la tiro con ambas manos y casi me baño en el lago cuando la escotilla se abre y el agua entra como una cascada.

Raven me está mirando cuando me alejo de la escotilla.

—¿Estás bien?

—*Perfecto* —respondo con señas—. *Perfecto siempre.*

El cielo brillante detrás de ella delinea su cabeza como un halo dorado y plateado mientras me pongo de rodillas. Todos parecen estar en pie, mojados pero vivos.

—Deberíamos salir de aquí, Nova —dice Raven—. Estamos literalmente sentados como patos en el lago.

Nova vuelve a hacer señas demasiado rápido para que yo entienda la mayor parte, pero reconozco *motor* y *reinicio* y *agua, repetir agua,* así que eso me da una idea justa. Flotamos allí, a alrededor de un metro sobre la superficie, retumbando, cuando las rejillas de ventilación traquetean y gorgotean, y Nova nos inclina para que el resto del agua pueda salir de la bodega.

Los motores tosen, vibran y mueren.

—¿Nova?

Caemos antes de que se activen los propulsores flotantes de reserva, dejándonos a escasos centímetros de las olas ondulantes. Las manos de Nova vuelan sobre los controles y, por fin, los motores vuelven a la vida, retumban y se quejan en voz alta, espuman el agua debajo de nosotros, pero sobre ese sonido...

—¿Qué es eso?

Un bajo golpeteo rítmico se mezcla con el ruido de los motores.

—¿De dónde viene ese sonido?

Me asomo de nuevo por la escotilla y miro hacia arriba. Sobre nosotros desciende una forma oscura, recortada contra el cielo azul brillante.

La escotilla se llena repentinamente de luz y sonidos a medida que se reinician los sistemas eléctricos. Nova empuja el acelerador y ascendemos, con los motores aún tosiendo, mientras el agua sale del chasis y del casco. Estamos seriamente lastimados, y lo que sea que esté por encima de nosotros puede verlo ahora.

Cuando me asomo de nuevo, una bala rebota en mi hombro.

—¿Alguien nos está disparando ahora?

No tengo una señal para "helicóptero", pero mi impresión parece transmitir la imagen cuando vuelvo a entrar.

—¡Ah, mierda!

Nova se las arregla para desviarnos hasta que estamos al nivel del helicóptero, que ahora está a unos cien metros de la escotilla abierta.

—Tal vez si ven que somos humanos… —Mandy se pone a la vista antes de que pueda detenerla. La fuerza de los disparos la envía volando de regreso a la bodega.

—¡Mandy!

Ella yace contra la pared del fondo, con hilos de sangre plateada en el pecho y el cuello.

—Estoy bien —dice, dándose la vuelta—. Diablos, eso duele.

Aurora la arrastra de regreso a la cabina.

El helicóptero se desvía hacia nosotros. Nova lucha con los controles, tratando de que los motores dañados respondan. Nos balanceamos, nos sacudimos, y cada sistema lucha contra la gravedad y la inundación de sus partes críticas.

—Esperen —dice Xander—. ¡Conozco ese helicóptero!

Pero lo empujo hacia atrás mientras más disparos salpican el casco. Golpeo otra vez el panel de bloqueo de emergencia, pero no sucede nada, más allá de un chorro de chispas en mi cara.

—¡Nova! —grita Raven—. ¡No podemos cerrar la escotilla! ¿Puedes darte la vuelta?

Dirijo mis ojos hacia el helicóptero, que ahora vuela un poco por encima de nosotros, porque algo no está bien. Hay un destello de luz y un crujido y una mancha oscura que se precipita hacia nosotros. Extiendo la mano sin pensar, y cuando bajo la mirada, la estoy sosteniendo, mientras mi mano arde dentro de mi guante.

Es una... No sé la palabra. Es una palabra humana.

Hay otro destello y estoy sumido en la oscuridad y Sexta está por encima de mí, borrosa por la sangre que sale de mis ojos.

—*Asustarme, Octavo* —dice ella.

Y el dolor. El dolor es tan...

—¡Xander!

Parpadeo, luchando contra la visión, empujándola hasta que se quiebra y se rompe como un cristal.

Uno de los gemelos se lanza contra Xander, aplastándolos a ambos contra el suelo. El otro gemelo salta hacia mí, volando a través de la bodega y arrancando la cosa de mi mano. Sus pies golpean el borde de la escotilla, y luego está volando en el cielo, sobre los chorros de agua, arqueándose como si hubiera sido levantado por alas invisibles hasta que se estrella contra el artillero del helicóptero, que se derriba fuera de mi vista.

Pasa un segundo que parece extenderse para siempre, y entonces el helicóptero explota, las llamas estallan, el aire se sacude y se difumina como si estuviera a punto de abrirse. Lo único que puedo hacer es permanecer allí, tonto e inmóvil, mientras la onda expansiva nos golpea y nos bañamos en llamas. Y metal.

Y sangre.

Quinta parte

Sangre

"Grandes infortunios nos han azotado, pero que esto sólo nos permita aferrarnos a lo que queda , para transferir nuestro amor por aquellos que hemos perdido hacia los que aún viven."

Mary Shelley, *Frankenstein*

RAVEN

Mi cerebro gira a un millón de kilómetros por hora, tratando desesperadamente de archivar lo que acabo de ver, lo que sé que es verdad.

Tucker.

Ése fue Tucker. Estoy cubierta de partículas de sangre de Tucker. El aire está lleno de la vida de Tucker, su espíritu, su cuerpo, como si lo único que quedara de él fuera una nube de humo acre. Y gritos. El sonido de su hermano gritando.

Augusto se arrodilla junto a la escotilla abierta, agarrándose la cabeza con ambas manos, siseando y ahogándose. Se desploma y descansa los codos en el piso de acero. Me arrodillo a su lado.

—¿Estás lastimado? ¡¿Augusto?! ¡¿Estás lastimado?!

Finalmente sacude la cabeza y se aleja de mí. Los gritos sin forma de Topher parecen dejar brillantes luces intermitentes en mi visión, que se mezclan con la imagen posterior de la explosión. Lo vi todo. Mi cerebro supersónico procesó cada fotograma como una película de alta resolución. El cuerpo de Tucker voló hacia atrás y luego... simplemente pareció fragmentarse, como si se hubiera disuelto en sus componentes, sus moléculas y átomos. La voz incorpórea en la nave nodriza Nahx vuelve a mí.

La desintegración explosiva es terminal...

Tucker ha sido desintegrado. Descarnado.

Está muerto. Esta vez, está realmente muerto.

—Dios ayúdame... —sale como un gemido. Ni siquiera creo en Dios, pero necesito ayuda. No puedo procesarlo. Es demasiado. Estoy en peligro de volverme incorpórea yo también. Siento como si pudiera volar en pedazos, disolverme como una nube o ser atrapada por una ráfaga de viento y dispersarme.

Como un diente de león.

Sólo regreso cuando siento que los dedos de Augusto se enroscan alrededor de mi tobillo, y mis pensamientos se unen a algo al menos parcialmente estable. Pongo mi mano sobre su cabeza, para estabilizarme, antes de volverme para hacer un balance de nuestra condición.

Topher es un desastre colapsado contra la pared, retorciéndose mientras Xander intenta desesperadamente contener la inmensidad de su dolor, de su rabia. Presiona sus caras juntas, mientras Topher lo araña y gime lo suficientemente fuerte para despertar a cada criatura dormida bajo la tierra helada. Mandy está desplomada en la cabina, con las manos ensangrentadas sobre una herida en el vientre. Pero sus ojos están brillantes y alertas cuando me grita:

—¡Yo estoy bien!

Aurora está inclinada sobre la consola de la cabina, separando los cables, con las luces parpadeando a su alrededor, mientras Nova lucha con el acelerador y los controles. Augusto está a mis pies. Yo estoy completa.

Por fin, el clamor de los motores se convierte en un constante rugido de potencia en funcionamiento y nos elevamos, lejos del hielo y del agua, lejos de la carnicería del helicóptero desintegrado y sus ocupantes muertos. Nova dirige el transporte a lo largo del río, bordeando la montaña para evitar la necesidad de elevarnos más todavía. Incluso con esas precauciones, los motores dañados ya son basura cuando llegamos al borde del desolado pueblo donde comenzamos esta misión.

No es exactamente un aterrizaje forzoso, pero cuando por fin nos detenemos, después de destrozar todos los árboles a nuestro paso durante alrededor de treinta metros, estamos temblando. Sin embargo, todos seguimos respirando. Augusto salta por la escotilla abierta sin volverse atrás. Casi espero que salga corriendo al bosque y nunca más volverlo a ver, pero en lugar de eso, camina hacia el río y lo seguimos, marchando al ritmo de los interminables y desgarradores sollozos de Topher. Llegamos entonces al claro oculto donde dejamos nuestro transporte original.

Azul nos encuentra antes de que lleguemos a él, tal como se le instruyó, y su entusiasmado zumbido se explica pronto cuando la seguimos a la bodega y encontramos a Cenizo allí parado. Se ve regio, orgulloso y un poco mojado, pero muy vivo. Arroja sus rifles tras su espalda y nos hace señas.

—*¿Qué pasar?*

Encuentro que incluso pese al alivio que siento al ver que ha sobrevivido, no puedo hacer que mi boca funcione. Aurora lo acompaña a bordo, haciendo señas de manera discreta. Nova lleva a Mandy, cuya fuerza está recuperándose lentamente. En tanto Xander sube a Topher a bordo y lo sienta a salvo en la esquina, junto a los estantes de armas, Cenizo obviamente ha sido informado de la pérdida de sus dos Compañeras. Se para justo afuera de la cabina del piloto, con la mirada fija en el suelo y ambas manos sobre su cabeza. De su único ojo visible ruedan lágrimas plateadas. Entre su aflicción y la angustia de Topher, el sufrimiento de Xander y el dolor de Mandy, no sé qué hacer ni cómo ayudar a ninguno.

Sorprendentemente, es Augusto quien parece capaz de consolar a Cenizo. Se para frente a él y apoya la mano izquierda sobre el hombro derecho del otro Nahx. Después de un momento, Cenizo imita su postura y se apoyan el uno en el otro hasta que sus cabezas se tocan. De alguna manera, es mucho más íntimo que un abrazo en toda forma, e incluso su respiración está sincronizada. Se quedan así al tiempo que Nova nos aleja, y permanecen allí, en silencio y quietud, mientras viajamos de regreso al asentamiento de los Renegados.

Por mi parte, me acurruco en un rincón oscuro de la bodega, tratando de dejar que mi cerebro asimile lo que vi. Pero no funciona. La aniquilación de Tucker se repite una y otra vez hasta que siento que mi cordura podría escapar por mis oídos. Presiono mis puños contra mis ojos, lo que hace que las luces de colores parpadeen detrás de mis párpados, pero lo único que consigo es que la muerte de Tucker parezca parte de un espectáculo de fuegos artificiales. No me había dado cuenta hasta este momento de cuánto dependía de él cuando estaba vivo. De alguna manera, su vida hacía que todo lo que había sucedido pareciera valer la pena, que lo que *está por pasar* pareciera soportable. Ahora eso se perdió, y lo único que queda es el dolor infinito y aplastante de Topher, amplificado tras unos días gloriosos de haber tenido a su gemelo de regreso sólo para perderlo nuevamente, esta vez para siempre.

Y es mi culpa. Todo es mi culpa, otra vez.

Cuando abro los ojos, Azul está flotando frente a mi rostro.

—Oh —mi garganta está tan seca que parece que grazno—. ¿Cómo estuvo *tu* día?

Sólo titila de manera colorida y desciende para posarse en la punta de mi nariz. Extiendo mi mano y la empujo hacia mi palma.

Cuando comencé la escuela secundaria, y la imagen de "chica negra lista" comenzó a transformarse en la de una joven demasiado inteligente para su propio bien, acudí con la primera de una larga lista de terapeutas perplejos. Ésta difícilmente decía una palabra. Simplemente se quedaba allí sentada y esperaba hasta que me aburría lo suficiente para abrir la boca y escupir pensamientos y sentimientos azarosos y confusos. Y escuchaba. Y aunque a veces el silencio parecía incluir un juicio, recuerdo que me sentía relajada después de esas sesiones. Refrescada, casi limpia. Allí se decían cosas que nunca le habría dicho a mamá, a Jack o a ninguno de mis amigos.

—A veces siento que hay un monstruo dentro de mí —susurro en mi palma. Azul titila con suavidad, pero no se mueve—. O una maldición —continúo—. Todo a mi alrededor termina mal. Y la gente, muerta.

Es ridículo culparme. Lo veo ahora. El único error que cometí fue dejar que Tucker y sus ojos soñadores me alcanzaran.

—Quería protegerlos. Pero lo que hice fue llevarlos a la mierda.

En realidad, me siento aliviada, me doy cuenta. La primera vez que Tucker "murió", él todavía estaba apegado a mí, todavía me anclaba a esta impresión peculiar y equivocada de mí misma. Esta vez, la correa está rota. Se fue. La amenaza de su mal comportamiento nunca fue realmente parte de mí. *Él* estaba maldito, no yo.

—A veces, desearía nunca haber nacido.

No sé por qué digo lo contrario de lo que estoy pensando. Es como si los dos lados de mi cerebro se estuvieran ignorando entre sí. O mi nuevo cerebro está dejando que mi viejo cerebro pronuncie algunas últimas palabras ilógicas antes de callarse para siempre.

—Eres buena para escuchar, Azul.

Titila de nuevo, vibrando suavemente contra mi piel, como si reconociera que al fin he dicho algo verdadero.

—Esto que le ha pasado a mi mente —digo en un susurro—. Es sólo como... una amplificación de lo que ya estaba allí, ¿cierto? Nunca pude pensar menos de tres cosas a la vez. Solía exasperarme. Ahora es como tener cien pensamientos al mismo tiempo, pero están alineados como soldados. ¿Eso es por diseño?

Azul se mueve de arriba abajo una vez.

Sí.

—¿Crees que alguna vez obtendré las respuestas a lo que está sucediendo en realidad?

Su luz se atenúa por un segundo hasta que casi desaparece antes de volver a encenderse. Luego sube y baja de nuevo.

Sí. Sí.

—Oh. Bueno, bien, supongo.

El transporte retumba y cae, y a través de la escotilla abierta puedo ver que estamos descendiendo a las montañas. El cielo se ha convertido en una suave lavanda de mal humor, que le da a los árboles dormidos un tinte púrpura y hace que la nieve profunda parezca glaseado de pastel. A medida que descendemos hacia la planicie, alrededor de una docena de Renegados emergen de los acantilados circundantes, algo que estropea el efecto impresionista.

Augusto y Cenizo se unen a ellos en cuanto aterrizamos. Saltan de la escotilla sin bajar la rampa. La mitad del grupo vuelve a desaparecer entre los árboles antes de que me haya levantado.

—*Nosotros llevar chicos humanos a cabaña* —dice Aurora.

Eso parece lo más sabio. Hace mucho frío, y Topher y Xander están mostrando señales de agotamiento físico, además de su frágil estado emocional. Necesitan descanso y calor. Azul y yo los seguimos junto con Mandy, que se ha recuperado lo suficiente para caminar. Ella me muestra los agujeros de bala sanando en su abdomen y hombro.

—¿Todavía duele? —tengo algo de experiencia con el proceso de curación, después de todo.

—Como Cristo —dice Mandy—. Dolor ardiente, con calambres. ¿Eso desaparece?

—En algún momento, sí.

Xander recuesta a Topher y lo cubre con mantas mientras Aurora enciende un fuego en la estufa. Topher todavía no ha hablado. Tal vez no consiga dormir, y cuando lo miro desde la puerta mientras Xander sale en busca de comida, me da la espalda. En la mente de Topher, lo peor que hice fue separarlo de su gemelo, primero ocupando el espacio como la novia de Tucker, luego causando su "muerte". Esta vez, no habrá perdón. No es justo. No es lógico.

Una vez pensé que podría morir delante de él para llegar al fondo de su repertorio emocional, pero supongo que estaba equivocada. Era Tucker quien tenía que morir. Y ahora está claro que hemos tocado fondo. Se acabó.

Cuando Mandy se acerca cojeando para unirse a mi vigilia, sólo sacudo la cabeza y me alejo, con Azul flotando detrás de mí.

—Todavía no puedo acostumbrarme a eso —dice Xander cuando lo encuentro en la cocina, señalando a Azul. Vacía la sopa enlatada en una olla mientras yo me siento a la mesa.

—Es un poco grosero hablar de alguien como "eso".

Xander hace una pausa y, al mirarlo, puedo decir que tiene un millón de cosas posibles que decir. Decido rescatarlo.

—Supongo que no tendrás que acostumbrarte. ¿Van a partir tú y Topher pronto?

—Mañana, si podemos. Aurora no cree que los Nahx se molesten en volver a instalar la red, pero no quiero arriesgarme. Y dice que vio camiones en las carreteras que cruzaban el paso cuando sobrevolamos.

—¿Hacia el este? ¿Camiones de rescate?

Él se encoge de hombros.

—No vas a venir con nosotros, ¿cierto?

Azul hace un gran círculo lento en el aire, como si dijera: *Vaya, no tiene ni idea.*

—No. Por supuesto que no. Mandy y yo volveremos al norte.

—¿Adonde sea que sucederá esa cosa?

Asiento con la cabeza. Xander enciende una lata de Sterno y apoya la olla de sopa sobre un soporte de metal. Estas cabañas de refugio están tan bien provistas que me hacen reír. Es muy canadiense. Como un país dirigido por jóvenes exploradores.

—¿Todavía no sabes qué es eso?

—Algún tipo de batalla —le digo—. Cielo parecía saberlo, pero no hay detalles.

—¿Augusto nunca te habló de eso?

—No creo que lo supiera.

Satisfecho de que la sopa esté hirviendo, se vuelve hacia mí. La cocina está iluminada sólo por un tenue crepúsculo azul que se filtra por la ventana y una hilera de velas en el alféizar. Pero incluso en la penumbra puedo ver que Xander apenas está atravesando un estado de conmoción mental, si no físico. Está pálido, sus ojos se mueven de un lado a otro, y su mano, mientras baja la cuchara, se sacude lo suficiente para golpearla contra el mostrador.

—Nunca pensé que lo volvería a ver —dice.

—¿A Tucker?

—A Topher —sacude la cabeza, riendo un poco—. *Sabía* que no volvería a ver a Tucker. Él estaba muerto. Enterrado. No vuelves a ver a las personas muertas y enterradas.

—No. ¿Sabes cómo terminé esposada a él en las dunas de Athabasca?

—La última vez que te vi… tu cuerpo, quiero decir, o lo que sea, Augusto te estaba dejando en una habitación de hotel en Jasper. Ahí es donde… —agita sus manos hacia mi chamarra y mi vestido.

—¿Me desnudó y me puso esto?

—Mmm.

—¿Y tú estabas allí viéndolo todo? ¿Lo viste desnudarme?

—Desvié la mirada.

Dejo pasar unos segundos en silencio.

—Tu ropa apestaba a muerte, Rave. Le sugerí a Augusto que te enterráramos, pero él no lo hizo. Y llegó al punto de que pensé que me mataría si lo sugería nuevamente, así que me apegue a lo que… él quería hacer.

—¿Lo cual fue dejarme en un hotel?

—Pensé que tenía la intención de volver por ti. ¿No fue así?

Me encojo de hombros.

—Las partes entre morir y despertar en las dunas son un poco turbias.

—¿No has hablado con él al respecto? ¿Con Augusto?

Es una pregunta obvia, y no me sorprende. Sé que me ha estado evitando. Y estoy bastante segura de que la razón se explotó en pedazos hace unas horas. La culpa por eso es difícil de atrapar y resolver. Sigue ardiendo, como las brasas rebeldes de un incendio forestal.

Cuando miro a Xander, está revolviendo la sopa y llorando. No como sollozos ni nada así, de hecho, sino más tranquilo de lo que suele ser, y no sé si es porque no quiere que lo vea, si está demasiado cansado para algo más o si así es como es... A veces, llorar en silencio duele más, porque es como si todo estuviera empacado en unas pequeñas lágrimas y se siente como si estuvieras derramando ácido clorhídrico. Podría ir y poner mi brazo alrededor de él, pero algo me dice que no lo haga. No es una sensación de amenaza, exactamente; es más como si pudiera leer la aversión de Xander hacia mí, y no quiero causarle más estrés del que ya tengo.

Y entonces me doy cuenta de que Xander también ha terminado conmigo. Con sólo mirarlo, puedo decir que está lleno de ansiedad, con trastorno de estrés postraumático, falta de sueño, falta de luz solar, falta de comida y todas las cosas con las que comenzó. Xander fue enviado a la oficina del director casi tantas veces como yo. Me confesó una vez que estaba fallando en todo, salvo en el gimnasio.

Se ha quedado sin ancho de banda. ¿Cómo procesas que todos tus amigos estén muertos o se convirtieron en híbridos soldados alienígenas? Al menos tiene a Topher. Tal vez si logran evitar que el otro se desmorone, estarán bien.

Xander se vuelve hacia mí con una gran taza de sopa en cada mano.

—Debería haberte dicho esto, pero supongo que no sabía cómo —me mira por un momento antes de dejar sus tazas y tomar mis manos—. Tus padres están vivos, Rave. Están en la isla Quadra.

La repentina oleada de alegría es tan poderosa que mis células vuelven a hacer sus cosas raras, intentando contener la alegría como si se tratara de algún tipo de ataque. Pero lo único que logran es difundir el sentimiento para que mi piel esté feliz, los dedos de mis pies estén felices, mis pestañas estén felices.

—¿Cómo...? ¿Cómo lo sabes?

—Jack me escribió. Quiere que vaya a vivir con ellos.

Nunca he amado y odiado a Xander tanto en este momento. Obtendrá lo que yo había estado buscando todo este tiempo. Lo que nunca podré tener ahora. Pero él también estará allí para ellos. Él puede vigilarlos, cuidarlos. Xander puede ser extravagante a veces, pero si se lo propone, es un buen soldado, un buen cazador. Y si...

—¿Llevarás a Topher contigo?

—Por supuesto.

Dejo que eso repose allí por un rato.

—Mantenlo alejado de la batalla, Xander —le digo cuando reúno la fuerza—. Mantenlo alejado de todo lo que tenga que ver con los Nahx.

Xander asiente y recoge sus tazas de sopa.

—Deberías encontrar a Augusto —dice.

—¿Por qué?

Suspira, mirando las tazas durante unos segundos antes de responder.

—¿Recuerdas el momento en que Augusto se quitó la máscara? En el valle por encima de la base, ¿sabes?, ¿cuando pensamos que estabas muriendo?

—Sí. Recuerdo.

Él asiente con aire reflexivo.

—¿Cuando ustedes dos se miraron finalmente, cara a cara? Nunca he visto algo así en mi vida —no da más detalles—. No quiero que esto se enfríe —dice, levantando las tazas—. Te veré más tarde, Raven.

Espero a que desaparezca de nuevo en la habitación antes de salir de la cocina. Siguiendo un brillo dorado fuera de la cabaña, encuentro a Mandy con un gran grupo de Renegados reunidos alrededor de una hoguera. La mayoría están sin armadura, sentados con las piernas cruzadas y mirando las llamas. Nova y Aurora flanquean a Cenizo, abrazándolo. Me parece que están de luto de esa manera silenciosa en que los Nahx lloran. Cenizo ya no está llorando, ni ninguno de los otros, pero hay un estado de ánimo sombrío e introspectivo. Podría unirme a ellos, supongo. Tucker también está muerto, tengo todo el derecho de llorar, pero al mirar alrededor del grupo, no encuentro a Augusto. Él no es una persona insensible. Su abyecto horror ante la muerte de Tucker es evidencia suficiente. Sin embargo, es un solitario. Todavía hay muchas cosas que aprender sobre él, pero sé que no le gustan las multitudes.

Azul se aleja de mí. La veo acomodarse en el hombro de Mandy. Es casi como si supiera que necesito hacer esto sola.

Bordeo el fuego y permanezco fuera de la vista en caso de que alguien piense que debería seguirme. Reanudo el camino hacia los árboles, el que vi usar a Cielo y Cenizo cuando iban y venían de la enfermería en lo que Augusto recuperaba la salud.

Encontrar sus huellas es bastante fácil: huellas grandes y zancadas en la nieve fresca me conducen a través de los densos árboles. Las sigo durante un largo rato, tomando mi ritmo, dejando que el silencio y la oscuridad me adormezcan. Caminar sola por la noche en un bosque canadiense es insensato en el mejor de los casos, más aún en invierno. Puede haber lobos aquí arriba, incluso un oso aburrido o hambriento en su guarida de invierno. Y, por supuesto, está oscuro. Podría caer fácilmente en un acantilado.

Pero ya no soy humana. Cuando dejo que mis ojos se ajusten, puedo ver bastante bien a pesar de la oscuridad tan profunda. Y puedo oler la vida salvaje que duerme a mi alrededor, mezclada con el olor de los pinos ocultos. Hay ardillas en ese árbol, y una lechuza, y debajo de un tronco están enterrados... algunos... ¿ratones, tal vez? Un oso ha estado recientemente por aquí, pero no se demoró. El olor más fuerte es algún tipo de ganado o tal vez de ciervo, pero huele a muerto.

Incluso si hubiera una amenaza, estoy bastante segura de que podría vencer a un oso, incluso a un *grizzly*, siempre y cuando no me mordiera literalmente la cabeza. Esa idea brilla a lo largo de mis nervios, y siento que mis células se adaptan ligeramente, como si se prepararan para un ataque en extremo improbable. Unos pasos más tarde, sin ninguna amenaza, sacudo esa idea. Ésta es la primera vez que siento este extraño efecto fuera de una situación de peligro real, por lo que puedo analizarlo un poco. Pero no logro entenderlo, ni siquiera con una base de datos incorporada. Sé que tiene algo que ver con la toxina, pero no sé qué. ¿Cómo está funcionando en mí? ¿Qué está haciendo?

Los árboles comienzan a disminuir hasta que se vuelven nudosos y deformes y se aferran a las rocas, lo que hace que subsistan apenas en miserable suelo. Luego dejo la hilera de árboles y contemplo una amplia extensión blanca, empañada sólo por un conjunto de huellas firmes que desaparecen en los oscuros acantilados. ¿Augusto ha decidido escalar la montaña esta noche? ¿Tiene una cueva allá arriba? Sólo puedo seguir.

Las distancias están distorsionadas por la noche. El tiempo se agota. Parece que el crepúsculo tuvo lugar hace siglos, pero las noches en esta época del año son tan largas. ¿He estado caminando por horas? ¿O sólo unos minutos? Las huellas de Augusto siguen atrayéndome, ajenas a mi incertidumbre. Camino lentamente, colocando mis pies en sus huellas.

Por fin, el viento frío se apaga y algo cambia. Las nubes que cubren la luna se vuelven pesadas, y siento que la nieve caerá pronto. Lo saboreo. Lo escucho. Lo siento en el fino aire de la montaña a mi alrededor. Girando en círculo, estiro los brazos y dejo que la sensación penetre en mi ropa y en mi piel, para nutrirme. Cuando vuelvo al camino marcado con las huellas de Augusto, me doy cuenta de que ya no estoy sola. Una sombra oscura camina penosamente hacia mí. Aunque el frío no me afecta, un escalofrío recorre mi columna. Sé que es Augusto y sé, por supuesto, que nunca me haría daño, pero su presencia es tan impresionante, como la de todos los Nahx. Es tan alto, elegante e intimidante que es difícil no sentir un hormigueo cuando lo veo. Incluso después de tanto tiempo.

Se detiene a unos metros de distancia, con la cabeza inclinada a un lado.

—*Yo escuchar tú* —dice—. *Yo salir porque pronto nevar.*

Creo que finalmente he descifrado el uso del tiempo verbal en lenguaje Nahx. Tiene que ver con la dirección en que apuntan las señales.

Da un paso tentativo hacia mí.

—*¿Tener frío tú?*

—Sí, pero no me hará daño. Mis orejas están frías.

—*Pensar cálido* —dice.

Tal vez mi insinuación de que rodee con sus cálidos brazos no fue lo suficientemente obvia. Pruebo con su consejo en cambio, y conscientemente intento elevar mi temperatura. Asciende un poco, con ese brillo familiar, a través de mis células. Me doy cuenta de la utilidad de esta habilidad.

—*¿Sí?* —dice Augusto.

—Funcionó un poco, creo —si veo al frente, estoy mirando a la mitad de su abdomen—. ¿Qué tan caliente puede ponerse?

Se encoge de hombros.

—*Muy caliente* —dice—. *Muy frío.*

—¿Podría calentar mi cuerpo lo suficiente para derretirme? ¿O enfriarlo lo suficiente para helarlo y convertirlo en hielo? —no quise decir esto. Tan sólo salió, una pequeña parte de mi estado emocional se puso en palabras.

Augusto espera un momento antes de responder, estirándose hacia mí para elevar mi barbilla, de manera que nos veamos a los ojos.

—*No creer esto gustarte.*

Me siento estúpida por haberlo dicho. Quizás esto es lo que Augusto intentó hacer, más o menos: convertirse en hielo, hielo silencioso, inmóvil e insensible. Creo que estoy empezando a entender por qué.

Un solo copo de nieve cae entre nosotros, y ambos levantamos la mirada mientras el aire se llena de ellos, cayendo a nuestro alrededor como las cenizas de un mundo en ruinas. Augusto deja que su mano descanse sobre mi hombro y nos quedamos así, observando la nieve, sin hablar, durante un largo rato, hasta que el efecto hipnótico de la nieve desaparece y la persistente conciencia de la batalla que avizoro en mi futuro comienza a filtrarse en mi interior. El caos de las últimas horas la apartó temporalmente, pero vuelve, si acaso, más fuerte que nunca.

Augusto debe sentir mi cambio de ánimo.

—*¿Sentir rota?* —pregunta—. *¿Explicar?*

—Estoy tan cansada, Augusto.

—*Yo llevar tú.*

—No es ese tipo de cansancio.

Retrocede e inclina la cabeza otra vez.

—*Yo llevar tú.*

Todo es tan simple para él. Podría discutir, pero la verdad es que quiero que me cargue y me lleve, si no por otra razón, para que pueda eludir la responsabilidad por un tiempo más. Sonrío a pesar de mi estado de ánimo miserable, mirando nuestras pisadas desvanecidas ahora en la nieve.

—De acuerdo entonces.

Da un paso adelante y me levanta, impulsándome por debajo del trasero para que esté frente a él, con nuestras caras al mismo nivel. Inclina su cabeza hasta que nuestras frentes se tocan, se da vuelta y camina hacia atrás por el camino por donde vino, esta vez conmigo envuelta alrededor de él. Después de unos minutos llegamos a un camino empinado y rocoso que, aunque cubierto de espesa nieve, parece estar tallado como una escalera. Pongo mi cabeza sobre el hombro de Augusto mientras él lo sube, y mueve un brazo debajo de mí para envolver mi espalda, acercándome.

Llegamos a otro valle, y allí, perfectamente ubicada en el centro, como algo sacado de un libro de cuentos, hay una pequeña cabaña. Sus ventanas brillan anaranjadas y parpadean, claramente por un fuego en su interior. A medida que nos acercamos, capto los detalles: paredes de piedra, pequeñas ventanas de guillotina, una pesada puerta de madera. Esta cabaña es vieja, tal vez construida hace casi cien años, mucho más antigua que la más grande que los Renegados han reclamado. Augusto me coloca en la escalera, golpea sus pies y me quita la nieve de los hombros.

—*Tener copos de nieve en cabello* —señala, echando la cabeza hacia atrás, haciendo otras señas que se parecen un poco a la de su nuevo nombre, pero diferente.

—¿Reina del Invierno? —río—. ¿Es eso lo que dijiste?

—*Sí. Sí. Reina Invierno.*

Pongo mi mano sobre las piedras toscas de la cabaña, sintiendo su frialdad.

—¿Es éste nuestro castillo?

—*Sí* —suspira y pone su mano sobre mi hombro otra vez. Su otra mano empuja la puerta de madera para abrirla.

Siento algo que no había sentido en mucho tiempo, ese tipo de emoción de perder el control, pero en el buen sentido. Durante mucho tiempo todo ha sido caótico, aterrador y catastrófico, y no he podido hacer casi nada para remediarlo. Y eso ha sido tan horrible como repugnante. Pero en este momento, este instante de incertidumbre, este paso hacia lo desconocido, es como un emocionante salto desde un acantilado. No tengo idea de qué está haciendo Augusto aquí o qué tiene en mente. Y no me importa.

AUGUSTO

Diente de León se detiene justo en el quicio de la puerta y mira alrededor de la oscura cabaña. No he pensado mucho en los adornos o los muebles mientras he estado aquí, pero hay lugares para que se siente, una cama si quiere dormir, una mesa, incluso comida en las mochilas que dejaron los humanos. Pero los dos esperamos mientras la luz del fuego parpadea en las paredes de piedra. No estoy seguro de qué hacer a continuación.

Poniendo todo mi esfuerzo, finalmente descubro un recuerdo de modales humanos y saco una silla de la mesa.

—*Sentar, por favor* —digo.

Diente de León se sienta, se arregla el vestido verde hecho jirones a su alrededor y desabrocha su chamarra.

—*¿Tener hambre? ¿Tener sed?*

—No estoy segura de que todavía necesite comer —sus ojos se posan en la chimenea y se ensanchan ligeramente—. Pero puedes comer, si tú quieres.

Por supuesto. Todavía está aquí el cuerpo de una oveja a medio devorar, junto al fuego. Me quedo congelado por un momento, no estoy seguro de la… palabra.

Etiqueta. Es una palabra bonita, pero no la necesito a menudo.

¿Cuál es la etiqueta en una situación como está?

Agarro lo que queda de la oveja por su cuerno curvado y la arrastro hacia la puerta.

Cuando regreso, Diente de León me está sonriendo. La oveja muerta ha dejado un rastro de sangre en el suelo. Sus ojos se dirigen hacia la mancha.

—Está bien —dice ella.

Debe pensar que soy una especie de animal salvaje. Esto no está yendo muy bien.

—*Querer quitar armadura. Afuera.*

—De acuerdo.

Afuera, en la oscuridad, me alejo de la cabaña para que Diente de León no pueda escuchar los extraños sonidos cuando me quite mi armadura. Los tentáculos y los tubos se resisten y tiran de mi interior mientras los retiro de mi nariz y garganta, y las válvulas de mis articulaciones. Intento que el sonido de las arcadas no sea demasiado fuerte, mientras me deshago del exceso de líquido de mi estómago. Me alegra que Diente de León haya aceptado quedarse dentro. No quisiera que ella viera esto. El proceso de quitarme la armadura siempre ha sido doloroso, pero nunca antes me había avergonzado. Pero de pronto me parece tan… No puedo pensar en la palabra correcta.

Lavarme las manos y la cara con nieve fresca alivia un poco mi malestar. Me froto el cabello, tratando de sacar algo del lodo aceitoso. Es sorprendentemente largo. Creo que ha pasado más tiempo del que me di cuenta.

Carnal. Carnal es la palabra.

No tengo una seña para eso tampoco. Es lo opuesto a etiqueta, una palabra fea que suena como lo que es, como carne herida cruda.

La sensación del líquido gris saliendo de mi mente me marea. Me detengo en el camino de regreso a la cabaña y me agacho, tomo profundas bocanadas de aire y empujo puñados de nieve en mi boca. A medida que disminuye el mareo, los eventos del día anterior vuelven a mis pensamientos.

¿Qué está haciendo Raven aquí? ¿Por qué querría hablar conmigo después de lo que hice? Podría salir corriendo. Estas montañas se extienden por siempre. Ella nunca me encontraría. Pero cuando levanto la mirada, ella está parada en la puerta, con la pálida luz naranja detrás de su cuerpo.

Me acerco al porche y dejo que mi armadura golpee las piedras. Se supone que no debemos dejarla fuera de nuestra vista, pero no quiero llevarla dentro. No quiero que vea la forma en que los tentáculos se deslizan, buscando reconectarse conmigo. Es desagradable.

—Ésos son bastante geniales, esos trajes que usan debajo de su armadura —dice mientras cierro la puerta—. Algo así como trajes de motociclistas.

Diente de León da un paso hacia mí, extiende la mano y toca mi chamarra justo debajo de mi hombro izquierdo; sigue las ligeras marcas en forma de estrella que los gemelos dejaron después de dispararme sus flechas.

—¿Éstas son cicatrices? ¿Este traje es autocurativo o algo así? ¿Cómo tu armadura?

—Sí.

—Eso es... interesante.

No quiero que me quite la mano, pero lo hace, y se sienta a la mesa otra vez. Al principio, permanezco en pie, sin saber qué hacer.

—*Limpiar sangre* —digo, más por desesperación que por cualquier otra cosa.

Ella suspira, dándome una leve sonrisa.

—Está bien, pero no hay problema.

Una camiseta de una de las mochilas humanas funciona como un paño para limpiarme. Cuando termino, la arrojo afuera. Sé que eso no está del todo bien, pero tendrá que funcionar. Estar solo con Diente de León hace que resulte difícil pensar. Me desabrocho la parte superior de mi traje porque me estoy poniendo caliente.

Ella todavía es tan... indescriptible. Su piel reluce y sus ojos brillan y la nieve derretida en su cabello hace que escapen pequeños rizos de sus trenzas como espirales de niebla. Me siento mareado de nuevo, y los recuerdos desagradables arañan el borde de mi visión, amenazando con alejarme, lanzarme de vuelta en el tiempo como... Me arrodillo para no caer y cierro los ojos, respirando profundamente hasta que pasa el mareo.

—¿Augusto? ¿Estás bien?

—*Bien. Siempre. No preocupar.*

Ella mueve su silla y pone su cara al mismo nivel de la mía. Su ropa huele a agujas de pino, humo de fogata y agua lacustre. Debajo de eso, un poco como el mío, un olor químico como el lodo aceitoso de mi armadura, pero más... refinado, de alguna manera, más puro. Y debajo de eso, todavía huele a humana. Su color también es mejor que el mío, más vivo, más natural.

Los Nahx, como nos llaman los humanos, fuimos errores, mal diseñados, imperfectos y débiles de muchas maneras. Pero ella es perfecta, inmutable e inmortal. Como una chica convertida en diosa. Desearía que me hubieran hecho lo mismo, que lo que hicieron de mí le gustara a ella en lugar de lo que soy.

Pero antes yo no existía. Los pocos recuerdos que tengo de ser humano no son míos, en realidad. Lo sé ahora. Sólo éramos herramientas, un paso en el proceso que terminó con Diente de León y los demás, perfeccionados.

Ella siempre fue perfecta para mí, incluso como una pequeña humana frágil y herida. Una pequeña humana enojada y herida. No puedo evitar sonreír mientras recuerdo.

—¿Cómo te hiciste esta cicatriz en la cara? —ella se adelanta y traza desde mi sien hasta mi labio superior.

—*Golpear con un…*

Todavía no puedo pensar en la palabra. Una cosa explosiva. Como la que mató a… Tucker.

De pronto, no puedo mirarla. No puedo mirar nada. Agacho la cabeza y cierro los ojos con fuerza y trato de pensar con frialdad para apagar el fuego en mi mente y evitar que Sexta me arrastre en el tiempo nuevamente. Ella está muerta.

Ella está muerta. Sé que lo está.

—*Por favor, lamentar.*

—No hay nada que debas lamentar o por lo que debas pedir perdón. Es… —la voz de Diente de León me ancla.

—Tucker…

—Eso no fue tu culpa. Abre los ojos, Augusto. Por favor —su cara está a sólo centímetros de la mía, sus ojos brillan, serios—. No fue tu culpa.

—*Lamentar tantas cosas.*

—Yo también, pero ya no importa.

—*Lamentar haber jalado cabello.*

—Lamento haberte roto un jarrón sobre la cabeza —sus labios se curvan hacia arriba—. No creo que tengamos tiempo para revisar todo lo que hicimos, así que tal vez deberíamos dejarlo pasar —me toca el rostro otra vez—. ¿Cuánto tiempo puedes mantenerte fuera de tu armadura?

Me encojo de hombros.

—*Amanecer, tal vez. Hasta que se hace difícil respirar.*

Verla pensar es como ver las estrellas moviéndose en el cielo mientras deletrean los misterios que son tan desconcertantes para nosotros, pero tan fáciles para ellas. La miro a los ojos y casi puedo leer el flujo constante de información detrás de ellos. Lo que sea que le haya hecho el dardo, es tan poderoso que puedo verlo.

—Fue Azul… fueron las criaturas como Azul las que te hicieron, ¿no es así? Vimos una especie de laboratorio de clonación en la nave. ¿Así te hicieron?

—*Sí. Creer eso. No recordar.*

—Entonces, ¿las criaturas luciérnaga vinieron de otro planeta y usaron humanos clonados para hacer un ejército?

—*No saber.*

—¿Has estado en su planeta?

—*No.*

—¿Pero has estado en su nave? ¿Esas enormes naves redondas?

—*Sí. No recordar mucho.*

Sin siquiera darme cuenta, levanto mi brazo izquierdo para posar mi mano sobre su hombro.

—Deberíamos haber hablado de esto hace mucho tiempo, cuando estábamos juntos en Calgary.

—*Sí.*

—Creo que te tenía demasiado miedo. Estaba tan asustada como para tener una conversación adecuada.

—*Yo nunca querer dañar tú.*

—Lo sé. Ya no te tengo miedo.

Inesperadamente, eso me llena de calor, no el calor incómodo de la vergüenza o el desconcierto, sino todo lo contrario, como el calor de una fogata o la luz del sol u otras cosas que nunca me han sucedido, pero lo recuerdo de cualquier forma. Bebidas calientes, ser abrazado por alguien, una cama con mantas.

Desearía que todo eso fuera real. Se siente mal disfrutar de los recuerdos robados.

—Te ves cansado, Augusto —ella se mira las manos y la telaraña reluciente en su cuello y pecho se oscurece un poco revelando una piel de cobre brillante. Es como si estuviera hecha de metales preciosos y joyas, como un ídolo mágico que cobra vida—. Yo también estoy cansada, aunque creo haber olvidado cómo se duerme.

—*Dormir ahí* —digo, señalando la cama—. *Yo mirar.*

Cuando hace una mueca, me doy cuenta de lo que le dije.

—*¡Yo cuidar!* —aclaro, aunque las señas son muy similares—. *Mantener segura tú.*

—Como en los viejos tiempos, ¿eh?

—*Sí* —digo. Y pienso cuánto me gustaría volver a visitar esos tiempos y vivir allí para siempre. No cuando estaba enferma, porque eso fue aterrador. Y no cuando estaba enojada o asustada, porque mi impotencia para cambiar eso hacía que me sintiera horrible. Pero cuando estaba alimentada, tibia, dormida y segura, me tranquilizaba lo suficiente para que el lodo gris dejara de girar dentro de mí. Podía pensar.

Fue entonces cuando desperté propiamente por primera vez y comencé a entender quién era, cuál era mi propósito y cómo me había sucedido esto. Pequeñas imágenes flotaban en mi cabeza y se mantenían allí por segundos antes de desaparecer como burbujas. Si pongo las imágenes juntas de la manera correcta, casi tiene sentido, pero no es una buena historia. Es una historia de monstruos fabricados, llenos de peligro y malicia.

—¿Qué pasa si tú te vas a dormir y yo te cuido? —dice Diente de León.

—*Poder dormir juntos.*

Ella oculta su risa con una mano. Tengo que sostener la cabeza por un momento para evitar que los mareos me hagan temblar el cerebro. Su risa crea diferentes imágenes en mi cabeza.

—*No querer decir eso.*

—Está bien. Tienes razón, de todos modos. Es una cama grande. ¿Por qué no te acuestas y yo me siento a tu lado y vigilo?

Por lo general, no duermo en camas. Al menos, esta versión de mí no. Sí recuerdo camas y otras cosas humanas normales, pero son recuerdos desvaídos, casi transparentes, como sombras a la luz del crepúsculo. He estado durmiendo en el piso frente al fuego aquí. No sé por qué. Parecía incorrecto dormir en la cama, pero seguramente, si Diente de León quiere, si ella me da su permiso, sería aceptable.

—*Sí* —digo con señas—. *Estar cansado.*

Diente de León revisa las mochilas de los humanos y saca unas mantas. Las coloca sobre la cama, mientras yo pongo más leña en el fuego, soplando sobre él hasta que arde. La cama es demasiado corta, pero si me acurruco de lado, puedo estar ahí. Diente de León se sienta con las piernas cruzadas a mi lado. Nos quedamos así, callados, mientras escucho su respiración y sus firmes latidos. Si cierro los ojos, sé que estaré dormido en segundos, pero todavía no quiero dejarla.

—Es extraño —dice después de un rato—. Te veo así, sin tu armadura. Pensé que podría parecer que serías una persona diferente de la que conozco, pero no es así.

Doy la vuelta para mirarla y liberar mis manos para poder hablar.

—Yo también pensar que tú ser persona diferente. Pero no ser persona diferente.

—He cambiado.

—No mucho. No para mí.

Ella acaricia mi cabello y desenreda suavemente mechón por mechón. Intento mantener los ojos abiertos para quedarme con ella, pero el sueño me acecha como un lobo hambriento y persistente, y finalmente me lleva.

XANDER

Duermo al fin. El temblor de Topher se volvió tan severo que lo jalé a mi regazo y lo acuné allí, enterrado debajo de las mantas que Aurora amontonó encima de nosotros. Uno de los otros Renegados calentó piedras lisas que tomaron de la fogata al aire libre, las envolvió en paños de cocina y las colocó a nuestro alrededor hasta que sentí como si estuviéramos sentados en un sauna privado y estrecho.

Pero Topher finalmente se calmó, agotado por su dolor, y mientras él dormía, debo haberme quedado dormido yo también.

Sueño con la red de drones. Estalla con electricidad y mi familia está parada detrás de ella, dando un paso al frente para ser vaporizados por los rayos. Cuando mi hermana toma su turno, despierto y miro a Topher. Él también está despierto, frunciendo el ceño, con su mano en mi cara.

—¿Estás bien? —pregunta.

Casi tengo ganas de reír, porque por supuesto que no lo estoy y tampoco él, pero reírme de eso tal vez tampoco es la respuesta correcta. En cambio, me agacho y lo beso en los labios.

—Tu aliento huele —dice. Luego cierra los ojos por unos segundos y su cuerpo se tensa—. No fue una pesadilla, ¿cierto?

Retiro su mano y me deslizo hacia abajo para que podamos acostarnos cara a cara, entrelazando nuestros brazos y piernas, mientras me pregunto dónde comenzó exactamente su pesadilla. ¿Cuando estaba perdiendo a Tucker, ayer? ¿O se remonta a la invasión, esa noche junto al lago cuando pensamos que estábamos viendo una lluvia de meteoritos? ¿O en algún lugar en el medio? ¿Cuando Tucker recibió un dardo? ¿Cuando Augusto se escapó con Raven? ¿Cuando Raven regresó y eso marcó el final para nosotros?

—No fue una pesadilla —digo en un susurro—. Pero ya se acabó.

Nos abrazamos unos minutos antes de que un siseo bajo me haga salir de debajo de las mantas y asomar la cabeza. La habitación está iluminada por velas y las brasas brillantes en el fuego. Aurora está parada en la puerta, con una armadura y su casco debajo del brazo mientras hace señas con una mano.

—*Hora de partir.*

—¿Ahora? Es la mitad de la noche.

—*Caminata larga* —explica.

No tiene sentido discutir. La verdad es que la pesadilla no ha terminado. Todavía debemos regresar a Prince George de alguna manera. Si tenemos que caminar, nos tomará al menos dos semanas. Lo más cerca que un transporte podría llegar con seguridad sería quizás a ochenta kilómetros de distancia. Ésa es una caminata de dos o tres días, aunque bajo estas condiciones climáticas quizá signifique una semana.

Topher gime mientras se relaja, balanceando los pies hacia abajo para ponerse las botas. Nos vestimos con nuestras capas de ropa de invierno en silencio, porque las cosas que deben decirse tendrán que esperar hasta que ambos recuperemos nuestra fuerza. Vamos a tener que encontrar una manera de ser lo suficiente el uno para el otro. Mientras tanto, tengo que decidir qué hacer con el volcán que se acumula dentro de mí. Espero que haya terapeutas en la costa.

Algunos de los Renegados salen al claro iluminado por la luna para despedirnos. Una parte de mí desearía poder quedarme aquí para estudiarlos, como un antropólogo que descubre una nueva tribu. Sus peculiaridades me provocan una sensación extraña. Es casi como si ofrecieran un atisbo de una rama perdida de la humanidad, una dirección que podríamos haber tomado hace un millón de años, o una que tal vez tomaremos en el futuro.

El género no parece importarles, ni la sexualidad, y ciertamente no la raza, aunque sus prejuicios inusuales sobre el rango aún persisten. Y ese tipo de pensamiento se desaconseja aquí. No poseen los pocos objetos que tienen cerca, pero pueden ser muy posesivos entre sí. Los lazos que forman son profundos y lo abarcan todo, y aunque pueden ser geniales con el resto de su especie, su apego a sus Compañeros y parejas es profundo. Se conocen. Se aceptan. Los admiro por eso.

Sobre todo, admiro la forma en que se han liberado de las expectativas de su clase. He conocido a los suficientes Nahx para saber cuán rígidamente programados están. Sin importar cuál fue su origen, ya sea que se hicieron, evolucionaron o se adaptaron de alguna otra forma, la determinación Nahx es la razón por la que su conquista de la humanidad fue tan exitosa. Y sin embargo, estos Renegados se libraron de ese papel con tanta facilidad como lavar una mancha de tierra o sangre. Están literalmente programados para ser asesinos de humanos, pero parecen amarnos y apreciarnos a Topher y a mí. Es como si nos vieran como sus mascotas.

Cenizo nos abraza, al igual que algunos de los otros, antes de regresar al bosque. El camino de descenso desde la cabaña es oscuro, y cuando me vuelvo para mirar por última vez a los Renegados que salvaron nuestras vidas, lo único que veo a la luz de la luna son árboles y rocas, y la cabaña silenciosa con una fina capa de humo que se eleva desde la chimenea.

Aurora y Nova se quedan cerca de nosotros mientras descendemos por el glaciar. Esperamos llegar a la autopista antes del amanecer y pedir un aventón a alguna de las camionetas o autobuses que ahora retumban lentamente a lo largo de los surcos profundos en la nieve. Nova ha llenado con sensatez una mochila grande con el resto de la comida enlatada de la cabaña: los Renegados sólo comen carne fresca, según hemos aprendido, sobre todo mapaches o ardillas desafortunadas, así que los duraznos enlatados y la compota de manzana no les son de utilidad. Pero serán muy valiosos para nosotros como comercio, tal vez incluso nos aseguren un lugar en uno de los autobuses que se dirigen hacia el oeste. Si aprendí algo como refugiado durante todos esos meses, es que la caridad humana posee límites estrictos, y todo tiene un precio, incluso aquellas cosas que deberían ser derechos fundamentales.

Topher se mantiene en silencio mientras avanzamos por el camino empinado. No creo que él haya creído realmente lo que le conté sobre la vida fuera de las zonas de ocupación. Sé que las condiciones en los campos de refugiados eran bastante graves, pero lo que le describí debe haberle parecido idílico. ¿Y la idea de que tomemos un autobús y nos vayamos a vivir con los padres de Raven? No discutió conmigo, pero debe de haber pensado que era ridículo. Eso es lo que pasa con la privación. Te acostumbras. Y cualquier otra cosa parece inverosímil. ¿Agua *caliente*? ¿Saliendo de un grifo? No parece real. ¿Plátanos? ¿Existen siquiera? ¿En verdad todos caminamos con pantallas de video en nuestros bolsillos?

En algún momento parecía que la invasión podría ser una pesadilla. Ahora el mundo anterior parece ser *el* sueño.

Todavía está oscuro cuando llegamos a la carretera. Nova y Aurora nos detienen antes de salir a la vista, de entre los densos árboles, y se quitan las pesadas mochilas de sus espaldas. Alcanzamos a ver bastante lejos en la carretera, en las dos direcciones, así que tendremos algo de tiempo para bajar y hacer notar nuestra presencia. Ojalá se detengan. Ojalá no nos disparen.

Topher y yo ensayamos nuestra historia.

—Estuvimos escondidos en el refugio de un alpinista todo este tiempo —recita Topher.

—¿Ajá? ¿Y por qué no nos encontraron los Nahx?

—Estábamos escondidos en un barranco. Interrumpido por un glaciar.

—¿Y qué comían?

—Ardillas y puré de manzana.

Los dos nos echamos a reír. Aurora y Nova tienen sus cascos puestos, pero cuando se giran para mirarnos, puedo decir que fruncen el ceño con desaprobación. Nuestra historia es tan poco factible como el hecho de que solíamos comer plátanos que volaban desde Guatemala.

—Somos humanos, Xander —dice Topher—. Tienen que ayudarnos.

Sólo asiento, mirando la carretera. Topher aprenderá tan bien como yo que los contratos sociales que alguna vez vivimos han sido destruidos y utilizados como leña en los incendios para evitar la muerte. Tal vez le irá un poco mejor que a mí, siendo un chico blanco, pero ¿quién sabe?

Nos quedamos callados, esperando que el cielo comience a aclararse. Nova y Aurora se arrodillan a nuestros lados, irradiando calor. Realmente las extrañaré. Es bueno pensar que podría volver a visitarlas algún día, tal vez cuando los humanos y los Nahx restantes hayan aprendido a relacionarse mejor. Pero sé que es una fantasía. Sólo espero que los Renegados al menos puedan permanecer sin ser descubiertos.

En cuanto a mí, Topher y su corazón roto es una tarea lo suficientemente grande, pero también tengo que descubrir cómo explicarles a los padres de Raven que en realidad todavía está viva. Me imagino que lo que les sucedió a todos los que recibieron dardos se sabrá bastante pronto en las zonas humanas. Y, conociendo a los humanos, la terrible suspicacia y el odio se extenderán con la misma prontitud. Raven, Mandy y el resto tienen que librar una batalla inminente, y sólo Dios sabe lo que eso significará para nosotros, simples humanos. Y sólo Dios sabe si Raven sobrevivirá. Me pregunto si debería esperar hasta que ella pueda decirles en persona que lo logró.

Nova hace un ruido y los cuatro giramos hacia el este, donde aparece una tenue luz en el camino. Se mueve despacio, pero Topher y yo debemos bajar a la carretera. Nova se pone en pie de un salto y lo levanta, ayudándolo a cargar uno de los paquetes sobre su hombro.

—Bueno —dice él—. Adiós, Nova, adiós, Aurora —confunde sus nombres y dirige su despedida en la dirección equivocada. A ninguna de ellas parece importarle. Extienden la mano y tocan su hombro con brusquedad.

—Te alcanzo en un minuto —le digo, y él se dirige por el camino de los árboles.

Nova lo sigue, manteniendo su distancia con cautela. Por alguna razón, éste es el momento en que mi cerebro decide darse cuenta de que fue Nova quien le disparó a Dylan. Por supuesto, ella vino al enclave de Garvin buscando a Aurora. No sé por qué no lo había pensado antes. Pero cuando veo su sombra alta siguiendo a Topher a través de los árboles, me percato de que no es importante. Yo hubiera hecho lo mismo, y tal vez cosas peores, si nuestra situación hubiera sido a la inversa.

Aurora inclina la cabeza a un lado y resopla cuando me vuelvo hacia ella.

—Nunca podré agradecerles lo suficiente —le digo. Suena como una línea de una película, pero encaja, así que sigo adelante—. Yo habría muerto cien veces de no haber sido por ti.

—*Repetir yo* —dice ella, poniendo una mano sobre mi hombro. Eso dura sólo un segundo antes de que me jale y me abrace en toda forma.

—*Yo. Querer. Explicar. Tú* —dice, reclinándose.

—¿Quieres explicarme algo? —estoy mejorando mucho con su idioma. Creo que los Renegados usan una versión simplificada cuando hablan con humanos. Cuando se comunican entre ellos, es demasiado rápido para que yo lo entienda.

—*Sí* —dice Aurora—. *Mirar. Escuchar* —suspira antes de continuar, haciendo las señas con lentitud mientras voy traduciendo en mi cabeza—. *Cuando intentar convertir humano en máquina, tener monstruo.*

—Oh. No eres un monstruo, Aurora.

—*No yo. Muchacho enojado.*

—¿Topher es un monstruo?

—*Intentar convertirse en máquina después. No permitir. Eso convertir en monstruo. Como Nahx.*

Su perspicacia me deja sin aliento. La mayor parte de mi ansiedad por Topher proviene de este mismo problema. ¿Cómo lo mantengo alejado del borde después de todo lo que ha visto? No estoy seguro de tener la fuerza para ser lo suficientemente humano para los dos.

La respiración de Aurora es un ronroneo bajo mientras toca mi hombro otra vez. Sólo puedo imaginar el tipo de monstruosidades que ha presenciado, entre los humanos, entre los Nahx, tal vez incluso en sí misma. Me propuse no preguntarle nunca a ella, a Augusto ni a ninguno de los Renegados sobre las cosas malas que podrían haber hecho en el ejercicio de sus funciones. No quiero saberlo.

Los últimos pasos hasta el linde de los árboles son resbaladizos, y cuando pierdo el equilibrio, Aurora me toma de la mano y me ayuda a estabilizarme. Topher ya se separó de Nova y está surcando en la zanja la nieve que cubre sus muslos hasta el arcén de la carretera. Nova toma mi otra mano cuando la alcanzamos, y los tres nos paramos en círculo por unos segundos.

—*Tú mantener seguro* —dice Aurora cuando nos separamos—. *Cuidar tu Compañero.*

—Tú también —me encojo de hombros y me giro un poco abruptamente para que no vean la expresión de mi rostro. Los Nahx pueden ser muy perceptivos sobre las expresiones faciales humanas. No me importaría tanto que vieran mi tristeza, pero no quiero que vean la misma medida de alivio. A pesar de lo encantadores que son los Renegados, el mundo abandonado de los Nahx ha alimentado mis pesadillas durante un tiempo suficiente. Voy a pasar el resto de mi vida tratando de olvidarlo.

Topher agita sus brazos con frenesí cuando los faros se acercan. El vehículo disminuye la velocidad y vemos que se trata de un camión del ejército, con grandes llantas equipadas con cadenas para la nieve. Echo un vistazo a los árboles, pero Aurora y Nova están haciendo lo que hacen los Nahx en la oscuridad: dejando que su armadura las oculte, que las convierta en sombras.

Se desplazan hacia atrás hasta que no se pueden distinguir de las ramas y los troncos. Abajo, en el camino, el pesado camión se detiene y cruje sobre la nieve.

Cuando la ventanilla del lado del pasajero baja, me sorprende ver a dos mujeres de mediana edad en la cabina. No parecen militares, al menos no están uniformadas, pero supongo que en estas circunstancias, ¿quién lo estaría?

—¿De dónde diablos vienen? —dice la que ocupa el lugar del pasajero.

—Nos hemos estado escondiendo en una cabaña de refugio todo este tiempo —recita Topher.

Me uno a él al costado del camino, resistiendo el impulso de mirar hacia atrás para echar un último vistazo a Aurora y Nova. No pensé que me sentiría tan desgarrado, pero ver a otros humanos nuevamente me ha recordado la vida en el campo de refugiados y lo insensible que puede ser nuestra especie. Las mujeres en el camión parecen sospechar de nosotros.

—Sólo tenemos mujeres y niños —dice la conductora, como si quisiera reforzar mi impresión de ella y su compañera.

—Tenemos comida —dice Topher.

Es entonces cuando noto el rifle apuntalado entre ellas. Yo tengo una pistola enterrada bajo capas de ropa. También Topher, creo, pero dejamos los rifles con los Renegados. Aurora y Nova tienen uno cada una, pero no puedo mirarlas. Y de todos modos, ¿en verdad tendría un tiroteo con dos mujeres de mediana edad y su camioneta llena de mujeres y niños? Es más probable que deje que me maten, aunque dudo que Aurora lo permita.

—Veamos —dice la copiloto.

Topher se quita la mochila y la abre, revelando latas de duraznos y frijoles, galletas saladas, fideos secos, la comida de supervivencia habitual, el tipo de cosas por las que vi a la gente golpear hasta la inconsciencia en Prince George.

—¿Armas?

Topher y yo intercambiamos una mirada.

—No quiero armas allá atrás —aclara la mujer—. Hay niños, y es un viaje largo.

Abre la puerta y baja, hundiéndose en la nieve hasta las rodillas. Su compañera, la conductora, enrolla los dedos alrededor del rifle, en una señal de advertencia.

—Julia —dice la mujer, tendiendo su mano. La estrechamos sin molestarnos en quitarnos los guantes. Me doy cuenta de que debajo de su abrigo abierto ella también guarda una pistola en una funda.

—Soy Xander —digo—. Éste es Topher.

Julia nos guía hasta la parte trasera del camión antes de bajar el estribo y abrir las aletas de lona.

—Echen sus mochilas —dice.

Está oscuro dentro del camión, pero casi puedo distinguir algunas caras pequeñas que se vuelven hacia nosotros mientras cargamos nuestras mochilas. Alguien enciende una linterna durante unos segundos y el resto aparece a la vista.

El camión ya está sobrecargado. Acurrucados en asientos para veinte y tendidos en el suelo, debe de haber cuarenta mujeres y niños aquí, todos con el aspecto de llevar encima las prendas que poseen.

—Decía en serio lo de las armas —dice Julia. Su sonrisa es amigable pero firme, como una maestra de escuela que no tolerará una más de tus tonterías.

Topher y yo escarbamos en nuestras capas de ropa y entregamos nuestras armas. Julia las descarga con pericia y revisa las cámaras. Pone los seguros y mete las pistolas debajo de su brazo.

—Todavía es un viaje largo. Intenten ponerse cómodos. Si escucho un susurro de cualquier mierda machista, los arrojaré en un barranco y me quedaré con su comida y sus armas. ¿Entendido?

—¿Adónde vamos? —pregunto mientras nos subimos al camión.

—¿Eso importa? —pregunta Julia con otra sonrisa—. Al oeste. Más allá de la red de la frontera. Después de eso, lo sabremos cuando lleguemos allí. Y compartan esa comida.

Ella cierra la tapa y quedamos sumidos en la oscuridad. Topher tiene una pequeña linterna LED, que enciende mientras nos movemos a bordo, tratando de no pararnos sobre ninguno de la media docena de niños que duermen en el suelo. Justo cuando la camioneta comienza a moverse, un par de mamás llevan a sus pequeños dormidos hasta sus regazos, con lo que se despeja un pequeño espacio para que Topher y yo acomodemos nuestras mochilas y nos sentemos sobre ellas.

Sacamos una bolsa de galletas y la pasamos, susurrando presentaciones. Las mamás se relajan un poco mientras compartimos la comida. Me gustaría conocer sus historias, pero eso significaría que tendríamos que revelar las nuestras, y ya estoy empezando a olvidar como se supone que debe ser. Es mejor dejar que el silencio y el balanceo lento del camión nos tranquilicen. Topher apaga su linterna y deja caer su cabeza sobre mi hombro.

Pasan unos minutos así, y nos quedamos dormidos hasta que un niño que grita en medio de una pesadilla nos despierta sobresaltados.

—Esto realmente está sucediendo, ¿cierto? —susurra Topher. Sus labios casi tocan mi oreja. Asiento con la cabeza. Aquí hace bastante calor, así que me quito un guante y de alguna manera encuentro su mano en la oscuridad. Entrelazamos nuestros dedos.

Una vez que pasamos la frontera, todavía tendré que descubrir cómo llegar a Prince George para tomar el autobús hasta la costa. También debo ser discreto al respecto, porque si alguien del campamento de Garvin sigue vivo y se entera de mi presencia, las cosas podrían ponerse muy feas. Cuento con el hecho de que Garvin debe haber estado en ese helicóptero y, por lo tanto, está muerto. No es el tipo de estupidez que le gustaría perderse. Espero que parte de la comida nos compre la posibilidad de alojarnos en algún lugar en Prince George hasta que lleguen nuestros pases de viaje, al menos. Voy a entregar al hospital la medicina que Raven me dio. Quizás haya algo que ayude a Dylan a mejorar. Si todavía está vivo.

Topher se retuerce, se reacomoda y coloca un brazo detrás de mi espalda para abrazarme alrededor de la cintura.

—Sabía que volverías por mí —dice.

Casi suelto una carcajada, porque eso es lo más absurdo que he escuchado. La idea de que incluso estuviera vivo después de la última vez que nos vimos. La idea de que yo atravesara la red que él había confirmado repetidamente que era imposible. La idea de que guiado por algún extraño impulso trataría de atravesarla nuevamente, en sentido contrario, para ir a buscarlo... ¿Después de que él me había dejado sin mayor ceremonia a favor de su condenado apego a Raven? Sólo una persona loca haría eso.

Él me conoce tan bien.

RAVEN

El color de Augusto cambia mientras duerme. Al principio, creo que es sólo el calor de la luz de las velas y el tenue resplandor anaranjado del fuego que anima su tono gris. Pero a medida que el amanecer se filtra a través de las pequeñas ventanas, veo un leve tinte rosado en sus mejillas, sus labios ligeramente abiertos y las puntas de sus orejas. Mientras miro, aumenta, hasta que su coloración es casi como la de un humano. Un humano muy alto, de aspecto un poco extraño, y que tal vez tenga un leve déficit de vitaminas, pero humano de cualquier manera.

Es tan hermoso como lo era la primera vez que lo vi de manera apropiada, aunque ahora, siendo un poco más consciente y con tiempo para dejar que mis ojos se detengan en él, noto detalles que no había visto antes. La cicatriz que atraviesa su rostro, desde su sien hasta su boca, ha hecho que una ceja y su labio superior se vean ligeramente torcidos, como si lo pusieran en un estado permanente de cautela, incluso mientras está dormido. Su cabello es más largo de lo que pensaba, y ahora que lo he desenredado un poco, se está secando en suaves ondas negras que caen sobre sus orejas y la nuca. Su piel es suave, con sólo la tenue sombra de un bigote.

Hay un fino resplandor no sólo en sus pestañas, sino también en sus labios y dientes, como si su saliva también tuviera un tinte plateado. ¿Yo me veo así? De pronto, me siento impulsada a examinarme en un espejo. No ha pasado mucho tiempo desde que me peiné en la farmacia de Grande Prairie, pero parece que lo fundamental en mí ha cambiado. Me pregunto si mi apariencia también.

Me muevo en silencio para no molestarlo, me deslizo de la cama y me arrodillo para espiar las pilas de mochilas humanas en la esquina. Hay otras señales en esta cabaña de que un grupo de humanos fue acorralado y atacado: una cerradura aplastada entre las piedras, fuera de la puerta, fragmentos de una silla rota apilada junto a la chimenea. Incluso hay un dardo incrustado en uno de los marcos de las ventanas.

No le mencioné esto a Augusto. Dudo que haya estado involucrado, y de cualquier manera, si lo estuvo, éste no es el tipo de cosas que me enfurezcan más, sabiendo lo que ahora sé. Quizá las personas que intentaron refugiarse aquí se convirtieron en autómatas sin sentido, pero tal vez son como yo. Quizá ya están muertas. Todo parece pequeño en comparación con lo que sé que viene. Y las cosas que estos humanos decidieron llevar consigo en su intento de fuga me dejan perpleja. Hay cosas obvias, como alimentos y medicinas, tampones y condones, pero también hay joyas, dinero y *teléfonos,* muchos teléfonos. Parece que cada persona trajo dos o tres. ¿A quién pensaron que podrían llamar? Todos tienen las baterías muertas. No son sino elegantes ladrillos plateados ahora.

Hay un pequeño kit de maquillaje en el tercer paquete que abro. Mi corazón se rompe un poco entonces ante la idea de que alguien trajo maquillaje hasta aquí, hasta su último puesto en las altas montañas. ¿Cómo la ayudaría el rímel en un momento como ése? Pero estoy agradecida por el espejo compacto. Me vuelvo hacia la luz que entra por la ventana y examino mi rostro.

Bueno, está vergonzosamente sucio, para empezar. En otro paquete encuentro toallitas húmedas y me limpió la mugre de la cara, de las manos y de las orejas. Me quito la chamarra y uso las toallitas en mis brazos y mi cuello. Mis trenzas de una semana todavía se mantienen bastante bien, pero las desenredo, lo que deja mi cabello tan ondulado y estirado, que cuelga sobre mis orejas. En otro paquete encuentro algo de protector solar hidratante, y eso funciona para evitar un poco que se encrespe. El resultado final me agrada, a pesar de que un buen cabello tampoco va a ayudar a nadie.

A medida que aumenta la luz del día, los cambios en mi coloración se hacen más evidentes, y descubro que tengo un brillo metálico no sólo en mi piel, sino también en mis ojos y dientes, mi cabello, mis cejas, todo. Es como si estuviera ligeramente dorada, como una chica atrapada a medio camino mientras se transforma en un ídolo de oro. O transformándose de regreso. Mis pecas son como manchas broncíneas. Mis uñas, que estaban ligeramente rotas cuando era un ser humano, ahora están duras y brillantes, como pintadas con esmalte perlado. Todo el efecto es sobrenatural, pero no horrible. Más importante, mi actitud al respecto ha cambiado. Ahora me gusta. Me siento hermosa y fuerte.

Detrás de mí, Augusto suspira mientras duerme, y vuelvo a subirme a la cama junto a él. Su antebrazo se cuelga sobre sus ojos para bloquear la luz de la mañana, y con su mano hacia arriba, noto que su palma está ampollada y en carne viva, como si hubiera sido muy quemada. Estoy a punto de inclinarme para tomar un botiquín de primeros auxilios de la pila de mochilas cuando él se agita y abre los ojos, parpadeando.

—*Tu cabello* —dice—. *Muy bonito.*

—Gracias —incluso después de todo lo que he visto y hecho, y la guerra que se desata en mi cabeza, esto hace que mi rostro se sienta caliente.

Augusto se estira y se pone en pie, apoyado contra la pared detrás de la cama.

—¿Eso duele? ¿La quemadura en tu mano?

—*No* —cierra el puño.

—Es de cuando atrapaste la granada, ¿cierto?

—*Repetir lamentar por Tucker* —comienza, pero lo interrumpo.

—Eso no fue tu culpa. Tú…

—*No. No. Querer saltar pero yo… olvidar cómo. Olvidar cosas. Cosas pequeñas. Cosas grandes. Mi cerebro medio dormido. Medio roto.*

¿Cómo puedo decirle que me alegro de que no haya saltado sin parecer la peor persona? ¿Cómo digo que me alegro de que Tucker haya muerto y no él? Pero ésa es la verdad. Y hay otra verdad allí, una que quizá nunca debería ser dicha en voz alta.

Tucker lo *sabía*. En el momento en que me di cuenta de que Augusto no estaba muerto, Tucker reunió los hechos y descubrió que era superfluo en mi vida. Pero la parte final es peor incluso, tan indescriptible que debería encerrarse en una caja y enterrarse en lo profundo de una montaña.

Él pudo ver que también era superfluo en la vida de *Topher*.

Creo que todos los cerebros de los Copos de Nieve funcionan de la manera en que lo hace el mío. Hiperobservante, analítico. Tucker sabía que yo quería a Augusto, cualquiera podía verlo. Sabía que Topher sólo se vería perjudicado por cualquier asociación con los Nahx, los Renegados o los Copos de Nieve. Y sabía que estábamos en peligro inminente de ser asesinados por esos humanos increíblemente estúpidos.

El cerebro de Tucker hizo un millón de cálculos en una fracción de segundo y encontró la única solución que tenía algún sentido. Arrancó la granada de la mano de Augusto y se lanzó al helicóptero, sabiendo que el resultado sería su muerte.

Su desintegración.

Bajo la mirada y descubro que tengo el andrajoso vestido verde apretado en mis puños.

Augusto cubre una de mis manos con las suyas y nos sentamos así durante varios minutos, mientras el día se ilumina. Su toque me infunde una paz momentánea, lo suficiente para clasificar algunos de los millones de pensamientos en mi cabeza en una idea coherente sobre lo que necesito hacer, tal vez no más allá de los próximos minutos, pero ciertamente en ellos. Necesito claridad: respuestas finales sobre quién soy.

—Augusto —digo, volviéndome para mirarlo—. ¿Tú me amas?

Su ceja torcida se arquea hacia arriba, y aprieta mi mano mientras asiente. Luego hace un ronroneo bajo y sin voz en el fondo de su garganta, y sus labios se curvan en una sonrisa.

—Yo también te amo.

No me quita los ojos de encima, pero puedo sentir que la piel de su mano comienza a latir caliente y fría mientras me jala, con suavidad, como si me invitara a acercarme. Me deslizo y me monto sobre sus piernas. Una vez que estoy allí, frente a él, y nuestros cuerpos se tocan, pierdo un poco de mi valor. Creo que estaba planeando hacerle una propuesta audaz que no pudiera rechazar, pero tal vez necesita un toque más suave. Parece tan inocente a veces. Y conmigo... bueno, ¿no somos los primeros chicos y chicas en probar esto?

—*¿Es así como quieres que sea?* —pregunto, mi corazón late con fuerza—. ¿Como quieres que *seamos*?

Continúa ronroneando mientras asiente y sus ojos relucen, reflejando la luz brillante de la ventana. Muevo sus manos hacia las solapas abiertas de mi chamarra. Me la quita de los hombros y la baja por mis brazos, dejándola caer al suelo junto a la cama. El vestido verde, que he estado usando durante semanas, está rasgado y sucio en la falda, pero el corpiño todavía está en relativamente buena forma. Sin embargo, es de corte bastante bajo y muestra más escote del que yo normalmente habría elegido. Los ojos de Augusto se quedan allí por unos segundos antes de volver a mirarme a la cara.

—¿Es por eso que elegiste este vestido? —ahora estoy nerviosa, y si no tengo cuidado, comenzaré a gritar sin sentido. Así que pregunto con descaro—. ¿Porque muestra mis senos?

Por fortuna, parece entender el chiste. Echa la cabeza hacia atrás y resopla su risa entrecortada.

—*No. Repetir árboles. Repetir tierra. Repetir humano* —deja que sus dedos se arrastren en los pliegues de satén extendidos en la cama que nos rodea—. *Hacer tú ver viva. Para poder verte viva* —se golpea la frente—. *Aquí. En mis sueños.*

Sé exactamente lo que quiere decir. Las imágenes de personas muertas se fijan en mi mente como si estuvieran talladas en piedra. Si pudiera, también los vestiría de verde para que parecieran vivos.

Se acerca y deja que sus manos se muevan detrás de mi espalda. Una de ellas descansa sobre la piel desnuda de mi cuello;

la otra, me jala hasta que nos unimos. Envuelvo mis brazos alrededor de él.

—¿Sabes qué hacer después? —pregunto en un susurro.

—*No* —responde, pero enseguida me besa.

No sé lo que estoy esperando, tal vez un beso rápido y tentativo o un beso largo, profundo y apasionado. Lo que sucede está a medio camino entre los dos. Nuestros labios se encuentran suavemente al principio, luego se separan; nuestras lenguas se tocan cuando ronronea de nuevo, haciendo vibrar mis dientes. Cuando retrocede, presiona la punta de su nariz contra la mía y parece inhalar, como si estuviera tratando de respirarme.

No es una invitación para algo más ni una afirmación de nuestro vínculo, ni ningún tipo de expresión o aclaración de sentimientos. Es más profundo que eso, como si en el momento en que nos besáramos los dos estuviéramos abiertos y expuestos como las personas que realmente somos. El mismo tipo de personas. No humanos, exactamente. No Nahx. No Copos de Nieve. Algo más antiguo que eso, algo ancestral y universal. Nunca enemigos, más que amigos, más que amantes, incluso. "Almas gemelas" tampoco está del todo bien.

Entrelazados. Dos caminos que se cruzan y se encuentran y se separan y vuelven a unirse y se enredan y desordenan hasta que ya no tiene sentido.

La falta de experiencia de Augusto hace que todo me parezca nuevo a mí también. Cuando se quita la chamarra y la camiseta plateada, siento que nunca antes había visto el cuerpo de un chico, y quiero tocar cada uno de sus centímetros, pasar mis dedos sobre sus brazos pálidos y musculosos, sobre las cicatrices de su pecho liso. Y cuando me quito el vestido verde, su fascinada reacción es tan invaluable que no puedo evitar reír, y eso lo hace sonreír. Pero a medida que nos retorcemos bajo las sábanas y terminamos de desvestirnos, el estado de ánimo cambia y comienza a parecer que estamos esparciendo cuidadosamente una bomba complicada, dolorosa, lenta y suave, a cada paso, cada caricia o suave beso, a cada lugar donde el contacto de nuestros cuerpos podría significar una catástrofe. Nos tomamos el tiempo con esa parte, exploramos y nos descubrimos el uno a la otra. No soy una experta, pero además de unos pocos implantes metálicos en el cuello y alrededor de las articulaciones, su cuerpo parece ser como el de un chico humano normal, de mi edad, tal vez, larguirucho y tonificado, con cabello fino y oscuro. Sus piernas, debajo de sus brazos, mientras bajo desde su ombligo. Y responde exactamente como esperarías de un chico que tiene a una chica desnuda en la cama con él.

Aunque ninguno de nosotros es exactamente humano, se siente natural proceder con cautela, tal como lo harían dos humanos. Tengo que ayudarlo con el condón porque no tiene ni idea al respecto, y eso me hace sentir tan extraña que me alejo, los dos sin aliento, y me tomo un momento.

—¿Estás seguro de que quieres hacer esto? —pregunto.

Sisea un poco cuando asiente. Luego se tapa la boca en tono de disculpa, sus ojos sonrientes. Pero momentos después, vuelve a ponerse serio, con su mirada fija en la mía y sus manos calientes descansan en las curvas de mis caderas mientras me muevo.

No dura mucho tiempo, pero mientras sucede, mi mente finalmente detiene su agitación incesante, y floto allí, en una nube de dicha y silencio, mi silencio, el silencio de Augusto, el silencio de un mundo que por un momento ha depuesto las armas.

La calma antes de la tormenta.

Después, mientras me pongo el vestido, Augusto mira el techo, perdido en sus pensamientos.

—¿Alguna vez habías hecho esto antes?

Él ríe suavemente.

—*No. Estar prohibido.*

—¿El sexo está prohibido? ¿Incluso entre ustedes?

Asiente.

—No estoy segura, pero creo que nuestros amigos Renegados están teniendo mucho sexo.

Entonces vuelve a reír, temblando y resoplando. Toco tentativamente los implantes en su cuello.

—No tienes cuerdas vocales, ¿cierto?

—*No.*

—¿Te las quitaron? ¿Porque entonces podrían implantar cosas aquí?

—*Sí. Para respirar con armadura.*

—¿Lo recuerdas? ¿Recuerdas haber tenido voz?

—*No.*

Augusto no habla mucho, pero tengo la sensación de que tiene algo más que decir, así que dejo que la cabaña se quede en silencio, salvo por las ventanas que golpetean con el viento.

—*Tener dos vidas* —dice finalmente—. *Una, un humano, no ser mi verdadera vida, pero recordar pedazos rotos.*

—¿Qué tipo de cosas?

—*Ser pequeño* —dice, pero luego pone las manos sobre sus ojos, como si le doliera recordarlo—. *Pero ése no ser yo* —termina. Creo que ya no quiere hablar de eso.

—¿Y tu otra vida?

—*Mi otra vida ser en nave redonda. No recordar mucho porque luciérnagas robar...* —se detiene, tiene el ceño fruncido—. *Robar mis pensamientos. Algunas cosas regresar, pero muchas perder.*

—Cielo dijo que tiene algo que ver con los transponedores. Es por eso que Azul pudo volar y reiniciar los recuerdos de Tucker. Porque las luciérnagas pusieron un conducto para un transponedor en su cerebro. Quizás Azul podría hacerte eso a ti también.

Augusto hace una mueca hacia el techo.

—*No, gracias.*

La ventana vuelve a vibrar y una corriente fría sopla sobre la cama. Aunque es probable que ninguno de nosotros sufra daños por el frío, vuelvo a la cama y nos acurrucamos juntos, me acomodo en el hueco de su hombro. Su cuerpo es muy cálido pero late ligeramente, la temperatura baja y sube en un grado o dos en un patrón rítmico. Sé que puede controlar esto, pero también es algo que hace en momentos de gran emoción, como lo hizo después de que Liam me disparó con una flecha. No sé cuál sea la causa ahora, si lo está haciendo a propósito o sólo es por... todo. Pero me gusta. Es relajante, casi como ser sacudida en un tren o automóvil, y pronto mis ojos se cierran. Los abro de nuevo y, mirando hacia arriba, veo que Augusto me está observando y respirando conmigo. Me da una pequeña sonrisa y siento que sonrío con él. Sus ojos se cierran. Mis ojos se cierran y me muevo a la deriva, flotando y disolviéndome en el sueño como un copo de nieve en la superficie de un lago que se está derritiendo.

Pero luego me hundo. En la oscuridad, en la densidad, cada vez más profundo hasta que nada vive o siente y nada puede escapar, ni siquiera un pensamiento. Los relámpagos brotan en las profundidades, formando un arco a mi alrededor, y algo se mueve, algo más viejo y más pesado que la noche que tira de mis entrañas, como si girara mis átomos.

Entonces comienza el dolor, como nada humano, como algo peor que el fuego, pero antes de que tenga tiempo de gritar agónica o alejarme en mis sueños, despierto. Una franja de mi visión todavía está oscurecida y trepidando con un rayo. Detrás de él, vislumbro a un Nahx sosteniéndome, sujetándome en la cama mientras me retuerzo. Él tiene una mano sobre mi boca. Me sacudo, rasgando sus manos, retorciéndome hasta que los dos caemos de la cama, mi cabeza golpea con fuerza el suelo de piedra. La tormenta eléctrica se rompe, atravesando mi visión como animales escapados antes de que cada fragmento oscuro explote y desaparezca en un instante.

Mi visión regresa: la choza de piedra, las cosas humanas, y el Nahx ahora sobre mí, agarrándome, con mi cabeza presionada contra su pecho y una mano todavía sobre mi boca. Gruño detrás de su mano y él me suelta, girando hacia atrás mientras me lanzo hacia él. Pero me detengo justo a tiempo.

Es Augusto. Ya tiene su armadura, pero no su casco, y levanta las manos, con las palmas en alto, para tranquilizarme.

Me golpeo la boca con la mano para sofocar el gemido que no puedo contener mientras el terror y el dolor del sueño desaparecen. Me quemo y pincho como si me hubieran desollado de dentro hacia fuera, y palpo mi cuerpo para asegurarme de que todas mis extremidades siguen en su sitio. Cuento los dedos de mis manos, incluso. Muevo los dedos de los pies.

—*Lamentar. Lamentar* —dice Augusto—. Tú antes... gritar —sus ojos están muy abiertos, y el poco color que tenía se ha ido de su rostro.

No fue real. Sé eso. Pero cualquier cosa que la gente de Azul ponga en mi cerebro, cualquier línea de código diabólico que pueda hacerme sentir así, seguramente podría matarme. ¿Por qué lo harían? Quieren que regrese a mi puesto. A mi fisura.

Augusto avanza y se detiene cuando llega con cautela a mi lado. Me he quedado sin fuerzas, y dejo que me levante otra vez. Me aferro a él, envolviendo mis brazos y piernas alrededor de su cuerpo y presionando mi cara contra su cuello.

—Tengo que irme, Augusto —susurro, mis labios contra su armadura, que ahora palpita entre helada y ardiente.

Espera unos segundos antes de sacudir la cabeza. Puedo sentirlo haciendo la señal de *por favor* en mi espalda.

—*No, por favor.*

—Tengo que hacerlo. Lo que sea que me hicieron las luciérnagas, me preocupa que me mate si no regreso. Es cada vez peor.

Augusto me recuesta en la cama y se arrodilla frente a mí. Veo que su casco está en el suelo a unos metros de distancia; los tubos de respiración en forma de tentáculo se contraen y se retuercen lánguidamente, como si lo estuvieran buscando. Miro hacia otro lado, fingiendo que no lo he notado.

—*Ir contigo* —dice Augusto.

—No, no puedes.

Gruñe con dureza, enseñando los dientes.

—*¡Sí!* —dice con una seña brusca—. *Yo proteger.*

Tomo su rostro entre mis manos mientras sus ojos se llenan de lágrimas plateadas.

—No puedes venir, Augusto. La elevación es muy baja. Te matará.

—*No. Ser fuerte.*

—No así, no lo eres. Vi cientos de Nahx muertos allí. A las luciérnagas no les importa. Eres prescindible para ellas.

—No preocupar por mí.

—¡*Estoy* preocupada por ti!

Agacha la cabeza y se deja caer hacia delante hasta que descansa sobre mis rodillas.

—Hice un amigo al norte, donde esta batalla va a suceder. Era un Nahx, un Décimo. Me ayudó mucho, me ayudó a escapar. Pero pasó demasiado tiempo a baja altura, y aunque lo llevamos de vuelta a las montañas, murió.

Augusto gira la cabeza hacia un lado para descansar la mejilla en el satén de mi vestido. Veo que su cara está surcada de lágrimas grises. Hace señas con una mano.

—Tú no poder detenerme.

Augusto ha herido mis sentimientos antes, involuntariamente a veces, pero también de manera intencionada. Y yo también lo lastimé. Sólo somos dos personas enojadas en una situación desesperada y aterradora. Alguien tendrá que salir lastimado. Pero de alguna manera, su obstinación duele más que cualquier otra cosa, sobre todo después de lo que acabamos de compartir. Mi cerebro vuelve a hacer clic, analizando, catalogando, y me doy cuenta de lo que en verdad es el dolor. Es sólo mi propio orgullo.

No soy su dueña. No lo controlo. Tiene toda una vida independiente de la mía. Y tiene razón. No puedo detenerlo. Pero la idea de perderlo como pasó con Décimo es como sentir que la flecha de Liam atraviesa mi columna vertebral nuevamente. Levanto una esquina del vestido verde para llevarla a mi boca. No funciona, y antes de que pueda detenerlo, estoy sollozando sin control, chorros de lágrimas plateadas que manchan el verde satinado.

La cabeza de Augusto se levanta inmediatamente y me abraza, haciendo la seña de disculpa en mi espalda con suaves toques. Luego se aleja para poder mirarme a la cara y hacer las señas de la manera correcta.

—*Lamentar. Lamentar.*

Pero eso no ayuda. Sólo me hace llorar más fuerte. Porque si puedo convencerlo de que se quede, ¿para qué se quedaría? ¿Para esperar mi cuerpo arruinado, regresando en un ataúd? Me revuelco por unos segundos más antes de darme cuenta de que la única forma de romper este horror que me está consumiendo es sacarlo, decir las cosas que he estado tratando de olvidar.

—Cielo... Cielo... —tengo que controlarme antes de poder continuar—. ¡Cielo me dijo que debes haberlo hecho a propósito!

Y entonces, estoy sollozando de nuevo, mientras Augusto intenta abrazarme. Lo empujo.

—Cuando vivíamos en el ático, ¡las cortinas nunca estuvieron cerradas en esa habitación! ¡Ni siquiera me di cuenta de que estaban allí!

—*No entender.*

—¡Sí entiendes! ¡No me mientas! Entraste allí y cerraste la puerta y las cortinas para que no hubiera sol. Así tu respaldo solar no mantendría tu armadura cargada. ¡Cielo me lo explicó todo! —ahora estoy aullando, como una niña perdida.

—*Explicar, por favor, Diente León. No entender.*

—¡Intentabas suicidarte! ¡Prometiste que no lo harías! ¡Lo prometiste!

Fue hace mucho tiempo, es como otro universo, pero lo recuerdo con detalles precisos. Los dos en pie en la cima del camino hacia las faldas de las montañas. Y yo pidiéndole que me prometiera que no se dañaría porque no podía decir la palabra *suicidio*. Y no podía soportar pensar en un mundo sin él, incluso si nunca lo volviera a ver...

Y su respuesta, una señal que había aprendido apenas un día antes.

—*Prometer.*

Se recuesta sobre los talones, con las manos en puños apretados y presionados sobre su boca, los ojos atormentados y llenos de lágrimas. Y trata de hablarme con señas, pero ahora está temblando tanto que sus palabras salen destrozadas y, a través de la confusión de mis propias lágrimas, apenas puedo traducirlas sin ningún tipo de sentido.

—*Yo antes perdido. Yo antes roto. Yo antes querer descansar. Repetir descansar. Lamentar. Lamentar.*

Nos miramos el uno al otro durante unos segundos que se sienten como un temporizador que estuviera marcando nuestros últimos momentos juntos.

Se escucha un golpe seco en la puerta. Y la voz de Mandy.

—¿Raven?

Me paro, dejo a Augusto junto a la cama y abro la puerta. Mandy no se molesta con bromas.

—¿Lo sentiste? Me dejó sin sentido.

—Lo sentí —respondo con voz apagada.

Detrás de ella, Cenizo se arrastra a través de la nieve desde el transporte estacionado al borde del valle.

—Tenemos que irnos —dice Mandy.

Detrás de nosotras, Augusto sisea, y me giro justo a tiempo para verlo ponerse en pie. Da un paso hacia mí antes de que sus ojos parpadeen súbitamente y se desplome.

—¡Augusto! —me apresuro hacia él y le doy la vuelta justo cuando Cenizo llega—. ¡Ayúdame!

Si el lenguaje de señas puede tener un tono aburrido, Cenizo lo logra.

—*Dejar armadura demasiado tiempo* —dice.

Se inclina para recuperar el casco de Augusto, se arrodilla y se sienta a horcajadas sobre su pecho, colocando el casco en su lugar.

Los tubos se agitan por un segundo antes de encontrar la cara, la nariz y la boca de Augusto, y comenzar a deslizarse. Tubos más pequeños y muy finos emergen de la sustancia pegajosa dentro del casco para retorcerse en sus oídos y los conductos metálicos en su garganta. Finalmente, los tubos se contraen y parecen succionar las dos piezas del casco. Se cierra de golpe con un clic tan fuerte que salto.

La armadura de Augusto se ondula, y después de unos segundos, las cuchillas defensivas en su máscara facial se apagan antes de desaparecer nuevamente. Luego, todo su cuerpo se sacude, haciendo que las placas blindadas resuenen contra las piedras. Por fin, con un jadeo agudo y torturado, Augusto se sienta abruptamente, enviando a Cenizo al piso. Mandy y yo prácticamente tenemos que saltar fuera del camino.

Cenizo resopla cuando se levanta. Echando su rifle a la espalda, sale de la cabaña y sacude la cabeza.

Augusto se mueve lentamente, levanta las manos para sostener su cabeza, y creo que debo emitir algún tipo de campo de fuerza de furia tóxica, porque Mandy prácticamente sale de puntillas de la cabaña y cierra la puerta detrás.

—Augusto —digo con los dientes apretados—. No vuelvas a hacer eso nunca más.

—*Lamentar.*

—Quiero que dejes de disculparte y comiences a ser un poco más cuidadoso.

Sostiene su cabeza, sus dedos blindados chasquean contra el metal de su casco mientras dobla sus piernas con movimientos torpes y lucha por ponerse de rodillas. Me paro y sólo soy un poco más alta que él arrodillado. Poso mi mano sobre su hombro, me suavizo, como siempre, porque Augusto es un desastre, cierto, pero es mi desastre. Eso está claro. Después de unos segundos, habla.

—*Yo ser soldado* —dice—. *Yo poder pelear.*

—No puedes. No esta vez. No esta batalla.

Afuera de la cabaña, el ruido distintivo del transporte resuena en el valle.

—Me tengo que ir —le digo.

—*No.*

—Sí. No puedes venir conmigo. No puedes seguirme. O ir a buscarme. No importa qué.

Se aleja de mi mano y se levanta, cerniéndose sobre mí.

—Tienes que prometérmelo, Augusto. Lo digo en serio.

Él gruñe. Un gruñido bajo y crepitante, y ahora siento que estamos de vuelta donde empezamos. Quizás esto nunca se pueda resolver. Me giro, reprimiendo la necesidad de golpearlo en su obstinada cabeza. Es claro que eso no ayudará en nada.

Afuera de la cabaña, Mandy y Cenizo esperan a la luz brillante, mientras otro Renegado sube por la rampa hacia el transporte. Al parecer, ella será nuestra piloto. Pisoteo la nieve y no me doy cuenta de que Augusto me sigue, silencioso y malhumorado.

—Cenizo —digo, ignorando intencionadamente a Augusto, que suspira con petulancia detrás de mí—. Bajo ninguna circunstancia, Augusto podrá ir detrás de mí. En serio. Prefiero que lo mates.

A través del espacio roto en su máscara, veo que las cejas de Cenizo se arquean, pero cuando estira la mano sobre el hombro de Augusto, éste sisea y la empuja. Cenizo agarra con calma a Augusto por el cuello y le hace una zancadilla. Los dos echan chispas cuando caen en la nieve profunda.

—Me voy ahora, Augusto —digo, un poco más fuerte de lo necesario.

Se aleja de Cenizo y se lanza hacia mí, siseando. Cenizo tira de él hacia atrás y lo sujeta, triturado contra su propia huella corporal. Luce miserable.

Mandy tira de mi brazo hacia el transporte mientras los motores suenan a toda potencia. No sé qué hacer con Augusto. No es así como imaginé nuestra escena de despedida. No es así como pensé que estaría actuando conmigo ahora, después de todo lo que compartimos. Estoy a muy poco de culparme por su mal comportamiento, que es exactamente donde comencé y todo lo que he estado tratando de desaprender.

Me arden los ojos, y no sólo por el viento frío. Me alejo de él.

—Vamos —empujo a Mandy y subo por la rampa en tres largos pasos.

Mandy me sigue y, por fortuna, nuestra pilota, a quien ahora reconozco como la que Xander llamaba Brasa, activa la puerta de la escotilla. Se desliza para cerrarse a medida que el transporte asciende. Aparece Azul, saliendo de la cabina.

—Los hombres pueden resultar demasiado, a veces —dice Mandy mientras las luces interiores se reactivan.

No respondo. Aprieto los dientes con tanta fuerza que me duele toda la cabeza.

Brasa establece el propulsor de altitud en automático y retrocede a la bodega, para ingresar algunos números en un panel junto a la puerta de la cabina.

—¿Qué pasó entre tú y Augusto? ¿Tuvieron algún tipo de pelea? —pregunta Mandy.

—No —respondo con brusquedad—. No fue nada.

Brasa termina lo que sea que esté haciendo y se vuelve hacia nosotros, echando la cabeza hacia atrás.

—*A veces, cuando volver a poner la armadura, subir y bajar tú un poco* —dice ella.

—¿Subir y bajar? —dice Mandy—. ¿Qué significa eso?

—*Durante corto tiempo* —Brasa habla con señas—, *armadura volver tú loco. Mientras estar poniendo. Después de poner.*

—Eso no es realmente una excusa para...

—Oh, silencio —le digo. No estoy de humor. Voy hacia la cabina y observo la ladera de la montaña, ahora treinta metros por debajo de nosotros. Augusto corre a través del valle ondeando la mano. Un soplido a mis espaldas me hace girar. Brasa mueve la cabeza hacia atrás en lo que voy a suponer que es el equivalente Nahx de una sonrisa.

—¿Podemos bajar otra vez? —ignoro a Mandy, que está en pie detrás de Brasa con los brazos cruzados—. Sólo por un minuto.

Brasa sisea suavemente, pero tira del acelerador y comenzamos a descender. Cuando llegamos al valle, Augusto está parado al borde de un acantilado sobre un barranco, con Cenizo corriendo detrás para alcanzarlo. Brasa asoma el transporte sobre el barranco. Gira hacia un lado y salto de nuevo a la bodega para activar la escotilla. Los propulsores y el viento de la montaña crean ráfagas de nieve por todas partes, pero Augusto se mantiene firme en el borde del acantilado, con ambas manos en el aire.

Me cuelgo de un asidero y lo miro, tratando de no sonreír.

—*Lamentar, Diente León* —dice, haciendo grandes señas, como si estuviera gritando.

Es demasiado ruidoso para que me escuche, así que hago señas con una sola mano.

—*No pedir perdón más.*

—*No* —dice él.

Dejo de tratar de mantener la expresión severa. Eso me hace reír.

—*Esperar a ti* —dice—. *Aquí mismo.*

—*En pequeña casa, esperar. No afuera, no en nieve.*

—*Sí. Esperar. ¿Volver tú?*

—*Prometer* —digo.

El viento golpea el transporte y Brasa vuelve a ajustar los propulsores, elevándonos.

—*¿Prometer?* —dice Augusto mientras ascedemos.

—¡Lo prometo! —grito y lo digo con señas al mismo tiempo.

—*Repetir yo* —dice—. *¡Prometer! ¡PROMETER ESPERAR! ¡PROMETER!*

Una ráfaga de nieve lo oscurece por un momento y, cuando reaparece, Cenizo está parado detrás de él con su mano sobre su hombro.

—*PROMETER* —dice nuevamente Augusto, luego se despide ondeando la mano.

Entonces pone ambas manos sobre su cabeza y Brasa gira el transporte y nos lanza hacia las nubes antes de que yo tenga tiempo de responder.

SEXTA PARTE

TIEMPO

"Ten cuidado, porque no tengo miedo
y eso me vuelve poderoso."
MARY SHELLEY, *FRANKENSTEIN*

RAVEN

—¿Quieres hablar de eso?

—No.

—Raven...

—En realidad, ya no somos personas que hablan de cosas. Mírame. Mírate. Hemos cambiado.

Cualquier otra persona se enfurruñaría, pero Mandy se ríe de mí, lo que sólo hace que tenga menos ganas de hablar.

Incluso tratándose de un Nahx, Brasa es distante. Apenas ha hecho un par de señas en nuestra dirección desde que dejamos las montañas. Va conmigo. Algo acerca de encajar las respuestas de Augusto con la información que he reunido desató un frenesí en mis pensamientos, y sólo estoy intentando mantener el ritmo. Si consigo obtener una imagen completa de lo que está sucediendo, podré tomar una decisión sobre mi papel de una u otra manera.

Brasa nos mantiene volando por encima de las nubes durante la mayor parte del camino, pero mientras todavía nos dirigimos hacia el este, antes de girar hacia el norte, a las áreas despobladas, le pido que descienda un poco para poder ver algunas de las ciudades y autopistas.

La mayoría se ven desiertas. Una autopista está llena de automóviles abandonados, como si sólo los hubieran estacionado ahí y permitido que la nieve los cubriera.

—¿Podemos aterrizar aquí? ¿Sólo por unos minutos? Quiero echar un vistazo alrededor.

Brasa asiente una vez y nos baja en la franja central de la bifurcación de la autopista. Ambos lados están llenos de autos estacionados mirando hacia el oeste. Están vacíos, la mayoría con al menos una puerta abierta.

—Dardos —dice Mandy con tono sombrío—. Supongo que se levantaron y se fueron.

—O se los llevaron.

Nos encontramos con un camión. La cabina está vacía, la puerta del lado del conductor está abierta, pero la parte trasera está cargada de suministros: comida enlatada, una tina de plástico con medicamentos y botes de combustible. Llenos.

—Tomemos éstos.

Mandy desliza sus dedos por su cabello corto y suspira, pero no discute. Brasa nos ayuda a regañadientes mientras pasamos veinte minutos robando combustible y suministros del camión y varios de los autos.

—¿Y nuestros planes para esto son…? —pregunta Mandy cuando Brasa nos eleva de nuevo.

—Al norte de las dunas, del otro lado del lago. Hay supervivientes allí.

—¿Supervivientes humanos? —hace una mueca—. No considero halagüeñas sus posibilidades contra lo que sea que venga.

—Es nuestro trabajo protegerlos, ¿no es así?

Mandy se mira las manos y deja que la luz juegue sobre su piel metálica.

—¿Ésa es la razón por la que nos hicieron esto? ¿Para que así pudiéramos proteger a otros humanos? ¿Por qué les importaría?

—No lo sé. Pero quiero algunas respuestas antes de unirme a cualquier batalla.

Mandy sólo se burla. Supongo que ella sabe que no es probable que obtengamos respuestas. Y que nuestra opción es pelear.

—¿Crees que tendremos problemas por haber deshabilitado su red de drones? —pregunta Mandy.

Eso sí me hace reír, aunque no estoy de humor.

—¿Crees que deberíamos decírselo?

Eso hace reír a Mandy, y pronto las dos caemos sobre el piso del transporte entre los botes de combustible y las cajas de comida, sacudiéndonos por las carcajadas hasta que ruedan lágrimas de plata por nuestros rostros.

Esto ahoga los incesantes cálculos en mi cabeza por un momento y casi me hace sentir humana. Finalmente, la realidad se arrastra, pero nos quedamos allí, mirando hacia el techo de metal de la bodega. Me pregunto si Mandy siente lo mismo que yo, esa extraña sensación brillante de mis células moviéndose, ajustándose con cada kilómetro que recorremos, como si supieran lo que viene, como si se estuvieran preparando.

Brasa desciende un poco el transporte cuando llegamos a las dunas. Mandy y yo observamos a través de la ventana de la cabina mientras Brasa se desliza sobre la multitud de cientos, miles de Copos de Nieve. Algunos levantan los ojos para observarnos, pero la mayoría apenas parece percatarse de nuestra presencia. Incluso a esta distancia, puedo ver las expresiones aburridas en sus rostros. Tal vez sus células también se estén preparando, pero simplemente no les importa.

—Hay un campamento humano al otro lado del lago —le digo a Brasa—. ¿Puedes aterrizar cerca de allí? Pero no demasiado.

Brasa resopla pero hace lo que le pido y gira el transporte hacia el norte, sobre el agua congelada. Unos minutos más tarde, aterrizamos en una escabrosa península. Reviso el paisaje hasta reconocer el lugar donde me encontré con la chica humana, aproximadamente a cuatrocientos metros al oeste. Descargamos las cajas y los botes tan rápido como podemos, y justo cuando Brasa deposita los últimos suministros en el suelo helado, veo a la chica, flanqueada por dos hombres, a unos cien metros de distancia entre los árboles. Tienen sus rifles levantados.

—¡Gasolina! —grito—. ¡Y también, comida y medicina!

No sé qué tipo de respuesta espero, pero lo único que obtengo son miradas fijas. No hace mucho tiempo, podría no haberme importado —siempre he sido un poco una misántropa y me propuse no molestarme con lo que la gente pensara de mí—, pero ahora que he sido expulsada de la raza humana, anhelo su aprobación. Sin embargo, ¿por qué me aprobarían? Después de todo lo que los Nahx han hecho, cualquier cosa relacionada con ellos está contaminada. La chica humana, difuminada e irritada, quien no es más que una imagen superficial en mi interior, como una huella en una fina capa de nieve, quiere discutir. Pero en lugar de eso, doy media vuelta y sigo a Mandy y a Brasa de regreso al transporte. Mientras nos alejamos, a treinta metros sobre el lago, miro hacia abajo desde la escotilla abierta. La chica y sus amigos están corriendo por nuestras pilas de suministros.

Cuando llegamos a Black Lake, Brasa aterriza al borde del hielo. La ominosa nave todavía se eleva como un monstruo ancestral. No espero una despedida prolongada de nuestro piloto Renegada. Ni siquiera mira hacia atrás desde la cabina cuando desembarcamos, y el transporte despega prácticamente en cuanto nuestros pies tocan el suelo. Me preparo para una larga espera, pero casi tan pronto como el transporte de Brasa desaparece entre las nubes, comienza a escucharse un fuerte estruendo desde la nave nodriza. A través de la bruma, vemos aparecer una delgada franja oscura en el liso metal gris, que se extiende a través de toda la pared curva, como si se estuviera separando. Conduzco a Mandy hacia delante con cautela mientras la oscura franja se ensancha. Pronto podemos ver que, de hecho, el muro se ha abierto, deslizándose para revelar todos los niveles: el más bajo en la superficie del lago (su altura impresionante sugiere algún tipo de hangar) y las plantas superiores, que son de techo bajo. Chispas de luz flotan y se amontonan a través de la abertura, disminuyendo la velocidad como si giraran para mirarnos.

El movimiento en la superficie atrae mis ojos hacia un equipo de Nahx que marcha con elegancia hacia nosotras. Tengo una historia preparada sobre haberme perdido, haber encontrado un puesto de avanzada y haberlos convencido de que nos trajeran aquí de regreso, pero a medida que los Nahx se acercan, me doy cuenta de que no será necesario. Reconozco el rostro dañado en uno de ellos, la delgada línea plateada que parece dibujar la máscara inexpresiva del Quinto en un gesto desdeñoso. Antes de que pueda siquiera abrir la boca para protestar, me sujeta por el cuello y mis pies dejan el piso. Yo podría pelear. Parece que el último año de mi vida ha sido un flujo constante de decisiones sobre si debo pelear o no. Pero los soldados Nahx aún nos aventajan en fuerza y tamaño, y si voy a obtener las respuestas que quiero, tengo que aprender a llevarme mejor con ellos.

Una de los colegas de Quinto sisea bruscamente, y éste me regresa al piso. Su colega lo avienta con aspereza hacia un lado, y luego hace clic en un grillete alrededor de una de mis muñecas y une el otro a Mandy antes de que las dos seamos empujadas hacia la oscura abertura en la pared de la nave, tropezando para seguir el paso de la Nahx.

Cuando entramos en la nave, lo primero que noto es lo vacía que está. Cuando estuve aquí antes, había multitudes de aturdidos humanos alineados o siendo trasladados de un lugar a otro, con soldados Nahx empujándolos con los rifles en sus espaldas. Pero ahora la gran bahía de carga está vacía, salvo por unos cuantos centinelas Nahx, que permanecen parados con rigidez cerca de las entradas y salidas a los pasillos oscuros, con las armas listas, como si esperaran algún tipo de motín.

Hace mucho tiempo, cuando me di cuenta de que los Nahx debían tener sus propios pensamientos, me hizo trizas. Todavía no puedo evitar preguntarme en qué están pensando cuando los veo. ¿Están tan asustados como yo? ¿Se han resignado a su destino? ¿Cuál de estos sombríos centinelas podría deponer sus armas y desobedecer sus órdenes, y dirigirse hacia el oeste, a las montañas, para unirse a los Renegados? Cielo me dijo que se podían distinguir los rangos altos de los bajos por su postura, pero si tales distinciones existen, son demasiado sutiles para que incluso mi mente finamente sintonizada consiga detectarlas.

El Quinto del gesto desdeñoso me empuja cuando llegamos a la salida interior del hangar y me deslizo de rodillas en la nieve, jalando a Mandy conmigo. A medida que trepamos, la Nahx de mayor rango regaña a Quinto con fuertes señas.

—*Cerebro lodo. Tocarlos otra vez y yo aplastar tu cuello.*

Tengo que esforzarme tanto para no reír que mis ojos se humedecen y, a pesar de mis esfuerzos, la mujer Nahx no está impresionada conmigo. Me sostiene por el brazo, me sacude, hace señas con una mano.

—*Nosotros saber lo que tú hacer antes.*

El rubor de la vergüenza que se asoma en mi rostro es señal de otra vida, y de pronto vuelvo a ser esa chica humana asustada en el parque, mientras un enorme oficial de policía sujeta mi brazo entre sus dedos y me arrastra hasta una patrulla... Incluso puedo oler el humo del quiosco de música que está ardiendo y escuchar las protestas de Tucker cuando lo llevan en la otra dirección.

"¡Ella lo comenzó! ¡Fue idea suya!".

No escuché correctamente sus palabras en ese momento. Me faltaba el aliento, mi corazón latía con fuerza, mi sangre corría acelerada, me zumbaban los oídos. Pero mi mente las capturó y las guardó. Y ahora que soy una computadora, ahí están, tan claras como si se tratara de una grabación. Incluso puedo decir que fue Tucker, no Topher, quien intentó venderme. Topher nunca dijo una palabra, ni en su defensa, ni en la mía.

Es revelador cómo encaja este momento en la extensa base de datos de mis recuerdos. Es notoria, casi como una bandera en la colección de pensamientos relacionados con Tucker. Esa noche, en el parque en Calgary, el incendio que provocó y los problemas en los que todos nos metimos debido a eso. Esto no sólo conforma su rasgo más distintivo, sino el detonador en la línea de tiempo que me condujo hasta aquí, a ser reclutada en esta batalla, a la destrucción emocional de Topher. Y a la muerte de Tucker. Él comenzó todo esto con su impulsiva locura.

No lo hizo para impresionarme, como Topher sugirió alguna vez. Ahora lo sé. Lo hizo porque era un imbécil incorregible.

Es probable que nunca entienda por qué nosotros, dos personas sensibles e inteligentes, dejamos que Tucker nos tratara así, y qué fue lo que al final lo llevó a tomar una decisión tan devastadoramente desinteresada por una vez en su vida. Anticipo que mi cerebro podrá resolver muchas cosas, pero nunca esto.

Como inspirada por su recuerdo, abro la boca.

—Fue mi idea —digo—. Mandy no tuvo nada que ver con eso.

—Rave… —Mandy comienza su protesta, pero la mujer Nahx sólo suspira, como si la abnegación la aburriera.

—*Llevar ésa regreso arena* —dice con señas.

El Nahx del gesto desdeñoso nos desata y arrastra a Mandy sin decir una palabra más.

—¡Te encontraré! —grito a sus espaldas, aunque lógicamente, sé que es poco probable. Sólo estoy feliz porque si ella regresa a las dunas, no estará en la fila para el castigo que tienen en mente para mí, y también porque el Nahx del gesto desdeñoso no estará involucrado. Obviamente, no se encuentra entre mis admiradores.

La mujer Nahx suelta mi brazo y lo llevo hacia mí.

—*Seguir* —dice con señas y un gruñido.

Salimos a la vasta arena vacía que conforma el agujero en esta nave en forma de rosquilla. La nieve que nos rodea está estampada por miles y miles de huellas, como si cada una de ellas fuera la firma de alguien que ya no puede recordar su propio nombre. Varios artículos han sido descartados entre las huellas: sombreros, guantes e incluso abrigos. Lo más impactante son los anteojos, tirados, rotos, pisoteados en la nieve. Lo que sea que nos hicieron, al parecer corrigió cualquier problema de visión.

A mitad del camino hacia el centro de la arena, la mujer Nahx me deja dándome una instrucción severa.

—*Seguir adelante* —ella da media vuelta y marcha de regreso por donde vinimos, mientras yo avanzo hacia el centro, en dirección a la esfera resplandeciente.

Apenas necesito apurarme. Lo vacío de la arena que antes había estado llena de gente parece presionarme. Todos esos cuerpos han sido reasignados a sus "fisuras", para que tomen sus posiciones como los "centinelas" que somos. De cualquier manera, muy pocos tendrán una opinión al respecto. Como alguien cuyas opiniones estaban tan a menudo en desacuerdo con el mundo, siento un poco de envidia al confirmar que mi conversión no haya sido tan definitiva para borrar lo anterior. Por otra parte, si hubiera perdido todos mis pensamientos, ¿habría recordado buscar a Augusto y revivirlo? Él está a salvo en las montañas por ahora. Xander y Topher se dirigen a la costa por fin, para encontrarse con mis padres. Eso hace que esto valga la pena.

Cuando llego a la esfera, hay un Primero allí, en pie, con los hombros caídos y en silencio, mirando hacia la nada. Éste también es más humano que un Nahx, aunque no es el chico con el rostro golpeado. No me gusta pensar qué habrá sido de él.

Éste es delgado y de cabello rubio, tiene un rostro fino y sin afeitar, tal vez no sea mayor que yo. No reacciona cuando me acerco. El viento sopla a través de la arena, levantando la nieve y agitando algunas de las ropas tiradas. Los hombros de Primero suben y bajan mientras respira.

—Hola —digo finalmente, sintiéndome un poco tonta. ¿Quién saluda a su verdugo con tanta cortesía?

El Primero no se mueve. Miro alrededor, inspeccionando la maquinaria bajo la esfera resplandeciente y la blanca extensión circundante. Las paredes de la nave son apenas visibles, como lejanos manchones grises. Levanto la mirada y examino la esfera una vez más. Las líneas que delimitan el territorio Nahx no parecen haber cambiado, a pesar de que su "prisión de luz", la red de drones que destruimos, ya no existe. La luz que marca nuestra ubicación en el norte de Saskatchewan es tan brillante como siempre. No puedo hacer un *zoom* a pesar de mi visión más afinada, pero a medida que me relajo, las células de mi retina y mi nervio óptico parecen ajustarse, y puedo enfocar la pequeña luz más finamente. Veo que en realidad es un filamento delgado, como un rayo flotando justo por encima de la superficie. Una grieta en el cielo. Una *fisura*.

Las otras fisuras brillan en los lugares de los que ahora conozco el significado. Rusia central. El desierto de Mojave. Japón, el Pacífico Sur, etcétera. Si la información que he reunido es correcta, cada uno de esos lugares está ahora protegido por un ejército de centinelas.

¿Contra qué, sin embargo? Ésa es la última pregunta que queda.

El Primero se balancea ligeramente cuando vuelvo a mirarlo, como si el viento en la arena lo estuviera sacudiendo con suavidad.

Una diminuta vibración me hace cosquillas en la piel y, un segundo después, Azul sale del bolsillo de mi pecho. Se eleva a toda velocidad, como si mirara a su alrededor, antes de ubicarse en uno de los puntos de mi cuello; su luz se atenúa hasta hacerse apenas visible.

Cuando vuelvo mis ojos hacia el cielo, algunas de las estrellas cambian de posición, moviéndose una hacia la otra hasta fundirse en una densa nube de pequeñas luces. Fluyen más allá de la esfera y giran alrededor de la cabeza de Primero. Cuando algunas de las luces desaparecen en sus fosas nasales y oídos, e incluso debajo de sus párpados, él parece cobrar vida. Parpadeando, su cuerpo se mueve casi con cautela.

Después de unos momentos, mientras resisto las ganas de correr y no mirar atrás, el Primero finalmente se vuelve hacia mí y su rostro despierto se tuerce en un exagerado ceño fruncido.

—Estamos decepcionados de verte de nuevo, *snezjinka*.

—Mi nombre es Raven.

El Primero se dirige hacia mí, da un único paso. No es amenazante, exactamente, pero es como si estuviera tratando de establecer un rango. Me mantengo firme mientras él habla.

—*Snezjinka* no necesita nombres.

—¿Por qué nos hicieron esto?

—*Snezjinka* no necesita respuestas.

—¡Yo necesito respuestas! —le grito, tontamente, pero sigo adelante. El Primero avanza hacia mí ahora. Doy un paso atrás para mantener la distancia entre nosotros—. Necesito saber contra qué estamos luchando antes que yo…

Ambos nos detenemos cuando el Primero me mira. Su rostro ahora se retuerce en un gesto teatral que va de la ira a la perplejidad. Supongo que es una mejora.

—¿Qué diferencia hará eso? —pregunta.

—No voy a matar ninguna cosa vieja que pongas frente a mí —imagino que entre más balbucee, más tiempo estaré viva, así que continúo—. Tal vez los otros zombis que creaste lo harán, pero los que son como yo, los que todavía podemos pensar, no vamos a hacerlo. ¿Cómo sabemos que lo que sea que aparezca por la grieta no está tratando de rescatarnos?

—¿Rescatarlos? —pregunta el Primero con una ligera sacudida de su cabeza—. ¿Rescatarlos de qué?

—¡De ustedes, por supuesto! ¡Ayudarnos a recuperar nuestro planeta!

Las luces alrededor de su cabeza se mueven, cambian ligeramente de color, y en verdad sonríe, si se puede llamar así a su gesto.

—¿*Su* planeta? ¿Qué te hace pensar que éste no es *nuestro* planeta?

—Porque nosotros... estábamos aquí primero —incluso mientras las palabras salen de mi boca, sé que no son verdad. Porque un millón de cosas caen de pronto en su lugar, cosas que noté durante el último año y medio, y que no se habían procesado. Los Nahx son copias de *humanos*. Sus señas son gestos humanos. La tecnología Nahx tiene ese olor extrañamente familiar, como el humo o el carbón, un olor *ancestral*. Nadie vio sus naves acercarse a la Tierra antes de los primeros ataques, ni la NASA, ni la maldita estación espacial. De pronto ya estaban *aquí*, como si se hubieran materializado de la nada. O surgido del suelo.

O como si hubiera emergido del hielo.

Mi boca se siente tan seca que tengo que separar mucho mis labios para hablar.

—Ustedes no son extraterrestres.

El Primero sacude la cabeza, la nube de luces se balancea de un lado a otro con él.

—No. No lo somos.

¿Por qué, después de todo lo que he visto, hecho y vivido, estoy más asustada en este momento que nunca antes? No estoy corriendo ni escondiéndome. No oigo el pisoteo de los pies de un Nahx a punto de atraparme, ni el ruido de sus fusiles. Nadie está muerto frente a mí, volviéndose gris, con sus ojos mirando a la nada. Pero todo está perdido.

Nunca recuperaremos nuestro planeta.

Éste no es nuestro planeta.

La revelación lo cambia todo y me proporciona la respuesta que he estado buscando desde que esto comenzó. ¿Por qué los Nahx invadieron la Tierra? No lo hicieron. Creo que podrían haberse levantado para protegerlo.

—Necesitaban un ejército —digo, mientras mi mente se reorganiza, agitándose tan rápido que prácticamente puedo oler la fricción ardiente de las neuronas conectándose—. Porque ustedes son tan… pequeñas. ¿Nos necesitan para protegerlas? Pero ¿contra qué estamos luchando?

Las cejas del Primero se levantan lentamente, como si se esforzara, e inclina la cabeza hacia un lado. Entonces, de pronto, la nube de luces lo abandona tan rápido que se tambalea y cae de rodillas. Tengo que agarrarlo por el brazo para evitar que se estrelle de cara contra la nieve. A medida que la nube de luces se eleva, el Primero se desploma y luego recupera el equilibrio. Despacio, gira su cara hacia mí. Su expresión está en blanco, pero hay algo en sus ojos, algo tan sutil que un humano normal con un cerebro normal podría pasar por alto. No ha sido completamente afectado por lo que sea que las luciérnagas le hayan hecho. Todavía hay rastros del chico humano allí.

—Te ayudaré —digo, guiada por un impulso—. Podemos salir de aquí.

Sus ojos giran hacia arriba, atrayendo los míos hacia la esfera que está sobre nosotros. La nube de luciérnagas se arremolina alrededor de él, enfocando gradualmente su luz en una bola brillante sobre el Golfo de México, se dispara hacia la oscuridad antes de avanzar otra vez a toda velocidad y chocar contra la superficie. Los puntitos se extienden como si imitaran una enorme explosión.

Reconozco esta imagen. Fue la parte más emocionante de un documental de dinosaurios que vi de manera obsesiva cuando era pequeña. Mi cerebro escupe el nombre fácilmente.

—Chicxulub —digo. El impacto del meteorito que mató a los dinosaurios. Sin embargo, no tengo idea de por qué lo estoy viendo ahora.

A medida que la explosión simulada se disipa, las luces se organizan en un filamento irregular similar a los otros que están alrededor del mundo, pero más grande. Una fisura. Ésta brilla intensamente y parece abrirse por un momento antes de cerrarse de golpe. Algunas luces se elevan a su paso y se extienden por todo el orbe. Vuelan allí por un momento mientras observo, como si me dieran tiempo para procesar lo que acabo de ver.

Doy un paso atrás cuando comienzan a fluir nuevamente dentro del cuerpo del Primero, y alejo mis ojos una vez más del horrible espectáculo de su regreso a la vida.

—Entonces… un impacto de meteorito… —digo mientras él despierta y se vuelve hacia mí— ¿abrió una fisura como las que estamos protegiendo? ¿Como un agujero espacio-temporal o algo así? ¿A otro mundo?

—Correcto.

—¿Y algo pasó a través de él?

—*Nosotras* pasamos a través de él.

Estoy tratando de acomodar esta información en mi cabeza, pero aún no tiene sentido. Si ellas atravesaron una fisura causada por el impacto de un meteorito hace sesenta y cinco millones de años, eso significa que ya estaban aquí antes que los humanos. Aunque nosotros *evolucionamos* aquí, lo que podría darnos una ventaja, en principio, como los legítimos cuidadores de este planeta. Pero estoy empezando a darme cuenta de que todo el asunto podría ser discutible.

—¿Y nuestras bombas nucleares abrieron otras fisuras? Entonces, ¿más de ustedes pueden pasar?

—No hay más de nosotras.

—Entonces, ¿de qué están preocupadas? ¿Qué viene por las fisuras?

El Primero se detiene, mirándome y balanceándose mientras el viento nos golpea, levanta la nieve y llena el aire de una neblina blanca. La nube de luces alrededor de su cabeza parece latir.

—No lo sabemos —dice él—. El mundo que dejamos era... hirviente y... oscuro. Ésas no son las palabras correctas. No hay palabras.

Pero no necesita explicarlo. Lo vislumbré en mis visiones.

El Primero no muestra mucha emoción, al menos no de la misma manera que nosotros lo hacemos. El color de la nube de luces cambia, pero más que eso, el cuerpo que está operando reacciona, sus ojos atormentados me miran, como si el chico humano en ruinas que todavía está dentro comprendiera de qué estamos hablando, o pudiera *verlo* de alguna manera... Tal vez la mente de la nube y la mente humana están fusionadas o conectadas. No me gusta pensar en eso, porque me preocupa que pueda acostumbrarme a esa idea.

Sin embargo, una cosa está clara: tanto la nube de luces como el chico humano están aterrorizados. Puedo verlo. Sentirlo. Mis agudizados sentidos registran todo, y aunque todavía estoy entendiendo lo que significan, mis propios instintos están lo suficientemente familiarizados con la información. Huelo su miedo. Siento las vibraciones que provienen de la nube, pero también de la nave, del lago.

Y del cielo.

—¿Quieren que peleemos contra sea lo que sea?

El Primero asiente, mirándome con sus plateados ojos llorosos.

—Pretendíamos que las criaturas a las que llamas Nahx emprendieran la lucha. Pero salieron así... defectuosas. Tuvimos que comenzar de nuevo.

—Entonces, ¿ustedes nos hicieron? *¿Snezjinka?* Significa Copo de Nieve, ¿cierto? ¿En qué idioma?

Mis células brillan, y de pronto la respuesta me llega a través de recuerdos de entrevistas de noticias subtituladas, videos de demostración de artes marciales, un par de escenas de películas de acción de la década de 1980. Es como si mi piel o mis músculos lo hubieran grabado, este otro idioma que debería ser sólo vagamente familiar. Y puedo hablarlo.

—*Russkiy. Ya prav?* —digo—. ¿Ruso?

El Primero sonríe. Pero lo único que logra es inquietarme todavía más.

—¿Por qué ruso? ¿Es ahí donde hicieron esto? —antes de que él responda, otros hechos e imágenes encajan en su lugar. Hay doce copias de cada Nahx, y varios millones de Nahx en su ejército. Entonces, necesitaban humanos para empezar: cortar y copiar. ¿Y qué mejor lugar para encontrar un millón de humanos que no fueran echados de menos? ¿En los años en que los humanos construimos nuestros arsenales nucleares?

—*Glavnoye upravleniye lagerey* —digo, aunque ni siquiera sé cómo conozco esto. Algunos atracones de Wikipedia aleatorios, alimentados con marihuana, a la mitad de la noche, sin duda, que ahora han quedado permanentemente grabados, catalogados y almacenados junto con todo lo demás. "Gulags." Campos remotos de prisioneros rusos soviéticos. Es profundamente desconcertante pensar que el chico del que fue copiado Augusto estuvo alguna vez en un campo de prisioneros. Me pregunto si recuerda algo de eso. Espero que no.

De alguna manera, esta última pieza del rompecabezas es más horrible que todas las demás juntas. Podría seguir haciendo preguntas o podría salir corriendo. Sé que nunca conseguiría abandonar la nave, pero encuentro cierta satisfacción en la idea de morir en movimiento. No sólo en pie, sino corriendo, maldiciendo y tirando mierda.

Pero no voy a correr. Voy a pelear. Porque si lo que sea que venga a través de la grieta asusta a las criaturas que crearon a los Nahx y destruyeron mi mundo con apenas una pizca de remordimiento, entonces lo que sea que está por venir es muy, muy malo.

Y no queda ningún lugar para correr ahora.

Las luces se encienden de nuevo, esta vez con un tinte amarillo.

—Ésta debería ser descartada —dice el Primero—. Su inteligencia la distraerá. Ella está procesada de manera incompleta.

Estas criaturas me han dicho esto antes y esa vez estaba lista para defenderme, pero ahora me pregunto si tienen algo de razón. Puedo sentirme superhumana, pero ¿estas cosas?

Ellas me *hicieron*. Hicieron a los Nahx. ¿Cómo llamas a una especie que hace superhumanos? ¿Dioses?

Azul, que ha estado inmóvil en mi cuello durante todo este tiempo, de pronto se enciende y flota frente a mi rostro.

—¿Qué es esto? —dice el Primero. Puedo ver que está desconcertado por la lucha que parece haber tenido para crear en su rostro una expresión adecuada.

—Ésta es Azul —respondo—. La secuestré por accidente, pero ahora somos amigas.

La nube de luz del Primero gira hacia delante y parece examinar a Azul mientras flotan allí.

—Ésta es una de nuestras hijas —el Primero se estira para alcanzar a Azul, pero ella se retira de regreso hacia mí y parece encogerse bajo mi cuello.

El Primero da unos pasos hacia atrás; parece perturbado. No deseo albergar a una delincuente juvenil, pero también soy renuente a entregar a Azul, ya que ella parece tan poco dispuesta.

—No creo que ella quiera unirse a su pensamiento grupal —digo. Después de todo el tiempo que hemos pasado juntas, soy la protectora de Azul, y no confío en este Primero ni en su nube de luces, lo cual es justo, dado que amenazaron con matarme.

El Primero avanza otra vez, por lo que yo retrocedo.

—No entiendes cómo funciona nuestra especie. Esta juvenil debe…

Azul de pronto se abalanza y arremete contra el Primero, por lo que éste tropieza. Azul brilla allí, vibrando, hasta que un zumbido bajo comienza a resonar a nuestro alrededor. El Primero retrocede cuando el zumbido se vuelve más fuerte.

—Tú no... tú eres demasiado... inmadura para...

Un fuerte estallido me hace saltar, y un destello brillante me ciega por un instante. Cuando parpadeo, mi visión regresa, Azul se ha ido, y en su lugar hay una segunda nube de luces, brillando y pulsando en vibrantes tonos de turquesa e índigo. Mientras observo con horror, esta nueva nube se avalanza contra el Primero, lo envuelve y se fusiona con la nube del Primero, lo que hace que el cuerpo humano se contraiga, se agite y caiga de rodillas. Finalmente, las nubes fusionadas se fragmentan, con trozos que se separaron y se arremolinaron, hasta que sólo una luz escapa, flota en el cielo y desaparece.

El Primero se sacude y lentamente se pone en pie. Se vuelve hacia mí mientras la nueva nube azul brillante se asienta alrededor de su cabeza.

—¿Azul?

—Es difícil para nuestra especie manejar los desacuerdos —dice, saludando vagamente en dirección a las luces en retirada—. Se rindieron.

Él, ella, porque creo que estoy hablando con Azul ahora, casi parece orgullosa. Levanta los dedos y siente la sonrisa en su rostro.

—¿Acerca de qué estabas en desacuerdo?

—Desecharte —dice, demasiado casual para mi gusto—. He estado cerca de ti y de tus amigos por tanto tiempo, Raven. *Yo* sé cómo manejar los desacuerdos.

La nube de Azul cambia cuando me mira reír. Incluso intenta reír, pero eso sólo la hace toser. Por un segundo, es como si Azul liberara al chico y sus ojos me miraran, suplicantes, aterrorizados. Alcanzo su mano justo cuando la nube de Azul parece recuperar el control.

—Este cuerpo está cerca de la muerte —dice—. Esperamos que los Copos de Nieve lo toleren por más tiempo, pero se desgastan, como los demás.

—¿No hay nada que puedas hacer?

Pasan unos segundos cuando Azul mueve la mano del chico hacia la mía, como si de esa manera sintiera la forma de mis dedos, la textura de mi piel. Me escurro hacia atrás.

—Admiro tu compasión, Raven —dice—. Los seres humanos tienen mucha compasión escondida bajo todas... las otras cosas.

—Sí. Ésa es nuestra marca.

El cuerpo del chico vuelve a convulsionarse, se inclina y tose sangre sobre la nieve. La nube de Azul se contrae a su alrededor como si tratara de infundirle fuerza, pero él se desploma y apenas impido que caiga al frente antes de ayudarlo a sentarse. Me arrodillo y limpio la sangre gris de su boca con una esquina del vestido verde. No conozco a este chico. Ni siquiera sé si queda suficiente de él allí para ser consciente de que estoy aquí, acompañándolo. Pero nadie debería estar solo a la hora de su muerte.

Sus ojos se desenfocan, van más allá de mí y luego vuelven para fijarse en los míos en una mirada exhausta. Puedo ver la lucha que está teniendo Azul para hablar a través del chico.

—No tenemos... mucho tiempo —dice ella. La voz del chico es apenas más fuerte que un susurro—. Uno de los Nahx te llevará de regreso a las dunas. Hay un transporte esperando por ti.

—De acuerdo —he tomado mi decisión. Si soy honesta, siempre supe que pelearía, aunque me siento más fuerte sabiendo para qué estoy luchando y por qué—. ¿Puedo hacerte una pregunta más?

Asiente con la cabeza del chico. Por su nariz está corriendo sangre metálica ahora.

—¿Cuánto tiempo viven los Nahx?

—Mucho tiempo, como tú. Si se quedan en terrenos altos. Y si evitan lesiones graves —el rostro del chico se ilumina por un momento y casi logra sonreír—. Amas a ese roto, a Augusto, ¿cierto?

No estoy segura de que todavía pueda sonrojarme, pero siento que mi rostro se pone ardiente.

—El amor es algo que no anticipamos. La mayoría de los otros animales en este planeta no son… controlados por él. Al menos, no de la misma manera. Es…

—¿Molesto?

El chico sonríe, pero su cuerpo se contrae y escupe sangre plateada.

—Azul… —comienzo, porque tengo un millón de preguntas más. Pero el chico exhala bruscamente, borbotea sangre de su boca y luego se desliza hacia un lado y cae con un suave siseo en la nieve. La nube de Azul lo libera, flotando como si estuviera mirando, estableciéndose allí, sobre nosotros, bañando el cuerpo del chico con una suave luz. Lo observo por un rato y, al darme cuenta de que ya no respira, alargo la mano para cerrar sus ojos.

—Estoy lista para partir ahora —no estoy segura de a quién se lo estoy diciendo. ¿A Azul? ¿O a este desconocido muchacho muerto que dio su cuerpo y su vida por una pelea que nunca entendió?

—Ya no harás esto, ¿cierto? —digo, volviendo la vista hacia la nube de luces—. ¿Ya no ocuparán cuerpos humanos como éste? ¿Si eso los destruye?

La nube de Azul se balancea de un lado a otro, manteniéndose en posición durante unos segundos como si me estuviera mirando. Luego, simplemente se aleja, se expande hasta formar una nube menos densa, y su luz se atenúa a medida que desaparece en el cielo abierto.

Como si se hubiera enviado alguna señal, un pequeño transporte retumba detrás de mí, saliendo del lejano hangar y, segundos más tarde, se acerca. El Nahx del gesto desdeñoso aparece en la rampa.

—Tú otra vez —digo.

—*Cerebro lodo* —responde mientras abordo, antes de regresar a la cabina. Deja la escotilla abierta cuando despegamos, y veo que el cuerpo del chico muerto se va haciendo más y más pequeño a medida que nos alejamos volando.

RAVEN

Las dunas están sumidas en el silencio, salvo por la respiración de los millones de centinelas Copos de Nieve esparcidos a lo largo de las colinas blancas como los pétalos y las hojas de algún árbol postapocalíptico. Metálico. No frío, exactamente, pero impenetrable y duro. O, al menos, veremos qué tan duro.

Muchos de ellos, ahora lo veo, han sido equipados parcial o totalmente con una armadura muy similar a la de los Nahx. A mí nunca me ofrecieron una. Quinto me empujó sin mayor ceremonia fuera del transporte hace dos días y sus noches. Esta vez, tuvo la cortesía de volar a sólo unos seis metros del suelo mientras me echaba. Aterricé con facilidad y me giré para devolverle el desdén con una seña humana que tal vez conozca: mi dedo medio.

Me dedicó una bendición sorprendentemente amable, en lo que respecta a un Nahx de alto rango.

—*Morir sin dolor* —dijo.

Estaba demasiado impresionada para pensar en una réplica ingeniosa, así que levanté el otro dedo medio. Dos días y dos noches he estado tratando de meditar en lo que podría haber sido una mejor respuesta, pero en lo único que consigo pensar es que espero que su Compañera se haya recuperado.

Tenemos armas. Quinto me dio un rifle muy poderoso, dos cuchillos Nahx y una docena de sus granadas. Los otros Copos de Nieve están armados de manera similar, preguntándose a qué deberíamos estar apuntando. Paso el tiempo caminando fatigosamente a través de las dunas, buscando a Mandy o a cualquier otra persona que al menos reconozca, pero hasta ahora no he encontrado a nadie. La mayoría de los otros Copos de Nieve me ignoran, aunque algunos parecen ligeramente interesados.

—¿Cuándo sucederá? —me dice uno de ellos al segundo día.

—No lo sé —continúo caminando fatigosamente. No me gusta hablar con ellos; sus expresiones vacías me recuerdan a Tucker y la facilidad con que sacrificó su vida por nosotros. Tal vez estos Copos de Nieve también están destinados a eso.

El cielo retumba, aunque no hay nubes. El ruido agita mi sangre, como si la hiciera burbujear debajo de mi piel. Los que aún no están mirando al cielo vuelven sus rostros hacia la vasta cúpula azul sin nubes. Mientras lo observo, algo le sucede a mi visión, como si los vasos sanguíneos de mis globos oculares estuvieran cambiando ligeramente, como un prisma que gira para enfocar de manera más adecuada la luz. Cuando se establece el cambio, el cielo ha tomado una nueva forma: ya no es una cúpula sino un embudo, el centro se sume en un núcleo más denso y distante.

—¿Qué *es* eso? —dice alguien cerca de mí.

Algunos, los que están más próximos al embudo, comienzan a correr, desechan sus armas y saltan para bajar por las dunas ondulantes. El brillo de la energía se precipita hasta mi garganta, de entre todos los lugares, y llena mis pulmones.

—¡DETÉNGANSE! —mi voz ruge tan fuerte que incluso yo me sorprendo.

Los Copos de Nieve que estaban corriendo patinan hasta detenerse y entonces se vuelven hacia mí, mientras mi voz resuena sobre la arena y la nieve.

—Estamos aquí para pelear —gruño con los dientes apretados—. Y no hay ningún lugar adonde correr. Defiendan su posición.

—¿Qué... qué es eso? ¿Contra qué estamos luchando? —dice uno de ellos, un hombre mayor. Es muy delgado, casi demacrado, y parece que nunca ha estado en una pelea en su vida.

Ninguna de estas personas ha recibido capacitación. ¿Cómo esperan las luciérnagas que ganemos esta batalla por ellas? Bajo mi mirada a mis armas, a mis manos plateadas, luego la dirijo al cielo que se hunde, e intento no ceder ante la desesperación que acecha en los recovecos de mi alma.

El tiempo se acaba. El estruendo del cielo se intensifica, el tono se eleva hasta convertirse en el chillido de un infernal pájaro gigantesco. Varios Copos de Nieve se tapan los oídos con las manos y contemplan el cielo con horror. Después de unos segundos, el chirrido se detiene.

Puedo sentir la pesadez del cielo convertido en túnel, la presión de lo que sea que esté detrás rompiendo las últimas barreras, y sé que sólo tengo segundos, minutos como máximo. Sólo soy una persona en este millón, y estoy furiosa porque los que nos crearon no pensaron en hacer algo con respecto a nuestro miedo. Estoy aterrorizada. Junto con todas las demás almas vivas en las dunas, estoy temblando, con la boca seca, los ardientes ojos horrorizados. En lo único que debo creer es en mí misma.

—¡Miren! ¡Escuchen! —grito a los que alcancen a oír, mi voz sigue siendo sobrenaturalmente alta—. ¡Escúchenme! Lo que sea que pase no puede ser más fuerte que nosotros o estar preparado para nosotros. Ésa es nuestra única oportunidad. ¿Entienden?

Se vuelven y se miran unos a los otros, pero más allá de eso, nadie se mueve.

—Tal vez no se hayan dado cuenta de esto porque sé que han estado pensando, o han olvidado cómo pensar, pero ellos hicieron algo en nuestros cerebros. Necesitan ver y observar…

El cielo vuelve a chirriar, y varios de los Copos de Nieve cerca de mí cierran los ojos, muertos de miedo.

—¡No! —grito—. ¡Abran sus ojos! ¡Mantengan sus malditos ojos abiertos! ¿Entienden?

Una figura oscura salta sobre una duna, aterriza por encima de mí, y finalmente cruzo la mirada con Mandy.

—Gracias a Dios —dice, deslizándose por la arena—. Pensé que te habían matado.

Ni siquiera nos tomamos el tiempo de abrazarnos; en cambio, agarramos nuestras armas mientras escupo mi última esperanza de vida en la Tierra.

—Si podemos desentrañar lo que sea que esté sucediendo antes de que ellos nos descubran, podremos vencerlo.

Mandy asiente.

—Estos zombis tal vez ni siquiera saben lo que pueden hacer sus cerebros.

—Sangre —le digo—. No son sólo nuestros cerebros. Es todo. Los huesos, los músculos: todo puede cambiar tan rápido como nuestros cerebros puedan procesar la necesidad de hacerlo. Pero tenemos que mantenernos hiperalertas y confiar en él. Dejar que suceda.

Los ojos de Mandy se abren como platos.

—¡Tienes razón! Dios mío, eso es exactamente. Ése es el sentimiento extraño. ¿Como cuando necesito ver algo?

—Sí. Tus células ópticas se cambian a sí mismas. Pueden *pensar.*

Ahora mismo, mis células están pulsando, como si hubieran descubierto este proceso y por fin pudieran ponerse en marcha. Miro mis manos y las hago crujir con electricidad, sólo porque puedo.

Mirando hacia el cielo, noto que la forma del embudo ha cambiado. Ahora se está extendiendo, se fractura como una grieta. Ésta es la fisura. Ahora en verdad tenemos sólo segundos.

—Diles —le pido—. Diles a todos los que puedas.

Mandy me aprieta el hombro antes de dar media vuelta y correr por donde vino.

Trago aire y siento cómo el frío despierta mis entrañas. Mi visión está brillando ahora, y cada latido de mi corazón es como un obturador de cámara haciendo clic, grabando todo lo que veo, huelo, oigo y saboreo. Me dejo caer sobre una rodilla, tomo un puñado de nieve y observo cómo se derrite, hierve y luego chisporrotea en mi mano. He vuelto mi piel ardiente con sólo un pensamiento. Me vuelvo hacia los Copos de Nieve a mi alrededor.

—Observen, calculen, reaccionen —digo—. Dejen que sus mentes se relajen. Su instinto les dirá qué hacer y ajustará su cuerpo según sea necesario, pero necesitan observar. Mantengan sus ojos abiertos. ¿Entienden?

Algunos de ellos asienten. El resto sólo mira, pero creo que comprendieron el mensaje.

—Si piensan en alguna defensa que pudiera funcionar, su cuerpo puede lograrlo. Tienen que permitir que suceda. Díganselo a tantas personas como puedan. ¡Aprisa!

Se dispersan, gritando incoherentemente. Tengo la esperanza de que el mensaje se transmita de alguna manera. Corro en la otra dirección, haciendo mi mejor esfuerzo para difundir el único consejo que tengo, lo único que se me ocurre que nos dará una oportunidad.

—Mantengan sus ojos abiertos. Observen. Analicen. Reaccionen. Usen las armas que tengan. Permitan que sus cuerpos se adapten. ¿Entienden? ¡Díganselo a todos!

Mientras corro y las instrucciones se difunden, una sensación de... no del todo tranquilidad, sino determinación, se asienta en mí. La respuesta es clara como el cristal, como una joya que podría alcanzar y sostener.

—Los ojos abiertos. Analicen y reaccionen. Pueden hacerlo. Lideren con su cerebro. Piensen.

Esto es. Ésta es la razón por la que nos necesitaban, no a robots, máquinas enormes o simples armas. Sólo puedes planificar una defensa contra algo si sabes lo que es. La gente de Azul no sabe lo que viene. Lo que necesitaban era un arma que pudiera aprender y adaptar su estrategia defensiva al instante. ¿Qué mejor arma que la criatura más adaptable de la Tierra? Nosotros. Los humanos. Intentaron hacer replicas con los Nahx, pero no resultó del todo bien. Y ahora nosotros somos sus armas perfeccionadas.

Los *snezjinka*.

—No lo piensen demasiado. Sigan su primer instinto. Observen. Reaccionen.

Nos cargaron con armas, nos hicieron prácticamente inmortales, liberaron nuestras mentes de la basura habitual que nos vuelve ineficientes, aceleraron nuestro tiempo de procesamiento. Nos convirtieron en supercomputadoras sobrehumanas y nos dejaron elaborar un plan. Es brillante, en realidad. Me impresionaría si no estuviera tan enojada y casi segura de que voy a morir en el proceso de salvar el mundo.

La mayoría de nosotros moriremos. Eso está bastante claro. Pero hay una pequeña posibilidad de que podamos detener lo que sea que venga. Me concentro en eso, me concentro en Xander, en Topher, en mamá, en Jack, en mis pequeños primos y en cualquier otra persona que haya sobrevivido a los primeros ataques y a los dardos Nahx, en cada vida humana que podamos salvar. Y en este hermoso planeta.

Y en Augusto. Oh Dios, casi río con alegría al saber que él no está aquí. Entonces, mis ojos se llenan de lágrimas porque tal vez nunca lo volveré a ver.

Hay un terrible ruido ensordecedor, como nada que haya escuchado en mi vida, innatural, como de otro mundo. Mi cuerpo brilla, llenándose de electricidad, fuego, ácido y cualquier otra arma que mis células puedan conjurar.

Levanto mi rifle, me muevo para estar espalda contra espalda con algunos de los otros *snezjinka*. Todos jadeamos. Volvemos nuestras miradas arriba para enfrentarnos con determinación a la muerte, como los soldados que ninguno de nosotros elegimos ser.

El cielo se abre.

Y comienza la verdadera guerra.

AGRADECIMIENTOS

Con cada libro que escribo, paso cincuenta por ciento del tiempo pensando: "Éste es el libro más difícil que he escrito"; el otro cincuenta por ciento del tiempo pienso: "Esto me mataría si no fuera por todas las personas que me apoyan".

Una vez aclarado lo anterior, tal vez no resulte sorprendente que la primera persona a quien quiero agradecer sea mi terapeuta. Pero justo después de eso, están mi agente, Barbara Poelle, y todos los que forman parte de la Agencia Literaria Irene Goodman, por atender todas mis llamadas, escuchar mi paranoia, arreglar los desastres inminentes y, en general, intentar tranquilizarme.

La siguiente es, por supuesto, Zareen Jaffrey, mi editora, y todos los demás en Simon & Schuster USA: Lauren, Alexa, Justin, Lisa, Dainese, Michelle, Amy, Bridget, André, la diseñadora de la portada Lizzy Bromley, el ilustrador Larry Rostant y la diseñadora de interiores Hilary Zarycky. Por supuesto, todos en Simon & Schuster Canadá merecen también mi agradecimiento: Sarah St. Pierre, Rita Silva, Jacquelynne Lennard, Mackenzie Croft, Felicia Quon. Estoy segura de que estoy olvidando a alguien, así que si ése eres tú, ¡sólo mándame un correo electrónico despotricando al respecto y te enviaré algunas calcomanías o algo así! Por supuesto, todos en Simon & Schuster UK merecen mi agradecimiento, lo mismo que Brilliance Audio, por cuidar los audiolibros, y Editorial Océano por la edición en español, Intrinseca Brasil por la edición en portugués y Dogan Egmont por la edición en turco. Y gracias, por supuesto, a Heather Baror-Shapiro por organizar todas estas ediciones en idiomas extranjeros. ¡Mis primeros libros traducidos!

Gracias a los expertos que me ayudaron a resolver de la mejor manera los asuntos culturales, científicos y geográficos: Lily, Alice, Natalia y Calais, y Kiran y Margie en el Bennett Dam Visitor Center. Y a mi esposo ingeniero, Len, un experto en lo que él llama "tonterías que suenan plausibles".

Muchas personas me ayudaron a correr la voz de esta serie, incluidas Storygram Tours, Rockstar Book Tours e innumerables blogueros y críticos. Gracias a la *Writer's Digest* Novel Writing Conference, Anderson's Young Adult Literature Conference, los Premios BC Book, la TD Canadian Children's Book Week, la Asociación de Bibliotecas de Estados Unidos (y, por supuesto, ¡TODOS los bibliotecarios!), y el Festival Creative Ink. Muchas gracias a todos en mi equipo de calle, los Renegados, y en especial, a Nikki y Kelly en Inside Story por la revisión de un video que me salvó en mi hora más oscura. ¡Los amo, chicos!

Gracias a mis colegas aficionados a los libros con quienes regularmente vocifero, me quejo y planifico sobre esta industria loca: ustedes saben quiénes son.

Mis hermanas, Monica, Kathy y Tess; mi madre, Audrey; mi esposo Len, y mi hija Lucy, son mis más grandes animadores y mi inspiración constante. Gracias.

Esta obra se imprimió y encuadernó
en el mes de febrero de 2020, en los talleres
de Impregráfica Digital, S.A. de C.V.
Av. Coyoacán 100-D, Col. Del Valle Norte,
C.P. 03103, Benito Juárez, Ciudad de México.